LINDA WINTER

PRINCESS OF NIGHT AND SHADOWS

GÖTTERGLUT

IMPRESS

© privat

Linda Winter, 1985 in Deutschland geboren, zog es früh in die Ferne. Nach einem Auslandsjahr in Australien studierte sie Archäologie und Interkulturelle Kommunikation und arbeitete bei den Vereinten Nationen, ehe sie ihre Liebe für das Schreiben wiederentdeckte. Heute lebt sie in ihrer Wahlheimat Wien, reist am liebsten durch die Welt und schreibt fantastische Geschichten für Jugendliche.

Die elementare Einheit ist ein Bund wie kein anderer, alt wie die Götter, kostbarer als das nächste Blut, loyaler als der engste Freund und ewig wie die Liebe. Die Einheit der fünf Elemente bildet die Essenz dieser Welt. Zerbricht sie, wird auch die Welt untergehen.

BEFREIUNG

Eine halbe Ewigkeit hatte sie in der Dunkelheit verbracht. Diese Reaktion war zu erwarten gewesen, obgleich sie gehofft hatte, fünf Jahre Gefangenschaft und Folter hätten ihre Sinne abgestumpft und sie gegen alles abgehärtet, was kommen möge. Doch die vergangenen Qualen waren nichts im Vergleich zu dem Schmerz, der hinter ihrer Stirn explodierte, als die ersten Sonnenstrahlen ihr Gesicht trafen.

Sie zuckte vor dem gleißenden Licht zurück wie eine Spinne vor saurem Essig, kniff krampfhaft die Augen zusammen. In purer Verzweiflung krallte sie sich in die dicken Vorhänge des Gefährts.

Wo war sie? War sie tot? War das ihr ganz persönliches Jenseits?

Panik erfasste sie. Sie wollte umkehren, zurück in den Fels. Zurück in die Dunkelheit. Alles war besser als das hier.

Doch die Götter zeigten kein Erbarmen. Unsanft stieß man sie vorwärts und der vermeintlich rettende Stoff entglitt ihren Fingern.

Nun denn. Sie musste sich wohl oder übel ihrem Schicksal ergeben. Wieder einmal. Man sollte meinen, sie hätte sich mittlerweile daran gewöhnt, keine Kontrolle über ihr Leben zu haben. Doch mit Fremdbestimmung war das so eine Sache. Man war nicht mit dem Herzen dabei. Sie *verstand,* warum man ihr die Freiheit nahm, und sie *wollte* gehorchen. Leider war sie kein gewöhnliches Geschöpf. Gehorsam lief ihrer Natur zuwider.

Glücklicherweise war sie geübt darin, ihre Natur zu verleugnen. Denn es war besser so. Für sie, für diese Welt und für die Götter.

Also biss sie die Zähne zusammen und tastete mit ihren Zehen nach den Wagenstufen. Doch sie fand keinen Halt auf der wackeligen Holztreppe. Die schweren Metallringe um ihre Knöchel behinderten sie und ihre nackten Füße waren schwitzig und noch blutig von dem langen Marsch über die Brücke der ewigen Finsternis. Es kam, wie es kommen musste und ihre Ferse rutschte an der Stufenkante ab. Kurz wog sie ab, ob es schmerzhafter wäre, auf dem knochigen Hintern, statt auf dem Gesicht zu landen, da hatte die Anziehungskraft bereits für sie entschieden. Sie kippte nach vorn und riss im letzten Moment die Arme über den Kopf. Handballen und Knie trafen auf harten Stein. Die Bodenplatten waren heiß wie die gusseisernen Klappen eines Steinofens. Doch der Schmerz blieb aus, die folternde Sonne blockierte alle anderen Empfindungen.

War dies ihr Ende? Wollte man sie bei lebendigem Leib verbrennen?

Eine grauenhafte Vorstellung. Dennoch zerrte sie nur halbherzig an den Fesseln, die ihre Handgelenke in einem ebenso eisernen Gefängnis hielten wie ihre Fußknöchel. Schließlich gab sie auch ihre letzte schwache Gegenwehr auf und legte ihre Stirn erschöpft auf dem heißen Boden ab, durchforstete ihre Bewusstseinsebenen nach einer, in der es dunkel und kalt war. Es war erträglicher, den Schmerz anzunehmen, als ihn zu bekämpfen. Das wusste sie aus langjähriger Erfahrung.

»So lass mich ihr doch Wasser geben, Vater! Siehst du nicht, dass sie Wasser braucht?«

Sie hob ihren Kopf, vergaß für einen Moment zu atmen. Die Stimme drang mühelos durch Schichten aus Schmerz, Erinnerungen und ewig kreisenden Gedanken. Es waren die ersten Worte, die sie nach einhundertdreizehn Tagen vernahm. Und trotz der Dringlichkeit, die ihnen nachhallte, wurden sie von einer sanften Melodie getragen, die eine ähnlich beruhigende Wirkung auf ihre Nerven hatte wie plätscherndes Wasser.

Es waren Worte in der Sprache des Wassers.

»Wir alle brauchen Wasser«, ertönte eine zweite Stimme, die weder sanft noch plätschernd war, sondern monoton, durchdringend und dabei irgendwie leidend. Eine unangenehme Kombination. »Aus diesem Grund haben wir sie befreit. Soll sie die Folgen des Krieges ihrer Mutter am eigenen Leib zu spüren bekommen.«

Aus reinem Instinkt wollte sie ihre Ohren mit den Händen schützen. Warum ließ man sie mit ihren Qualen nicht wenigstens allein? Ihre Arme jedoch gehorchten ihrem Befehl nicht. Die Muskeln waren müde und die schweren Ringe aus Iridium um ihre Handgelenke gruben tiefe Wunden in ihr Fleisch. Ein Stöhnen entkam ihrer rauen Kehle und sie krallte ihre abgekauten Fingernägel in eine Bodenfuge. *Bringt mich zurück. Bitte.*

Sie nahm lieber die Dunkelheit als das Licht.

»Wenn sie verdurstet, wird sie uns nicht mehr helfen können, Vater«, erklang wieder die erste Stimme. »Ich bitte dich.«

Sie wünschte, sie könnte mit ihm um Wasser flehen. Aber ihre Lippen waren ausgetrocknet und klebten aufeinander und ihre Stimmbänder hatte sie so lange nicht mehr benutzt, dass sie an ihrer Funktionstüchtigkeit zweifelte.

»Chaotal, bringe meinen Sohn auf seine Gemächer«, befahl die unangenehme Stimme.

Vater und Sohn. Sprache des Wassers. Dieser Hinweis war bedeutsam, doch ihr träges Gehirn kam mit der Erklärung nicht hinterher.

»Aber Vater, diese Angelegenheit betrifft mich ebenso, wie sie dich betrifft. Lass mich ihr ...«

»Ruhe!«, schnitt sein Vater ihm das Wort ab. »Gehe auf deine Gemächer, Avan. Ich werde dich rufen, sobald ich dich brauche.«

Avan. Sie kannte diesen Namen.

Sie vernahm noch ein gedämpftes, leicht verärgertes Murmeln, gefolgt von leisen Schritten, die sich entfernten. Es beschlich sie das beklemmende Gefühl, dass auch jegliche Aussicht auf Wasser mit ihnen verschwand. Ehe sie eine durstige Verzweiflungstat begehen konnte, griffen Hände unter ihre Achseln und zerrten sie auf die Füße. Die glühende Feuerkugel am Himmel brannte sich weiter erbarmungslos durch die Lider in ihre Netzhaut. Sie hätte Meerwasser getrunken, hätte man es ihr angeboten. Tränen rollten über ihre Wangen, obwohl sie aufs Äußerste dehydriert war.

Sie wünschte, sie besäße kein Augenlicht. Im Fels hatte sie es nicht gebraucht. Und sie hatte ihren Frieden mit der ewigen Dunkelheit geschlossen. Hatte sich im Geiste von ihren Sternen verabschiedet. Warum entzog man sie dieser friedlichen Finsternis?

»Vorwärts!«, befahl eine raue Männerstimme an ihrem Ohr. Eine üble Alkoholfahne erreichte sie. Der Arme musste sich ordentlich einen angetrunken haben, bevor er dazu verdonnert worden war, sie abzuholen. Sie empfand Mitleid. Und Schuldgefühle.

Also bemühte sie sich, ihm zu gehorchen. Bedauerlicherweise war sie des Laufens nicht mehr mächtig – zudem watete sie wie durch dichten Nebel, seitdem man ihr im Fels einen bitteren Trank eingeflößt hatte, der sie von einer Bewusstlosigkeit an die nächste übergeben hatte, ehe sie am Boden eines ratternden Gefährts wiedererwacht war. Noch jetzt vibrierten ihre Knochen.

Kurzerhand zogen die Männer sie wie einen Sack Kartoffeln mit sich, zerrten sie rücksichtslos eine Treppe hinauf. Ihre Fußrücken schleiften über scharfe Kanten. Es stank nach Staub und Blut. Sie hörte Fliegen um ihren Kopf surren.

Als ihre Füße über eine buckelige Erhebung gezogen wurden, verschwand die Sonnenscheibe hinter ihren Lidern. Innerlich seufzte sie vor Erleichterung. Die Helligkeit jedoch blieb, wurde gelegentlich durchbrochen von schemenhaften Schatten, die keine Schatten waren. Sie kannte echte Schatten. Sie *war* der Schatten.

»Auf die Knie!«, befahl der Vater. Schwere Hände legten sich auf ihre Schultern und sie wurde niedergedrückt. Ihre Beine klappten zusammen und sie landete mit einem dumpfen Aufprall auf ihren knochigen Knien.

»Gebt ihr den Trank.«

Ja, bitte. Gebt mir den Trank. Schickt mich zurück in die Finsternis. Bitte.

Finger vergruben sich in ihren Haaren, rissen ihren Kopf so brutal zurück, dass ihr Nacken ungesund knackte. Etwas wurde an ihre rissigen Lippen gesetzt, Feuchtigkeit benetzte sie. Ein unterdrückter Schmerzensschrei entkam ihrer Kehle, als sie ihre Lippen öffnete, um der rettenden Flüssigkeit Einlass zu gewähren. Gierig schluckte sie. Doch es war kein Wasser, das ihren

Mund füllte. Es war alles andere als das. Der Trank schmeckte bitter und war kaum mehr als ein Tropfen.

Nicht schon wieder.

Ihr Magen zog sich krampfhaft zusammen und eine heftige Woge der Übelkeit übermannte sie. Der Griff um ihre Haare lockerte sich. Sie fiel vornüber, würgte und würgte – doch ihr Magen war leer und heraus kam nur bitterer Schleim.

»Schluss damit!«

Ihr Brechreiz versiegte nur langsam. Tränen und bittere Galle tropften von ihrem Kinn in die offenen Wunden an ihren Handgelenken, brannten wie Feuer. Die Bitterkeit breitete sich in ihrem Körper aus und ein stechender Kopfschmerz raubte ihr kurzzeitig die Sinne. Sie fühlte sich am Rand einer Ohnmacht. Wie gern würde sie sich über diesen Rand fallen lassen. Sie vermisste die Dunkelheit.

»Wie heißt du?«

War da was? Die Worte verflüchtigten sich in dem Nebel, der ihren Geist gefangen hielt, ehe ihre Bedeutung sie erreichte. Möglicherweise waren es ihre eigenen Stimmen. Die, mit denen sie fünf Jahre eine düstere Felshöhle am Rande der Welt geteilt hatte. Sie schüttelte verwirrt den Kopf, leckte sich mit bitterer Zunge über die aufgeplatzten Lippen.

»Ich fragte, wie dein Name lautet!« Die Worte waren nun so laut und durchdringend wie Donnerschläge. Sie stöhnte gequält.

Nein, das waren nicht ihre Stimmen. Nie und nimmer. Die waren zwar manchmal beunruhigend, aber immer friedlich.

Denk nach. Wo war sie? Nicht mehr im Fels, so viel war sicher. Und im Reich der Schatten war sie auch nicht. In ihrer Heimat gab es kein Sonnenlicht. Dort gab es nur die Nacht und die singenden Sterne und den Mond, der über allem wachte.

Sie vernahm das leise Schaben einer Klinge, die aus ihrem Behältnis gezogen wurde, dann legte sich kühles Metall an ihre Kehle und ihr Kopf wurde abermals in den Nacken gezwungen. Ein Wimmern entwich ihren Lippen.

»Sage mir, wie du heißt!«, sprach der Vater nun weniger aufbrausend, aber nicht minder bedrohlich. Er zog die Worte in die Länge, betonte jedes einzelne, als wäre sie geistig nicht bei sich.

Nun, sie *war* geistig nicht bei sich. Doch das lag an dem bitteren Gebräu, das in ihrer Kehle brannte, nicht an fünf Jahren durchlittener Isolation und Folter. Ihr Geist war dennoch wach genug, um zu erkennen, dass sie sterben würde, sollte sie weiter schweigen. Und es schien, als wolle etwas in ihr am Leben bleiben. Was genau es war und warum es noch existierte, blieb ihr verborgen.

Also sammelte sie ihre letzten Kräfte.

»Sayeh«, krächzte sie, gefolgt von einem schmerzhaften Hustenanfall.

Das letzte Mal hatten vor einhundertdreiundsiebzig Tagen Worte ihren Mund verlassen. Einem ihrer Wächter war die Einsamkeit des Felses nicht bekommen und er hatte ihre Höhle auserkoren, um seinem Frust Luft zu machen. Das Gejammer hatte sie an den Rand des Wahnsinns gebracht – sie hatte ihn recht derb beleidigt. Er war ausgerastet. Mit dem Hinterkopf war sie so heftig auf das Gestein geschlagen, dass der Schwindel und die Übelkeit sie noch Tage später ihr trockenes Brot hochwürgen ließen. Seitdem hatte sie nicht mehr gesprochen. Und Besuch hatte sie auch keinen mehr bekommen.

»Und wer bist du, Sayeh?«

Wer sie war? Ja, wer war sie? *Du bist der Schatten, Sayeh.*

»Prinzessin … Prinzessin Sayeh«, sagte sie mit rauer Stimme.

»Und was bist du noch, Prinzessin Sayeh?«

Ich bin der Schatten.

»Öffne deine Augen«, kommandierte der Vater. »Sieh mich an und sage mir, wer du bist.«

Die Augen öffnen? Bei Nyssa. Die Qualen wollten einfach kein Ende nehmen. Energisch schüttelte sie ihren Kopf.

»Lasst sie los.«

Der eiserne Griff um ihre Haare lockerte sich erneut und die Klinge verschwand von ihrem Hals. Sie fiel keuchend auf die Hände, versteckte das Gesicht in ihrer Achselhöhle.

»Prinzessin Sayeh, habe keine Angst«, sagte der Vater. Der Ton in seiner

Stimme hatte sich schlagartig gewandelt, war von einer verstörenden und trügerischen Sanftheit. »Wir wollen dir keinen Schaden zufügen.«

Sayeh wusste, wie sich Heuchelei anhörte. Sie war in einem Palast aufgewachsen. Wann immer Abgesandte aus den anderen Reichen sie besucht hatten, hatte sie sich in ihren Schatten versteckt und die Gespräche belauscht. Bei politischen Verhandlungen hatte ihre Mutter geheuchelt, dass sich die Lavasteinsäulen bogen.

»Wo ist meine Mutter?«, krächzte sie. »Wo bin ich?«

»Du bist in Sicherheit, Prinzessin Sayeh. Sage uns, wer du bist. Wir müssen wissen, ob du dich erinnerst. *Woran* du dich erinnerst.«

Woran sie sich erinnerte? An alles und an nichts. Als wäre seit ihrer Entführung ein Tag vergangen. Oder aber Äonen.

Doch dieser Mann interessierte sich nicht dafür, was ihre Lieblingsspeise war oder wie viele Narben ihren linken Fußrücken zierten. Für ihn und für alle anderen war sie nur eines.

»Ich bin der Schatten«, presste sie mühsam hervor. »Eine Halbgöttin der Schatten.«

»Schön«, der Vater klang äußerst zufrieden. »Bringt sie in ihre Räumlichkeiten.«

O ja, bitte. Ein stilles, düsteres Verlies.

Man zog sie wieder auf die Beine, heftiger Schwindel erfasste sie. Sie hatte sich nicht mehr so schwach gefühlt, seit die Wächter des Felses für einige schreckliche Wochen vergessen hatten, ihr Essen zu bringen.

Bei Nyssa, sie hatte solch einen Durst.

»Wasser?«, bat sie heiser. Ihre Kehle war so trocken, dass ihre Zunge bei jeder Silbe am Gaumen kleben blieb. »Bitte, nur einen Schluck.«

Schritte näherten sich, verharrten vor ihr. Ein süßlicher Duft drang in ihre Nase, ließ sie noch durstiger werden.

»Bitte«, flehte sie abermals. »Ich brauche Wasser.«

»Das brauchen wir alle, Prinzessin Sayeh«, sagte der Vater mit eisiger Monotonie. »Das brauchen wir alle.«

Hoffnungsschimmer

Ein scharrendes Geräusch zog sie aus einem Albtraum empor in die unschöne Wirklichkeit. Hätte man ihr die Wahl gelassen, wäre sie lieber in ihrer beunruhigenden Traumwelt verblieben. Dort war es wenigstens düster. Die Möglichkeit jedoch, zwischen Lava und Iridium zu wählen, setzte zwangsläufig eine gewisse Freiheit voraus, die ihr nicht gegeben war.

Stöhnend gab sie sich geschlagen, nahm ihr Schicksal an und dankte Nyssa, dass sie ihr einen weiteren Tag in dieser irren Welt schenkte. Dann öffnete sie zaghaft ihre Augen. Blendendes Licht umfing sie. Eilig schlug sie ihre Lider nieder.

Bei Nyssa! Wo war sie?

Ihre Zunge pappte am Gaumen, als wäre sie einmal quer durch das Feuerreich marschiert. Ihre Lippen waren spröde und schmeckten nach Blut. Und Bitterkeit.

Ruhe bewahren. Den Verstand einschalten. Sie benötigte ihre Augen, um zu wissen, wo sie war. Also hob sie ein weiteres Mal tapfer ihre Lider. Tränen verschleierten ihren Blick. Sie blinzelte, schielte durch ihre dichten, schwarzen Wimpern, die ihr wenigstens ein wenig Schutz boten. Sie brauchte einhundert Herzschläge, um sich einigermaßen an die Helligkeit zu gewöhnen. Erst dann wagte sie, nach der Quelle zu suchen. Ihr Blick tastete sich über die kargen, weißen Wände, bis er ein Fenster fand. Hinter den Gitterstäben aus silberweiß schimmerndem Iridium strahlte ein blauer Himmel auf sie hinab.

Der Himmel, den sie kannte, war von tiefem Schwarz und mit glitzernden Sternen geschmückt. Das letzte Mal hatte sie ihn vor fünf Jahren bewundert. Genauer gesagt, vor 1825 Tagen. Oder 1825 Strichen aus Blut. Striche, welche sie täglich an die rauen Felswände ihrer Höhle gezogen hatte ... Damals hatte sie auf dem Balkon ihres Turmzimmers gestanden und abwartend in die Ferne geschaut. Schatten hatten sie umgeben, in die ihre Mutter sie gehüllt hatte, um sie vor jenen zu beschützen, die sie bedrohten. Um sich von ihrer inneren Unruhe abzulenken, hatte sie leise mit den Sternen gesungen. Es war Neumond gewesen an ihrem letzten Tag in Freiheit und ein Meer von Kerzen, das im Schutz der Schatten ihren Balkon beleuchtete, hatte mit den Sternen um die Wette gestrahlt.

Dann waren sie gekommen. Und mit ihnen die Angst. Ein eisiger Wind war über das Meer herangeweht, hatte die Schatten verwirbelt und die Flammen gelöscht. Nie würde sie Mutters Schrei vergessen, der durch den Palast hallte, oder ihre letzten Worte, die sie ihr ins Ohr hauchte, ehe man sie den mütterlichen Armen entriss und an einen fernen Ort brachte. In ein Gefängnis tief im Fels am Rande der Welt, wo sie bis zum gestrigen Tag ihr Leben in Isolation verbracht hatte.

Verstecke dich in den Schatten, Sayeh. Meide den Wind. Vergiss nicht, das Feuer ist dein.

Eben diese letzten Worte hatten sie jahrelang nicht losgelassen. Sie hatte versucht, die ganze Botschaft in ihnen zu entschlüsseln, um freizukommen – doch erfolglos. Sie war der Schatten und der Schatten schützte sie. So viel wusste sie, auch wenn sie erst zwölf Jahre alt gewesen war, als man sie ihrer Heimat entrissen hatte und sie die Lehren der Elemente hatte abbrechen müssen. Der Wind verwirbelte die Schatten. Somit war er das Element, welches für sie die größte Gefahr darstellte. Aus dem letzten Satz jedoch hatte sie nicht richtig schlau werden können. Hatte ihre Mutter ihr sagen wollen, dass der Schatten das Feuer verschlang? Als wenn sie das nicht selbst wüsste. Schon am ersten Unterrichtstag bei ihrer Magielehrerin Senka hatte sie gelernt, dass der Schatten das einzige Element war, welches alle übrigen vernichten konnte. *Sollte* sie das Feuer verschlingen? War es eine Aufforderung gewesen, die zerstörerische Mission ihrer Mutter – die Alleinherrschaft der Schatten – zu ihrem grausamen Ende zu führen?

Mit der flachen Hand schlug sie sich gegen die Stirn, um diese wirren Gedanken loszuwerden. Fünf Jahre hatte sie sich die letzten Worte ihrer Mutter wieder und wieder vorgesprochen, sie tausendfach umgewälzt, um in ihnen einen Weg zu finden, der sie in die Freiheit führen könnte. Und nun? Man hatte sie aus dem Fels geholt, doch frei war sie noch immer nicht.

Wo war sie?

Trotz des unangenehmen Stechens in ihren Augen, das ihr das Sonnenlicht bereitete, rappelte sie sich auf, um das Gitterfenster genauer in Augenschein zu nehmen. Doch sie kam nicht weit. Schwere Ketten scharrten über den Boden, stoppten ihre Vorwärtsbewegung und brachten sie aus dem Gleichgewicht. Sie fiel hintenüber und landete mit ihrem dürren Hintern auf der Kante einer Schüssel, die scheppernd davonsprang. Ein brennender Schmerz schoss durch ihre Wirbelsäule und sie rollte sich stöhnend auf den Bauch. Der Inhalt der Schüssel hatte sich über den Boden ergossen – ein bräunlicher Brei, bei dessen Anblick ihr Magen freudig grummelte. Im Fels hatte sie nur trockenes Brot bekommen.

Sie begab sich auf alle viere, um das kostbare Essen vom Steinboden zu lecken, als ein Geräusch sie mitten in der Bewegung verharren ließ. Ein Schlüssel drehte sich im Schloss, dann wurde die Tür schwungvoll aufgestoßen. Hastig krabbelte sie ein Stück rückwärts, um einen Zusammenstoß mit ihrem Kopf zu vermeiden. Blasse Männerzehen tauchten auf der Türschwelle auf, umrahmt von seidigem Stoff, der über den Boden schleifte.

»Was ist denn hier passiert?«

Der Vater. In seiner Stimme schwang falsche Freundlichkeit und Drohung gleichermaßen mit. Ängstlich, aber auch neugierig und einen Hauch gereizt sah Sayeh zu dem Mann auf, der es gewagt hatte, das größte Übel, das diese Welt je hervorgebracht hatte, aus dem Untergrund zu befreien.

Ihr Blick kletterte an einem Mantel mit langer Schleppe empor, dessen edler Stoff schimmerte wie flüssiges Mondlicht. Darunter trug er eine tintenblaue Seidenweste, die sich eng an seinen Oberkörper schmiegte. Kleine, geschliffene Aquamarine waren mit den zarten Fäden verwoben, bildeten ein eigentümliches Muster, das ihr entfernt bekannt vorkam. Zwei schäumende Wellen trafen aufeinander, winzige Edelsteinchen ahmten die emporwirbelnde Gischt nach.

Ihr träges Gehirn arbeitete, doch etwas fehlte, um das Puzzle zu vervollständigen.

Sie hob ihr Kinn noch ein Stück weiter an. Ein kaltes Augenpaar in der blassblauen Farbe des Himmels blickte streng auf sie hinab. Das Gesicht des Mannes war ausgemergelt, aschfahl und von tiefen Falten durchzogen, wie ein ausgetrockneter Flusslauf. Ausgedünntes, graues Haar umrahmte es. Die verkniffenen Lippen und die steinerne Mine gaben nicht preis, ob er sie fürchtete oder hasste. Sie tippte auf beides.

Um die Stirn und das ergraute Haupthaar wand sich ein filigranes Diadem aus zarten, silbernen Ranken, das ebenfalls mit Aquamarinen in den schillerndsten Blautönen besetzt war. In seiner Mitte aber saß ein tiefblauer Saphir in Form eines Wassertropfens.

Sayeh hatte das Reich der Schatten bis zu ihrer Befreiung nie verlassen, sodass die übrigen Elemente und ihre Halbgötter für sie nur in Lehrbüchern existierten. Dennoch war es nicht schwer zu erraten, wen sie vor sich hatte.

Rayan. Halbgott des Wassers. Kind der Göttin Anat. König des Wasserreiches.

»Säubert die Zelle«, befahl er einem der Ritter in seinem Gefolge, der augenblicklich kehrtmachte, um Putzzeug zu holen. Zwei weitere lösten die Ketten ihrer Fußfesseln vom Boden, die Ringe jedoch verblieben um ihre Knöchel und auch ihre Handgelenke wurden nicht von dem schweren Metall befreit. Iridium. Ein Metall, das in der Wüste der Winde abgebaut wurde und eine einzigartige Eigenschaft besaß. Es behinderte die Wirkung von Magie. Ein Halbgott, dessen Haut Iridium berührte, war nicht in der Lage, sein Element zu rufen.

Sie fürchteten sich vor den Schatten. Das war nur verständlich.

Die Ritter übergaben sie an Rayan, der sie unterhakte, als wäre sie seine Tochter und nicht seine Gefangene. Unschlüssig verschränkte sie ihre Finger und ließ ihre Arme hängen. Das Gewicht des Iridiums zog an ihren

Schultern. Im Fels hatte sie täglich ihre körperlichen Übungen gemacht – für den unwahrscheinlichen Fall, dass Nyssa sich zeigen und sie retten würde. Doch die Strapazen der Reise, das Sonnenlicht und der bittere Trank hatten sie dermaßen geschwächt, dass es ihr schwerfiel, auf den Beinen zu bleiben.

»Wir werden uns ein wenig unterhalten, Sayeh«, sagte der König und wandte ihr sein Gesicht zu. Er lächelte, doch es war ein falsches Lächeln. So falsch wie seine samtene Stimme. Rayan war wie die stille Oberfläche eines trügerischen Gewässers. Wie der See der Geheimnisse im Schattenreich, in dem der Legende nach ein schwarzes Ungeheuer mit flammenroten Augen hauste. Zumindest hatte ihr Yasmina, ihre Zimmerzofe, davon erzählt. Bei ihren unerlaubten Tauchgängen war sie ihm jedoch nie begegnet.

»Mein Name ist Rayan«, fuhr er mit monotoner Stimme fort. »Ich bin der König des Wasserreiches und du befindest dich in meinem Palast.«

Glaubte er etwa, fünf Jahre im Fels hätten ihr jegliche Gehirnzellen geraubt?

»König Rayan«, krächzte sie heiser. *Hocherfreut.*

Die Luft war so staubtrocken, wie sie sich innerlich fühlte. Wieso gab ihr niemand Wasser? Selbst im Fels hatte sie Wasser bekommen.

Unsicheren Schrittes ließ sie sich von Rayan durch einen Säulengang führen, der trotz der geschlossenen Mauern zu beiden Seiten und der steinernen Decke über ihren Köpfen aus unerfindlichem Grund lichtdurchflutet war. Weder entdeckte sie Fenster noch spendeten Fackeln Licht. Dennoch herrschte eine unerträgliche Helligkeit. *Wo waren die Schatten?*

Ein schmaler, leerer Wasserlauf schlängelte sich elegant und schwungvoll durch die marmornen Bodenplatten unter ihren Füßen. Alles wirkte glatt und steril, ohne Zeichen pflanzlichen oder menschlichen Lebens, keine Katze kreuzte ihren Weg, keine Gemälde schmückten die kahlen Wände. Als würde etwas fehlen. Etwas, das all dem hier Leben verlieh.

Die Schritte des Königs hallten laut durch den Korridor. Er trug Sandalen, die jedes Mal einen Knall abgaben, wenn sie auf den Boden trafen. Sie selbst tapste auf Zehenspitzen neben ihm her, hielt den Kopf gesenkt und verfolgte jeden ihrer unbeholfenen Schritte höchstkonzentriert. Ein mittlerweile viel zu kurzes schwarzes Gewand umhüllte sie seit dem Tag, an dem man ihr alles genommen hatte. Es war seither weder gewaschen worden noch hatte sie es je ausgezogen. Ihre Befürchtung, man könne es ihr wegnehmen, war zu groß gewesen.

Sie musste übel riechen, aber der König ließ sich nichts anmerken. Ihre nackten Füße hinterließen Dreck und Blutkrumen auf den blankpolierten Bodenplatten, die ihr verzerrtes Spiegelbild zurückwarfen. Augen – tiefschwarz und unergründlich wie Obsidian – sahen aus einem blassen Gesicht zu ihr auf. Mattschwarze Haare, trocken und spröde, reichten bis zum Kinn. Sie waren zerzaust, als hätte ein Vogel ihren Kopf zum Nistplatz auserkoren, seine Idee jedoch wieder verworfen.

Sie schloss die Augen, ihren Anblick konnte sie kaum ertragen. Einst war sie das hübscheste Mädchen im Schattenreich gewesen. Doch von ihrer halbgöttlichen Schönheit war nichts mehr übrig.

»Warum bin ich hier?«, fragte sie.

»Du bist unser Gast, Sayeh«, sagte Rayan.

Sie sah zu ihm auf. *Gast?* »Ich bin eine Gefangene«, korrigierte sie ihn.

Er ignorierte ihren Einwand und bog mit ihr um eine Ecke. Zwei Ritter lehnten rechts und links eines Torbogens, Sonnenstrahlen fluteten den Korridor. Die Männer standen augenblicklich stramm und neigten pflichtbewusst ihr Haupt. Ihre blauen Menschenaugen musterten sie argwöhnisch, bis sie realisierten, wer sie war. Misstrauen wandelte sich in Angst und sie griffen alarmiert nach ihren Waffen. Als Rayan mit ihr durch den Torbogen trat, pressten sie ihre Rücken gegen die Wand, jegliche Farbe wich aus ihren Gesichtern.

»Sayeh, dir ist hoffentlich bewusst, dass du für uns alle eine Gefahr darstellst«, sagte Rayan. »Ich werde meine Behandlung dir gegenüber anpassen, entsprechend dem Vertrauen, das ich dir entgegenbringen kann.«

Wieso sollte der König des Wasserreiches der Prinzessin der Schatten vertrauen? Ihre Mutter hatte diese Welt an den Rand des Abgrunds gebracht.

»Wo ist meine Mutter?«, fragte sie noch einmal.

Rayan antwortete ihr nicht. Sie traten ins Freie und fanden sich unter der sengenden Sonne wieder. Neugier siegte über Schmerz und sie hielt sich die Hand wie einen Schirm über die Augen, blinzelte in die Welt. Vor ihnen breitete sich ein Garten aus, der einst sicherlich prachtvoll gewesen war. Und beim Anblick der ausgedörrten Pflanzen, des bräunlich verfärbten Grases, der ausgetrockneten Steinbrunnen, die diese trostlose Gartenlandschaft schmückten, und der fischförmigen Wasserspeier, deren Münder nur gähnende Leere ausspien, erkannte sie, was diesem Palast fehlte. Wasser. Dies war das Königreich des Wassers. Und es war ausgetrocknet.

»Es tut mir leid, dass ich dir mein Königreich nicht in seiner blühenden Schönheit zeigen kann, Sayeh«, sagte Rayan, dessen teilnahmslose Stimme sein angebliches Bedauern nicht unterstreichen konnte. »Wirklich, es tut mir im Herzen weh.«

Ein verbrannter, staubiger Geruch ging von dem welken Gestrüpp und der von Rissen zerfurchten Erde aus. Die Sonne brannte erbarmungslos auf ihre Köpfe, wurde von den weißen Mauern des Palastes zurückgeworfen und verwandelte den Palastgarten in einen glühenden Kessel. Runde Türme ragten in den blauen Himmel, ihre Kuppeldächer reflektierten die Sonnenstrahlen wie gigantische Spiegel.

Sie wollte sich diesen Ort bewässert vorstellen, mit sprühenden Fontänen und fröhlich plätschernden Brunnen, sattgrünen Wiesen und Frühlingsblumen in allen erdenklichen Farben, emsigen Bienen und Singvögeln, die ausdauernd ihre Lieder trällerten. Im Reich des Wassers herrschte ewiger Frühling. So wie im Reich der Winde ewiger Winter, im Reich der Erde ewiger Herbst und im Reich des Feuers ewiger Sommer. In ihrem Reich, in dem der Schatten, herrschte hingegen ewige Nacht.

Jedes Reich für sich war faszinierend und einzigartig. Das Wasserreich war ein Ort reißender Wasserfälle, grüner Flusslandschaften, dunkelblauer Meerestiefen, traumhafter Sandstrände und dichter Regenwälder. Doch das Bild, welches sich ihr bot, passte zum Reich des Feuers.

Hatte ihre Mutter das getan?

Eine heftige Woge an Schuldgefühlen überrollte sie. Sie war nicht verantwortlich für die Taten ihrer Mutter – doch in diesem Moment verspürte sie den Drang, alles zu tun, um die Schulden ihrer Mutter zu begleichen und das wiederherzustellen, was sie zerstörte.

»Es tut mir leid«, sagte sie und ließ beschämt den Kopf hängen, während sie neben Rayan einem schmalen Kiesweg folgte, der leise unter ihren nackten Füßen knirschte.

Wieso befreite man sie? Ein Geschöpf wie sie sollte auf ewig eingesperrt bleiben.

»Du kannst die Fehler deiner Mutter wiedergutmachen«, sagte Rayan und steuerte eine verschnörkelte Bank an, die unter der kahlen Krone eines verkümmerten Baumes stand. Sein breiter Stamm zeugte von einem hohen Alter, die Äste ragten wie knochige Finger in den blauen Himmel. Die Stille war beängstigend. Kein Vogelgesang, kein Flügelschlag, kein Zirpen durchbrach die unheimliche Ruhe. Ihre Gärten daheim im Schattenpalast sprühten vor Leben. Das hatten sie zumindest, bevor ...

Sie verdrängte die grauenhaften Erinnerungen.

»Deswegen bin ich hier?«, fragte sie und ließ sich erschöpft neben Rayan auf der Bank nieder. »Um die Taten meiner Mutter zu sühnen?«

Der König schlug die Beine übereinander, wobei der fließende Mondstoff des Mantels von seinen Knien rutschte und den Blick auf eine weite Seidenhose freigab, in der zwei dürre Beine steckten. In der silbernen Kordel um seine Hüfte steckte sein Zauberstab. Gänzlich aus Silber, war er leicht wellenförmig gefertigt. An seinem oberen Ende saß ein faustgroßer Saphir, eingefasst in ein kunstvolles Geflecht aus Silberfäden. Der Saphir war nicht mit Magie angereichert, ebenso wenig wie der an seinem Diadem, was sie irritierte.

Normalerweise könnte der Halbgott des Wassers diesen Garten mit einem Befehl seines Zauberstabs wieder erblühen lassen. Und dafür brauchte er ihn nicht einmal. Es reichte ein wenig emotionale Kontrolle und pure Willenskraft – schon schoss das Element aus den Fingerspitzen eines jeden Halbgottes. Der Zauberstab diente lediglich dazu, die Magie zu speichern – für Momente, in denen die passenden Emotionen nicht ausreichten oder der Wirkende anderweitig blockiert war. Auch in der Öffentlichkeit wurden die

Elemente vornehmlich mit dem Zauberstab herbeigerufen. Es war kontrollierter und abschätzbarer, denn die Magie war auf die Menge begrenzt, die in dem Edelstein Platz fand.

Sie fragte sich, warum Rayan sein Element nicht rief, wo doch alles nach Wasser lechzte. Waren das die Nachwirkungen von Mutters Zerstörungswut? Ihre Schatten hatten einen Großteil der Welt verschlungen. Hatten die Elemente sich seither nicht erholt?

»Deine Mutter ist tot«, sagte Rayan, fixierte sie von der Seite.

Sayeh verspürte einen Schmerz wie von einem dumpfen Schlag in ihrer Brust, gefolgt von einem eigentümlichen Gefühl, das sich langsam, aber unaufhaltsam in ihr ausbreitete – war das Trauer? Es fühlte sich kalt an und betäubte ihre Sinne, griff nach ihrem Herzen wie eine eisige Klaue und schnürte ihr die Kehle zu.

Deine Mutter ist tot.

Dieser Satz sollte sie erleichtern. In Angst versetzen. Ja, vielleicht sogar mit Freude erfüllen. Doch diese vier Worte bedeuteten für sie vor allem eines: Die Macht der Schatten war nun allein ihre. Denn wenn ihre Mutter tot war, war sie ihre Nachfolgerin. Sie war die einzig lebende Halbgöttin der Schatten. Die Halbgöttin der nachfolgenden Generation. Das Kind Nyssas. Die Herrscherin über das fünfte Element.

»Wie ist sie gestorben?«, fragte sie.

»Es war Selbstmord.«

Sie hatte fünf Jahre gebraucht, um ihre Taten zu bereuen? Ob sie darum gebeten hatte, ihre Tochter noch ein letztes Mal zu sehen, bevor sie sich für immer verabschiedet hatte? *Hätte sie sie in ihre Höhle eingelassen?* Ja, das hätte sie. Denn sie wollte es wissen. *Musste* es wissen. Musste wissen, warum ihre Mutter sich gegen die vier übrigen Elemente gewandt hatte – und das auf solch zerstörerische Weise. Wieso sie die Welt in ihren Schatten hatte verschlingen wollen.

»Was wird von mir erwartet?«, fragte sie und krallte ihre Finger so krampfhaft ineinander, dass sie ihre Knöchel knacken hörte. Die Kette aus Iridium lag schwer auf ihren mageren Oberschenkeln.

Sie musste das Ganze rational betrachten. Ihre Mutter war tot – und ihr

Schicksal wurde neu entschieden. Was sie wollte, war die Freiheit. Freiheit und Dunkelheit. Und … Wasser. Als wollten ihre Lungen dieses dringende Bedürfnis unterstreichen, überfiel sie ein trockener Husten.

»Könnte ich … etwas Wasser bekommen?«

»Es gibt kein Wasser mehr«, erklärte Rayan ohne Anflug von Mitgefühl.

Sie schielte zu seinem inaktiven Zauberstab. Auch sie hatte einst einen besessen. Einen eleganten Stab aus Lavastein, an dessen Ende ein Obsidian eingelassen war, festgehalten von steinernen und mit kleinen Mondsteinen besetzten Dornen. Der glänzend-schwarze Stein hatte mit seiner Schattenmagie stets pulsiert und dunkle Schwaden verströmt. Der Stab war ihr genommen worden, wie alles andere.

»Kein Wasser? Wieso?«, fragte sie unsicher nach.

»Weil der Schatten fehlt«, antwortete Rayan. »Der Tod deiner Mutter hat das Gleichgewicht gestört. Ohne eine Herrscherin der Schatten kein Reich der Schatten und ohne ein Reich der Schatten, welches Nyssa huldigt – keinen Schatten, keine Dunkelheit und keine Nacht.«

Sie brauchten sie. Ihr Herz pochte schnell und hart gegen die Brust, pumpte die letzten Reste Flüssigkeit durch ihre Adern. *Sie brauchten sie.*

»Ihr wollt mich freilassen«, stieß sie aus, Hoffnung keimte in ihr auf. »Ich werde zurück in mein Reich entsendet. Ich werde Königin über das Reich der Schatten.«

Rayan lachte. Es klang höflich, doch eine Kälte schwang darin mit, die ihr einen Schauer über den Rücken jagte.

»Wir können dich nicht freilassen«, sagte er. »Du bist eine Gefahr für mich, für mein Königreich und die anderen Elemente. Für diesen Moment bist du unser Gast, Prinzessin Sayeh. Solange, wie es nötig ist. Wir werden dich unterrichten und du wirst unter unserer Aufsicht dein Element herbeiordern, bis wir davon überzeugt sind, dass du es kontrolliert und gewissenhaft beherrschst und verantwortungsvoll damit umgehst. Du wirst von unserem ins nächste Reich reisen und wieder ins nächste, bis du unser Vertrauen erlangt hast. Im Anschluss wirst du das Gleichgewicht wiederherstellen und den Schatten zurückbringen.«

Den Schatten zurückbringen. Das war es, was hier vor sich ging. Mutter war gestorben und der Schatten mit ihr. Das Wasser, welches durch dieses Königreich floss und es blühen und gedeihen ließ, war verdunstet ohne schützende Schatten und die tiefe Nacht.

Sie brauchten sie.

»Nyssa wird niemals zulassen, dass ihr Reich verfällt«, sagte sie hastig. Ihr träges Gehirn ratterte und ratterte. Bitterer Nebel umhüllte es und sie versuchte, dagegen anzukommen. »Dass ihr Kind sich in der Gewalt der anderen Elemente befindet.«

Dies war eine einmalige Gelegenheit – die erste und wohl auch letzte, um jemals wieder in Freiheit zu leben. Sie musste sie ergreifen. Musste verhandeln. Kämpfen. Zur Not fliehen. Für die Schatten. Für ihre Göttin und ihr Königreich. *Für ihre Freiheit.* Im Fels hatte sie jede Hoffnung aufgegeben, hatte mit ihrem baldigen Ableben Frieden geschlossen, doch nun ...

Sayeh sah auf ihre gefesselten Hände hinab und hinauf in den verstörend blauen Himmel, suchte die glatten Wände der Palastmauern nach einem Fluchtweg ab. Aber wie sollte sie in ihrem Zustand fliehen? Und wohin sollte sie gehen? Sie war in ihrem Leben nie über das Schattenreich hinausgekommen. *Könnte sie sich in den Schatten verstecken?* Ihre Magie musste noch da sein. Verschüttet zwar, jedoch immer noch da. Immerhin war sie eine Halbgöttin.

Sie fühlte sich der Freiheit so nah ...

»Ich muss in mein Reich zurückkehren, Nyssa huldigen und den Schatten pflegen«, sprach sie. Ihre Stimme überschlug sich in dem Bestreben, die Argumente für ihre Befreiung zu präsentieren. »Wenn meine Mutter tot ist, muss ich an ihre Stelle treten. Ich kann nicht hierbleiben, das Gleichgewicht ...«

»Deine Mutter zerstörte das Gleichgewicht«, unterbrach Rayan sie streng. »Sie wollte uns vernichten, uns verschlingen in ewiger Dunkelheit – Erde, Wasser, Feuer und Wind. Wollte, dass der Schatten alleinig über diese Welt herrscht. Nie wieder darf es so weit kommen. Niemals. Wir müssen verhindern, dass das Reich der Schatten sich wieder erheben und gegen die anderen Elemente wenden könnte. Verstehst du, Sayeh? Begreifst du, warum du in Gefangenschaft lebst?«

Nachdem die herrschenden Halbgötter der vier Elemente in das Reich der Schatten eingedrungen waren, ihre Mutter bezwungen und den Krieg für beendet erklärt hatten, hatte man sie in den Fels weit draußen im Schattenmeer verbannt. Der einzige Eingang und somit auch Ausgang aus diesem steinernen Gefängnis war mit einem undurchdringbaren Gitter aus Iridium versperrt, das nur geöffnet wurde, wenn ein neuer Gefangener Einlass fand – was selten geschah. Denn es war ein Gefängnis für Verurteilte schwerster Straftaten, ob Mensch oder Halbgott. Der Aufenthalt im Fels war lebenslänglich. Die Wächter lebten und starben in seinen düsteren Tunneln.

Nach ihrer Gefangennahme hatten die siegreichen Herrscher ihre Mutter erpresst. Der Preis für das Leben ihrer Tochter war ihre sofortige Kapitulation und lebenslange Unterordnung unter die übrigen vier Elemente gewesen. Und tatsächlich war ihre Entführung die Rettung gewesen – der Schatten hatte sich zurückgezogen. Ihrer Mutter war ihr Leben mehr wert gewesen als endlose Macht.

»Wir werden für dich sorgen, Sayeh«, durchbrach Rayan ihre Erinnerungen. »Du wirst in unserem Königreich ein neues Heim finden, so, wie du es auch im Reich der Erde und im Reich der Winde finden wirst. Im Gegenzug für unsere Großzügigkeit erwarten wir von dir Gehorsam und Pflichtbewusstsein. Du wurdest zwölf Jahre auf deine Zukunft vorbereitet – nicht annähernd genug Zeit, um dich mit deinen Aufgaben vertraut zu machen. Dies müssen wir in nur wenigen Tagen nachholen, weil die Zeit drängt. Der Schatten verschwindet und mit ihm die Einheit der Elemente.«

»Ich war fünf Jahre in Gefangenschaft«, sagte sie. »Es wird Zeit brauchen, mich mit meinem Element wieder vertraut zu machen.«

Vor dreihundertsiebenundachtzig blutigen Strichen hatte sie das letzte Mal Magie angewendet. Sie hatte eine Ratte in Schatten gehüllt, weil sie das kratzende Geräusch ihrer Krallen auf dem Stein nicht mehr ertragen hatte. Nachdem die Schattenschwaden sich verflüchtigt hatten, war das Tier verschwunden gewesen. Es war das erste und auch das letzte Mal gewesen, dass sie ein Lebewesen in den Schatten verschlungen hatte. Tagelang hatte sie geweint, Wasser und Essen verweigert, bis sich das schimmelige Brot bei ihr gestapelt hatte. Danach hatte sie ihr Element nie wieder gerufen. Nie wieder.

»Wir wissen alle, dass du nicht deine Mutter bist, Sayeh«, fuhr Rayan fort. »Doch du musst für die vernichtenden Folgen ihres Machthungers die Verantwortung übernehmen. Du bist nun das einzige noch lebende Kind Nyssas. In sechzig Tagen werden wir dich in der Zeremonie vereidigen – vorausgesetzt, du handelst vernünftig, legst Fleiß und Disziplin an den Tag und folgst den Anweisungen der Herrscher der Elemente. Nach der Zeremonie steht es dir frei, ins Reich der Schatten zurückzukehren und deiner Göttin zu huldigen. Dies ist mein Angebot, Sayeh. Dies ist das Angebot der Einheit der Elemente. Wir haben darüber beschlossen.«

Sechzig Tage? Sie war eine Halbgöttin. In sechzig Tagen würde sie ihre Pflichten erlernen können und ihre Fähigkeiten wiedererlangen. Wenn das Geschenk die Freiheit war, dann sollte es für sie nur eine Antwort geben.

»Und wenn ich mich weigere?«, hörte sie sich fragen.

»Dann werden wir uns die Schatten gewaltsam aneignen«, entgegnete Rayan ohne Umschweife.

»Gewaltsam?« Wie sollte das möglich sein?

»Wir entziehen dir dein Element. Durch Folter. Durch Schmerz. Wäre dir das lieber?«

War das möglich? Würde Nyssa das zulassen? Sie wollte es nicht herausfinden müssen. Nicht, nachdem sie endlich wieder Hoffnung geschöpft hatte. Hoffnung auf Freiheit. Hoffnung auf ein Leben.

»Ich werde die Schatten zurückbringen«, sagte sie. Die schwarzen Strähnen ihres überlangen Ponys verdeckten ihre Augen, schützten sie ein wenig vor der sengenden Sonne. »Ich werde das Gleichgewicht wiederherstellen. Ich werde für die Taten meiner Mutter die Verantwortung tragen.«

»Das freut mich zu hören, Sayeh«, sagte Rayan und legte seine knochige Hand auf ihr Knie. Sie war dürr und vertrocknet wie die Äste des Baumes in ihrem Rücken. »Meine Ritter werden dich zurück in dein Zimmer begleiten. Ruhe dich aus. Morgen früh wird man dich reinigen, anschließend beginnen wir mit dem magischen Unterricht. Am Abend werde ich dich auf dem

Frühlingsfest den übrigen Herrschern vorstellen. Eigne dir bis dahin die nötigsten Höflichkeitsgepflogenheiten an. Wir befinden uns nicht im Reich der Schatten.«

Seine letzten Worte klangen herablassend und ließen sie wütend werden. Denn im Palast der Schatten waren Höflichkeit und ein respektvolles Miteinander eine Selbstverständlichkeit. Der Schatten war friedfertig und so waren seine Geschöpfe. Es war ihre Mutter gewesen, die diesen Frieden in ihrem sinnlosen Machtstreben begraben hatte.

»Merke dir, Sayeh«, sagte Rayan und senkte seine Stimme zu einem verschwörerischen Flüstern. Es war ihr unangenehmer als die falsche Freundlichkeit, die Monotonie und gar der schneidende Befehlston. »Das Reich des Wassers heißt dich willkommen. Es hat mich Tage an Überzeugungsarbeit gekostet, bis ich die Erlaubnis bekam, dich aus dem Fels zu befreien. Tage, in denen mein Königreich mehr und mehr verdurstete. Keines der übrigen Reiche benötigt die Schatten so dringend wie meines. Die Sonne hat seit dem Tod deiner Mutter den Himmel nicht verlassen. Es gibt keine kühlende Nacht mehr. Alles Wasser verdunstet. Mein Königreich stirbt. Bedenke aber, dass die anderen drei Königshäuser nicht so leicht davon zu überzeugen waren, dir die Freiheit zu schenken. Allen voran das Königreich des Feuers, das dir bis jetzt nicht erlaubt, über seine Grenzen zu treten. Sie alle haben für Gefangenschaft und Folter plädiert. Auch ich hätte es beinahe getan – lass mich meine Fürsprache nicht bereuen.«

Erfrischende Begegnung

Sie hatte gehofft, dass man ihr am Abend Wasser bringen würde. Doch ebenso wenig, wie die Sonne hinter dem Horizont versank, erhielt sie zu ihrem abendlichen Brei einen Schluck des kostbarsten aller Elemente.

Rayan behauptete, dass es kein Wasser mehr gäbe. Niemand jedoch – nicht einmal der Halbgott des Wassers – konnte ohne Wasser überleben. Und als ihr nach einer schlaflosen Nacht unter der Sonne, die unerbittlich durch die Gitterstäbe brannte, lediglich trockenes Brot gereicht wurde, kam sie zu dem Schluss, dass man nur *ihr* kein Wasser zugestand. Nahm Rayan vielleicht an, eine Halbgöttin der Schatten bräuchte kein Wasser? Sie mochten mit halbgöttlicher Unsterblichkeit gesegnet sein, die es ihnen erlaubte, schlimmste Verletzungen zu überstehen und unter ärgsten Widrigkeiten zu überleben, aber sie waren doch zur Hälfte Mensch: Sie hatten einen kurzen Lebenszyklus und starben, wenn sie über lange Zeit kein Wasser zu sich nahmen.

Nachdem sie ihren Brotkanten hinuntergewürgt hatte, wurde sie zur Reinigung abgeholt. Mit Scheren schnitten zwei Palastdienerinnen ihr das verdreckte, zerschlissene Gewand vom Körper und warfen es mit angeekelten Gesichtern in einen Eimer. Der Verlust erfüllte Sayeh mit Wehmut, denn der Fetzen hatte sie fünf Jahre lang durch Schmerz und Einsamkeit begleitet, vor Kälte bewahrt und ihren nackten Körper vor der Außenwelt abgeschirmt. Sie wollte um den ausgedienten Stoff weinen, doch sie hatte eine neue Stufe der Austrocknung erreicht. Sie war nicht einmal mehr in der Lage, zu pinkeln.

Anstatt sie in ein heißes Bad zu stecken, um den Dreck von fünf Jahren abzuwaschen, zückten die beiden Dienerinnen, die verständlicherweise vor Angst schlotterten, harte Bürsten. Mit Übereifer begannen die Menschenmädchen, sie trocken abzuschrubben. Sayeh biss ihre Zähne zusammen und ließ die schmerzhafte Prozedur über sich ergehen. Die dicken Ringe aus Iridium um ihre Handgelenke zogen sie unablässig in die Tiefe.

»Könnte ich Wasser bekommen?«, fragte sie die Dienerin, die ihre Haare gerade mit einem groben Zinkenkamm bearbeitete und sie dabei beinahe skalpierte. Sie bekam keine Antwort. Stattdessen wischte ihr die andere mit einem staubtrockenen Leinentuch über das Gesicht, rubbelte es von Dreck und Blut frei. Es fühlte sich an, als würde sie ihre Haut gleich mit entfernen.

Das Bad war klein, aber hübsch. Die Marmorsäulen mit den wellenförmigen Vertiefungen, die den Boden mit einem ebensolchen Muster durchzogen, waren so ausgetrocknet wie die zauberhaften Wasserspiele an den Wänden. Ein weit geöffnetes Fenster, um dessen Rahmen sich verdorrte Blumen rankten, zeugte ebenfalls von dem katastrophalen Zustand des Königreiches.

Eine süßliche Parfümwolke hüllte sie ein und Sayeh verfiel in einen trockenen Husten. Das Mädchen ging verschwenderisch mit dem Duftwasser um, vermutlich, weil sie wie jemand roch, der fünf Jahre keine Seife gesehen hatte. Währenddessen klatschte ihr die andere eine dickliche Salbe aufs Gesicht und rieb sie damit ein. Sayeh zuckte vor den ungewohnt intimen Berührungen zurück. Spitze Finger umfassten ihr Kinn, schmierten eine fettige Paste auf die eingerissenen Lippen. Mit vereinten Kräften hoben sie ihre schweren Arme in die Höhe, dann glitt ein samtiger Stoff über sie, legte sich um ihren unkontrolliert zitternden Körper. Anschließend fingerten sie ihr mehr schlecht als recht filigrane Silbersandalen an die Füße.

Die Sinneseindrücke überwältigten sie und Sayeh suchte Halt am Rand des muschelförmigen Waschbeckens. Um sich abzulenken, hob sie ihren Kopf und sah in den Spiegel. Das Mädchen, welches ihr entgegenblickte, war ihr fremd.

Die schmerzhafte Tortur, durch die ihre Kopfhaut gegangen war, hatte sich ausgezahlt. Das zerzauste Vogelnest war dicken, nachtschwarzen Haaren gewichen. Sie fragte sich, welche Wunderpaste die Dienerinnen hineingeknetet hatten. Gesund glänzten sie im gleißenden Licht der Sonne, als würden ihnen nicht essenzielle Nährstoffe fehlen. Früher hatten sie ihr bis zur Hüfte gereicht. Der jetzige, kurze Fransenschnitt, der ihre Haare leicht kraus erscheinen ließ, war das Ergebnis ihrer Frisierversuche im Fels mit einem rostigen Brotmesser. Er gab ihrem ausgemergelten Gesicht die fehlende Fülle zurück. Der Pony war zurückgekämmt worden. Eine tiefe Narbe zog sich über ihre rechte Augenbraue, dort, wo das Iridiumschwert eines Wächters sie getroffen hatte, als sie vor vier Jahren so töricht gewesen war, einen Fluchtversuch zu wagen.

Unter dichten, geschwungenen Wimpern blickten ihre Augen ihr entgegen. Schwarz und schillernd wie Obsidian, unergründlich wie der See der Geheimnisse und göttlich wie Nyssa. Da waren sie, die Schatten. Die Finsternis, die sie so sehr vermisste. Sie warteten nur auf ihren Ruf.

Die Dienerinnen flüsterten sich etwas zu, das sie nicht verstand, obwohl sie wie jeder Halbgott alle fünf Sprachen der Elemente ab dem Tag erlernt hatte, an dem sie die Dunkelheit der Welt erblickte. Furcht und Abscheu standen in ihren Gesichtern geschrieben. Sayeh hatte Mitleid mit ihnen. Für die Mädchen kam dies einer Strafarbeit gleich. Vom Schatten verschlungen zu werden war sicherlich grausamer, als den Schatten zu missen.

Um den angsterfüllten Blicken der beiden zu entgehen, sah Sayeh an sich hinab. Sie trug ein bodenlanges, schwarzes Gewand aus dickem Samt. Die Ärmel waren weit und luftig geschnitten, sie endeten über ihren Handgelenken und den Iridiumringen in hautengen Bündchen. Um ihre Taille wurde in diesem Moment ein breiter Gürtel gezurrt, so eng, dass sie kaum noch atmen konnte.

Bei Nyssa, sie hatte solch einen Durst!

»Wasser?«, keuchte sie in der Sprache des Wassers, rang nach Luft.

Ihr Rachen fühlte sich an, als habe sie Sand geschluckt. Die Mädchen reagierten nicht, schoben sie energisch Richtung Ausgang. In einem Anflug von Verzweiflung – wo würde sie dem Wasser näherkommen als in einem Bad? – schnappte sie nach einem Handgelenk. Die Dienerin wirbelte zu ihr herum, nackte Angst in ihren menschlichen Augen. Sie stolperte vor ihr zurück, prallte gegen die Tür und riss sie auf. Dann schrie sie um Hilfe.

»Ich möchte euch nichts tun«, sagte Sayeh hastig, drehte sich zu dem anderen Mädchen um, das ebenfalls von ihr zurücktrat und mit einer Hand nach einem Puderpinsel in seinem Rücken tastete.

»Bitte, ich brauche Wasser. Nur einen Schluck!« Sie deutete flehentlich zu dem ausgetrockneten Waschbecken.

Polternde Schritte näherten sich aus dem Korridor. Sie wurde grob von einem Ritter gepackt und gegen den Türrahmen gedrückt, eine Schwertklinge legte sich an ihre Kehle. Zitternd quetschten die Mädchen sich an ihr vorbei, akribisch darauf bedacht, sie nicht zu berühren. Dann flüchteten sie Hals über Kopf.

»Bitte, Wasser«, bat sie nun auch den Ritter, der ihren Arm schmerzhaft nach hinten verbog. Doch der ignorierte ihre Bitte und schob sie unsanft auf den Flur hinaus, zerrte sie mit sich. Jedes Mal, wenn ihre Beine wegknickten, hob er sie in die Höhe und setzte sie wieder auf dem Boden ab, wie ein Kind, das sich weigerte, selbst zu laufen. Die steifen Sohlen der Sandalen fühlten sich unnatürlich unter ihren Füßen an. Sie hatte fünf Jahre barfuß verbracht. Sie brauchte keine Schuhe, sondern ihre Freiheit. Und Wasser.

Sie gab sich alle Mühe, mit dem forschen Schritt des Ritters mitzuhalten. Denn sie *wollte* eigenständig laufen. Wenn sie nicht einmal das zustande brachte – wie sollte sie dann die Schatten kontrollieren?

Sechzig Tage. Sechzig Tage, um all das zu erlernen, was sie als Halbgöttin des Schattenreichs wissen musste, andernfalls würde man sie bis in alle Ewigkeit einsperren. Man würde sie foltern. Foltern unter der Glut der Sonne.

Von diesen grauenerregenden Zukunftsaussichten vorangetrieben, zwang sie ihre Füße, einen Schritt vor den anderen zu setzen. Aber der Ritter legte ein strammes Tempo vor und sie stolperte über ihre eigenen Zehen. Sie warf ihnen einen bitterbösen Blick zu. Selbst ihre Zehen ließen sie im Stich.

Was, wenn Nyssa sie längst aufgegeben hatte?

Bevor sie den beängstigenden Gedanken weiterspinnen konnte, wurde sie jäh unterbrochen, als sie schwungvoll um eine Ecke bogen und unvermittelt abbremsten. Der abrupte Halt brachte sie vollends aus dem Gleichgewicht und hilflos schlitterte sie über die spiegelglatten Marmorplatten. Der Ritter riss sie zurück, seine Finger gruben sich tief in ihren Oberarm. Keuchend hob Sayeh ihren Blick – und verlor sich in zwei Augen von dem schönsten Blau, das sie je gesehen hatte.

Die Befürchtung, sie könnten Rayan gehören, verwarf sie augenblicklich. Nie und nimmer. Diese Augen waren von einem tiefen Saphirblau und voller Leben. Das unverkennbare Leuchten der Iriden verriet ihre Göttlichkeit, die schillernden Wirbel darin nahmen Sayeh gefangen und gaben sie nicht wieder her. Weder herrschte in ihnen trügerische Ruhe noch blasse Leblosigkeit, nein, diese Augen beheimateten sowohl die faszinierenden als auch widersprüchlichen Facetten des zweiten Elements – friedliche Milde und reißerische Kraft.

Ein reißender Schmerz in ihrer Schulter holte sie zurück in die vertrocknete Wirklichkeit. Der Ritter zerrte sie beiseite und drängte sie an die Mauer. Ihr Hinterkopf schlug hart gegen den Stein und sie sah für einen kurzen Moment Sterne. Eine Dolchklinge blitzte vor ihr auf, dann drückte sich kühles Iridium gegen ihre Kehle. Zwei weitere Ritter tauchten aus dem Nichts auf, schoben sich zwischen sie und den Halbgott, redeten auf ihn ein.

Sie versuchte zu lauschen, doch ein penetrantes Rauschen in ihren Ohren behinderte ihr Gehör. Es war ihr zähflüssiges Blut, das sich mühevoll durch den Kreislauf kämpfte. Benommen wankte sie gegen den Ritter, der darauf unfreundlich grummelte und sie grob zurückstieß. Um bei sich zu bleiben und nicht in eine Ohnmacht abzudriften, linste sie an dem Ritter vorbei, der sich schützend vor den Halbgott gestellt hatte.

Vor ihr stand Rayans Sohn. Halbgott des Wassers ihrer Generation. Avan.

Avan besaß eine anmutige Erscheinung. Wie sein Vater umhüllte ihn ein Mantel aus schimmerndem Mondstoff, eine violettfarbene Seidenweste schmiegte sich an den schlanken Oberkörper, eingewebte Aquamarine zeichneten das Wappen des Wasserreichs. Ein verräterisches bläuliches Licht schimmerte unter seinem Mantel hervor. Sein seidiges Haar war wie ihres kinnlang und besaß die gleiche silberweiße Farbe wie der Stoff des Mantels – als hätte er seinen Kopf in den Mond getunkt. Der tropfenförmige Saphir an seinem Diadem, dessen Ranken sich wie Silberschlangen durch sein Haar wanden, leuchtete mit der Magie des Wassers, winzige Tröpfchen und Bläschen umschwirrten ihn.

Er hatte ein schönes Gesicht. Schmal und von edlen Zügen, ein wenig feminin. Die Lippen waren elegant geschwungen, besaßen die Farbe von hellem Rosenholz und wirkten kein bisschen ausgetrocknet. Seine cremeweiße Haut war so makellos und glatt, dass sie am liebsten ihre Hand ausgestreckt und ihre Finger hineingetunkt hätte wie in ein Glas frischer Milch.

»Ich werde Prinzessin Sayeh in ihr Zimmer begleiten«, sagte er in diesem Moment. Da war sie wieder. Die Stimme, die sie schon bei ihrer Ankunft vernommen hatte. Wie ein leise plätschernder Bach. Beruhigend und doch anregend. So wie alles an ihm.

»Ihr Vater gab mir den Befehl, die Prinzessin unverzüglich zu ihm zu bringen«, ließ der Ritter verlauten, der ihre gefesselten Arme gegen ihren Unterleib presste.

»Und ich gebe dir den Befehl, die Bittsteller am Osttor abzuweisen«, entgegnete Avan ruhig, aber bestimmt.

Überraschenderweise gab der Ritter sie auf diesen Befehl hin frei und auch die Klinge löste sich von ihrem Hals. Ein Blutstropfen perlte hinab und sickerte unter das neue Gewand. Die drei Männer verneigten sich vor dem Prinzen und entfernten sich.

Die Folgsamkeit der Ritter irritierte sie. Das Wort des herrschenden Halbgottes wog weitaus mehr als das seines unvereidigten Nachfolgers. Ihr fehlte jedoch die Kraft, weiter über diese ungewöhnliche Befehlsverweigerung nachzugrübeln. Avan streckte ihr seine Hand entgegen, die sie entschieden ignorierte. Stattdessen stieß sie sich in einem Moment der Selbstüberschätzung von der Wand ab, war ohne den Ritter jedoch in etwa so standhaft wie ein Pferd mit nur einem Bein. Sie schwankte bedenklich. Bei Nyssa, sie hatte sich noch nie so kraftlos gefühlt.

Avan ergriff ihren Ellbogen und rettete sie vor einer entwürdigenden Landung auf dem harten Marmor. Der Duft nach salzigem Meerwasser hüllte sie ein, so intensiv und allumfassend, dass sie mit der Zungenspitze durstig über ihre Lippen fuhr. Doch anstelle von Wasser schmeckte sie Bitterkeit. Ihr Blick verschwamm und sie krallte ihre Finger in den edlen Mondstoff. Ein bläuliches Licht holte sie aus der nahenden Ohnmacht zurück. Etwas wurde in ihre Hand gedrückt, das sich kühl und glatt anfühlte und zugleich seltsam schwerelos war. *Wasser.* Sie blinzelte und starrte auf eine kleine Wasserkugel, die über ihre Handfläche kullerte. Winzige Wasserblasen blubberten darin.

»Trink das.«

Sie hätte keine Aufforderung gebraucht. Gierig führte sie ihre Hand an den Mund. Die Ketten aus Iridium hingen tonnenschwer an ihren Armen, sodass sie sich vorbeugen musste. Avans schlanke Finger legten sich um ihre Handgelenke und nahmen ihr etwas von dem Gewicht ab. Mit einem Seufzer der Erleichterung berührten ihre Lippen die wässrige Kugel. Sie ließ sie auf ihre Zunge rollen, lehnte den Kopf zurück und schloss erschöpft die Augen. An ihrem Gaumen explodierte ein nasskaltes Feuerwerk. Eine erfrischende Welle schwappte durch ihren Körper, drang in jede Faser, durchströmte ihre Adern und befreite ihren Kopf von dem verstörenden Nebel.

»Danke«, flüsterte sie.

»Avan«, hörte sie ihn sagen. Er legte ihre Hände sachte auf dem Samtkleid ab.

»Ich weiß«, murmelte sie.

Für einen winzigen Augenblick erlaubte sie sich, in dem unverhofften Hochgefühl zu verweilen, ehe sie ihre Lider wieder hob. Avan war ihr so nah, dass sie die tanzenden blauen Wirbel in seinen Augen hätte zählen können, wäre sie des Zählens nicht vor langer Zeit in einer fernen Gesteinshöhle müde geworden. Avan schien die unpassende Nähe zu bemerken und trat einen Schritt von ihr zurück, nahm seinen wunderbaren Duft nach Wasser, Salz und den Tiefen des Meeres mit sich.

»Ich werde mit meinem Vater reden«, sagte er und ließ in einer flinken Bewegung seinen Zauberstab verschwinden. Schwebende Wasserperlen folgten dem leuchtenden Saphir unter den silberweißen Stoff wie Motten dem Licht. »Du bist ein Gast, keine Gefangene.«

Ein Gast? Sie hätte gelacht, wenn sie sich daran erinnert hätte, wie man lachte.

»Dein Vater sagte, es gäbe kein Wasser«, erklärte sie. Überrascht stellte sie fest, dass ihre Stimme an Heiserkeit verloren hatte und sich ihr Rachen nicht mehr anfühlte, als habe sie flüssiges Feuer getrunken.

»Das war eine Lüge«, sagte Avan unverblümt.

Verwundert suchte sie in den zahlreichen Facetten seiner Augen nach Hinweisen auf geistige Beeinträchtigung. Erst gab er den Rittern seines Vaters eigenmächtig Befehle und nun bezichtigte er ihn der Lüge?

»Wäre das der Fall, gäbe es kein Leben mehr«, fuhr Avan fort, strich sich eine silberweiße Strähne aus der Stirn und blickte den Säulengang hinunter. »Niemand kann ohne Wasser überleben. Auch wenn mein Vater offenbar die Probe aufs Exempel an dir statuieren möchte.«

»Und wieso verweigert er mir das Wasser?«, fragte sie.

Wollte er sie loswerden, könnte er das viel leichter haben.

Avan betrachtete sie aufmerksam. Seine aufrechte Körperhaltung ließ ihn größer wirken, als er war. Im Gegensatz zu seinem Vater war er zwar schlank, aber nicht dürr. *Nicht ausgetrocknet.*

»Damit du erkennst, wie die Zeit drängt. Und damit du schwach bleibst. Er hat mir verboten, dir Wasser zu geben.«

Nett. Was hatte Rayan noch mal von Gastfreundschaft gefaselt? *Das Reich des Wassers heißt dich willkommen.*

»Wenn es noch Wasser gibt, warum ist dann alles hier ausgetrocknet?«, fragte sie.

Er zögerte, seine Augen wanderten suchend über ihr Gesicht. Was immer sie dort fanden, schien ihn dazu zu veranlassen, die Wahrheit zu sagen.

»Mein Vater kann das Wasser nicht mehr rufen. Ohne einen herrschenden Halbgott, der das Element kontrolliert, stirbt unser Reich.«

Rayan konnte sein Element nicht mehr kontrollieren? Hing auch das mit dem fehlenden Schatten zusammen?

»Wieso kannst du es?«, fragte sie, war überfordert von diesen unerwarteten Informationen. Der Herrscher des Wasserreichs konnte das Wasser nicht mehr rufen? Wie war das möglich? Es sei denn ...

Wieder machte Avan eine Pause, schien mit sich zu hadern, was er ihr sagen durfte. Und was nicht.

»Die elementare Einheit der herrschenden Generation ist zerbrochen. Nicht jedoch die unserer Generation.«

Fünf Elemente. Fünf Götter. Fünf Halbgötter. Starb einer, war das Gleichgewicht gestört, die Einheit der Elemente zerbrochen. Solange, bis die nächste Generation vereidigt wurde. Normalerweise geschah dies, wenn die ältere Generation bereit war, ihre Macht abzugeben und die jüngere, diese zu übernehmen. Im Notfall – dem Tod eines Halbgottes – konnte der Zeitpunkt der Vereidigung auf das achtzehnte Lebensjahr des jüngsten Halbgottes der nächsten Generation herabgesetzt werden. Bis dahin mussten die Elemente von den noch unvereidigten Halbgöttern gepflegt werden. Da Halbgötter jedoch selten aus einem anderen Grund als gewöhnlicher Altersschwäche starben, kam solch ein Fall selten vor.

Doch genau dies war mit dem Selbstmord ihrer Mutter eingetreten.

Es brauchte eine Weile, bis diese Information sich in ihrem Kopf eingenistet und sie ihre volle Tragweite begriffen hatte. Wieso war sie nicht von allein darauf gekommen? Mit dem Tod ihrer Mutter war die elementare Einheit zerbrochen. *Die Herrscher waren magielos.*

»Mein Vater fürchtet dich«, sagte Avan. Er sprach mit einer schnörkellosen Ehrlichkeit, die sie schwer einschätzen konnte. Wieso redete er so offen mit ihr? »Daher behandelt er dich wie eine Gefangene. Wenn du es schaffst, sein Vertrauen zu gewinnen, wird sich das ändern.«

»Und du fürchtest mich nicht?«, fragte sie.

Er musterte sie, ein Schatten legte sich über seine zarten Gesichtszüge und seine Augen wurden merklich dunkler.

»Ich fürchtete deine Mutter«, erklärte er dann. »Sie zerstörte meine Heimat und verschlang Menschen und andere Geschöpfe in ihren Schatten. Dich kenne ich nicht. Ich will nicht fürchten, was ich nicht kenne. Wieso sollte ich auch?«

»Weil der Apfel nicht weit vom Stamm fällt?«, schlug sie vor.

Er sah den Gang hinab, zog seinen Mantel enger, sodass das bläuliche Licht verschwand.

»Ich hoffe inständig, dass diese Redewendung nicht auf jeden zutrifft.«

»Weil es bedeuten würde, ich wäre so böse wie meine Mutter?«, sprach sie ihre größte Angst aus, die gleichzeitig ihr größtes Geheimnis war.

Auf seine hübschen Lippen legte sich der Hauch eines Lächelns.

»Nein«, erwiderte er. »Weil es bedeuten würde, ich könnte irgendwann so engstirnig, heuchlerisch und herzlos enden wie mein Vater.«

Überrascht sah sie zu ihm auf.

»Avan!«, schallte mit einem Mal die Stimme seines Vaters durch den Säulengang. Avan schloss kurz die Augen und murmelte etwas, das sie nicht verstand.

»Wir sehen uns auf dem Frühlingsfest«, sagte er dann und war im gleichen Moment verschwunden. Er nahm das Wasser mit sich und den leisen Hauch von Normalität in dieser Welt des Irrsinns. Zurück jedoch blieben mehr Fragen als Antworten. War er naiv oder gerissen, dass er ihr die Wahrheit gesagt hatte?

Vielleicht war er einfach nur ehrlich.

Sie schüttelte den Kopf. Nein, das konnte es nicht sein. Sie war der Feind. Zu Feinden war man niemals ehrlich. Er bezweckte etwas. Sie wusste nur noch nicht, was es war.

»Prinzessin Sayeh«, durchbrach Rayans Befehlsstimme ihre Gedanken. Zwei seiner Ritter nahmen sie augenblicklich in ihre Mitte. »Wie ich sehe, bist du bereit für deine erste Übungseinheit. Der Lehrer der Magie erwartet uns.«

Sie rang sich weder Knicks noch Verbeugung ab, obwohl die kleine Wasserkugel ihr unerwartete Kräfte verliehen hatte. Sie ersehnte ihre Freiheit und um diese zu erlangen, musste sie nach Rayans Regeln spielen. Doch für den Moment wollte er etwas von *ihr.* Sie sollte sein Reich retten. Wenn er sie dennoch wie eine niedere Gefangene hielt, würde sie sich entsprechend verhalten. Prinzessinnen machten einen höflichen Knicks – die Tochter einer wahnsinnigen Massenmörderin nicht.

Der König musterte sie eingehend. Was er sah, schien ihm zu missfallen.

»Du hast Bekanntschaft mit meinem Sohn gemacht«, bemerkte er eisig und bedeutete den Rittern, vorwärtszugehen. Die Wasserkugel hatte wahre Wunder bewirkt, sodass sie mühelos allein gehen konnte. Zum ersten Mal seit Jahren fühlte sie sich wieder annähernd im Besitz ihrer körperlichen und geistigen Kräfte. Das Einzige, was fehlte, war der Schatten.

»Ich wollte dich mit ihm auf dem Frühlingsfest bekanntmachen. Doch er ist mir wie immer zuvorgekommen.«

In seiner Stimme schwang nicht der Hauch von Zuneigung mit. Avan schien einen schweren Stand bei seinem Vater zu haben und sie fragte sich, warum. Geschöpfe des Wassers waren für ihr großes Herz bekannt.

Niemand liebt wie das Wasser.

Ihre Mutter hatte sie geliebt. Und sie hatte ihr niemals das Gefühl gegeben, als nachfolgende Generation weniger wert zu sein. Im Gegenteil – von früh an war ihr Training hart gewesen. So hart, wie es einem Halbgott des Schattens gebührte. Ihre Magielehrerin Senka hatte sie jeden Tag aufs Neue an ihre Grenzen gebracht und manchmal ein Stück darüber hinaus. Und auch wenn ihre Mutter sie aus allen elementarweltlichen Angelegenheiten herausgehalten hatte, hatte sie schon früh an politischen Entscheidungen innerhalb des Reichs mitwirken dürfen. Dadurch hatte sie großes Selbstvertrauen und Sicherheit im Umgang mit den Schatten entwickelt. Leider war davon nach fünf Jahren Zwangsisolation nicht mehr viel übrig.

»Du scheinst heute Morgen bei besserer Gesundheit«, bemerkte Rayan. Sein stechender Blick bohrte sich in ihre Schläfe. »Bist du auf eine Wasserader gestoßen?«

Sollte das witzig sein? Rayan wusste ganz genau, dass sein Sohn ihr ausgeholfen hatte. Hoffentlich würde er ihn dafür nicht bestrafen.

»Ich werde also heute Abend auch auf die anderen Halbgötter treffen?«, lenkte sie vom Thema ab.

»Auf alle, bis auf das Königshaus des Feuers. Seine Abneigung dem Schatten gegenüber hindert es daran, die Dringlichkeit der Situation zu erkennen. Der Herrscher des Feuerreiches lehnte meine Einladung ab, da er es nicht ertragen kann, sich mit dir in einem Haus aufzuhalten. Ich empfehle dir, das Thema heute Abend nicht anzuschneiden, denn Klatsch und Tratsch verbreiten sich so schnell wie Lauffeuer in unserer Welt. Und wir wollen doch nicht, dass du abermals entführt wirst. Die anderen Königreiche würden nicht so gnädig mit dir verfahren wie meines. Ginge es nach dem König des Feuerreiches, wäre deine Mutter vor fünf Jahren in Lava getaucht und dir wären unter qualvollen Schmerzen die Schatten entzogen worden.«

Sayeh erinnerte sich, dass ihre Mutter eine besondere Abneigung gegen das Feuer gehegt hatte. Hatte sie das Element daher in ihre letzten Worte verwoben? War es wirklich eine Aufforderung an sie gewesen, das Feuer zu verschlingen?

Etwas in ihr sträubte sich, dies zu glauben. Denn die Welt konnte ihr über ihre Mutter erzählen, was sie wollte – in ihrer Erinnerung war sie eine warmherzige und leidenschaftliche Halbgöttin gewesen. Großzügig und gerecht. Fröhlich und voller Energie. Eine von den Menschen geliebte Herrscherin. Sayeh war Einzelkind und die Palastangestellten hatten ihr die Familie ersetzt. Grenzen hatte es für sie wenige gegeben im Reich der Schatten. Nur die eine – die Grenze zur restlichen Welt. Die war ihr verschlossen geblieben und kein Protest, kein Weinkrampf und keine überschwängliche Freundlichkeit hatten ihre Mutter je umstimmen können. Die anderen Elemente und deren Königreiche hatten für sie nur auf dem Papier existiert. Und in ihren Träumen.

Der Zwiespalt zwischen dem, was ihr von ihrer Mutter berichtet worden war, und ihrer eigenen Wirklichkeit und Erinnerung plagte sie seit fünf Jahren. Sie war irgendwann zu dem Schluss gekommen, dass es keinen Zwiespalt gab. Ihre Mutter musste zwei Seiten besessen haben – eine, die sie ihrer Familie und ihrer Heimat offenbarte, und eine, die sie der restlichen Welt zeigte.

»Ist dieses Fest ein Ball?«, fragte sie, während sie neben Rayan eine breite Treppe hinunterschritt. Die Stufen hoben sich wegen des fehlenden Schattens kaum voneinander ab, doch sie stolperte nicht ein einziges Mal. *Danke, Avan.*

»Das ist er«, bestätigte Rayan.

»Dann werde ich meine Arme und Hände benötigen.«

Aus dem Augenwinkel nahm sie seinen warnenden Blick wahr.

»Ich werde dir deine Fesseln für den heutigen Abend abnehmen«, sagte er, nur, um ihre Hoffnung auf eine Flucht gleich wieder zu zerschlagen: »Sie sind ohnehin unnötig – nicht einmal deiner Mutter ist es gelungen, die vereinten Elemente zu besiegen. Der Weg ihrer Zerstörung führte sie von Element zu Element, denn auf uns allein gestellt sind wir schwach und der Schatten hat leichtes Spiel. Nachdem wir unsere Kräfte aber gebündelt hatten, konnten wir sie so weit zurückdrängen, um dich ihren Armen zu entreißen und den Krieg zu beenden. Drei vereidigte und drei nicht vereidigte Halbgötter werden bei den Festlichkeiten anwesend sein. Ich empfehle dir, dich von deiner besten Seite zu zeigen. Solltest du solch eine Seite besitzen.«

Sie murmelte etwas, dessen Bedeutung ihr erst verzögert gewahr wurde. Es war ein recht derbes Schimpfwort in der Sprache der Schatten. Es war alles da. Sie musste es nur ausgraben.

»Wie bitte?«, fragte Rayan.

Ob er dem Königreich offenbart hatte, dass in diesen schwierigen Zeiten nicht er, sondern sein Sohn das Wasser zum Überleben brachte? Wie viel Wasser konnte Avan heraufbeschwören? Als nicht vereidigter Halbgott waren seine magischen Fähigkeiten begrenzt.

»Danke«, log sie, »für Eure hilfreichen Ratschläge.«

»Ich hoffe, du wirst sie auch annehmen«, sagte Rayan und bot ihr seine Hand an, als sie den unteren Treppenabsatz erreichten. »Zu unserem Wohl – und zu deinem.«

Sie war das Kind Nyssas. Rayan war nicht dumm, aber verzweifelt. Sonst hätte er sich niemals den Schatten in sein Reich geholt. Jeder wusste, dass der Schatten nicht gehorsam war. Er war sogar alles andere als das.

Der Schatten ist das fünfte Element. Die Kinder Nyssas sind freiheitsliebend, eigenwillig und voller Geheimnisse. Er ist in seiner Natur friedfertig, besitzt jedoch die Fähigkeit, die anderen Elemente zu vernichten. Es gibt eine Emotion, die ihn stärker anzieht als alle anderen – Furchtlosigkeit.

Sei stark und zeige keine Furcht, Sayeh. Und der Schatten wird auf ewig dein sein.

Sie legte ihre dürre Hand in Rayans staubtrockene, auch wenn sich alles in ihr dagegen sträubte.

»Ich werde alles dafür tun, mir meine Freiheit zu verdienen.«

Regeln und Zwänge

Den restlichen Tag verbrachte sie mit Rayan, zwanzig Rittern der Palastgarde und einem Lehrer der Magie namens Zafeh, der sie für das größte Übel hielt, welches diese Welt je hervorgebracht hatte. Ob es sinnvoll war, ihr einen Lehrer an die Seite zu stellen, der ihre Schatten so sehr fürchtete, dass er ihr verbot, die Fesseln abzunehmen, empfand sie mehr als fraglich. Sie wollte ihre Freiheit zurück. Sie wollte nach Hause. Sie wollte, dass die Schatten zu ihr zurückkehrten. Doch sie bezweifelte, dass Zafeh ihr dabei helfen konnte.

Während sie von Rayans wachsamen Augen auf Schritt und Tritt verfolgt wurde, musste sie Stunde um Stunde unnütze Belehrungen und schwachsinnige Anweisungen über sich ergehen lassen. Zafeh sprach dabei niemals von den Schatten – sondern immer nur vom Wasser. Meinte der in die Jahre gekommene Magielehrer mit der grauen Lockenpracht, sie könne sich das Wasser zu eigen machen? Sie war die Tochter Nyssas. Es würde sie nicht weiterbringen, diesen Tatbestand zu verleugnen. Außerdem war doch wohl sie diejenige, die vom Schicksal am schwersten gebeutelt war.

Der bittere Trank, den man ihr schon zweimal an diesem Tag vorgesetzt hatte, sorgte dafür, dass sie eine latente Übelkeit begleitete. Essen wurde ihr ebenso verwehrt wie Wasser und eine Pause durfte nur Zafeh machen, während sie ein wenig lehrreiches Buch über die Einheit der Elemente studieren musste. Glücklicherweise hatte Avans Wasserkugel sie ausreichend erfrischt, sodass sie den Tag ohne nennenswerte Schwächeanfälle überstand. Mit Magenknurren konnte sie leben. Das hatte sie die letzten fünf Jahre getan.

Sie wurde genötigt, Gebete in der Sprache des Wassers zu rezitieren, und fragte Zafeh, ob diese sich an Nyssa richten sollten. Denn die Göttin der Schatten beherrschte weder die Sprache des Wassers noch würde sie sich von einem Gebet des Wassers angesprochen fühlen. Jedoch erntete sie von Zafeh, der eine übelriechende Salbe in ihre Finger knetete, nur einen strafenden Blick. Wäre sie Nyssa, sie würde von dem üblen Geruch und den Gebeten fernbleiben. Sie hatte die Schatten verprellt, indem sie sie über ein Jahr nicht beachtet hatte – aus Angst, eine weitere Ratte zu töten. Oder einen Wächter. Es würde mehr als ein paar Worte in einer fremden Sprache und seltsam riechende Pasten brauchen, um sie zurückzuholen.

Gegen Ende der Unterrichtseinheit, als die Sonne den Westen erreichte, ohne sich dem Horizont zu nähern, keimte Hoffnung auf eine Kehrtwende in ihr auf. Vier Ritter traten vor, drückten sie in einen harten Stuhl und schoben sie darin zu einem Tisch, auf dem Zafeh einen Apfel platzierte. Er war verschrumpelt und von bräunlicher Farbe. Etliche Obstfliegen schwirrten darum.

»Versuche, ihn verschwinden zu lassen«, forderte Zafeh sie auf.

Sie vernahm ein Räuspern seitens Rayans, der mit übereinandergeschlagenen Beinen auf einem breiten Fensterbrett saß und vergilbte Ranken durch die knochigen Finger einer seiner Hände gleiten ließ. In der anderen lag eine kleine, gläserne Kugel, die er dann und wann geschickt über die Handfläche kullern ließ. Hatte der König des Wasserreichs eigentlich nichts Wichtigeres zu tun, als den ganzen Tag ihr fruchtloses Training zu beobachten?

Lustlos wedelte sie mit ihren Händen. Die Ketten, die ausnahmsweise nicht aus Iridium waren, damit sie – rein theoretisch zumindest – in der Lage war, Magie zu wirken, klirrten anklagend. Der Apfel jedoch blieb, wo er war. Die Obstfliegen auch.

»Warum sollten die Schatten ins Reich des Wassers kommen?«, fragte sie. »Wenn Ihr mich in meine Heimat bringen würdet …«

»Sayeh«, unterbrach Rayan sie in seinem üblichen Befehlston. »Gib dir mehr Mühe. Du weißt, was für dich auf dem Spiel steht.«

»Und für *Euch*«, murmelte sie und stierte mit ihren Augen Löcher in den vergammelten Apfel.

»Wie bitte?«, fragte Rayan.

»Worte des Wassers werden die Schatten nicht zu mir geleiten«, sagte sie laut.

»Dein Element wird zu dir kommen, egal, wo du dich aufhältst oder welche Sprache du sprichst. Du bist seine Herrin. Dein Wille ist ihm Befehl.«

»Was ist das für ein widerliches Gebräu, das Ihr mir da immer gebt?«, fragte sie. »Es ist bitter. Sicherlich stößt es den Schatten ab.«

»Schweig, Sayeh!«, kommandierte Rayan.

Sie seufzte und streckte erneut ihre Finger nach dem Apfel aus, schloss die Augen. Doch die Ketten zogen an ihren Armen und in ihrem Magen war Bitterkeit. Sie hatte Hunger und erinnerte sich nicht, wann sie das letzte Mal albtraumlos geschlafen hatte. Auch der Gedanke an das Frühlingsfest lenkte sie ab. Im Reich der Schatten hatte sie Bälle geliebt. Tanzen, lachen und anregende Gespräche – all dies hatte ihr Herz höherschlagen lassen. Die Gesellschaft der Menschen hatte sie im Fels am meisten vermisst. Stimmengewirr, Berührungen, Gerüche abseits ihrer eigenen Ausscheidungen und verendeter Ratten ...

Doch die Zeit der Bälle und Festlichkeiten – all das war Jahre her. Heute, nach einer gefühlten Ewigkeit in Abgeschiedenheit, würden sie solche Dinge vielleicht überwältigen. Was, wenn sie vor den Augen aller zusammenbrach? Oder versehentlich die Schatten rief? Oder sich über der Festtafel übergab? Die anderen Halbgötter würden anwesend sein. Ihr Schicksal lag in ihren Händen. Die Menschen in diesem Reich *hassten* sie. Sie wünschte, sie könnte in ihrer Zelle bleiben. Sie wünschte, sie wäre wieder im Fels.

»Prinzessin Sayeh, Ihr müsst Euch konzentrieren! Dies ist meine leichteste Übung. Halbgötter können die Elemente auf leblose Gegenstände wirken, sobald sie das zweite Lebensjahr erreicht haben«, sagte Zafeh mit kaum unterdrückter Ungeduld in der Stimme. Seine anderen Schüler hatten ja auch nicht fünf Jahre in Isolation verbracht. Und sie beherrschten kein Element, das die Welt verschlingen konnte. »Sie ist nicht bei der Sache«, beschwerte er sich an den König gewandt.

»Vielleicht sollten wir es für heute dabei belassen«, sagte Rayan und ließ sich elegant vom Fensterbrett gleiten. »Sie muss für die Festlichkeiten vorbereitet werden.«

Zafeh murmelte etwas, das sich wenig freundlich anhörte, und stopfte den ekelhaften Apfel in seine Manteltasche. Auf ein Nicken des Königs hin schoben sich Hände unter ihre Achseln, dann wurde sie vom Stuhl gehoben.

»Bitte gib dir morgen mehr Mühe«, sagte der König und bedachte sie mit einem prüfenden Blick, während der Ritter in ihrem Rücken schmerzhafte Verrenkungen mit ihren Armen veranstaltete. »Ich möchte vermeiden, dass wir uns die Schatten unter Zwang und Folter zu eigen machen müssen.«

»Ich kann kein Auge zu machen, wenn die Sonne Tag und Nacht am Himmel steht und mir das Wasser verwehrt bleibt«, gab sie ihm als Antwort. »Das *ist* Folter. Und der Schatten zeigt sich unbeeindruckt.«

»Meine liebe Sayeh«, sagte Rayan mit einer Stimme, die vor falscher Freundlichkeit nur so triefte. »Wenn du gefoltert wirst, dann wirst du es merken und du wirst dir die Sonne zurückwünschen. Wir alle müssen unter diesem Himmel schlafen. Dank deiner Mutter. Und nun deinetwegen und aufgrund deiner Verweigerung, dir den Schatten gefügig zu machen. Es liegt in deiner Hand, Sayeh.«

In Gedanken warf sie ihm diverse Schimpfworte an den Kopf, die sie während dieser sinnfreien Unterrichtseinheit aus ihrem Hinterstübchen hervorgekramt hatte.

»Ach, und Sayeh«, fügte Rayan an, bevor er sie mit dem grobschlächtigen Ritter allein ließ, »solltest du noch einmal meine Angestellten bedrohen, dann wird deine Reinigung beim nächsten Mal in deiner Zelle vollzogen und von Rittern meiner Garde durchgeführt werden.«

Bedrohen? Das Flehen nach Wasser war eine Bedrohung?

»Führt sie ab.«

Zurück im Bad wurde sie an zwei neue Dienerinnen übergeben, die sie abschrubbten, an ihren Haaren zerrten und sie in üppige Duftwolken hüllten. Die beiden waren ebenso stumm und schienen ebenso verängstigt wie ihre Vorgängerinnen. Ihre Furcht war offenbar so groß, dass vier Ritter sie begleiteten. Die Männer begutachteten ausgiebig jeden Zentimeter ihres

Körpers, während sie von ihrem Gewand und dem engen Taillengurt befreit wurde.

Erleichtert atmete sie aus, doch ihre Freiheit währte nicht lange. Die Mädchen ließen ein bodenlanges schwarzes Kleid aus zarter Seide über ihren Kopf gleiten. Es war hochgeschnitten, eine Knopfleiste führte von der Höhe ihrer Hüfte bis zum Kinn. Ihre Arme blieben diesmal unbedeckt, sodass nicht nur die schwarz tätowierten Mitternachtslilien an ihren Oberarmen sichtbar waren, sondern auch die unschöne Ansammlung an blauen, grünen und gelben Flecken. Die Mädchen versuchten hartnäckig, beides unter einer dicken Schicht Salbe und Puder zu verstecken. Eine von ihnen seufzte tief und warf ihr einen mitleidigen Blick zu.

Sie brauchte kein Mitleid. Sie brauchte ihre Freiheit.

Als sie schon Hoffnung hegte, die Atemluft würde ihr am heutigen Abend erhalten bleiben, wand sich ein schwarzer Ledergürtel um ihre Mitte. Sie beschlich das ungute Gefühl, man wolle sie wie in Schatten hüllen. Nicht, dass Schwarz nicht ihre Lieblingsfarbe wäre. Doch in einem Reich, in dem helle Farben dominierten, fiel sie aus der Reihe wie eine Albinoratte im Fels. Es war Absicht. Sie sollte ausgegrenzt werden. Jeder sollte sofort wissen, mit wem er es zu tun hatte. Mit dem personifizierten Bösen.

Sicherlich war es besser so. Immerhin *war* sie der Schatten. Und der Schatten war seit jeher der Außenseiter unter den Elementen.

Sie ließ die Prozedur klaglos über sich ergehen. Ihre Zehen wurden in enge Sandalen gezwängt und einer der Ritter warf ihr ein anzügliches Grinsen zu. Sie streckte ihm die Zunge heraus, was ihn so aus dem Konzept brachte, dass er von da an ihren Blick mied.

Nachdem die Dienerinnen mit ihr fertig waren, traten sie von ihr zurück und wurden durch zwei Ritter ersetzt. Sayeh verspürte ein Kribbeln in ihrer Magengegend, als einer von ihnen ein Schlüsselbund hervorholte und ihr die Iridiumringe um die Handgelenke abnahm, wie Rayan es zugesagt hatte. Die Haut darunter war blutig und bis auf die Knochen aufgeschürft. Sie biss die Zähne zusammen, als eines der Mädchen eine durchsichtige Flüssigkeit auf die Wunden sprühte und sie damit einrieb. Es brannte wie Feuer. Nach der

Tortur stäubte sie verschwenderisch Puder darauf, um damit die Stellen zu bedecken. Leider bedeckte das Puder nicht den Schmerz.

Wieso waren die Mädchen so sehr darauf bedacht, ihre Verletzungen zu verstecken? Wieso kleidete man sie in edle Gewänder und vollführte wahre Wunder an ihren wilden, spröden Haaren? Wollte Rayan den Anschein erwecken, sie sei ganz im Besitz ihres Geistes und ihres Körpers – und ihrer Fähigkeiten? Um den anderen Elementen oder dem eigenen Königreich vorzugaukeln, dass alles in bester Ordnung sei und die Trockenperiode bald vorbei?

Doch eine drängendere Frage schwirrte in ihrem Kopf umher. Wieso bemühte Rayan sich, ihr freiwillig die Schatten zu entlocken, anstatt sie ihr von Anfang an mit Gewalt zu entreißen, wie er angedroht hatte? Die anderen drei Elemente schienen seiner Aussage nach diesbezüglich keinen Skrupel zu haben. Möglicherweise fürchtete er, Nyssa könnte ihn bestrafen, sollte er sich an ihrer Tochter vergehen. Zurecht.

Sayeh folgte ihren Fesseln mit den Augen, bis sie hinter dem Rücken des Ritters verschwanden. Es überfiel sie ein Gefühl der Erleichterung und gleichzeitig der Verzweiflung. *Sie war frei.* Doch nur für wenige Stunden. Sollte sie die Flucht wagen? Sollte sie versuchen, die Schatten zu rufen? Sie könnte sich verstecken, könnte in ihnen unerkannt verschwinden. Und dann? Wohin sollte sie gehen? Würde Nyssa ihr helfen? Ihre Göttin hatte ihr in all den Jahren nicht geholfen. Warum also heute Nacht?

Etwas Kühles legte sich um ihr Handgelenk. Als sie hinabsah, baumelte dort ein filigranes Kettchen. Es war aus Iridium. Daran befestigt war ein tropfenförmiger Saphir. Zu ihrer Verwunderung war er voller Magie und pulsierte in bläulichen Wellen, versprühte winzige Wasserperlen.

Galt sie nun als Besitz von Rayan? Unterstand sie dem Wasser?

Das würde Nyssa gar nicht gefallen.

Iridium und Wassermagie sollten den Schatten blockieren. Wie sinnlos. Sie *konnte* die Schatten nicht rufen.

Nachdem sie fertig präpariert war, brachte man sie zurück zu ihrer Zelle, vor deren Tür Rayan auf sie wartete. Hatte dieser König denn nichts zu tun?

Wieso schlief er nicht gleich mit ihr in der Zelle? Wo war seine Frau? Sie erinnerte sich, dass die Königsfamilie des Wassers drei Kinder hatte. Avan, seinen älteren Bruder Tamin und Lotus, die etwa zwei Jahre vor Kriegsbeginn geboren worden war.

Wo waren seine Kinder? Waren sie nicht neugierig auf ihren ungewöhnlichen »*Gast*«? Und wo waren die restlichen Palastangestellten, all die Menschen, die im Palast lebten? Bis auf die vier Mädchen, die sie zurechtgemacht hatten, den Magielehrer Zafeh und die Heerschar an Rittern, die ihr überallhin folgte, war sie bisher auf niemanden getroffen. Der vertrocknete Palast war wie ausgestorben.

Sie mieden sie. So wie jedes Geschöpf, das bei geistiger Gesundheit war, den Schatten mied.

»Prinzessin Sayeh«, sagte Rayan und deutete eine Verbeugung an.

Sie sah ihn nur stumm an.

»Sehr hübsch«, urteilte er, nachdem er sie flüchtig gemustert hatte, und reichte ihr seinen Arm. Dem festlichen Anlass entsprechend trug er unter seinem Mantel eine Weste aus reinen Silberfäden. Rayans graues Haar war kunstvoll geflochten und mit dem silbernen Diadem verwoben. Der blaue Saphir an seiner Stirn versprühte Magie. War das auch Avans Werk?

Widerstrebend legte sie ihren Arm auf seinen, ihre Handfläche auf seinen Handrücken. Seine Haut war trocken und faltig.

»Wie lauten meine Anweisungen für den Abend?«, fragte sie, während sie von einem Säulengang zum nächsten schlenderten. Er wollte Zeit schinden und sie fragte sich, wieso.

»Dies ist für uns alle ein wichtiger Abend«, erklärte er. »Deine Zukunft und die unserer Welt liegt in den Händen der herrschenden Halbgötter – und in deinen. Sei dir dessen stets bewusst. Verhalte dich unauffällig und rufe unter keinen Umständen die Schatten herbei.«

Sie konnte nicht einmal einen vergammelten Apfel verschwinden lassen … *Rayan traute ihr nicht. Er nahm an, sie spielte mit ihm und verbarg ihre Fähigkeiten.* Sie wünschte inständig, dem wäre so.

»Was heißt ›unauffällig‹?«, fragte sie nach.

»Sprich mit niemandem, es sei denn, du wirst angesprochen. Iss, was man dir anbietet. Trink, was man dir anreicht. Halte deinen Blick gesenkt. Verlasse deinen Platz nicht, es sei denn, du wirst von mir oder einem der anderen Halbgötter dazu aufgefordert.«

Warum fesselte man sie nicht gleich an einen Stuhl und setzte sie in eine dunkle Ecke? Aber nein, es gab ja keine Schatten mehr.

»Darf ich tanzen?«

»Nur, wenn du von mir oder einem der anderen Halbgötter dazu aufgefordert wirst.«

»Darf ich frische Luft schnappen?«

Für diese Frage erntete sie einen stechenden Blick, der augenblicklich Kopfschmerzen in ihr hervorrief.

»Nein«, sagte er scharf.

»Nicht einmal auf einem Balkon? Oder in den vertrockneten Gärten?«

Was, wenn die ganzen Eindrücke des Balls sie restlos überforderten?

»Nicht einmal dort.«

»Und wenn ich gegen diese ... Anweisungen verstoße?«, fragte sie.

»Wird sich das in deiner zukünftigen Behandlung niederschlagen. Bestenfalls«, erwiderte er.

»Und schlimmstenfalls?«

Rayan seufzte. Es war sicherlich unklug, ihn zu reizen. Doch in fünf Jahren hatten sich in ihrem Inneren Wut und Trauer und eine ganze Menge weiterer Emotionen angestaut, die nur darauf warteten, hervorzubrechen. Es war sinnvoller, diese Stück für Stück herauszulassen, bevor sie alle auf einmal freigesetzt wurden und sie versehentlich jemanden in den Schatten verschlang. Vielleicht hätte auch ihrer Mutter diese Taktik gutgetan ...

»Solltest du das Missfallen der übrigen Königshäuser hervorrufen, werden sie dich meiner Verantwortung entziehen und wir werden eine neue Lösung für ... unser Problem finden müssen.«

»Lasst mich raten: Folter, Schmerzen und Schattenentzug?«

»Bestenfalls«, sagte er.

Bestenfalls.

Die schweren Stiefel der Ritter hallten unnatürlich laut durch die verlassenen Gänge. Vielleicht war der Palast ausgestorben, weil die Menschen verdurstet waren. Weil Avans Fähigkeiten nicht ausreichten, sie alle zu versorgen. Eine grauenhafte Vorstellung. Der Gedanke, sie könnte ihr Königreich nicht mit dem versorgen, was es dringend zum Leben brauchte – zu versagen in der Aufgabe, welche die Götter ihnen anvertraut hatten … Ein schlimmeres Vergehen, ein größeres Versagen gab es nicht für einen Halbgott.

Was den Menschen hier fehlte, war der Schatten.

Eine plötzliche Verbundenheit mit den Geschöpfen dieses ausgetrockneten Königreiches und selbst mit Rayan erfüllte sie. Denn war sie letztendlich nicht in ebendergleichen Situation wie er? Als einzig lebende Halbgöttin der Schatten müsste sie über ihr Reich herrschen, ihr Element pflegen und Nyssa huldigen. Als von den Göttern Erwählte war es ihre Aufgabe, für diejenigen zu sorgen, die der Magie nicht mächtig waren. Sie ließ ihr Reich im Stich und all seine Geschöpfe. Wer sang nun die Sterne an den Nachthimmel? Wer hüllte den Schattenwald in Schatten? Sicherlich, sie war im Exil, eine Gefangene der anderen Elemente. Ihre Gefangenschaft hatte sie sich nicht ausgesucht – doch das Ergebnis war das gleiche.

Wie viele Geschöpfe des Schattens hatten den Krieg überlebt? Brüteten sie auch in der ewigen Sonne? Trockneten die Seen aus? Herrschte in ihrem Reich ein ebensolcher Hass gegen sie wie im Rest der Welt?

Der Gedanke ließ sie nicht mehr los. Und während die Korridore langsam breiter wurden und der Duft nach Speisen, alkoholischen Getränken und blumigen Parfums in ihre Nase drang, fasste sie einen Entschluss. Sie würde sich Mühe geben und sie würde Gehorsam zeigen. Sie würde sich dem Wasser ergeben, solange, wie es nötig war. Denn sie kämpfte nicht nur für ihre Freiheit. Sie kämpfte um die Schatten, ihr Reich und die Geschöpfe, die von ihr abhängig waren. Sie war nun …

Die Königin über das Schattenreich.

Obwohl sie sich dieser Tatsache bewusst gewesen war, seitdem Rayan ihr von dem Selbstmord ihrer Mutter erzählte hatte, traf diese klare Erkenntnis sie unerwartet heftig. Sie war verantwortlich für ein ganzes Königreich. Für *ihr* Königreich.

Der Drang, nach Hause zu kommen, steigerte sich ins Unermessliche. Sie würde Rayan gehorchen und den anderen Herrschern nach ihm. Dann würde sie sich in der Zeremonie vereidigen lassen und sich im Anschluss voll und ganz ihrem Königreich widmen. Sie würde es wiederauferstehen lassen und es die furchtbare Vergangenheit vergessen lassen. Ja, das würde sie. Wenn ihre Untergebenen sie dann noch wollten. Wenn Nyssa sie dann noch wollte.

»Prinzessin Sayeh, ich möchte dir Ila vorstellen, die Königin des Reichs der Erde.«

Wie bitte?

Sie hatte gar nicht bemerkt, wie sie Halt gemacht hatten. Gedämpfte Stimmen drangen an ihr Ohr, das Scheppern von Besteck auf Porzellan und das Klirren von Gläsern. Sayeh hob ihren Blick und sah sich einer üppigen weiblichen Brust gegenüber. Irritiert hangelte sie sich an dem goldenen Brokatstoff empor, bis sie auf ein paar warme, braune Augen traf. An der Stirn der Halbgöttin erstrahlte ein tiefgrüner Smaragd, der mit seiner Erdmagie pulsierte. Das goldglänzende Geflecht ihres Diadems verschwand unter einer wallenden, schwarzen Lockenmähne.

Aus einem tiefverwurzelten Instinkt heraus sank Sayeh in einen tiefen Knicks. »Königin Ila«, murmelte sie.

So redegewandt und schlagfertig sie in jungen Jahren gewesen war – heute fühlte sie sich wie ein gewöhnlicher Mensch, der vor einer Vollgöttin stand. Ihr Kopf war leergefegt und jegliche Höflichkeitsfloskeln, die sie vor langer Zeit verinnerlicht hatte, waren tief vergraben und unerreichbar.

»Prinzessin Sayeh«, erwiderte die Königin der Erde ebenso einfallslos, nickte leicht und unterzog sie einer ausgiebigen Musterung.

Sayeh fiel bei näherem Hinsehen auf, dass die Halbgöttin weniger füllig als schlicht unmenschlich groß und muskulös war. Sie überragte Rayan um mindestens zwei Köpfe. Ihre Haut war von der gleichen dunklen Farbe wie die Rinde von Schattenbäumen und weckte in Sayeh Erinnerungen an ihre Heimat.

»Es ist mir eine Freude, deine Bekanntschaft machen zu dürfen«, schloss Ila mit tiefer, voluminöser Stimme. Sayeh zweifelte an ihren Worten, doch das konnte sie ohne die Gabe des Schattens, die Wahrheit zu sehen, nicht beurteilen. Die Wahrheit hatte sie verloren wie ihre Schatten und die Sterne.

Die Erde ist das erste Element. Die Kinder Enkis sind sinnlich, ehrlich und besitzen göttliche körperliche Stärke. Ihre Macht ist am größten, wenn sie Leidenschaft empfinden. Sie besitzen einen ausgeprägten Gerechtigkeitssinn und reagieren empfindlich auf Verrat.

»Du bist nicht sonderlich gesprächig, oder?«, fragte Ila. Übergroße goldene Ohrringe schaukelten an ihren Ohrläppchen. Sie zog ihre Lippen kraus und ihre Stirn in Falten. »Liegt wahrscheinlich daran, dass du nur noch Haut und Knochen bist. Du solltest dringend etwas essen, meine Liebe.«

Rayan räusperte sich.

»Es ist mir ebenfalls eine Freude, Euch kennenzulernen«, erwiderte Sayeh. Sie wünschte, sie könnte das für sie verantwortliche Elemente austauschen. Ila war ihr auf Anhieb sympathischer als Rayan.

»Nun, das bezweifle ich«, entgegnete Ila fröhlich und öffnete schwungvoll einen riesigen Fächer. »Aber wo sollte man Freundlichkeit und Sympathie heucheln, wenn nicht auf einem Festball, habe ich recht?« Die Königin zwinkerte erst ihr, dann Rayan zu.

Sie wünschte, er würde sie loslassen. Ihr Arm fühlte sich schwitzig an und seine Finger krallten sich schmerzhaft in ihre nackte Haut. Der pulsierende Stein des Wassers von dem Kettchen lag mittig auf ihrem Handrücken, als würde sie zu ihm gehören. Sie *gehörte* ihm.

»Darf ich dir meine Familie vorstellen, Sayeh?«, fragte Ila und trat beiseite.

Sayeh bereitete sich innerlich darauf vor, einer weiteren Halbgöttin ihrer Generation entgegenzutreten. Denn soweit sie sich erinnerte, stammten sie alle von den im Moment herrschenden Häusern ab. So war Ilas Tochter Gaia die Halbgöttin der Erde. Umso verwunderter war Sayeh, dass sich hinter dem breiten Rücken der Königin jedoch nur zwei Mädchen verbargen. Sie schätzte sie auf sieben Jahre. Dass sie sich beim besten Willen nicht ihrer

Namen entsinnen konnte, nahm ihr den letzten Funken an Selbstvertrauen, den sie noch besessen hatte.

»Meine Zwillingstöchter Kiri und Shirin«, stellte Ila sie vor. »Wünscht Prinzessin Sayeh einen angenehmen Abend.«

Die beiden Mädchen, die sich wie ein Ei dem anderen glichen, vollführten einen anmutigen Knicks, um den Sayeh sie nur beneiden konnte. Ihre Haare waren zu zahlreichen Zöpfen geflochten, die von goldenen Schleifchen zusammengehalten wurden und bei jeder Bewegung fröhlich auf und ab hüpften.

»Es ist uns eine Ehre, Prinzessin Sayeh«, sangen die beiden Mädchen im Chor. Mit ihren bernsteinfarbenen Augen sahen sie erwartungsvoll zu ihr auf.

»Es ist auch mir eine Ehre«, antwortete Sayeh und verneigte sich absichtlich tief. So tief, dass Rayan sie loslassen musste, um nicht zu stürzen. Ihr Arm glitt aus seinem schwitzigen Gefängnis. Verstohlen wischte sie ihn sich an ihrem Seidenkleid ab. Die beiden Mädchen kicherten und stießen sich an, tuschelten hinter vorgehaltenen Händen.

»Also wirklich, Kiri, Shirin!«, schimpfte Ila, sah ihre Töchter streng an. »Was habe ich euch gesagt? Auf einem Festball gibt man sich höflich und vornehm. Man tuschelt nur, wenn derjenige, über den man spricht, nicht vor einem steht und alles mithören kann.«

Die beiden lachten hysterisch, verbeugten sich theatralisch und stürmten davon, verschwanden in Richtung der Festgeräusche.

»Wie ich sehe, hat meine Älteste es nicht für nötig befunden, meinem Befehl Folge zu leisten«, seufzte Ila.

Durch den Säulengang schritten in diesem Moment einige Gäste, schwatzten und lachten. Die Menschen waren aufwendig zurechtgemacht, in edle Stoffe gekleidet und mit wertvollen Edelsteinen behängt. Bei ihrem Anblick fühlte Sayeh sich in ihrem schlichten schwarzen Kleid und dem eigenhändig gestutzten Haar so wenig wie eine Halbgöttin wie selten zuvor.

»Doch keine Sorge, Sayeh«, fügte Ila hinzu. »Ich weiß genau, wo wir sie finden werden.« Die Königin ignorierte Rayan, der sich übertrieben räusperte und penetrant auf Sayehs Schulter tippte. Ila trat auf sie zu, hüllte sie in eine würzig-erdige Duftwolke und legte eine große, warme Hand auf ihren Rücken. Dann schob sie sie kurzerhand in Richtung des weitgeöffneten Tores, durch das gerade auch die anderen Gäste schritten.

Sayeh ließ es mit sich geschehen, denn weder war sie dieser Frau kräftemäßig gewachsen, noch wollte sie wieder an Rayans Arm hängen. Nicht zuletzt sorgte der verführerische Duft nach köstlichen Speisen dafür, dass ihre Beine sich von ganz allein fortbewegten und Ilas Führung folgten. Immerhin hatte die Königin erkannt, dass sie nur aus Haut und Knochen bestand. Und wenn sie ihr Essen anbot, dann durfte sie dieses nach Rayans Regeln auch annehmen.

Ila schob sie durch den hohen Torbogen und hinein in einen prall gefüllten Festsaal.

»Kind, du bist so dünn. Bietet Rayan dir kein Essen an?«, raunte Ila in ihr Ohr. Sie wusste nicht, was sie darauf erwidern sollte. Also schwieg sie. Sie schwieg auch aus einem weiteren Grund – es hatte ihr die Sprache verschlagen. Vor ihr breitete sich ein Gelage aus, das an das Fest der Nacht heranreichte, dem sie früher wochenlang entgegengefiebert hatte. Rayans Behauptung, es gäbe kein Wasser in diesem Reich, verflüchtigte sich augenblicklich in Bedeutungslosigkeit. Glassäulen, in denen Wasser in allen erdenklichen Farben blubberte, durchzogen den riesigen Tanzsaal, leuchtende Regenbogenfische glitten durch die schlangenförmigen Rinnsale in den marmornen Bodenplatten, aus täuschend echten steinernen Tierfiguren schossen Fontänen in die Höhe und benetzten die Raumluft mit einem feinen Sprühregen. Bedienstete balancierten Silbertabletts mit überschwappenden Glaskaraffen und kleinen Brunnen mit sprudelndem Wein an ihr vorbei.

»Entzückend!«, rief Ila neben ihr aus und klatschte erfreut in die Hände.

Sayehs Blick schweifte zu den langen Tafeln, die sich an den Wänden aneinanderreihten. Die in kunstvolle Spitzendecken gekleideten Holztische ächzten unter den Mengen an angerichteten Speisen und waren mit bezaubernden Arrangements aus Frühlingsblumen geschmückt. Wie hypnotisiert starrte sie auf das Essen. Da waren saftige Früchte aus dem Reich der Erde, Berge an dampfendem Reis und buntem Gemüse und menschenhohe Torten mit dekorativen Verzierungen aus Zuckerguss. Dazu gab es eine schier endlose Auswahl an Fisch und Meeresfrüchten. Menschengroße Hechte, deren wache Augen sie zu beobachten schienen, aufgeblasene Kugelfische in grellen Farben, Lachse mit silbrig schimmernden Schuppen und glänzendem, hellrotem Fleisch. Alles sah so frisch aus, als wäre es eben aus den Fluten gesprungen. Halbgeöffnete Muscheln lagen auf Blechen aus, grünfluoreszierendes Seegras hing von baumförmigen Silberständern. Ganze Schwertfische wurden über Flammen geröstet, Menschen drängten sich um die Spieße, schnitten Stücke von dem Fleisch. Um einen Schokoladenbrunnen tummelte sich eine Gruppe Menschenfrauen, sie lachten und hielten ihre Fruchtspieße in die flüssige, dunkle Masse.

Die Außenmauer des Saales war durchbrochen von Rundbögen. Himmelblaue Vorhänge flatterten im Wind, gewährten einen Blick auf die dahinterliegenden Palastgärten. Wo gestern Dürre geherrscht hatte, erblühten nun Apfel- und Kirschbäume, schütteten ihre weißen und rosafarbenen Blütenblätter über die geschwungenen Kieswege. Wo vertrocknetes Gras und ausgedörrte Büsche ihr tristes Dasein gefristet hatten, erstreckte sich jetzt ein atemberaubendes Blumenmeer aus Tulpen und Narzissen, Krokussen und Maiglöckchen, Hyazinthen und bunten Gänseblümchen. Menschen schlenderten Arm in Arm durch Rosenbögen, unterhielten sich auf den Gartenbänken oder spielten mit den Spatzen an den hübschen Vogeltränken.

»Ich sage immer, Wasser und Erde haben die Schönheit für sich gepachtet«, unterbrach Ila ihr Staunen und fächerte sich Luft zu. »Reizend. Ganz reizend.«

Das emsige Stimmengewirr wurde untermalt von einer heiteren Melodie, die aus dem hinteren Teil des Saales zu ihnen herüberschallte. Auf einem Podest erspähte Sayeh Musiker, die hingebungsvoll auf ihren Instrumenten spielten. Eine Frau mit üppigen blonden Locken und roten Augen gab gerade ein Solo auf ihrer Querflöte zum Besten. Darüber schwebte ein eleganter weißer Flügel auf einer gläsernen Plattform. Die Finger des Klavierspielers flogen so eifrig über die Tasten, dass sie sich wunderte, warum sie sich nicht verknoteten. Die Gäste drehten im Takt der Musik ihre Kreise auf der Tanzfläche, die fast den gesamten Raum einnahm.

Doch etwas fehlte. Der Gesang. Und sie fragte sich unweigerlich, ob es daran lag, dass die talentiertesten Sänger aus dem Reich der Schatten kamen. Geschöpfe des Schattens lebten für ihren Gesang. Die Sterne erwachten nur, wenn ein Halbgott des Schattens die Stimme erhob und zu ihnen sang.

»Gaia!« Ilas mächtiges Organ hallte durch den Festsaal. Das Stimmenmeer versiegte, der Klavierspieler rutschte von seinen Tasten ab und spielte eine schräge Melodie. Hunderte Augenpaare hefteten sich auf sie.

Verhalte dich unauffällig. So viel dazu.

Sayeh erblickte Gaia sofort. Sie war kleiner als Ila, doch ebenso muskulös und ihre Haut tiefdunkel gefärbt. Ein ausgesprochen knappes und enganliegendes Kleid aus schwarzem Leder umgab ihren weiblichen Körper und sie war über und über mit Goldschmuck behängt. Ihre dunkelbraunen Haare fielen von einem Kringel auf dem Kopf in einem dicken Zopf über ihre Schulter und endeten erst auf Hüfthöhe. Auch Gaia trug das Diadem der Erde, der Smaragd auf ihrer Stirn pulsierte mit seiner Magie. Mit einem tiefen Seufzer, der übertrieben laut durch den verstummten Festsaal hallte, trat sie von einem Schokoladenbrunnen zurück. Neben ihr stand Avan. Er war einem kleinen Mädchen dabei behilflich, einen Erdbeerspieß in den Brunnen zu halten, und wohl der einzig Anwesende, der nicht in ihre Richtung sah. Gaia rollte mit den Augen, steckte sich eine schokolierte Traube in den Mund und leckte sich mit provozierender Langsamkeit die Finger ab. Nachdem sie damit fertig war, beugte sie sich vor und flüsterte Avan etwas zu, der daraufhin lachte und sich zu ihnen umdrehte. Als sich ihre Blicke trafen, verstummte sein Lachen schlagartig.

»Gaia, bewege deinen Hintern hierher!«, befahl Ila, verstärkte den Druck auf Sayehs Rücken, sodass sie vorwärts stolperte.

Gaia schien sie erst jetzt zu bemerken und ihr Interesse war augenblicklich geweckt. Sie fuhr sich mit der Zungenspitze über die rotgeschminkten Lippen. Dann durchquerte sie selbstsicheren Schrittes die Tanzfläche. Pärchen, die bei ihrem Erscheinen zu Salzsäulen erstarrt waren, machten Gaia wortlos Platz. Avan folgte ihr, mied Sayehs Blick. Seine silberweißen Haare schimmerten unter den kristallenen Kronleuchtern, die wuchtig von der schwindelerregend hohen Decke baumelten, wie das blasse Licht des Mondes.

Gaia blieb vor ihr stehen, musterte sie ebenso eingehend, wie ihre Mutter es zuvor getan hatte. Nachdem sie sich ihr Urteil gebildet hatte, schoss eine ihrer akkurat geformten Augenbrauen in die Höhe. Sie legte den Kopf schief, ein belustigter Ausdruck schlich sich in ihre Augen aus flüssigem Gold.

»Du bist also der böse, böse Schatten, hm?«, fragte sie und lachte. »Da jagt mir ja Lotus mehr Angst ein.«

»Gaia!«, zischte Ila.

Gaia verdrehte abermals die Augen, zwinkerte ihr zu und machte einen übertriebenen Knicks, der in ihrer Aufmachung mehr zeigte, als einigen Gästen in ihrem Rücken angemessen zu sein schien.

»Es ist mir eine Ehre, Sayeh«, hauchte sie, gefolgt von einem gedämpften Lacher.

Sayeh wollte etwas erwidern, doch dem bohrenden Gefühl in ihrer Schläfe nach zu urteilen, hatte Rayan aufgeholt. Nie hatte sie sich ihre Schatten sehnlicher herbeigewünscht als in diesem Moment.

»Prinzessin Sayeh ist Gesellschaft nicht gewohnt. Bitte, lasst euch nicht von ihr stören und genießt die Annehmlichkeiten«, flötete der König des Wassers mit falscher Fröhlichkeit und klatschte in die Hände. Augenblicklich wandten sich die Gäste ab. Tänze wurden wieder aufgenommen und die Musik spielte sich in ihren harmonischen Rhythmus ein. Gaia schmunzelte, verschränkte die Arme vor der Brust und betrachtete Rayan so ausgiebig, wie sie vorher Sayeh betrachtet hatte.

»Gaia!«, ermahnte sie Ila erneut.

Stöhnend wandte Gaia sich ihrer Mutter zu, die sie sogleich über Manieren und königliche Etikette belehrte. Rayans Finger legten sich unterdessen kalt und fordernd um ihr Handgelenk. Am liebsten hätte sie sich flehend an Ila gewandt, doch die war in ein hitziges Gespräch mit ihrer Tochter vertieft. Avan ignorierte sie komplett, tauschte einen Blick mit seinem Vater, drehte sich dann um und verschwand durch einen der Torbögen. Rayan übte unmissverständlich Druck auf ihren Arm aus und zog sie fort. Sie folgte ihm in eine hintere Ecke des Saales, in der ein paar Stühle kreuz und quer standen. Ersatzmobiliar. Trotz der Aufforderung des Königs, sie nicht zu beachten, spürte sie die Blicke der Anwesenden in ihrem Rücken.

»Setz dich, Sayeh«, forderte Rayan sie auf. Ehe sie auf diesen Befehl reagieren konnte, drückte er sie auf den hintersten Stuhl, der unter ihrem mickrigen Gewicht knirschte. »Verhalte dich unauffällig. Sprich nur, wenn du von einem Halbgott angesprochen wirst. Hast du mich verstanden?«

»Ja, habe ich«, presste sie hervor und entriss ihm ihren Arm. *Sei gehorsam, Sayeh. Tue es für deine Freiheit. Tue es für dein Reich. Tue es für den Schatten.* »Ich werde mir alle Mühe geben, mit dem Mobiliar zu verschmelzen. Ein Jammer, dass es in dieser Welt keine Schatten mehr gibt. In ihnen könnte ich mich ganz leicht verstecken.«

Rayan sah sie scharf an. »Dein Schicksal liegt in meinen Händen«, sagte er leise, aber bedrohlich. »Spiele nicht mit ihm. Der Schatten ist für uns überlebenswichtig. Du bist es nicht.«

Wie sollte das gehen? Sie *war* der Schatten.

»Darf ich etwas essen?«

»Nein.«

»Darf ich etwas trinken?«

»Nein.«

»Darf ich ...«

»Still, Sayeh!«, unterbrach er sie. Dann zupfte er an ihren Haaren, wobei seine Festrobe aus ihrer strengen Position rutschte und sich etwas öffnete. Ein bläuliches Licht drang darunter hervor. Es schien, dieser Ball war ebenso Täuschung wie Rayans angebliche Magie.

»Wissen Eure Untergebenen, dass Ihr nicht mehr der Herr des Wassers seid?«, entfuhr es ihr.

Sie sah Rayans flache Hand auf sich zukommen, doch ihr Reaktionsvermögen war zu träge, um rechtzeitig auszuweichen. Es war keine heftige Ohrfeige und für Schmerzen dieser Art war sie in den letzten Jahren ohnehin taub geworden – aber die Handgreiflichkeit sorgte dafür, dass sich ihre gerade erst gefundene Empathie für Rayan in seiner misslichen Situation in Luft auflöste.

»Was erlaubst du dir, Sayeh?«, zischte Rayan. »Nimm solche Worte nie wieder in den Mund, oder es wird das Letzte sein, was du tust.« Er räusperte sich, sah sich verstohlen um und strich seine Robe glatt. Er schloss sie wieder, sodass der bläuliche Schimmer verschwand.

»Es hat mich stundenlange Mühen gekostet, diesen Abend mit Wasser zu erfüllen, damit das wichtigste Fest unseres Reiches stattfinden kann. Ein Fest, das heute ausschließlich den Sinn und Zweck erfüllt, deine guten Absichten und deine Gefügigkeit in die Welt zu tragen. Behaupte noch einmal, ich sei nicht in der Lage, das Wasser für mich wirken zu lassen, wenn es die Not verlangt, und du wirst mit der rohen Gewalt meines Elementes in Berührung kommen.«

Lügner. Die elementare Einheit war zerbrochen und die war essenziell für das Wirken der Magie. Ein Element war nur so stark wie die Einheit. Ihre Mutter war tot. Rayan *konnte* das Wasser nicht mehr rufen. Auch nicht für einen Abend. Und ebenso wenig konnten die anderen Halbgötter seiner Generation ihre Elemente wirken. Der Zauberstab unter Rayans Mantel gehörte seinem Sohn. Es war ein Trug. Und die Menschen waren ahnungslos.

»Wir spielen also heute Abend alle unsere kleinen und großen Spielchen«, sagte sie kühl und erwiderte den eisigen Blick aus seinen himmelblauen Augen, in denen trügerische Stille herrschte.

»Ja«, sagte er und richtete das Armband aus Iridium an ihrem Handgelenk. »Ja, das tun wir.«

TÄNZE UND TUMULT

Und so vergingen die Sekunden, Minuten und schließlich Stunden, in denen sie nichts anderes tun konnte, als auf ihrem unbequemen Stuhl zu sitzen wie ein unartiges Kind, das sich unerlaubterweise an der Festtagstorte vergriffen hatte. Sie vermied es, die Gäste anzusehen, ebenso wie das köstliche Essen oder die sündigen Getränke. Sie fürchtete, wenn sie es täte, würde sie ihren Gehorsam so schnell ablegen, dass Rayan nicht einmal Zeit hätte, Avans Zauberstab zu zücken. Sie konnte die Iridiumringe bereits zuschnappen hören. Würde sie sich Rayans Anweisungen widersetzen, säße sie noch heute Nacht in einem Gefährt zurück zum Fels. Bestenfalls.

Die Musiker spielten ein beschwingtes Lied. Es passte weder zu ihrer Stimmung noch zu diesem verlogenen Fest oder dem bedauernswerten Zustand, in dem die Welt sich befand. Selbst die Götter würden die Liederauswahl kritisieren. Und dabei war dieses Fest ihnen gewidmet. Was taten die Götter heute Abend? Sahen sie zu ihnen hinab und amüsierten sich über so viel Dummheit und Menschlichkeit?

Sie seufzte, ließ ihren Blick flüchtig über die tanzenden Paare schweifen. Der Saal platzte bereits aus allen Nähten, dennoch trafen im Minutentakt neue Gäste ein. Vielleicht wollten sie einen Blick auf das schwarze Mädchen in der Ecke werfen, das alles Böse dieser Welt in sich vereinte. Möglicherweise hatten sie auch einfach nur Hunger und Durst. So wie sie.

In Ermangelung einer besseren Aussicht, die regelkonform war, starrte sie auf einen Schckolacenbrunnen, dessen zähe, braune Flüssigkeit langsam von Ebene zu Ebene floss. Sie erinnerte sie an Blut.

Zuerst kam der Wind, löschte die Kerzen und zerstreute die Schatten. Ihm folgte die Erde, rüttelte an den Mauern, begrub Mensch und Tier unter sich. Ihre treuen Ritter, die ihre Gemächer bewachten, wurden von einem steinernen Deckenbalken erschlagen. Blut. Alles war voll Blut. Dann kam das Feuer, brauste in tödlichen Flammenwalzen durch die Gänge, verbrannte Bedienstete und Zufluchtsuchende. Sayeh folgte den Rufen, nahm fünf Treppenstufen auf einmal. Die Flammen hielten kurz vor dem Thron aus schwarzem Lavagestein inne, auf dem ihre Mutter stand. Mit den Schatten allein wehrte sie die drei vereinten Elemente ab. Sayeh eilte zu ihr und stimmte in ihre Gebete mit ein. Doch die Schatten reichten nicht aus, um ihre Mutter und sie gleichermaßen zu beschützen. Sie stand schreckliche Angst aus und Angst war nicht die Emotion, die es brauchte, um die ganze Macht der Schatten herbeizurufen. Zuletzt kam das Wasser und spülte alles hinfort. All die grauenhaften Dinge, die geschehen waren. Die Toten, die Verletzten und die Lebenden.

Sie verdrängte diese schrecklichen Erinnerungen und betrachtete ihre Hände, fragte sich, ob je wieder Schatten aus ihren Fingerspitzen hervorkommen würden. Sicherlich nicht, solange sie sich dem Wasser beugte. Sie verriet ihre Göttin und ihre Untergebenen, sollten noch welche am Leben sein. Und vor allem verriet sie die Schatten und die Sterne.

»Darf ich um den Tanz bitten, Sayeh?«

Feingliedrige, milchweiße Hände streckten sich ihr entgegen. Die Ärmel von Avans Festrobe waren so lang, dass sie spitz zulaufend bis zu den Fingerknöcheln reichten. Der Saum war rundum mit Aquamarinen besetzt, wie glitzernde Wasserperlen. Bei Nyssa, sie hatte wieder solch einen Durst. Kurz war sie versucht, seine Finger an ihren Mund zu führen und daran zu schlecken. Er roch nach Wasser, sicherlich schmeckte er auch danach.

»Ich bitte dich, Sayeh, lehne nicht ab«, sagte er. Sie sah zu ihm auf. Seine Augen schillerten in allen Farben des Meeres. Dem tiefen Schwarz des Schattenmeeres, dem stürmischen Grau des Meeres der Winde und dem satten Blau des Meeres der aufgehenden Sonne. Sie wünschte, sie könnte in seine Augen springen und ein Bad in der wilden Strömung nehmen.

»Wir werden von über dreihundert Augenpaaren beobachtet – fünf davon göttlicher Herkunft – und du sorgst bereits für ausreichend Gesprächsstoff der nächsten zehn Jahre, weil du nur in der Ecke sitzt und schwarze Löcher in die Luft starrst.«

Sie meinte, die Musik wäre gerade um einiges leiser geworden. Widerstrebend riss sie sich von Avans Augen los und suchte die Rayans, welche sie sofort fand. Der Blick, den der König des Wasserreiches ihr zuwarf, hätte selbst Feuer in Eis verwandelt.

»Schickt dein Vater dich?«, fragte sie.

»Dann würde ich seine strafenden Blicke wohl kaum in meinem Rücken spüren«, sagte Avan. Er machte einen Schritt zur Seite und versperrte ihr die unschöne Sicht.

»Dein Vater wäre sicherlich alles andere als glücklich darüber, wenn ich dir so nah bin. Ich könnte dich in einen großen, bösen Schatten verwandeln«, sagte sie, legte ihre Hand dennoch in seine. Sie war kühl und samtig weich, fühlte sich an wie eine Wasseroberfläche, wenn man die Handfläche ganz flach darauflegte.

»Besser mich als den armen Schokoladenbrunnen«, entgegnete er, schloss die Finger seiner linken Hand um ihre und zog sie ohne Vorwarnung vom Stuhl, sodass sie die Balance verlor und gegen ihn taumelte.

»In der Tat, du bist wirklich eine todbringende Gefahr für mich«, flüsterte er, ein Lächeln auf den Lippen. Dann trat er mit ihr aus der bestuhlten Ecke heraus und führte sie über die Tanzfläche, vorbei an geöffneten Mündern und starrenden Augen, tuschelnden Stimmen und unterdrücktem Räuspern. Sie passierten Gaia, die breit grinste und Avan auf die Schulter klopfte.

»Lass dich nicht von den Schatten verschlingen«, flüsterte sie, zwinkerte Sayeh zu und widmete sich dann wieder ihrem menschlichen Tanzpartner, der vor Glückseligkeit über das ganze Gesicht strahlte.

Kurz vor dem Podest, auf dem die Musiker in diesem Moment den Takt für ein neues Lied anspielten, hielt er an, drehte sich zu ihr und wirbelte sie einmal um ihre eigene Achse. Vollkommen überrumpelt verlor sie erneut das Gleichgewicht und die Orientierung. Sie verkrampfte ihre Finger um seine

Hand, die es scheinbar ohne jegliche Kraftaufwendung schaffte, sie ein weiteres Mal elegant herumzudrehen. Als sie schon befürchtete, sich hier und jetzt übergeben zu müssen – leerer Magen hin oder her –, schlang Avan seinen rechten Arm um ihre Taille und zog sie an sich. Sein frischer Duft hüllte sie ein und die plötzliche Nähe zu ihm überforderte sie.

Wo gehörte ihre Hand noch mal hin?

Er sah ihr die hilflose Verzweiflung offenbar an, denn er griff nach ihrer Hand und legte sie auf seinen rechten Oberarm. Unter ihren Fingern und dem seidigen Mondstoff bewegten sich seine schlanken Muskeln und um nicht vor allen Augen zusammenzubrechen, lenkte sie sich ab, indem sie sich millimeterweise zu seiner Schulter empor tastete. Avans rechte Hand lag nun zwischen ihren Schulterblättern, glitt ein Stück ihre Wirbelsäule hinab. Seine Berührungen waren so ungewohnt sanft und gewaltfrei, dass ein heftiger Schauer durch ihren Körper fuhr. Sie war sich nicht sicher, ob aus Abscheu, Furcht oder einer verschütteten Sehnsucht nach körperlicher Nähe.

»Ich nehme an, du führst?«, fragte sie mit heiserer Stimme, krampfhaft bemüht, Herzschlag und Atmung unter Kontrolle zu halten.

»Ich denke nicht, dass du in der Lage wärest, mich zu führen«, bemerkte Avan sachlich.

Womit er recht hatte. Sie hoffte, es war ein kurzer Tanz, denn ihre Beine würden sie höchstens noch eine Minute aufrechthalten. Avans Hand rutschte weiter hinab, kam auf ihrem unteren Rücken zu liegen. Zeitgleich breitete sich eine Gänsehaut prickelnd auf ihrer Haut aus. Bei Nyssa, fünf Jahre Isolation hatten aus ihr ein emotionales und körperliches Wrack gemacht.

»*Möchtest* du denn führen?«, nahm er den Faden wieder auf.

Was dachte er sich? Nein, sie wollte nicht führen. Sie wollte nach Hause. Weg. Nur weg.

»Nein«, erwiderte sie also nur und wandte ihren Blick ab, beobachtete, wie der Klavierspieler in die Tasten haute. Eine flotte Melodie – lebhaft und unbekümmert – drängte das Getuschel und Gemurmel in ihrem Rücken in den Hintergrund.

Avan verschränkte seine Finger mit ihren. Eine viel zu intime Geste, die ihr Herz unfreiwillig flattern ließ. Sie verfluchte den Fels. Ihr Körper war so hungrig nach Berührungen, dass sie sich vermutlich selbst von Rayan würde angezogen fühlen, sollte er sie je so anfassen. Doch Rayans Hände fühlten sich trocken und faltig an, Avans hingegen so samtig wie frische Ziegenmilch.

Sie versuchte ihr bestes, diese Gedanken in die tiefsten Tiefen ihres Gehirns zu verfrachten, und bemühte sich, mit Avans flinken und leichtfüßigen Schritten mitzuhalten. Er war ein anmutiger Tänzer. Und führte hervorragend. Glücklicherweise, denn weder war ihr dieser Tanz bekannt noch das Lied. Das letzte Mal hatte sie mit zwölf Jahren einen Tanz aufs Parkett gelegt. Ihre Muskeln waren zittrig und ihre Knochen müde. Sie hatte Hunger und Durst und die Blicke, die sich in ihren Hinterkopf bohrten, bereiteten ihr Kopfschmerzen.

Ihr war nicht ganz klar, ob Avan sie absichtlich von den übrigen Gästen fernhielt. Sie tanzten am Rand der Tanzfläche und fernab der nächsten Tafel, in einem Teil des Saales, der von den wuchtigen Kristallleuchtern kaum mehr ausgeleuchtet wurde. Auch ohne Schatten waren sie hier wenigstens nicht mehr der Hitze der Kerzen und dem irritierenden Zittern der Flammen ausgesetzt, welche sie ganz verrückt machten.

Nach einer Weile wurde ein ruhigeres Lied angespielt, ihre Atmung regulierte sich und sie hatte Zeit, ihre Gedanken grob zu sortieren. Es überraschte sie, dass sie noch immer aufrecht stand. Doch noch mehr überraschte sie, dass ein Teil von ihr gar nicht zurück zu ihrer Stuhlecke wollte.

»Du legst dich ja ziemlich ins Zeug für einen Mitleidstanz«, bemerkte sie.

Avan lachte. Verwundert wandte sie ihren Blick von dem Klavierspieler in der Ferne ab, sah in seine lebhaften Augen. Sein Lachen klang befreit und unbeschwert und ganz und gar unpassend für diese Situation. In ihrem Leben gab es nichts zu lachen. Das letzte Mal hatte sie vor fünf Jahren gelacht. Einer ihrer Ritter hatte sie gekitzelt, um sie davon abzuhalten, ihr Turmzimmer zu verlassen. Auch eine Art Gefängnis, wenn sie es recht bedachte. Von ihrer Geburt an war sie von einem Gefängnis ins nächste gewandert. *Das* war ihr eigentliches Schicksal. Nicht der Schatten.

»Mitleidstanz?«, fragte Avan, nachdem er sich ausgelacht hatte. »Ich werde mir morgen früh eine halbstündige Standpauke anhören dürfen. Dazu riskiere ich meinen Ruf und den unseres Königreichs. Also nennen wir es lieber einen wagemutigen Tanz. Ein Tanz, geboren aus impulsiver Umnachtung.«

Sie wusste nicht, was sie darauf erwidern sollte. Avan war für sie so schwer einzuschätzen wie eine Ratte, die sich an ihre Füße schmiegte, nur, um sie nach ihrem Tod bis auf die Knochen abzunagen. Sie wüsste gern, ob der anschmiegsame oder der nagende Teil bei ihm überwog. Die Wahrscheinlichkeiten standen fünfzig zu fünfzig. Doch ihr fehlte die Kraft, eine Wette mit sich selbst abzuschließen. Also ließ sie ihren Blick durch den Saal wandern, nur, um von einem Paar eisgrauer Augen aufgespießt zu werden, in denen ein ausgesprochen wilder Sturm wütete.

»Wer ist das Mädchen dort hinten, das versucht, mich mit ihren Blicken zu töten?«, fragte sie.

»Alizeh«, antwortete Avan, ohne sich umzudrehen.

Meide den Wind.

Das Mädchen lehnte gegen eine Säule, hatte die Arme vor der Brust verschränkt und beobachtete sie wie eine Göttin ihre menschliche Opfergabe. Auf ihrer Stirn lag ein Diamant, der nicht nur mit der Magie des Windes pulsierte, sondern in seinem aufwendigen Schliff jede Flamme im Raum zurückwarf. Alizeh war hübsch, um nicht zu sagen wunderschön. Ihr Gesicht besaß die Form eines Herzens. Sie hatte eine niedliche Stupsnase, volle, rosige Lippen, große, göttliche Kulleraugen und eine Haut wie Porzellan. Lange blonde Haare ergossen sich wie flüssige Seide über ein flauschiges Fell, das ihre Schultern bedeckte. Ihr zierlicher Körper war in ein weißes Lederkleid gehüllt. An einem breiten Gürtel aus glitzernden Diamanten steckte ein Schwert aus Iridium, dessen Spitze den Boden berührte.

»Sie ist die Tochter Lils«, fügte Avan hinzu, als könne sie göttliche Augen nicht von menschlichen unterscheiden. Als würde sie den Wind nicht erkennen, wenn er vor ihr stand. Die schwachen, aber eisigen Böen spüren, die ihre Nackenhaare sich augenblicklich aufstellen ließen.

»Halten mich eigentlich alle hier für geistig zurückgeblieben?«, fragte sie und war erleichtert, als Avan sie in einem geschickten Manöver aus der visuellen Schusslinie von Alizehs Blitze werfenden Augen zog.

»Keineswegs«, entgegnete er. »Wenn mein Vater annehmen würde, du wärest nicht im Besitz deiner geistigen Kräfte, würde er sich nicht die Mühe machen, dich körperlich zu schwächen.«

Über diesen Kommentar musste sie eine Weile nachdenken.

»Dein Vater ist … kein besonders angenehmer Halbgott«, sagte sie und hoffte inständig, dass Rayan nicht über ein übermenschliches Gehör verfügte. Sie rief sich kurz die Eigenschaften und Fähigkeiten seines Elementes ins Gedächtnis.

Das Wasser ist das zweite Element. Die Kinder Anats sind friedlich, anpassungsfähig und besitzen ein hohes Maß an emotionaler Kontrolle sowie die Fähigkeit, ihre wahren Absichten zu verbergen. Ihr wählerisches Herz ist ihre Stärke und ihre Schwachstelle. Keine Emotion entfesselt die Macht des Wassers wie die Liebe.

»Nein, das ist er nicht«, bestätigte Avan. Also kein übermenschliches Gehör. »Es lastet eine große Verantwortung auf ihm«, fügte er hinzu, wie, um den unangenehmen Charakter seines Vaters zu rechtfertigen.

»Auf dir ebenso«, rutschte ihr heraus.

»Das kann man kaum vergleichen«, sagte er. Und mit einem verschmitzten Lächeln fügte er hinzu: »Ich schlussfolgere, dass du meinen Charakter im Gegensatz zu dem meines Vaters als angenehm empfindest.«

Irritiert blinzelte sie zu ihm auf. Wie war er zu dieser Schlussfolgerung gekommen? Nicht, dass sie falsch wäre …

»Ich habe den Rest deiner Familie noch nicht kennengelernt«, lenkte Sayeh eilig vom Thema ab. »Ist deine Mutter nicht anwesend?«

Vielleicht wäre Rayan in Anwesenheit seiner Gattin erträglicher und weniger kalt und berechnend. Es sei denn, Avans Mutter war vom gleichen Schlag.

»Meine Mutter ist gestorben«, hörte sie Avan sagen. Seine Augen verdunkelten sich merklich.

»Das tut mir leid«, erwiderte sie, spürte einen Stich in ihrem Herzen. *Es war Selbstmord.* »Wann ist sie gestorben?«

»Vor fünf Jahren.«

Eine eisige Kälte kroch ihren Nacken hinauf.

»Es tut mir leid«, wiederholte sie heiser. Sie wünschte, sie hätte Avans Hand abgelehnt. Sie wünschte, sie wäre wieder im Fels. Dort, wo sie hingehörte. Sie und die Schatten.

»Du hast sie nicht umgebracht«, sagte er. Seine Worte klangen erschreckend emotionslos. »Es war deine Mutter. Ihre Schatten sind in unsere Gemächer eingedrungen. Sie verschlangen meine Mutter und meinen Bruder. Jeder musste in diesem Krieg Opfer bringen, Sayeh.«

Was tat sie hier? Sie sollte nicht hier sein. Diese Menschen hassten sie und die Halbgötter wollten sie tot sehen. Warum nahm man ihr nicht einfach die Schatten, wenn es angeblich so leicht war, und ließ sie in Frieden?

»Ich kann euch nicht helfen«, sagte sie. »Wenn ich die Schatten freilasse, lasse ich auch das Böse frei. Ich werde deinen Vater bitten, sie sich gewaltsam anzueignen. Es ist die beste Lösung für alle. Es gibt ohnehin kein Leben, zu dem ich zurückkehren könnte.«

»Sich die Schatten gewaltsam aneignen?«, fragte Avan und sah sie kritisch an. »Wie soll das gehen? Niemand kann einem Halbgott sein Element entziehen.«

»Er sagt, dass es möglich ist. Die Alternative zu meinem Gehorsam sei der gewaltsame Schattenentzug und ewige Gefangenschaft.«

Avan schüttelte den Kopf und ließ seinen Blick über die Köpfe der Tanzenden schweifen. »Er wollte dir nur drohen, damit du dich fügst«, sagte er. »Er braucht dich – wir alle brauchen dich – und das ist für ihn und die anderen Herrscher eine unerträgliche Situation. Sie müssen dich gefügig machen. Mein Vater tut dies mit Lügen und Drohungen.«

Wieso verriet er ihr Dinge, für die sein Vater ihn sicherlich hart bestrafen würde?

»Ich bin eine Gefahr für diese Welt«, erklärte sie ihm weiter. »Sie haben Angst vor den Schatten und das zurecht.«

»Niemand wird böse geboren, Sayeh«, erwiderte er. »Man wird böse, indem man in Zeiten von Trauer oder Wut oder Angst die falschen Entscheidungen trifft.«

Warum war ihre Mutter böse geworden? Was war passiert, dass sie die Welt zerstören wollte? Hätte sie sie davon abhalten können?

Diese Erkenntnis traf sie wie ein Faustschlag in die Magengrube.

»Wie fühlst du dich, Sayeh?«, fragte Avan.

Sie sah zu ihm auf. »Wie ich mich fühle?« Wie ein Stück Dreck. Hungrig, durstig, schwach und ausgestoßen. Sie verspürte Hass und Ekel und Wut. Sie wusste nur nicht, ob diese Gefühle sich gegen die anderen oder gegen sie selbst richteten. »Ich habe Angst«, war jedoch, was sie antwortete. »Ich habe Angst, dass ich böse bin wie meine Mutter.«

Da war es. Die hässliche Wahrheit. Sie war eine Halbgöttin der Schatten und sollte furchtlos sein – stattdessen hatte sie Angst. *Wieso erzählte sie ihm das?*

Er schien wenig überrascht über ihre Antwort. »Nun, die Behandlung, welche dir im Moment zuteilwird, führt dich geradewegs dorthin«, sagte er.

Die Musik wechselte wieder zu einem gemächlichen Rhythmus. Das wievielte Lied war es? Warum tanzte er immer noch mit ihr? Sah Rayan zu? Wieso ließ er es geschehen?

»Man behandelt mich so, *weil* ich böse bin«, widersprach sie.

»Du bist nicht böse, Sayeh«, sagte er und lächelte dabei. Warum lächelte er? Es gab nichts zu lächeln. »Du hast nur Hunger. Gaia wird zur Furie, wenn sie nicht alle drei Stunden etwas zwischen die Zähne bekommt.«

Hunger? Glaubte er, so leicht ließe sich das Böse aus der Welt schaffen? Mit Schokolade und dem Besten vom Schwertfisch?

»Ich entschuldige mich für die grauenhaften Gastgeberqualitäten meines Vaters. Meine Mutter war für diese Dinge verantwortlich. Hast du ihn um Essen gebeten?«, fragte er.

»Ja.«

»Hm«, sagte er und warf einen Blick durch den Saal. Alizehs wilde graue Augen blitzten immer wieder zwischen den tanzenden Paaren hindurch. »Hat er dir verboten, auf der Feier etwas zu essen?«

»Ich darf nur essen und trinken, was man mir anbietet.«

»Wunderbar.« Er lächelte wieder, wirbelte sie herum und ließ sie dann los.

Erschrocken suchte sie nach seinen Fingern, bekam sie jedoch nicht zu fassen. Stattdessen prallte sie gegen einen weichen Körper, der nach Zimt und Schokolade roch und irgendwie – nach Erde.

»So stürmisch, Sayeh?«, fragte Gaia lachend und zwinkerte über ihre Schulter Avan zu, der an ihnen vorbeischwebte und mit seiner anmutigen Erscheinung und halbgöttlichen Präsenz eine Schneise durch die Tanzfläche pflügte, die inzwischen zum Bersten gefüllt war. Gaia legte einen Arm um ihre Schultern und zog sie mit sich, folgte Avan zu der Tafel, die den Torbögen und dem magisch erblühten Garten am nächsten war.

»Was haltet ihr davon, wenn wir uns ein paar Schokoladenfrüchte und Lachshäppchen genehmigen und ein wenig durch die Gärten schlendern?«, schrie Gaia so nah an ihrem Ohr, dass es danach bedrohlich darin piepte.

»Ich darf nicht rausgehen«, murmelte sie leise.

»Was?«, fragte Gaia nach und bugsierte sie zu dem köstlichen Essen. Am liebsten hätte sie beide Hände danach ausgestreckt und wäre wie ein Tier darüber hergefallen. Warme Finger streiften ihre Wange, als Gaia ihr die Haare hinter das Ohr schob. Sayeh zuckte vor der Berührung zurück. Gaia sah sie fragend an.

»Ich darf nicht an die frische Luft«, erklärte sie und schielte gierig zu den Garnelen an Bärlauchsoße.

»Wie bitte?«, fragte Gaia entsetzt und langte nach einem Spieß mit roten Weintrauben. Ihre Augen versprühten goldene Funken. »Dein Vater hat schwere Probleme, Avan. Liegt wohl daran, dass ihm die *Liebe* fehlt«, trällerte sie und steckte sich drei Trauben auf einmal in den Mund.

»Er hat ihr die Fesseln abgenommen. Mehr kann man von ihm kaum erwarten«, entgegnete Avan, der mit einem Mal so dicht hinter ihr stand, dass sie abermals zusammenzuckte.

Gaia verdrehte die Augen und hielt ihr einen Spieß mit Erdbeeren entgegen, wobei das spitze Holzstäbchen ihr fast das Auge ausstach.

»Hier, Süße«, sagte sie und bedachte ihren Körper mit einem mitleidigen Blick. »Iss das. Du bist so dürr, dass man Angst hat, in deine Richtung zu atmen.«

Zögerlich nahm Sayeh ihr den Obstspieß aus der Hand und zupfte eine dunkelrote Frucht davon ab, steckte sie sich in den Mund. Sie meinte, vor Verzückung vergehen zu müssen, unterdrückte einen wohligen Seufzer.

»Magst du Thunfisch? Oder soll ich dir ein paar Seesterne besorgen?«, fragte Gaia und warf ihren langen Haarzopf von der einen auf die andere Schulter. Sie bedachte eine Frau, die nicht aufhörte, Sayeh anzustarren, mit einem furchteinflößenden Blick.

»Sind allerdings ziemlich scharf, die Dinger, hat wohl jemand zu tief in den Pfeffer gegriffen. Stehst du auf Schokolade? Wir können uns einen Brunnen schnappen und von dieser elenden Feier verschwinden. Irgendwohin, wo die Luft nicht frisch ist. Oder hat Rayan dir das auch verboten? Wie wäre es mit dem Keller? Oder deiner Zelle? Ich habe gehört, du residierst im Palast des Wassers wie ein wahrer Ehrengast. Hast du dort überhaupt ein Klo?«

Sayeh stopfte sich die letzte Erdbeere in den Mund und ließ das Holzstäbchen hinter ihrem Ohr verschwinden. Sie wusste nicht einmal, warum sie das tat. Vielleicht, um dem nächsten Ritter, der lüstern ihrer Reinigung beiwohnte, das Auge auszustechen. Das dünne Stäbchen gab ihr ein verstörendes Gefühl von Sicherheit.

»Ich bekomme nichts zu essen oder zu trinken – ein Klo ist nicht nötig.«

Gaia sog empört die Luft ein und stierte Avan mit einem feurigen Blick in Grund und Boden.

»Was soll ich tun?«, flüsterte Avan neben ihr. Sie spürte eine leichte Berührung an ihrem Ohr, dann hatte er das Holzstäbchen in der Hand und legte es zu den anderen auf einen Teller.

»Alles Mögliche könntest du tun«, entgegnete Gaia scharf, wirbelte herum und steuerte den erstbesten Schokoladenbrunnen an. Sie wollte das Ding doch nicht wirklich mitnehmen?

Leider wurde Sayehs Aufmerksamkeit von einem Glas abgelenkt, das vor ihrer Nase auftauchte, und in dem es verführerisch sprudelte. »Meinst du wirklich, Alkohol ist eine gute Idee? Wenn ich morgen wieder nichts anderes tue, als acht Stunden auf einen vergammelten Apfel zu starren, wird dein Vater mich ...«

»Ich denke, Alkohol ist eine hervorragende Idee«, unterbrach Avan sie und schloss kurzerhand ihre Finger um den Stiel des Weinglases. »Außerdem wirst du ihn brauchen, denn Gaia wird dir den Abend nicht mehr von der Seite weichen.«

»Was habe ich da vernommen?«, rief Gaia in diesem Moment und erschien mit einem Silbertablett, auf dem sich ein Berg an schokolierten Früchten stapelte. »Ich muss mich wohl verhört haben, als du mir aufgetragen hast, mich um Sayehs Wohl zu kümmern.« Gaia zwinkerte ihr zu und drückte ihr einen Spieß mit einer Schokoladenbanane in die freie Hand. »Natürlich hätte ich das auch ohne Avans Aufforderung getan. Sieh dich nur an. Da bekommt man ja Muttergefühle.«

Sayeh setzte das Glas mit dem sprudelnden Schaumwein an ihre Lippen und trank es in einem Zug leer. Jemand nahm es ihr aus der Hand und ersetzte es durch ein volles Glas. Sie tippte auf Gaia.

»Hat meine Mutter auch deine Familie ermordet?«, fragte sie, um die Stimmung noch ein wenig weiter in die Tiefe zu ziehen.

Gaia stieß geräuschvoll die Luft aus. »Süße, warum kommst du jetzt mit solch unschönen Dingen? Dies ist der Frühlingsball. Heuchle doch wenigstens Fröhlichkeit vor, so wie alle anderen auch.« Sie wollte nicht heucheln. Und sie wollte auch nicht, dass ihr jemand etwas vorheuchelte. Sie wollte nur weg. »Aber wenn du es genau wissen willst. Sie erwischte meinen Vater, meine drei älteren Brüder und meine kleine Schwester.«

Sayeh kippte sich das zweite Glas hinunter und stopfte sich mit der Banane voll.

»Nimm es dir nicht so sehr zu Herzen, Schätzchen«, hörte sie Gaia sagen. Eine kühle Hand legte sich auf ihren Rücken und schob sie ein Stück zur Seite. »Wir haben alle mit unseren Eltern zu kämpfen. Natürlich würde es helfen, wenn du ihr nicht so aus dem Gesicht geschnitten wärst.«

Sie leerte das dritte Glas.

»Schicker Haarschnitt, übrigens. Gewagt. Und ganz ohne Spiegel, nehme ich an? Sie haben dir drüben im Fels doch keine Schere gegeben? Hast du deine Zähne benutzt?« Gaia grinste und strich über ihre Haare. »Ich könnte mich nicht von meiner Mähne trennen. Hab sie nicht gekürzt, seitdem ich auf diese Welt gekommen bin. Einmal hat Azar eine Strähne abgefackelt. Hab ihn für sieben Tage in einem Berg schmoren lassen, den ich eigens für ihn aus Lehm und Sand erschaffen habe.« Sie lachte lauthals. »Ein kleines Loch habe ich ihm gelassen. Das wird er nie wieder wagen.«

Azar. *Das Feuer ist dein.*

»Die Königsfamilie des Feuerreichs ist heute Abend nicht hier«, stellte Sayeh wenig geistreich fest und machte sich an ihr viertes Glas und einen großen Schokoladenapfel.

»Sei froh, dass sie es nicht ist«, mampfte Gaia. »Denn dann würdest du deine Runden bereits neben den armen Schwertfischen auf einem Spieß drehen.«

»Das Reich des Feuers ist von den Schatten als erstes überfallen worden«, erklärte Avan. »Es wurde fast vollständig zerstört. Azar und sein Vater konnten sich ins Meer flüchten und durch eine Feuersäule hinab auf den Meeresgrund steigen. Dort unten sind sie den Schatten entgangen.«

»Sie haben es nicht verkraftet, dass sie ihr Land und ihre Untergebenen nicht haben retten können«, fügte Gaia hinzu. »Wie viel weißt du über den Krieg?«

»Nicht viel«, gab Sayeh zu und wollte ihre aufkeimende Scham in noch mehr Alkohol ertränken, doch sie fand nur ein Wasserglas in ihrer Hand vor.

»Klar, im Fels gibt es sicher keinen Nachrichtendienst«, sagte Gaia und knabberte an einem gerösteten Seepferdchen. »Und deine Mutter hat dir nicht von ihren Heldentaten berichtet?«

Sayeh schüttelte den Kopf.

»Hm«, machte Gaia. »Wahrscheinlich besser so. Mit solch grauenhaften Bildern will man sicherlich nicht fünf Jahre in Isolation verbringen. Ich frag mich, was deine Mutter dazu gebracht hat, so auszurasten. Und da wollen die Lehren einem weismachen, das Feuer sei gefährlich und impulsiv.«

Avan hielt ihr das Tablett mit den Schokofrüchten entgegen, doch sie lehnte ab. Der Appetit war ihr vergangen.

Gaia seufzte. »Ich hoffe jedenfalls, dass du uns bald die Schatten zurückbringen wirst, Sayeh. Fange doch bitte mit der Nacht an. Wer soll bei der ewigen Sonne da oben denn noch vernünftig schlafen? Ich schlaf schon in unseren Kerkerräumen und das Einzige, was dort besser ist als oben, ist, dass einem die blöden Strahlen nicht in der Nase kitzeln. Wisst ihr noch, wie der Mond aussieht? Und die Sterne? Nein? Ich auch nicht. Das ist doch kein Zustand.«

»Momentan konzentriert sich ihr Training auf verfaulte Äpfel«, erklärte Avan und schenkte Sayeh ein Lächeln, das sie überforderte. Sie sah eilig woanders hin.

»Vielleicht müssen wir einfach deine Stimmung heben«, schlug Gaia vor. »Du ziehst ein Gesicht, als wäre dir dein Element abhandengekommen. Nun, das ist es ja auch, aber ... Kannst du überhaupt lächeln?«

»Es gibt nichts zu lächeln«, erwiderte Sayeh stumpf und wich diversen vernichtenden Blicken aus. Sie wünschte, sie wäre in ihrer Zelle.

»Das habe ich fast befürchtet«, sagte Gaia und warf die Reste ihres Seepferdchens hinter sich, wo es in dem halbvollen Glas eines Gastes landete. »Und nicht einmal Avans begnadete Tanzkünste haben dich aufgeheitert?« Sie stieß Avan in die Seite, der sich sichtlich krümmte. »Streng dich mal ein bisschen an. Sie ist dein Gast. Wieso sollten die Schatten auf sie hören, wenn sie so dreinschaut? Wenn ich die wäre, würde ich mich auch lieber von ihr fernhalten.«

»Sie ist nicht *mein* Gast«, keuchte Avan. Seine Augen waren auf einmal so dunkel wie die Nacht. Sie fragte sich, welche Emotionen in ihm wüteten. Sie tippte auf Angst. »Wenn sie mein Gast wäre, dann säße sie nicht in einer Zelle und würde Durst und Hunger leiden und vergammelte Äpfel anstarren.«

»Und doch tut sie es«, zischte Gaia. Und so leise, dass Sayeh die Worte nur erahnen konnte, flüsterte sie: »Setz dich durch. Du hältst dieses Reich am Leben. Drohe ihm.«

»Vielleicht hast du meinen Vater noch nicht kennengelernt, aber ...«, flüsterte Avan zurück, brach jedoch ab. Und auch Gaia hob ruckartig ihren Kopf, warf das Silbertablett von sich. Die Früchte sprangen herunter und hüpften über die Tafel, in Gläser und tiefe Ausschnitte. Eine Woge der Hitze erreichte Sayeh. Und gleichzeitig eine Erinnerung, die sich schwer und zäh über die

Realität legte, gemeinsam mit der Angst, die sie als zwölfjähriges Mädchen empfunden hatte.

Dann kam das Feuer.

Sie wandte sich um, als Gaia an ihr vorbeiflitzte. Während die Gäste von der Tanzfläche stoben und die Musiker von ihren Stühlen sprangen, hatte sie das Gefühl, sich unter Wasser zu befinden. Ihre Bewegungen waren quälend langsam. Gaia kam mitten auf der Tanzfläche schlitternd zum Stehen, ihre Arme von sich gestreckt. Sandige Wirbelstürme sprudelten aus ihren Fingerspitzen, dann brach die Erde neben dem Eingangstor auf. Ihre Zwillingsschwestern, die sich an den Händen hielten und erschrocken in ihre Richtung blickten, wurden von Sandsäulen ummauert, bis von ihnen nichts mehr zu sehen war.

»Amythia!«, hallte ein spitzer Schrei durch den Saal.

Sayeh erblickte Alizeh, die ebenfalls in die Mitte stürmte, gefolgt von mehreren Tornados. Sie stellte sich mit dem Rücken zu Gaia und schleuderte eine heftige Windböe. Ihr Ziel war ein Mädchen mit rotblondem Haar in ihrem Alter, das über einen Haufen Glassplitter tänzelte. Es wurde vom Wind eingesaugt und im Inneren eines Tornados durch einen der Torbögen aus dem Festsaal getragen. Alizeh zog ihr Schwert und rammte die Klinge in den Marmorboden, dass Splitter durch die Gegend flogen. Ein Sturm fegte durch den Saal. Die Hitze wurde intensiver und der Geruch nach Asche vermischte sich mit dem des Windes. Bitter und unheilvoll.

Sayeh hätte nicht mal dann reagieren können, wenn sie nicht in eine Starre verfallen wäre. Wie auch? Ihr war kein Element hörig. Die Schatten hatten sie verlassen. Wenn das Feuer ihr Leben wollte, würde sie es nicht davon abhalten können. Und sie wusste nicht einmal, ob sie das überhaupt wollte.

Sie machte sich bereit, ihrem Schicksal entgegenzutreten – da legte sich eine Hand auf ihre Schulter. Avan drehte sie zu sich herum, riss mit einem Ruck die Iridiumkette von ihrem Handgelenk und warf sie achtlos beiseite. Dann packte er sie bei den Armen und schleuderte sie mit aller Kraft von sich. Sie rutschte quer über den spiegelglatten Boden, stolperte über schokolierte Früchte und Gräten und suchte erfolglos Halt. Eine nasse Welle schwappte mit solch einer Macht über sie, dass es ihr kurzzeitig den Atem verschlug. Sie schlitterte weiter, ehe sie mit voller Wucht gegen das Musikerpodest knallte.

Ihr Blick verschwamm und in ihren Ohren rauschte es. Stöhnend krallte sie sich an der Kante der Plattform fest, drehte sich um und sah sich einer massiven Wasserwand gegenüber. Das Tosen kam nicht aus ihrem Kopf, es war das Wasser, welches mit ungeheurer Macht von der Decke des Saales hinabbrauste. Nur schemenhaft konnte sie Silhouetten dahinter ausmachen. Sie spürte die bohrenden Blicke der Menschen in ihrem Rücken, die mit ihr hinter dem schützenden Wasserfall eingesperrt waren.

»Warum ist sie hier?«, fragte jemand unfreundlich.

»Sie wird uns alle umbringen!«, zischte ein anderer.

»Übergebt sie an das Feuer!«, verlangte eine Frauenstimme.

Zitternd stieß sie sich ab und wankte zu einem heruntergekrachten Spieß, auf dem ein Schwertfisch steckte, kauerte sich zu dem toten Tier.

»Avan!«, hallte eine Stimme durch die Wasserwand. Es war Rayan. »Gib sie heraus!«

»Wo ist sie?«, brüllte jemand in der Sprache des Feuers.

»Avan!« Rayans Ton war schneidend und ging ihr durch Mark und Bein, obwohl alles nur gedämpft zu ihr drang. Avans Stimme jedoch war so klar und unmissverständlich, als würde er neben ihr stehen.

»Nein.«

ELEMENTARE UNSTIMMIGKEITEN

Wie ein hilfloser Mensch klammerte sie sich an den aufgespießten Schwertfisch, während hinter dem schäumenden Wasserfall abermals ihr Schicksal entschieden wurde. Glücklicherweise war Geduld eine Tugend, die sie auf harte Weise erlernt hatte. Und so tat sie das Einzige, was in ihrer Macht stand: Sie kramte in ihren eingestaubten Gedankengängen nach allem, was sie über das Feuer wusste.

König des Reiches war Cinnead und sein einziger Sohn der Halbgott Azar. Das Feuerreich war dem Schattenreich am nächsten, wenn man auf den höchsten Gipfel des Schattengebirges stieg, konnte man in weiter Ferne die Flammen lodern sehen.

Das Feuer ist das dritte Element. Die Kinder Ishats sind temperamentvoll, unberechenbar und angriffslustig. Sie sind Unruhestifter und in ihrer impulsiven Aggressivität stellen sie die größte Gefahr für nichtgöttliche Wesen dar. Am stärksten wirkt ihre Macht, wenn sie im Zorn gerufen wird.

Angestrengt konzentrierte sie sich auf die verwässerten Silhouetten und das gedämpfte Streitgespräch, bemüht, das unfreundliche Getuschel in ihrem Rücken auszublenden. Cinneads Stimme triefte vor Zorn. Die Worte des Feuers waren getränkt mit Flüchen und Beschimpfungen, die für sie überwiegend unverständlich waren. Doch was er wollte, war unmissverständlich. Er wollte sie.

Sollte sie sich freiwillig ergeben? Das Feuer würde sie nicht auf verfaulte Äpfel starren lassen, soviel war sicher. Töten würde Cinnead sie nicht, es sei denn, er handelte im Affekt. Denn ohne elementare Einheit – ohne den Schatten – würde auch sein Element nicht zu ihm zurückkommen. Mit Gewalt und Folter konnte sie leben, solange es den Schatten zurückbrachte. Dennoch war da eine Stimme in ihr, die sich dagegen sträubte, ihre Schatten gewaltsam abzugeben. War es die empörte Stimme Nyssas?

Niemand wird böse geboren.

Was wusste Avan schon? Es hatte seinen Grund, warum das Reich der Schatten eine Insel war. Warum kaum ein Mensch der übrigen Reiche zu ihnen übersiedelte. Warum der Fels auf ihrem Land lag. Warum der Schatten die grauenvollsten Kriege unter den Elementen anzettelte. Warum selbst die anderen Halbgötter sie fürchteten. Das fünfte Element war anders. Es verschlang. Alles und jeden.

»Avan, ich befehle dir ein letztes Mal, sie freizugeben«, schnitt Rayans Stimme durch die rauschende Wasserwand. »Ich habe dir vor dem Frühlingsball klar und deutlich zu verstehen gegeben, dass wir sie übergeben werden, sollte jemand Anspruch auf sie erheben. Wir können uns keinen weiteren Krieg unter den Elementen leisten. Was ist in dich gefahren, Sohn?«

Das Wasser war das friedvollste aller Elemente. Geschöpfe des Wassers strebten nach Harmonie, waren freundlich und herzlich. Rayan war nicht, wie sie sich den König des Wasserreiches vorgestellt hatte. Was hatte Gaia gesagt? *Ihm fehlt die Liebe.*

Geschöpfe des Wassers besaßen ein wählerisches Herz. Sie liebten nur einmal. Zumindest auf die romantische Weise. Ihre Mutter hatte Rayan diese Liebe genommen. Wieso? Würde sie in naher Zukunft ebenso grausam werden?

»Sie ist unser Gast«, hörte sie Avan sagen. Er klang erstaunlich gelassen angesichts der Drohungen seines Vaters. »Als Herrscherfamilie sind wir verantwortlich für das Wohlergehen eines jeden Gastes in unserem Reich. Die Gesetze des Wassers garantieren jedem, der über unsere Grenze tritt, Sicherheit, Freiheit und Grundversorgung. Du trittst diese Gesetze mit Füßen, Vater.«

»Sie ist eine wahnsinnige Mörderin, du dummer Junge!«, keifte Cinnead.

»Ihre *Mutter* war eine Mörderin«, entgegnete Avan. »Sie ist es nicht.«

»O Avan, du bewegst dich auf dünnem Eis«, sagte Rayan. »Erkläre mir nicht unsere Gesetze. Sie ist eine Strafgefangene und eine Gefahr für unser Reich. Mache sie nicht zu einer Gefahr für die herrschende Einheit. Sorge nicht dafür, dass ich mich vergesse. Chaotal! Bringe meinen Sohn auf seine Gemächer!«

»Du weißt, ich kann dieses Fest nicht verlassen, Vater«, sagte Avan ungerührt. »Wenn ich gehe, geht das Wasser mit mir.«

»Rayan, kontrolliere deinen Sohn!«, mahnte Ila.

Jemand lachte schallend. Es war Gaia. Sie musste direkt auf der anderen Seite der Wasserwand stehen. »Zeig's ihm, Avan!«, rief sie.

»Schweig, Avan!«, donnerte Rayan. »Ich schwöre, dies wird ein Nachspiel haben. Ein bitterböses Nachspiel!«

»Wenn du das Gesetz der Gastfreundschaft über das der elementaren Einheit stellst, Rayan, ist unsere Zeit des Friedens beendet«, grollte Cinnead. Die Sprache des Feuers klang wie ein Flammensturm, der stetig anschwoll.

»Cinnead, du musst dich beruhigen«, beschwichtigte Ila. Die Silhouetten bewegten sich. »Dies ist eine öffentliche Veranstaltung. Zephir, bringe mir einen Krug Honigwein!«

»Mein Sohn durchläuft gerade eine schwierige Phase«, erklärte Rayan und wechselte dabei in einen anbiedernden Leierton. »Du kennst das, Cinnead. Auch das Wasser kann zum Feuer werden, wenn es das rebellische Alter erreicht. Ich werde ihm eine Strafe auferlegen, die für seine unbedachte Handlung angemessen ist. Ich gebe dir mein Wort, mein Freund und Bruder. Das Wort der elementaren Einheit.«

Ein rauchiges Schnauben. »Ich nehme dich beim Wort, dass du ihn bestrafst, wie ich meinen Sohn bestrafen würde«, knurrte Cinnead. »Doch wenn diese ... diese *Gefangene* mir nicht augenblicklich ausgeliefert wird ...«

»Bitte, Cinnead«, schnurrte Rayan. »Lass uns darüber bei einem Glas Honigwein sprechen. Ich lade auch dich, meine teure Ila, und dich, mein treuer Freund Zephir, zu diesem Gespräch ein. Das Frühlingsfest ist ein Fest des Friedens, eine freudige Zusammenkunft. Heute huldigen wir dem Wasser und unserer Göttin Anat. Lasst uns in Harmonie auseinandergehen.«

»Ich *verlange*, dass diese ...«, brüllte Cinnead.

»Nun reicht es aber«, unterbrach ihn Ila energisch. »Cinnead, genehmige dir ein Glas Honigwein oder auch zwei, erfrische dich am Brunnen des Friedens und nimm, bei Enki, einen tiefen Atemzug. Wir stehen hier vor dem gesamten Hofstaat des Wassers. Regelt eure Angelegenheiten nicht unter den Augen der Menschen. Denkt an eure Pflichten!«

»Ich stimme Ila zu«, sprach Rayan. »Cinnead, bitte, begib dich doch in den obersten Teesaal. Ich werde sogleich folgen. Lasst uns den ewigen Frühling und seine Blüte vom Ostbalkon aus bewundern und gemeinsam über eine Lösung unseres Problems beratschlagen.«

Das *Problem* war dann wohl sie.

»Zephir, warum hüllst du unseren Bruder nicht in einen frischen Wind und trägst ihn hinaus?«, schlug Ila vor.

Cinnead grummelte unzufrieden. Zephir sagte etwas, das in Ilas schallendem Lachen unterging. Sayeh sah die Silhouetten sich abermals bewegen, als der Herrscher des Reichs der Winde und Cinnead den Saal verließen.

Sie atmete geräuschvoll aus. Sie hatte gar nicht bemerkt, wie sie die Luft angehalten hatte. Ihre Finger, die sich noch immer um den Spieß wanden, waren eiskalt und zitterten, als sie sich lösten. Das Herz hämmerte schmerzhaft gegen ihre Brust. Sie hatte Angst. Angst vor dem Feuer. Angst vor der Folter. Ihr Körper konnte nicht lügen. Der Fels hatte sie nicht abgehärtet. Im Gegenteil. Er hatte sie in ein Bündel der Angst verwandelt.

Heißer Wüstensand, brennende Sonne, lodernde Flammen ... Avan hatte sie höchstwahrscheinlich vor einer grausamen Tortur bewahrt. Nur wieso hatte er das getan?

»Avan!«, Rayans Stimme war wieder eisig. Avans Bestrafung würde nicht milde ausfallen. »Entferne die Schutzwand.«

Der Wasserfall fiel in sich zusammen wie eine Gardine, die von der Stange rutschte. Die plötzliche Stille, die sich über den Festsaal legte, schien unwirklich. Sayeh war noch damit beschäftigt, ihre Sinne zu ordnen und sich die Wassertropfen vom Gesicht zu wischen, als man sie emporzerrte. Die Iridiumringe um ihre Handgelenke schnappten geräuschvoll zu.

»Führt sie ab!«, befahl Rayan.

Leises Gemurmel folgte ihr, während zwei Ritter sie über die Tanzfläche zogen. Die Finger der Männer bohrten sich so tief in ihr Fleisch, dass schmale Rinnsale frischen Blutes die blasse Haut ihrer Arme herabrannen. Unvermittelt schnellte Gaias Hand vor. Blitzschnell packte sie einen der Ritter am Handgelenk und bog es mühelos in eine unnatürliche Richtung. Der schrie auf und ließ von Sayeh ab, ging wimmernd in die Knie.

Erschrocken sah Sayeh zu Gaia auf. Ein diabolisches Lächeln lag auf deren roten Lippen. In der anderen Hand balancierte sie ein Glas Honigwein.

»Was erlaubst du dir, Mensch?«, blaffte sie den Ritter an. »Sie ist eine Halbgöttin. Soll ich dir die Hand abreißen und sie Enki opfern? Mein Gottesvater *liebt* menschliche Gliedmaße.«

»Gaia, benimm dich!«, donnerte ihre Mutter.

Gaia stöhnte und ließ den Mann los, der eilig davonkroch. Sie zwinkerte Sayeh zu und führte sich ungerührt das Weinglas an die Lippen.

»Diese Art des Umgangs erwarte ich von Cinnead. Nicht von dir, Rayan«, sagte Ila nun an den Halbgott gewandt.

»Mein Umgang mit ihr passt sich ihrem Verhalten an und der Gefahr, die ich in ihr sehe«, entgegnete Rayan. »Für mich, meine Familie und meine Untergebenen.«

»Die Regeln der Gastfreundschaft des Wasserreiches werden scheinbar neu geschrieben«, bemerkte Ila, schnippte dabei mit dem Finger. Die Zwillinge kamen angetanzt, griffen in ihr wallendes Goldkleid, dann wirbelte sie mit ihnen herum und rauschte aus dem Saal.

»Vielleicht solltest du *dein* Verhalten an Rayans Umgangsformen anpassen«, schlug Gaia Sayeh vor und bedachte den zweiten Ritter mit einem strafenden Blick. Der Mensch trat zwei Schritte von ihr weg, zog Sayeh mit sich. Gaia ließ ein bösartiges Lachen erklingen, ehe sie ihrer Mutter folgte. Im Vorübergehen rammte sie Avan mit der Schulter und flüsterte ihm etwas zu. Sein Gesicht hatte einen steinernen Ausdruck angenommen, sein Blick kreuzte den seines Vaters.

»Du bist zu weit gegangen, Sohn.«

»Ich hoffe, Mutter wohnt diesem Fest nicht vom Himmel aus bei, sie würde es Tränen regnen lassen, wenn die Sonne es zuließe«, sagte Avan.

»Sei still!«, fuhr Rayan ihn an, streckte seinen Arm aus und deutete mit dem Zeigefinger auf das Eingangstor. »Verschwinde aus meinen Augen.«

Avan verzog keine Miene, drehte sich um und verschwand durch die wehenden Gardinen in die Palastgärten. Sayeh wünschte, sie könnte ihm folgen.

Rayan zog seinen falschen Zauberstab, das Gesicht ebensolch eine undurchschaubare Maske wie die seines Sohnes. Er stieß das untere Ende des Silberstabes in den Boden und die Musiker nahmen mit einer schrägen Melodie ihre Arbeit wieder auf. Zögerlich füllte sich die Tanzfläche. Die meisten Gäste jedoch hatten sich in Grüppchen zusammengefunden und tuschelten hinter vorgehaltener Hand. Ihre Augen folgten Sayeh durch den Saal.

Auf den Marmorfliesen schwamm Wasser, machte jeden ihrer Schritte zu einer Herausforderung. Der Boden aber schien nur ihr Schwierigkeiten zu bereiten, die Tanzpaare bewegten sich voller Anmut über das seichte Wasser. Sayeh platschte mit gesenktem Kopf in Richtung Ausgang, angeführt von zwei erstaunlich handzahmen Rittern.

Passe dein Verhalten an Rayans Umgangsformen an.

Selbst wenn sie körperlich dazu in der Lage wäre, sich zu widersetzen, würde es ihr nicht helfen. Im Gegenteil. Der Schatten war nicht für den Gehorsam geschaffen und doch blieb ihr die nächsten sechzig Tage keine andere Wahl. Es gab schlimmere Schicksale.

Alizehs stürmische Augen brannten sich in ihren Hinterkopf, dann wurden die schweren Flügeltüren geräuschvoll hinter ihr geschlossen. Und es war wieder still.

SPONTANE RETTUNGSAKTION

Den kalten Steinboden im Rücken, lag sie in ihrer Zelle und starrte in die unbarmherzige Sonne. Die Nacht war dem Tag gewichen und der Tag der Nacht. Der Himmel jedoch behielt sein verstörendes Blau. Die Sonne war ihre einzige Besucherin gewesen, abgesehen von ein paar kleinen Fliegen, die von ihren nicht verheilenden Wunden angezogen wurden. An der kargen, weißen Wand unter dem Gitterfenster zählte sie drei blutige Striche. Weder reichte man ihr Essen noch Wasser. Vor einigen Stunden hatte sie sich von dem engen Gürtel befreit, der ihr die Luft abgeschnürt hatte, und die Sandalen von den schmerzenden Füßen geschält, auf denen die Riemchen blutige Schlieren hinterlassen hatten.

Sie wünschte, sie hätten ihr im Fels alles gelehrt, was sie wissen musste. Warum holten die Halbgötter sie in ihre Reiche? Wollten sie herausfinden, ob sie als Königin nach ihrer Mutter kommen würde? Und wenn es so wäre – welche Folgen hätte das? Würden sie jemanden als Geisel nehmen, den sie liebte, so, wie sie entführt worden war, um ihre Mutter zu erpressen?

Der Plan würde nicht aufgehen. Es gab niemanden, den sie liebte. Nicht mehr.

Der Palast der Schatten lag in Trümmern, als man sie ihrer Mutter entriss und abführte. Palastangestellte und Untergebene, die nicht vom Wind zerrissen, im Feuer verbrannt oder unter der Erde begraben worden waren, hatte das Wasser hinfort gespült. Sayeh warf einen letzten Blick auf ihre Heimat, bevor man sie in das Gefährt verfrachtete, welches sie zum Fels brachte. Sie würde das Bild nie vergessen. Es verfolgte sie in ihren Nachtträumen ebenso wie in ihren Tagträumen. Die Einheit der vier Elemente hatte den Schatten besiegt – und nichts als Tod und Zerstörung hinterlassen.

Gedankenverloren ließ sie das schwarze Leder des Gürtels durch ihre Finger gleiten. Nach einer Weile bekamen ihre Bewegungen einen meditativen Charakter, was ihr half, bei Verstand zu bleiben. In der Wirklichkeit. Bei dem, was wichtig war.

Viele Stunden hatte sie darüber nachgegrübelt, warum Avan sie beschützt hatte. Sie war zu keinem zufriedenstellenden Ergebnis gekommen. Doch es gab eine Sache, die sie noch mehr beschäftigte als Avans Gerede von den Gesetzen der Gastfreundschaft. Er hatte ihr das Iridiumarmband abgenommen. Wenn er, wie sein Vater und alle anderen, annahm, dass sie die Schatten rufen konnte, wieso wollte er dem Bösen Tür und Tor öffnen? Fünf Jahre nachdem es seine Mutter und seinen Bruder verschlungen hatte. Warum war er so leichtsinnig?

Ihre Schlussfolgerung war ernüchternd. Er hielt sie für schwach. Sie war nichts, was er mit seinem Element nicht in den Griff bekommen könnte. Und das war sie. Schwach. Und ängstlich.

Ein Scharren an der Tür ließ sie zusammenzucken. Sie hielt die Luft an, lauschte gebannt auf weitere Geräusche. Doch es blieb still. Leise setzte sie sich auf. Die Gitterstäbe drehten sich vor ihren Augen. Seit vierundzwanzig Stunden war sie nicht mehr aufgestanden und der Hunger rumorte laut in ihrem Bauch. Sie stützte sich auf dem Boden ab und die Iridiumringe krachten auf ihre Handrücken. Stöhnend richtete sie sich auf, den Gürtel noch immer in der Hand.

Da war es wieder. Ein Schlüssel wurde ins Schloss gesteckt und wieder herausgezogen. Die Prozedur wiederholte sich. Dann blieb es still.

O nein, so nicht! Wer auch immer ihr unentschlossener Besucher war, sie musste mit jemandem sprechen. Wie sollte sie bis zur Zeremonie ihr Element beherrschen und ein Reich regieren können, wenn sie in dieser Zelle verdurstete? Sollten sich die herrschenden Halbgötter umentschieden haben – bitte. Sie würde ihr Schicksal annehmen. Doch sie besaß das Recht, darüber aufgeklärt zu werden.

Sie schleppte sich zur Tür, als diese schwungvoll aufgestoßen wurde. Mit voller Wucht krachte das schwere Metall gegen ihre Schulter und warf sie an die Wand. Der Aufprall presste ihr die Luft aus der Lunge, Sterne tanzten vor ihren Augen. Sie murmelte ein paar schattige Verwünschungen und sackte benommen zu Boden.

»Bei Enki, du siehst ja schlimm aus!« Gaia. Gaia?

Sayeh sah verwirrt auf. Gaias goldene Augen musterten sie besorgt. Hinter ihrer Schulter tauchte Avan auf. Gaia wirbelte zu ihm herum.

»Schau, wie es ihr geht! Wir hätten schon gestern nach ihr sehen sollen!«, rief sie aufgebracht.

Avan wich ihrem Blick aus und betrachtete stattdessen höchstinteressiert die Wand mit dem Gitterfenster, während er ein dickes Schlüsselbund in seiner Hosentasche verschwinden ließ. Er trug nur eine luftige Stoffhose und ein schlichtes weißes Hemd. Gaia war mit einem übergroßen Männerhemd bekleidet, das in einer knappen Hose steckte. Ihre hüftlangen Haare ergossen sich in üppigen, schokoladenbraunen Wellen über ihre Schultern. Sayeh beschlich das Gefühl, dass die beiden geradewegs aus dem Bett gefallen waren.

»Du kannst echt froh sein, dass wir uns heute Abend ordentlich einen angetrunken haben, Süße«, verkündete Gaia, beugte sich zu ihr hinab und strich ihr eine Haarsträhne aus dem Gesicht, was sie instinktiv zurückzucken ließ. Der Duft nach Erde und Honigwein hüllte sie ein.

»Die irrsinnigsten Einfälle kommen nach ein paar Gläsern Honigwein«, lachte Gaia, nahm ihr den Gürtel aus der Hand und hob eine Augenbraue. »Wolltest du damit Rayan erwürgen?«, fragte sie, rotierte dabei den Gürtel in ihrer Hand wie eine Steinschleuder. Avan sprang zur Seite, um nicht getroffen zu werden. »Aber so leicht stirbt ein Halbgott nicht, Sayeh. Sonst wärest *du* nicht mehr am Leben.«

Sie wollte erklären, dass der Gürtel ein Werkzeug der Meditation und nicht eine Mordwaffe war, doch die Worte blieben ihr im Hals stecken. Immerhin war sie die Tochter ihrer Mutter. Sicherlich war dieser Gedanke durch ihren Geist gewandert. Sie konnte sich nur nicht mehr daran erinnern.

»Seid ihr bald fertig dort drinnen?«, zischte eine weibliche Stimme vom

Korridor. »Wenn mein Vater von dieser Sache Wind bekommt, kann ich morgen in einer Felsspalte übernachten.«

»Ach, nun mach dir mal nicht in deinen Morgenmantel, Ali!«, schrie Gaia in Richtung Zellentür. Sayeh versuchte erfolglos, sich die Ohren mit den Händen zu bedecken. »Das ist ja nicht auszuhalten! Nicht mal drei Gläser Honigwein zeigen bei dem Mädchen eine Wirkung«, murmelte Gaia, rollte mit den Augen.

Alizeh war auch dabei? Was taten sie alle hier? Hatten ihre Eltern sie geschickt?

Gaia warf den Gürtel achtlos in die Ecke und half Sayeh auf die Füße. Unter ihrer dunklen Haut zeichneten sich kräftige Muskeln ab.

»Du bist so dünn!«, rief Gaia aus und hielt sie aufrecht, während Avan auf sie zutrat und mit einer Hand ihre Handgelenke umfasste, wobei er das magiehemmende Iridium nicht berührte. Ein Eisdorn materialisierte sich zwischen seinem Daumen und Zeigefinger. Er steckte ihn nacheinander in die beiden Schlösser der Iridiumringe und drehte ihn herum. Die Fesseln sprangen auf und er ließ den Dorn zu Boden fallen, wo er zersplitterte.

Sie war frei.

»Endlich denkst du wie der Halbgott, der du bist«, sagte Gaia anerkennend und stieß die Eissplitter mit dem Fuß beiseite. »Ich wusste doch, das Frühlingsfest kann dich nicht derart ausgelaugt haben.«

»Wenn mein Vater bemerkt, dass wir in diese Zelle eingebrochen sind ...«, flüsterte Avan.

»Jetzt hör aber auf, Avan«, fuhr Gaia ihn an. »Du hörst dich schon an wie Alizeh. Ich warne dich: Wenn du das nächste Mal deinen Vater durchscheinen lässt, werde ich dich einen Monat lang in eine Sandburg einschließen. Und vertraue mir, das Fenster wird winzig sein.«

Also war diese Befreiungsaktion nicht von ihren Eltern abgesegnet. Hatten sie sich eine eigene Methode ausgedacht, ihr die Schatten zu entlocken? Im Gegensatz zu ihren Eltern besaßen sie ihre Magie. Diese Halbgötter könnten alles Mögliche mit ihr anstellen. Wollten sie sich an ihr rächen, stellvertretend für ihre Mutter?

Bei dem Gedanken verkrampfte sie sich. Gaia zerrte an ihr wie an einem sturen Esel.

»Süße, hilf uns ein bisschen, ja?«, bat sie und gab ihr einen beherzten Stoß. Sayeh stolperte aus der Zelle und in die Arme von Alizeh. Das Mädchen wich ihr erschrocken aus, in ihrem stürmischen Blick eine Mischung aus Ekel, Hass und Furcht. Es war nicht schwer, in ihr zu lesen. Sayeh fand es erfrischend. Ehrliche Abneigung war ihr lieber als geheuchelte Freundlichkeit.

»Nun *beeilt* euch schon!«, drängte Alizeh und zog ihren flauschigen, weißen Morgenmantel um die Taille fest. Auf dem Ball war Sayeh nicht aufgefallen, wie klein und zierlich sie war. »Wenn wir erwischt werden, werdet ihr zwei das bereuen.«

Von ihrer unverhofften Freiheit überfordert, suchte Sayeh nach Halt und ihr Blick schweifte zu den Rittern, die ihre Zelle bewachten. Die beiden steckten in Tornados fest, ihre Augen starr in die Ferne gerichtet.

»Bist du festgewachsen?«, fragte Alizeh, bedachte sie mit einem mitleidlosen Blick von den blutigen Füßen bis zu dem schwarzen Nest auf ihrem Kopf. Dann stieß sie abfällig Luft aus, wirbelte in unmenschlicher Geschwindigkeit herum und schritt den verlassenen Korridor hinab.

»Vorwärts, Sayeh!«, rief Gaia fröhlich aus und hakte sie unter. »Immer der Furie nach.«

Avan überholte sie und schloss zu Alizeh auf, die solch einen energischen Gang vorlegte, dass sie und Gaia nur schwer mithalten konnten. Bei jedem Schritt rutschte Alizehs kurzer Morgenrock ein bisschen hoch, Dolchspitzen blitzten darunter hervor. Sie war eine Halbgöttin. Ihr war die Macht des Windes eigen. Warum trug sie Waffen bei sich?

»Wann hast du das letzte Mal etwas gegessen, Süße?«, flüsterte Gaia ihr zu.

»Beim Frühlingsball«, antwortete Sayeh, gefolgt von einem Hustenanfall. Gaia klopfte ihr kräftig auf den Rücken. Sie meinte, ihre Rippen brechen zu hören.

»Beim Frühlingsball? Die paar Früchte?«, fragte Gaia besorgt und schüttelte ungläubig den Kopf. »Das ist ja nicht zu fassen. Hat man dir wenigstens Wasser gebracht?«

Sie schüttelte den Kopf, rang nach Luft.

»Avan«, zischte Gaia. Avan hielt augenblicklich an. Alizeh lief weiter, ohne sich umzusehen.

»Sayeh benötigt dringend Wasser«, erklärte Gaia mit vorwurfsvollem Unterton. »Sie hat seit dem Frühlingsball nichts mehr getrunken.«

Avan wartete, bis sie aufgeholt hatten. »Das tut mir leid«, sagte er, sah den Korridor hinab. Er hielt ihr die ausgestreckte Hand entgegen, eine blubbernde Wasserkugel lag darin. »Ich war verhindert.«

»Verhindert?« Gaia stieß ein spitzes Lachen aus. »Dein Vater hat dich *eingesperrt.*« Sie wandte sich an Sayeh. »Er könnte mit seinem kleinen Finger das komplizierteste Schloss aus Iridium öffnen, aber sitzt brav und folgsam im Zimmer und macht seine Strafarbeiten. Ich musste ihm Honigwein einflößen!«

Die Strafarbeiten und das Iridiumschloss hatte er ihr zu verdanken. Schuldbewusst nahm Sayeh seine Wasserkugel, während er ihrem Blick auswich. Er hasste sie. Das täte sie an seiner Stelle auch. Warum war er auf dem Frühlingsfest so freundlich zu ihr gewesen?

Sie kannte die Antwort. Heuchelei. Wie sein Vater hatte er ein perfektes Bild von einem blühenden Königreich abgeben wollen. Doch warum hatte er sie dann gegen den Willen seines Vaters in Schutz genommen? Das ergab keinen Sinn.

»Du sitzt also seit dem Frühlingsball in dieser Zelle fest?«, fragte Gaia. Sayeh steckte sich mit zitternden Fingern die Wasserkugel in den Mund. Frische explodierte an ihrem Gaumen. *Danke, Anat.*

»Musst du nicht aufs Klo?« Die Frage war ihr unangenehm und sie verneinte mit einem Kopfschütteln.

»Ist das gesund?«, fragte Gaia, wandte sich an Avan, doch der hatte wieder zu Alizeh aufgeschlossen. Die beiden verschwanden zwischen wehenden Gardinen. Gaia zuckte mit den Schultern und zog sie hinter sich her, folgte den beiden anderen. Sie durchschritten einen niedrigen Torbogen und landeten in einem kleinen, ausgedörrten Patio. Augenblicklich umschwirrten sie Fliegen. Alizeh stöhnte demonstrativ und tippte mit der

Spitze ihrer amethystbesetzten Pantoffeln auf den Boden. Mit verschränkten Armen lehnte sie sich gegen einen versiegten Brunnen, dessen weiße Marmordelfine durstig ihre Münder in den strahlendblauen Nachthimmel reckten.

»Seid ihr soweit?«, fragte sie entnervt. Alizehs Augen folgten Sayeh wie die eines Schattenadlers.

»Jetzt zick nicht rum, Ali«, sagte Gaia. Alizeh schnaubte und ließ ihren Finger in der Luft kreisen. »Halt dich gut fest«, flüsterte Gaia Sayeh zu.

Festhalten? Ehe sie sich versah, erfasste sie ein reißender Tornado und hob sie in die Höhe. Ein Schrei entkam ihrer Kehle und sie krallte ihre Finger in Gaias Arm. Der stürmische Wind zerrte an ihren Haaren und fegte ihr unter das lange Kleid. Ihr Magen drehte sich, dann verschwand die Windsäule so plötzlich, wie sie gekommen war. Kurz fiel sie ins Bodenlose, ehe sie unsanft auf hartem Stein aufkam.

»Geht es noch ein wenig ungemütlicher, Ali?« Gaia warf ihre Haare zurück, klatschte sie dabei Sayeh ins Gesicht. Die taumelte, stieß mit dem Rücken gegen ein metallenes Geländer und schloss ihre Finger darum. Der blaue Himmel umgab sie, die Sonne stand hoch oben im Norden. Vor ihr ragte ein dickbauchiges Kuppeldach mit silberner Spitze auf, dessen heller Anstrich sie blendete.

»Willkommen auf dem Ostturm!«, verkündete Gaia und streckte ihre Arme schwungvoll zu den Seiten aus, stieß gegen Sayeh und beförderte sie damit um Haaresbreite von dem schmalen Balkon, der einmal rund um das Dach führte. Neugier siegte über Verstand. Sayeh drehte sich um, stützte sich auf dem Geländer ab und warf einen Blick in die Welt.

Vor ihr erstreckte sich Aquarus, die Hauptstadt des Wasserreiches.

Ein frischer Wind wehte um die hohen Türme des Palastes, kühl und salzig. Er war auf einer Anhöhe errichtet und von einem ausgetrockneten Graben umgeben, über den mehrere Brücken in die vorgelagerten Wohnviertel führten. Die Häuser der Menschen reichten bis zum Meer der aufgehenden Sonne, dessen schäumende Wellen dem Wassermangel trotzten. Die weißen Giebeldächer reflektierten die Sonnenstrahlen und tauchten die Stadt in eine gleißende Helligkeit, die in ihren Augen schmerzte. Die Gassen schlängelten sich ohne offensichtliche Ordnung durch die Stadt, wie natürliche Flussläufe. Üblicherweise waren sie mit Wasser geflutet und die Menschen bewegten sich mit Booten fort. Brücken verbanden Häuser und Viertel. Im Reich des Wassers regnete es normalerweise täglich. Es war von Flüssen und Seen durchzogen, das Meer war für die Bewohner eine Verlängerung des Festlandes, auf dem sie lebten und arbeiteten. Südlich entdeckte sie den großen Hafen und die Werft, wo alle Schiffe dieser Welt gebaut wurden. Die Geräusche drangen bis zu ihnen hinauf, Menschen wuselten über das Gelände, Schiffe legten an und ab, eine weiße Flagge trug das blaue Wappen des Wasserreichs.

Sayeh ließ ihren Blick gen Westen schweifen, vorbei an der Dachkuppel. Der Palast war an einem massiven Felsen errichtet worden, der die Form einer gigantischen natürlichen Treppe besaß. Die Steinterrassen waren von grünen Pflanzen behangen, die wie schwere Gardinen von den Felskanten baumelten. Kahle Stellen und bräunliche Verfärbungen zeugten auch hier vom Wassermangel. Der große Wasserfall von Aquarus, den Sayeh von Gemälden kannte und der die Stadt mit Wasser versorgte, war ausgetrocknet.

»Ziemlich trostlos, was?«, fragte Gaia und lehnte sich neben sie an das Geländer, flocht ihre Haare zu einem dicken Zopf. »Du musst mal zu uns nach Hause kommen. Ich traue mich schon gar nicht mehr, mich von Baum zu Baum zu schwingen, weil die Äste unter meinem Gewicht wegbrechen. Glücklicherweise werden wir ja bald die Ehre haben, dich und hoffentlich deine Schatten bei uns begrüßen zu dürfen. Solltest du die nächsten zwei Wochen unter Avans Vater überleben.«

»Das ist doch alles ein Witz«, stieß Alizeh aus. Die Halbgöttin der Winde saß auf der schillernden Dachkuppel und spielte mit einem ihrer Dolche, ließ ihn um ihre Finger rotieren, ohne den Blick von ihr zu wenden.

»Was soll daran witzig sein?«, fragte Gaia und schwang sich auf die Brüstung, ließ ihre nackten Beine in die Tiefe baumeln. »Sicher, ihr braucht den Schatten nicht so zwingend wie wir. Bei euch ist nur Gebirge und Brachland. Alles andere überlebt eure tosenden Wirbelstürme und Orkane ohnehin nicht. Aber selbst du weißt, wenn eines der Elemente stirbt, sterben auch die anderen. Sei nicht so dumm. Hinter dem ganzen Drama verbirgt sich schließlich ein schlaues Köpfchen.«

Der Wind ist das vierte Element. Die Kinder Lils sind intelligent, selbstbewusst und launenhaft. Ihre Macht ist am größten, wenn sie Stolz empfinden. Sie sind zugleich wachsam und schweigsam, kein Geheimnis ist vor ihren Winden sicher.

»Ich bin nicht dumm«, giftete Alizeh und fing ihren Dolch auf, zielte mit seiner Iridiumspitze auf Gaia. »Und mit witzig meine ich nicht den fehlenden Schatten, sondern …« Sie warf ihren blonden Zopf zurück, gestikulierte wortlos mit der Waffe in ihre Richtung.

War sie gemeint? Sie fand sich alles andere als witzig. Und auch sonst wüsste sie nicht, was erheiternd an der allgemeinen Situation wäre.

»Ich heiße Sayeh«, klärte sie Alizeh auf. Die gab einen verächtlichen Laut von sich und wandte sich von ihr ab. Nyssa sei Dank. Ihr stechender Blick bereitete ihr Kopfschmerzen.

»Ihr Vater und Cinnead plädierten dafür, dich im Fels zu lassen und dir dort den Schatten zu entziehen«, klärte Gaia sie auf.

Hätten sie diese Abstimmung bloß gewonnen. Sie hielt sich die Hand schützend über die Augen, doch die Sonnenstrahlen schienen aus jeder Richtung zu kommen.

»Das ist Unsinn, niemand kann einem Halbgott sein Element mit Gewalt entziehen«, warf Avan ein. Er saß auf der leeren Dachrinne und streichelte einen ovalen Stein von intensiver, dunkelblauer Farbe in der Größe eines Gänseeis, der in seiner Handfläche ruhte.

»Woher willst du das wissen?«, fragte Alizeh. »In die fortgeschrittene Magie werden wir erst nach der Zeremonie eingeweiht. Wenn mein Vater sagt, dass es möglich sei, und wesentlich effektiver und gefahrloser als diese leidige Zeitverschwendung, dann glaube ich ihm.«

»Sie heißt Sayeh, Ali«, korrigierte jetzt Gaia sie. »Und sie ist ein lebendiges Wesen. Soll ich mal versuchen, dir deinen Wind zu entziehen? Ich bin gespannt, wie dir das gefallen würde.«

»Der Wind ist keine Bedrohung für diese Welt«, entgegnete Alizeh. »Der Schatten ist es.«

»Der Schatten ist nur Schatten«, widersprach Avan. Sein Gesicht wirkte hochkonzentriert. Was machte er da mit diesem Stein? »Derjenige, der ihn kontrolliert, *kann* zur Bedrohung werden. Muss es aber nicht.«

»Dass ich nicht lache«, warf Alizeh ein. »Die Geschichte der Elemente lehrt uns, dass der Schatten seit jeher eine Bedrohung für unsere Welt darstellt. Ihre Mutter hat uns alle beinahe ausgelöscht. Das Feuerreich ist noch immer ohne tierisches Leben. Sie war eine Mörderin und eine Wahnsinnige. Warum sollte *sie* anders sein?«

»Sie hat Angst vor dir«, flüsterte Gaia Sayeh verschwörerisch zu.

»Ich habe keine Angst vor ihr«, zischte Alizeh, stieß dann ein spitzes Lachen aus. »Vor *ihr* soll ich mich fürchten? Sicherlich nicht. Schaut sie euch doch an.«

»Du musst es ihr nachsehen«, fuhr Gaia fort. »Der Schatten hatte sie so gut wie verschlungen. Ihr Vater rettete sie in letzter Sekunde.«

Alizeh funkelte Gaia wütend an. »Halt den Mund!«

Sayeh wusste nicht mehr, wo sie hinsehen sollte. Alles blendete sie, also konzentrierte sie sich auf den dunkelblauen Stein in Avans Händen, in dem ein schwaches Licht pulsierte. Er fuhr mit seinen Fingern so zärtlich darüber, als ob es ein lebendiges Wesen wäre, an dem sein Herz hing.

»Was ist das für ein Stein?«, fragte sie in die entstandene Stille, die lediglich von Alizehs Dolch gestört wurde, den sie in regelmäßigen Abständen in das Dach rammte.

Avan hob seinen Blick, sah sie überrascht an. Wahrscheinlich hatte er vergessen, dass sie sprechen konnte. »Ein Sternsaphir«, entgegnete er dann und nahm seine Hand von dem Stein. Auf dessen Oberfläche leuchtete ein silbriger Stern mit fünf langen Zacken. Es sah aus, als habe sich dieser Stein einen Stern vom Himmel gestohlen und ihn in seinem Inneren gefangen.

»Sternsaphire können eine große Menge an Wassermagie speichern«, erklärte Avan. »Sie sind sehr selten und äußerst hilfreich, wenn die eigene Magie erschöpft ist oder sich das Reich in einer Notlage befindet, weil ein Halbgott unerwartet stirbt.«

Warum wusste sie das nicht? Wahrscheinlich gehörte es zum fortgeschrittenen Wissen und Senka hätte es ihr beigebracht, wäre sie nicht in den Fels verschleppt worden.

»Sie sind das Äquivalent zu euren Mondsteinen«, fuhr Avan fort, der ihre Verwirrung zu spüren schien.

Sie verriet ihm nicht, dass ihr auch das neu war. Mondsteine waren die größten Schattenmagiespeicher? Bis zu ihrem zwölften Lebensjahr hatte sie nur die Grundsätze der Edelsteinlehre erlernt. An ihrem Zauberstab hatte sich ein Obsidian befunden. Die silbrig schimmernden Mondsteine hingegen hatte sie als Schmucksteine bevorzugt und in ihre Haare verflochten. Diese Unwissenheit lastete schwerer auf ihr als jede körperliche Unterlegenheit.

»Besitzt dieser Palast eine Bibliothek?«, fragte sie.

Was für eine dämliche Frage. Jeder Palast besaß eine Bibliothek. Doch sie würde diese niemals zu Gesicht bekommen. Rayan würde sie nur mit den Lehrbüchern versorgen, die *er* für angemessen hielt. Sicherlich würde er nicht zulassen, dass sie über mehr Wissen verfügte als zwingend notwendig.

»Natürlich«, antwortete Avan pflichtbewusst und fuhr fort, seinen Stein zu liebkosen.

»Wir reisen morgen wieder ab«, unterbrach Gaia ungeduldig und zupfte ungefragt an Sayehs zerzausten Haaren herum. »Dann kannst du dir deine Zeit gern mit Avan vertreiben und dir so viele dieser spannenden Geschichten anhören, wie Rayan es erlaubt. Aber keine Sorge, wenn Avan erst mal aufgetaut ist, ist er gar kein so langweiliger Zeitgenosse. Kaum zu glauben, aber wahr. Zieht er mit Azar um die Häuser, ist er sogar richtig witzig.«

Avan schenkte ihr ein eisiges Lächeln. Gaia lachte und hieb Sayeh so heftig auf die Schulter, dass ihre Knie einknickten.

»Süße, wenn Rayan dich das nächste Mal aushungert und Avan sich aus Angst vor seinem Vater lieber in seinen Gemächern verkriecht, dann schnappe dir den erstbesten Spiegel und ich hole dich hier heraus.«

Spiegel?

»Ich fürchte meinen Vater nicht«, erklärte Avan bestimmt. »Ich verstehe seinen Standpunkt.«

Gaia rollte mit den Augen. »Wasser durch und durch, immer schön Harmonie wahren, egal, wie sehr manche darunter leiden müssen. Wenn du den Standpunkt deines Vaters verstehst, dann verstehe auch Sayehs.«

»Das tue ich«, verteidigte Avan sich und ließ den Sternsaphir in seiner weiten Hose verschwinden. »Vielleicht hast du vergessen, dass ich seinen Zorn heraufbeschwor, indem ich mich auf der Frühlingsfeier seinem Befehl widersetzte. Ich sollte in diesem Moment in meinen Gemächern sein und über mein Vergehen nachdenken und das für das gesamte verbleibende Jahr.«

Gaia stöhnte. »Er besitzt keine Magie mehr«, sagte sie. »Er *kann* dich nicht mehr festhalten. Also lass dich auch nicht festhalten.«

Alizeh sprang vom Dach auf den Balkon, raffte ihren Morgenrock, ihre sturmgrauen Augen funkelten wütend in die Runde. Der Amethyst an ihrem Halsband glitzerte in der Sonne, Magie des Windes wütete darin.

»Du rätst ihm, sich gegen seinen Vater zu stellen?«, fragte sie. Ihre Stimme war um eine Oktave gestiegen und klingelte unangenehm in Sayehs Ohren. »Gegen die herrschenden Halbgötter und die Einheit der Elemente? Nur damit diese … dieses *Schattenmädchen* ihre Freiheit bekommt? Sie verdient keine Freiheit, sie verdient keine gute Behandlung. Sie kann sich glücklich schätzen, noch am Leben zu sein!«

Schattenmädchen. Das sollte sie wohl als Kompliment auffassen.

»Ach, halt den Mund, Ali«, sagte Gaia und tätschelte Sayehs Arm. »Hör einfach weg. Ab einem gewissen Punkt muss man bei Alizeh abschalten. Das lernst du schon noch.«

»Lernen?« Alizeh schwang ihren Dolch. Mehrere kleine Tornados wirbelten um ihren Kopf, der Wind frischte merklich auf. »Ihr wisst, was es heißt, wenn sie in sechzig Tagen vereidigt wird, oder? Wenn der Tag kommt, an dem wir gemeinsam zu unserer Zeremonie antreten, wird sie uns allen in Wissen und Fähigkeit weit voraus sein. Wir werden ihre Schattenmacht nicht mehr kontrollieren können. Die Geschichte wird sich wiederholen und diesmal wird sie nicht so glimpflich ausgehen wie vor fünf Jahren.«

»Das ist lächerlich, Ali«, sagte Gaia.

»Ach ja?«, schrie Alizeh.

»Ja.«

»Ohne den Schatten können wir keine Einheit bilden, Alizeh«, klinkte Avan sich ins Gespräch ein. »Irgendwann in der nahen Zukunft werden wir zusammen mit Azar die nächste elementare Einheit bilden. Du weißt das, Gaia weiß das, ich weiß es und selbst Azar tut es. Der Schatten ist Teil von uns, wie es der Wind oder das Wasser sind. Wenn Sayeh stirbt, ist unsere Einheit zerbrochen, wie es die unserer Eltern ist. Wird Sayeh unter Zwang gesetzt, wie es ihre Mutter wurde, wird es über kurz oder lang nur dazu führen, dass sie uns hasst. Wenn sie das nicht ohnehin schon tut. Und du weißt, Alizeh, wohin Hass führt. Du weißt, wie es ist, wie eine Aussätzige behandelt zu werden.«

Alizeh sog scharf die Luft ein. Ein Tornado streifte Avan, seine silberweißen Haare wirbelten auf, doch er blieb ungerührt sitzen.

»Ich bin weg«, sagte Alizeh eisig und ließ ihren Dolch verschwinden. »Ihr müsst sehen, wie ihr allein hinunterkommt. Vielleicht trägt euch ja Sayehs Schatten. Ich wünsche euch viel Glück auf der Reise.«

Mit diesen Worten wirbelte sie in ihrem Morgenmantel um ihre eigene Achse und verschwand in einem Tornado. Alizeh hinterließ eine aufgeladene Atmosphäre und einen mittelschweren Sturm, der durch die Palasttürme pfiff und sich nur langsam legte.

»Sie ist ziemlich launisch, wie du vielleicht bemerkt hast«, sagte Gaia und sprang von der Brüstung. »Es ist der Wind. Ein launisches Element.«

»Sie hat Angst und das ist nur verständlich«, widersprach Avan und erhob sich. »Es lastet eine schwere Verantwortung auf ihr. Auf uns allen.«

»Sie sollte endlich erwachsen werden«, sagte Gaia. »Wir haben alle eine turbulente Vergangenheit hinter uns. Und eine turbulente Zukunft vor uns. Sie muss ihre Probleme aufarbeiten, bevor sie vereidigt wird. Wir wissen, was mit aufgestauten Emotionen passiert, wenn sie auf ein ungezügeltes Element treffen.«

»Ich werde mit ihr reden«, sagte Avan mit wenig Enthusiasmus.

»Tu das«, sagte Gaia und stieß sich vom Geländer ab. »Und nun werden wir Sayeh ein wenig aufpäppeln. Wenn trockener Lernstoff auf einen leeren Magen trifft, kann nichts Gutes dabei herumkommen.«

Sayeh nahm zögerlich Gaias angebotene Hand. »Also wird Rayan die Übungsstunden wieder aufnehmen?«, fragte sie.

»Mein Vater kann sehr überzeugend sein«, erklärte Avan. »Cinneads Auftritt war lediglich ein weiterer seiner wütenden Ausbrüche, die wir auch schon zu Genüge von Azar kennen. Am Plan unserer Eltern hat sich nichts geändert und dein Unterricht sollten morgen wieder aufgenommen werden. Es ist die Art meines Vaters, diejenigen, die sich ihm widersetzen, mit Ignoranz zu strafen.«

»Sie hat sich ihm nicht widersetzt«, sagte Gaia. »Sie hat all seine dämlichen Regeln befolgt.«

»Ist schon in Ordnung«, murmelte Sayeh und schlang sich die Arme um den Oberkörper. Der Wind, den Alizeh hinterlassen hatte, war eisig und fraß sich langsam durch ihre Knochen.

»Es ist *nicht* in Ordnung«, entgegnete Avan. »Es ist eine besonders perfide Taktik, die er seit dem Tod meiner Mutter anwendet. Er scheut nicht mal davor zurück, meine Schwester damit zu strafen.«

»Mit Nichtbeachtung kann ich leben«, sagte Sayeh schulterzuckend. Sollte er sie doch in Ruhe lassen, solange er ihr nur beibringen ließ, was sie wissen musste.

»Aber nicht ohne etwas Nahrhaftes zwischen den Zähnen«, sagte Gaia und legte ihre warmen Hände auf Sayehs nackte Schultern, schob sie ein Stück um die Kuppel herum und öffnete eine kreisrunde Luke in dem schillernden Dachbelag. »Da Alizeh sich zu schade ist, den Schatten zu transportieren, müssen wir wie gewöhnliche Sterbliche die Treppe nehmen und hoffen, dass uns niemand erwischt. Es sei denn, der Schatten hat inzwischen bei dir angeklopft?«

Sayeh verneinte und Gaia machte ein trauriges Gesicht. »Wirklich schade. Mittlerweile verachte ich die Sonne. Ich! Als Halbgöttin der Erde. Bitte, Sayeh, ich wünsche mir nur *eine* sternenbehangene Nacht. Nur eine einzige! Zur Abwechslung.«

»Ich werde … mich bemühen«, sagte sie. Gaia strahlte und drückte ihr überraschend einen Kuss auf die Wange. Erschrocken taumelte Sayeh rückwärts und prallte gegen Avan, dessen Finger sich um ihre Arme schlossen.

»Versuche wenigstens, leise zu sein, Gaia«, warnte er. Sein warmer Atem streifte Sayehs Nacken und der Duft nach den Tiefen des Meeres ließ sie für einen Wimpernschlag vergessen, wie grauenvoll ihr Leben war. Sie wollte sich an seine Brust lehnen, die Augen schließen und sich von diesem salzigen Duft hinfort tragen lassen.

Wie wohl der Schatten für andere roch? Für sie war es der Duft nach Heimat und Geborgenheit. Süß und geheimnisvoll. Wahrscheinlich empfanden ihn die anderen Elemente jedoch eher als abstoßend. Wie eine tödliche Gefahr.

Sie wand sich eilig aus Avans Griff.

»Ich *kann* leise sein«, erwiderte Gaia etwas beleidigt und nahm ihre Hand. Sie folgten Avan eine schmale Turmtreppe hinab. Sayeh stolperte über jede zweite Stufe. Gaia besaß die Geduld einer Schildkröte und half ihr jedes Mal wieder auf die Beine. Nach einer gefühlten Ewigkeit öffnete Avan eine Tür und hielt sie ihnen auf. Nachdem sie eingetreten waren, verriegelte er sie sorgfältig mit einer Vereisung. Sayeh sah sich in dem Turmzimmer um. Schwere Vorhänge vor den Fenstern schlossen die Sonne aus, ein Himmelbett mit bodenlangem Baldachin aus rotem Samt und zerknüllten Laken lud zum Verweilen ein. Es roch nach Essen und Alkohol.

»Willkommen in meinem bescheidenen Heim«, verkündete Gaia und warf sich auf das federnde Bett. »Rayan war so freundlich, für jedes Element einen eigenen Turm herzurichten. So ist unser König des Wasserreichs: gastfreundlich wie eh und je.«

Sie zwinkerte Sayeh zu, schüttelte die Pantoffeln von den Füßen und räkelte sich auf den seidigen Laken. Dann zeigte sie mit dem Finger über ihre Schulter.

»Bediene dich, Sayeh. Das ist alles, was ich heute vom Abendessen habe stibitzen können. Mit Avans Hilfe, selbstverständlich.«

Sayeh folgte ihrem Finger, umrundete das steinerne Treppenhaus, in dem die Turmtreppe lag, das wie ein breites Rohr von der Decke bis zum Boden durch die Mitte des Raumes führte, und fand sich vor einem hübschen hölzernen Sekretär wieder. Er war jedoch zweckentfremdet worden und präsentierte ein Abendmahl, das für drei reichte.

Ihre Beine verselbstständigten sich und ihre Hand griff nach der ersten gegrillten Garnele, tunkte sie in die sahnige Kräutersoße. Kurz bevor das Tier ihre Lippen berührte, verharrte Sayeh und drehte sich um. Avan und Gaia saßen auf dem Bett und waren in ein Gespräch vertieft. Gaia lachte gerade schallend und haute Avan aufs Knie, der weniger enthusiastisch in ihr Lachen mit einstimmte.

Sayeh steckte sich das Meerestier schnell in den Mund. Ein leiser Seufzer kam über ihre Lippen und sie schloss die Augen. *Himmlisch.* Besser als alles, was sie je im Schattenreich gekostet hatte. Besser noch als Mitternachtsbeeren mit Sahnehaube und Schattenwaldhonig. Sie vergaß die beiden Halbgötter in ihrem Rücken und aß sich durch die Speisen, welche sich vor ihr auftürmten. Lachs und Barsch, Forelle und Thunfisch, Meerestiere mit Fleisch so saftig und wohlschmeckend, dass sie sich wie eine Verhungernde damit vollstopfte. Sie *war* eine Verhungernde. Halbgötter mochten einiges aushalten, doch fünf Jahre Hunger waren selbst für ein halbgöttliches Wesen kaum zu ertragen.

Soße tropfte von ihrem Kinn, lief in ihren Ausschnitt und ruinierte das Seidenkleid. Ausgiebig leckte sie sich Lippen und Finger ab, um nichts zu verschwenden. Anschließend machte sie sich über den Salat her, der frisch und knackig war, brach Muscheln auf, die fast zu schön waren, um sie zu halbieren. Doch ihr Inneres war noch warm und zerging auf der Zunge. Gierig langte sie nach den süßen Früchten, ob schokoliert oder nicht, knabberte an künstlerisch und weniger künstlerisch verzierten Plätzchen und spülte schließlich alles mit einer vollen Karaffe Kirschblütensaft hinunter.

Nachdem sie fertig war, durchströmte sie eine wohlige Wärme. Ihr Bauch war zum Zerplatzen gefüllt und der ewig bittere Geschmack an ihrem Gaumen verflogen.

»Na, da hatte aber jemand Hunger«, lachte Gaia hinter ihr.

Bei Nyssa! Was sollten sie von ihr denken? Gern hätte sie sich für ihre schlechten Manieren entschuldigt, doch die Worte wollten nicht aus ihrem Mund kommen. Sie drehte sich langsam zu ihnen um und näherte sich zögerlich dem Bett. Die beiden betrachteten sie wie ein fremdartiges Geschöpf.

»Was hat man dir denn im Fels zu essen gebracht?«, fragte Gaia und klopfte neben sich auf die Bettdecke. Doch sie blieb stehen und unterdrückte einen Rülpser.

»Brot«, sagte sie ausweichend und hoffte inständig, Gaia würde das Thema fallenlassen. Tat sie nicht.

»Fünf Jahre lang immer nur Brot?« Gaias goldene Augen wurden groß.

»Nicht nur ...« Halt den Mund, Sayeh. Sie würden es nicht verstehen. Sie würden dich nur noch abstoßender finden. Sie würden angeekelt sein. So wie sie selbst es war.

»Ja?«, hakte Gaia nach.

Wenn sie schwieg, würden die beiden sich ihren Teil denken. Und ihre Fantasie war vielleicht noch schlimmer als die Wirklichkeit.

»Ratten«, sagte sie.

Schweigen.

»Ratten?«, fragte Gaia in die entstandene Stille. Eines der dicken Kissen rutschte unter ihr weg und fiel zu Boden. Sayeh wich den verständnislosen Blicken aus und wischte sich Plätzchenkrümel von ihrem verknitterten Kleid. Hätte sie bloß nichts gesagt.

»Man hat dir Ratten serviert?«, fragte Gaia nach. »Ist das ... eine Spezialität, von der ich nichts weiß?«

Das klang weniger barbarisch, zugegeben. Doch sie war schon immer eine schlechte Lügnerin gewesen, schon vor der Zeit im Fels. Es lag an ihrem Element. Der Schatten war ehrlich.

»Sie waren verendet«, erklärte sie also. »Es war sinnvoller, als sie einfach ins Meer zu werfen. Und sie waren eine ... Abwechslung zum Brot.«

»Bei Enki«, murmelte Gaia und legte sich eine Hand auf die Brust, sah zu Avan, der zwar weder angewidert noch entsetzt dreinschaute, dafür über alle Maße desinteressiert. Vielleicht war er mit seinen Gedanken auch woanders. Hatte bei Ratten abgeschaltet.

»Und schmecken die?«

Das hatten sie in der Tat, bevor ...

»Schon, ja«, sagte sie. Konnten sie *bitte* das Thema wechseln? Sayeh ließ ihren Blick über ein Bücherregal schweifen, während es in ihrem Bauch lautstark rumorte. Gaia las alles von Kriegsepen bis zur Perfektion des eigenen Kampfstils. Darunter verloren sich ein paar Lehrbücher über das Element Erde und ein Fortgeschrittenen-Band der Elementenlehre. Sie selbst war nur bis zum ersten Band gekommen. Von wegen, sie würde den anderen nach den sechzig Tagen weit voraus sein. Wenn die Lehrstunden in diesem Tempo und dieser Qualität fortgeführt wurden, wäre sie in zwanzig Tagen nicht schlauer, sondern lediglich frustrierter und gelangweilt.

»Nun, ich würde mal sagen, das klingt wie eine gut durchdachte Ungeziefer-Vernichtungs-Methode«, hörte sie Gaia glucksend sagen. Sie drehte sich wieder zu den beiden um. Avans hübschen Mund umspielte ein Lächeln. Sie war sich nicht sicher, ob es Gaias Witz galt oder er in fröhlicheren Gedanken versunken war. »So haben die armen Tierchen nach ihrem Tod noch einen wichtigen Zweck erfüllt.«

Erwartete Gaia, dass sie über den Witz lachte? Da konnte sie lange warten. Sie bezweifelte, ob sie überhaupt noch lachen konnte.

»Wissen eure Untergebenen, dass die herrschenden Halbgötter die Elemente nicht mehr rufen können?«, fragte sie stattdessen unvermittelt. Gaia kräuselte die Stirn, wenig erfreut über den Themenwechsel. Schließlich sah sie fragend zu Avan. Den schien Sayehs Frage nicht zu beunruhigen.

»Nein«, antwortete er.

»Aber sie wissen, dass die Einheit gestört ist?«, fragte sie weiter.

»Sie ist *zer*stört, Sayeh«, berichtigte sie Gaia. »Und würde es bleiben, bis wir vereidigt werden. Glücklicherweise haben unsere Eltern den gewitzten Plan ausgeklügelt, dich bis dahin in ihre Einheit einzubinden. Es hapert nur ein wenig an der Ausführung.«

»Die Menschen wissen, dass deine Mutter gestorben ist und folglich auch, dass die Einheit nicht mehr besteht«, kam Avan auf ihre Frage zurück. »Sie spüren es, denn unsere Welt stirbt ohne den Schatten. Das Reich des Wassers vor allen anderen, das der Erde folgt dicht darauf. Mein Vater will keine Massenpanik entfachen. Also sagt er den Menschen, alles sei unter Kontrolle.«

»Daher das üppige Frühlingsfest«, schlussfolgerte sie.

Avan seufzte. »Eine sinnlose und riskante Demonstration seiner nicht mehr vorhandenen Macht«, sagte er und brachte wie geistesabwesend wieder den Sternsaphir zu Tage.

»Riskant, weil deine Kräfte begrenzt sind und ihr Einsatz an anderer Stelle wichtiger wäre«, hakte Sayeh nach.

»Er hat Angst, wie wir alle«, erklärte er und streichelte dabei gedankenverloren über das steinerne Ei. »Er will vermeiden, dass diese Angst auf die Menschen überschwappt.«

»Meine Mutter fährt die gleiche Taktik«, warf Gaia ein. »Alizehs Vater ebenso. Im Feuerreich sind Lügen und Schönrednerei unnötig. Das Reich hat sich noch immer nicht von dem Angriff der Schatten erholt. Das Wegbleiben der kalten Nacht und damit das Austrocknen der Oasen facht das Feuer weiter an und die Flammen verschlingen selbst feuererprobte Pflanzen und Geschöpfe. Wenn schon Azar über die Hitze und die nicht enden wollenden Feuerstürme stöhnt, soll das was heißen. Die wenigen Menschen, die dort momentan leben, braucht man von nichts mehr zu überzeugen. Sie wissen, dass die Welt am Abgrund steht.«

»Sie steht nicht am Abgrund«, entgegnete Avan. »Sayeh wird ihre Mutter ersetzen. Ist die Einheit der Elemente in sechzig Tagen wieder vollständig, wird die Welt genesen.«

»Lass dich von deinem Vater doch nicht für blöd verkaufen, Avan«, schnaubte Gaia. »Meine Mutter sagt, in der Geschichte der Welt sei noch niemals ein Halbgott in zwei Generationen eingebunden worden. Es ist ein höchst gewagtes Experiment. Mit unsicherem Ausgang.«

»Sie würden es nicht versuchen, wenn sie sich ihrer Sache nicht sicher wären«, entgegnete Avan. »Sie wollen diese Welt ebenso wenig in den Abgrund stürzen wie wir.«

»Sei doch nicht so leichtgläubig«, sagte Gaia. »Sie wollen vor allem ihre Macht nicht abtreten. Und dafür versuchen sie alles. *Das* ist ihre wahre Motivation.«

»Die Macht an *euch* abtreten …«, fügte Sayeh hinzu.

»An *uns*«, korrigierte Gaia. »Du gehörst zu unserer Einheit. Wenn ein Halbgott der herrschenden Generation stirbt, wird die nächste Generation vereidigt. Das ist der Grundsatz der Elementenlehre. Sie sagen, wir seien zu jung, um den Schatten zu kontrollieren. Ich frage mich, woher sie die Überzeugung nehmen, *sie* seien dazu in der Lage. Immerhin sind sie schon einmal grandios gescheitert.«

»Wir besitzen zum jetzigen Zeitpunkt weder ausreichend Wissen noch Erfahrung, um vereidigt zu werden«, warf Avan ein. »Halbgötter werden üblicherweise weit über das dreißigste Lebensjahr hinaus vereidigt. Unsere Eltern wollen uns schützen. Fühlst *du* dich dazu befähigt, morgen ein Reich zu regieren?«

»Es ist unsere Bestimmung, wir werden schon hineinwachsen«, erwiderte Gaia schulterzuckend und spielte mit ihrem dicken Haarzopf. »Es erscheint mir einfach nicht richtig, dass ein Halbgott sich in zwei Einheiten einfügt. Die elementare Einheit ist einzigartig. Sie ist für die Ewigkeit bestimmt. Unsere Eltern benutzen Sayeh, obwohl ihr Schicksal mit *unserem* verwoben ist. Sie bestimmen über sie, misshandeln sie und lehren sie *ihre* Art der Dinge. Dabei müssten Sayeh und ihr Schicksal unsere Verantwortung sein. Es ist nicht richtig.«

»Ich werde mit meinem Vater reden«, murmelte Avan sichtlich ermattet von dieser Diskussion.

»*Reden*, Avan, bringt uns nicht weiter«, stieß Gaia wütend aus und entriss ihm den Sternsaphir. »Es schmerzt mich, Sayeh so zu sehen. Sie ist Teil unserer Einheit und somit ein Teil von mir. Sie ist ein Teil von uns.«

»Mir ist das ebenso bewusst wie dir, Gaia, und ich tue, was ich kann«, erwiderte Avan und nahm den Stein wieder an sich.

»Tue mehr«, verlangte Gaia.

Avan glitt so elegant vom Bett wie Wasser, das sich durch einen Bach schlängelte. »Ich muss zurück«, sagte er und strich seine Hose glatt. »Mein Vater hat mir einige Aufgaben gegeben. Wenn ich sie nicht bis morgen früh erledigt habe, wird er ausrasten.«

»Ich denke, ich sollte auch wieder in meine Zelle zurückkehren«, warf Sayeh ein. Dieser Abend hatte sie überfordert. Geistig wie körperlich. Sie brauchte Ruhe, um über das nachzudenken, was sie erfahren hatte.

»Du kannst ruhig bei Gaia bleiben«, bot Avan ihr an. »Ich werde dich rechtzeitig morgen früh abholen, bevor mein Vater aufsteht.«

»Ich möchte dir nicht noch mehr Ärger machen«, entgegnete sie und schüttelte mit dem Kopf. »Außerdem bin ich müde. Ich bin gesättigt, habe getrunken und einen Blick auf das Wasserreich werfen dürfen. Was will man mehr?«

Gaia schnaubte. »Freiheit? Fleisch auf den Rippen? Ein Zuhause? Weniger Schrammen am Körper?«, schlug sie vor.

»Ein paar Stunden Schlaf reichen fürs Erste aus«, sagte Sayeh und trat instinktiv einen Schritt zurück, als Gaia aufsprang und sie in eine Umarmung schließen wollte. Gaia schüttelte den Kopf, ließ die Arme aber sinken.

»Süße, du brauchst einen besseren Lehrer als Rayan, um von deinem Trauma geheilt zu werden«, sagte sie. Ihr Blick wanderte zu Avan und dem Sternsaphir, den er in diesem Moment in seiner Hose verschwinden ließ. Gaia zog die Augenbrauen zusammen.

»Du überträgst Magie auf den Stein ... Wieso tust du das? Ich dachte, du *entziehst* sie ihm, um wieder zu Kräften zu kommen.«

»Mein Vater verlangt es«, antwortete Avan kurzangebunden.

Gaia sog geräuschvoll die Luft ein. »Er nimmt dir deine Magie?«, fragte sie. »Was will er damit? Er kann sie nicht verwenden.«

»Er will meine Magie kontrollieren«, erklärte er. »Er will bestimmen, was ich damit anstelle. Und vor allem, was nicht.«

Gaia griff nach seinem Arm. Ihre goldenen Augen verdüsterten sich. »Lass das nicht mit dir machen, Avan«, sagte sie eindringlich. »Das ist gegen jedes magische Gesetz.«

»Habe ich eine Wahl?«, fragte er.

»Natürlich hast du die!«, rief sie und rüttelte an seinen Schultern.

»Gute Nacht, Gaia«, sagte er und entwand sich ihrem Griff.

Gaia hob den Zeigefinger. »Darüber sprechen wir noch, Avan«, sagte sie streng. Avan erwiderte nichts, schmolz das Eis von dem Türschloss und verließ das Zimmer. Als Sayeh ihm gerade folgen wollte, trat Gaia ihr in den Weg.

»Süße, verzage nicht. Die paar Tage hier wirst du auch noch durchstehen«, sagte sie, streckte ihre Hand aus und streichelte ihr über die Haare. Ihre

Augen waren voller Mitleid. »Du brauchst dich nicht zu sorgen, wie es dir im Reich der Erde ergehen wird. Wir werden uns gut um dich kümmern. Du würdest eher platzen, als dass du verhungerst.«

»Klingt verlockend«, entgegnete sie, doch ihr Gesichtsausdruck unterstrich wohl nicht ihre Worte, denn Gaia seufzte nur tief und ließ sie schließlich passieren. Als Sayeh einfiel, dass sie sich noch gar nicht für den unerwarteten kurzen Duft der Freiheit und das Essen bedankt hatte, schlug die Tür bereits zu.

Mit wohligem Gefühl im Magen und Verwirrung im Kopf folgte sie Avan die Turmtreppe hinab und hinein in ein Wirrwarr an Palastkorridoren. Durch die Türen, die von ihnen abgingen, drangen gedämpfte Musik und leise Stimmen. Also war der Palast doch nicht ausgestorben. Rayan ließ wahrscheinlich nur um sie herum alles in weitem Umkreis räumen. Das war sicherlich auch klüger so. Wollte er Panik vermeiden, würde es dieser Taktik zuwiderlaufen, das personifizierte Böse durch die Palastgänge schleichen zu lassen.

Sie starrte auf ihre Zehen, hoffte, dass sie niemandem begegneten. Irgendwann blieb Avan stehen. Sie sah auf und fand sich vor ihrer offenen Zellentür wieder. Die beiden Ritter waren noch immer in den Tornados gefangen.

»Wie lange werden sie dort bleiben?«, fragte sie mit aufkeimender Besorgnis.

»Bis Alizeh sie befreit«, antwortete Avan kurz und betrat ihre Zelle. Sie wollte ihm folgen. Doch das wohlige, satte Gefühl in ihrem Inneren verflüchtigte sich augenblicklich, als sie das sonnendurchflutete Gefängnis erblickte. Die blutigen Striche an der Wand erinnerten sie an Zeiten, in die sie sich auf der einen Seite zurücksehnte und die sie gleichzeitig für immer aus ihrem Gedächtnis verdrängen wollte. In der Mitte des Raumes breitete sich eine Pfütze aus, die Fesseln aus Iridium lagen daneben.

Sie blieb an der Schwelle stehen. Ihre Beine weigerten sich, weiterzugehen.

»Ich muss dir die Fesseln wieder anlegen«, sagte Avan und hob sie vom Boden auf. Widerstrebend setzte sie einen Fuß in die Sonnenstrahlen. Dann noch einen. Sie streckte ihm ihre Arme entgegen und die Ringe schnappten mit einem metallischen Klicken ein. »Danke«, sagte sie.

Ein überraschter Ausdruck huschte über sein Gesicht, durchbrach kurzzeitig die hübsche, aber maskenhafte Fassade.

»Wofür?«, fragte er, während er ihre schweren Arme langsam auf dem Kleid ablegte. Seine Finger streiften dabei die verletzte Haut an der Innenseite ihrer Handgelenke, doch Schmerzen verspürte sie keine. Auch empfand sie die Nähe zu ihm nicht unangenehm, was sie verwunderte. Berührungen riefen seit dem Fels entweder Furcht oder Ekel in ihr hervor. Stattdessen durchwanderte sie ein angenehmes Kribbeln, als er ihre Finger wie Stoff durch seine seidenweichen Hände gleiten ließ, ehe er von ihr zurücktrat.

»Für das, was du auf dem Frühlingsball für mich getan hast.«

»Du musst dich nicht bei mir bedanken«, sagte Avan und betrachtete eingehend ihre blutigen Füße. »Es ist Aufgabe meines Vaters, für deinen Schutz zu sorgen. In seiner verzerrten Wahrnehmung vergisst er, wer er ist … Wer er war. Er hat den Tod meiner Mutter nie verkraftet.« Aus Avan sprach eine solche Erschöpfung, dass sie sich am liebsten für ihre Existenz entschuldigt hätte.

»Ich verstehe ihn«, sagte sie. »Ich verstehe seinen *Standpunkt.*«

Er sah auf, ein schwaches Lächeln huschte über sein Gesicht.

»Dann bist du sehr viel klüger als er, denn er versteht deinen nicht«, erwiderte er.

Wer verstand den schon? Wer wollte sich schon die Mühe machen, sich in ihr verkorkstes Leben hineinzuversetzen?

»Das Armband, das er mir gab …«, begann sie. »Abgesehen von dem Iridium, sollte es den Schatten blockieren, richtig?«

»Ich habe den Saphir darin auf seinen Befehl hin mit entsprechender Magie angereichert«, bestätigte Avan. »Hättest du den Versuch unternommen, dein Element zu rufen, wäre die Wassermagie ausgebrochen und hätte uns alarmiert.«

»Ich *kann* die Schatten nicht rufen«, erklärte sie ihm. »Wenn ich es könnte, würde ich es nicht vor euch verbergen. Ich möchte nicht, dass diese Welt untergeht. Ich will den Schatten zurückbringen. Und ich werde tun, was von mir verlangt wird.«

»Ich glaube dir«, sagte er. Weder zögerte er dabei noch wich er ihrem Blick aus. Sie wünschte, Wasser wäre ein leichter zu durchschauendes Element.

»Wieso vertraust du mir?«, fragte sie.

»Wieso nicht?«, entgegnete er.

Wieso nicht? Es gab hundert Gründe, warum er ihr nicht vertrauen sollte. Doch anstatt einen von ihnen zu nennen, sagte sie: »Weil ich mir nicht einmal selbst vertraue.«

Mit seinen saphirblauen Augen betrachtete er sie so eingehend, dass sich Nervosität in ihr breitmachte. Sie war erleichtert, als er sich endlich von ihr abwandte und sich stattdessen den drei blutigen Strichen an der Wand widmete.

»Du solltest an deinem Selbstvertrauen arbeiten, bevor du dich weiter abmühst, zweifelhafte Äpfel verschwinden zu lassen«, sagte er.

»Folgt Ersteres nicht Letzterem?«, fragte sie.

»Ich denke nicht«, widersprach er. »Der Schatten ist ein eigenwilliges und schwer zu kontrollierendes Element. Es wird von mentaler Stärke und Furchtlosigkeit angezogen, nicht von Unsicherheit und Zweifel.«

Nun, damit konnte sie im Moment nicht dienen.

»Avan, ich glaube nicht, dass ich bei eurem Lehrer etwas lernen werde. Oder bei deinem Vater«, seufzte sie. »Und dann ist da noch dieser ekelhaft bittere Trank, den ich täglich zu mir nehmen muss. Der ist bestimmt nicht förderlich für mein Wohlbefinden. Dient auch er dazu, den Schatten zu blockieren?«

»Welcher bittere Trank?«, fragte er, während er einmal mit seiner flachen Hand über die angetrockneten, blutroten Striche wischte. Wasser rann daraufhin an der Wand hinab und wusch das Blut mit sich fort, ließ es in den Bodenfugen versickern.

Für einen Moment sah sie irritiert auf die saubere Wand. Warum hatte er das getan? Sie brauchte ihre Striche. Sonst würde sie durchdrehen. Und sie durfte nicht durchdrehen. Denn das wäre ihr Ende.

»Ein paar Tropfen einer bitteren Flüssigkeit, einmal am Morgen und einmal am Abend«, präzisierte sie. »Das letzte Mal habe ich den Trank vor dem Frühlingsfest bekommen, aber die Bitterkeit ist geblieben.«

Er drehte sich zu ihr um. Sein Haar reflektierte das Sonnenlicht wie der Mond, den sie so schmerzlich vermisste.

»Ich werde sehen, ob ich in Erfahrung bringen kann, was es damit auf sich hat«, sagte er. »Ich weiß von keinem Trank, der ein Element blockieren könnte. Wahrscheinlich dient er dazu, dich körperlich zu schwächen.«

Er schritt an ihr vorbei, blieb kurz an der Zellentür stehen und betrachtete den silbernen Knauf, als wäre er ein ihm unbekanntes Objekt. »Du wirst morgen umziehen«, sagte er.

Umziehen?

»Hat Rayan das gesagt?«, fragte sie erstaunt und schöpfte Hoffnung. Doch sie sollte sich nicht zu früh freuen. Vielleicht war der neue Ort schlimmer als dieser hier. Es konnte *immer* schlimmer kommen. Das wusste sie aus Erfahrung.

»Nein«, sagte Avan. »Ich sage es.«

FURCHTLOSER SCHATTEN

Als sie am nächsten Morgen erwachte, meinte sie, in einem neuen Körper zu stecken. War sie noch Sayeh? Oder jemand anderes?

Die Sonnenstrahlen kitzelten sanft in ihrer Nase und sie verspürte nicht das Bedürfnis, sich zusammenzukringeln und ihr Gesicht in ihrer Achselhöhle zu verbergen. Ihr Magen knurrte nicht, sie fühlte sich frisch und ausgeruht. Und voller Tatendrang.

Danke, Gaia.

Sie erhob sich von dem kalten Steinboden und lief ein paar Male im Kreis. Nach einer ersten zufriedenstellenden Bestandsaufnahme wagte sie ein wenig mehr, ging in die Hocke und begann mit ihren körperlichen Übungen. Die Positionen wackelten und ihre Muskeln zitterten wie die Blätter von Schattenbäumen im Wind, doch sie schaffte es, ein recht ordentliches Programm durchzuziehen. Kniebeugen, Rumpfbeugen, Unterarmstütz, ein wenig Ausdauer auf der Stelle und ein paar Klimmzüge am Gitterfenster. Anschließend war sie so geschafft, dass sie sich schwer atmend gegen die Wand lehnte. Mit dem Handrücken wischte sie sich den Schweiß von der Stirn, die Iridiumketten zwangen sie fast in die Knie. Alles an ihr schmerzte, aber ein befriedigendes Gefühl durchströmte sie.

Selbstvertrauen kam vor der Magie.

Sie vernahm das vertraute Klirren eines Schlüsselbundes und die Tür wurde geöffnet. Auf der Schwelle standen zwei Ritter, die ihr unbekannt waren. Erstaunlich höflich stellten sie sich als Brenan und Neit vor. Entgegen ihrer Erwartung brachten die beiden sie nicht ins Bad, sondern führten sie durch einige verwirrende Gänge zu einer Turmtreppe, die sie leise stöhnend erklomm. Nach einer gefühlten Ewigkeit erreichten sie eine Tür und Brenan ergriff ihre Handgelenke, steckte einen Schlüssel in die kleinen Schlösser der Iridiumringe. Dann schnappten die Fesseln auf.

»Dies ist Euer neues Gemach. In zehn Minuten erwartet der König Euch im Übungsraum«, sagte er und öffnete die Tür. Verwundert sah sie die Ritter an, doch die mieden ihren Blick. Sie zögerte nur einen Herzschlag lang, dann trat sie über die Schwelle und die Tür fiel hinter ihr ins Schloss.

Sie fand sich in einem Zimmer wieder, das Gaias sehr ähnlich war, ein Turmzimmer, aufgespießt auf das rohrförmige Treppenhaus. Lichtundurchlässige Gardinen hielten die Sonne fern, ein Himmelbett mit schwarzen Seidenbezügen und einem Berg an Kissen versprach himmlische Nächte. Links davon stand ein leeres Bücherregal, daneben ein Kleiderschrank. Ein auffallend großer Spiegel mit pompös verschnörkeltem Silberrahmen lehnte daran. Auf der anderen Seite des Bettes entdeckte sie einen hübschen Zimmerbrunnen. Von dem sprudelnden Wasser angezogen, ging sie näher, streckte ihre Hand aus und ließ das kühle Nass durch ihre Finger gleiten. Wie flüssige Seide. Schweren Herzens zog sie ihre Hand wieder zurück und ihr Blick fiel auf zwei dekorative Trennwände, die den Raum aufteilten. Dahinter befand sich das Bad. Eine ovale Badewanne auf silbernen Fischflossen war bis zum Rand mit dampfendem Wasser gefüllt. Das Klo mit Wasserspülung und das Waschbecken mit fließendem Wasser waren ihr nicht neu, doch seit fünf Jahren hatte sie keines von beidem benutzt.

Sie hatte einst selbst wie eine Prinzessin gelebt, heute jedoch kam ihr dieses Gemach wie der pure Luxus vor.

Ohne einen weiteren Gedanken an die Ritter zu verschwenden, die vor der Tür auf sie warteten, befreite sie sich von ihrem Kleid und tauchte in die Wanne ein.

»Nyssa, ich danke dir!«, flüsterte sie und schloss die Augen. »Und auch dir danke ich, Anat. Dir natürlich auch«, fügte sie hinzu, seufzte tief und lehnte sich zurück. Selig genoss sie die ungewohnte Hitze und das prickelnde

Gefühl der Badesalze auf ihrer Haut, die jede Stelle an ihr auf so angenehme Weise säuberten. Sie zählte bis dreihundert. So viel Zeit gönnte sie sich. Dann stieg sie wieder aus der Wanne und trocknete sich mit einem flauschigen Handtuch ab, das auf einem Schemel bereit lag.

Welche Strafe hatte Avan bloß für solch unverschämte Forderungen auf sich genommen?

Eingewickelt in das weiche Handtuch, huschte sie auf die andere Seite der Trennwand und öffnete den Kleiderschrank. Ein langes, schwarzes Gewand hing darin. Eilig zog sie sich den dicken, samtigen Stoff über, der locker ihren Körper umspielte. Auf dem Schrankboden fand sie ein Paar Stiefel. Sie passten wie angegossen und waren eine angenehme Abwechslung zu den unbequemen Riemchensandalen. Einen Gürtel fand sie nicht. Sie knallte die Schranktüren wieder zu und nahm nach kurzem Zögern ein paar Schlucke von dem Brunnenwasser aus ihren Händen. Es war weich und schmeckte nach Pfefferminze, legte sich kühlend von innen über ihren rauen Hals und erfrischte ihren Geist.

Sie wollte gerade das Zimmer verlassen, als ihr Blick auf einen Sekretär fiel. Mehrere Bücher stapelten sich darauf. Neugierig nahm sie eines in die Hand und besah sich den Buchrücken. »Grundsätze der Elementenlehre«. Dieses Buch hatte sie mit sechs Jahren gelesen und verinnerlicht. Sie hatte »Grundsätze der Elementenlehre« mit Auszeichnung bestanden. Was sie brauchte, konnte Rayan ihr nicht bieten. Sie musste in diese Bibliothek. Ob Avan ihr Zugang verschaffen konnte?

Sie öffnete den Buchdeckel und ein Zettel flatterte heraus. Sie fing ihn auf und las die wenigen Worte, welche in der Sprache des Wassers darauf niedergeschrieben waren.

Ich wünsche dir erhellende Lesestunden. Avan.

Sie runzelte die Stirn. War das ein Witz? Sie wollte das Buch gerade wieder zuschlagen, als sich der Schutzumschlag auf seltsame Weise verschob. Er passte nicht, schien plötzlich zu groß für das Buch. Nachdem sie ihn entfernt hatte, prangte auf dem darunterliegenden Buchdeckel in goldenen Lettern »*Elementenlehre VII*«.

Elementenlehre VII? Sie blätterte durch den schweren Wälzer. Nichts darin war ihr bekannt. Das siebte Lehrjahr war das letzte. Ein Halbgott absolvierte es üblicherweise in seinem achtzehnten Lebensjahr. Danach wurde der Stoff lediglich aufgefrischt und verinnerlicht, geübt und nochmals geübt. Alles, was darüber hinausging, erlernte man erst nach der Vereidigung.

Mit klopfendem Herzen öffnete sie nun auch die anderen Bücher. Sie waren allesamt aus dem siebten Lehrjahr. Und allesamt getarnt als Grundlagenwerke. Dazu ein Bildband der fünf Reiche, fortgeschrittene Edelsteinkunde und die Geschichte vom ersten Zeitalter bis zur Gegenwart.

Vom ersten Zeitalter. Sie war mit Senka nur fünfhundert Jahre zurückgegangen.

Danke, Avan.

Jemand hämmerte gegen die Tür. Sie hüllte die Bücher wieder in ihre falschen Umschläge und legte alle fein säuberlich zurück auf den Stapel. Mit einem warmen Gefühl in der Brust folgte sie Brenan und Neit. Es war ein Gefühl, das ihr entfernt vertraut war, doch sie konnte sich beim besten Willen nicht erinnern, wie es genannt wurde.

Zafeh erwartete sie im Übungsraum. Zu ihrer Überraschung war Rayan nicht anwesend. Es schien zu stimmen, was Avan über seinen Vater sagte. Er strafte sie mit Nichtbeachtung. Fast bedauerte sie, dass er nicht da war, denn liebend gern hätte sie ihn gefragt, welche seiner bescheuerten Regeln sie diesmal nicht befolgt hatte. Allerdings befürchtete sie, dass sie in einer Diskussion mit dem unbarmherzigen Herrscher des Wasserreiches den Kürzeren ziehen würde. Daher gab sie sich mit Zafeh und seinen unzulänglichen Versuchen zufrieden, ihr den Schatten wieder nahe zu bringen.

»Wieso muss ich schon wieder Gebete des Wassers rezitieren?«, fragte sie und ließ frustriert ihre Handflächen auf die Tischplatte fallen. Der Apfel, der ein wenig mehr Schimmel angesetzt hatte, forderte sie noch immer stumm heraus. »Sie werden mir nicht helfen, den Schatten zu rufen.«

»Hinterfragt nicht meine Methoden, Prinzessin Sayeh«, fuhr Zafeh sie grob an. Er hatte die Nase gestrichen voll. Sie musste seine bislang größte Herausforderung sein. »Ich bin der beste Magielehrer des Wasserreiches und …«

»Des Wasserreiches«, unterbrach sie ihn unbedacht. »Ich bin aber der Schatten.«

»Ruhe!«, donnerte der zierliche, alte Mann mit einem erstaunlich kräftigen Organ und haute mit seiner Faust auf den Tisch. Der Apfel wackelte bedenklich hin und her, verblieb aber am Ende in seiner ursprünglichen Position, klebte an seinem eigenen vergorenen Saft fest.

Sie wollte es nicht bis aufs Äußerste treiben und abermals Rayans Zorn heraufbeschwören. Immerhin hatte sie ein Ziel. Und das Ziel hieß: sechzig Tage. Also riss sie sich zusammen und verdrängte die Bitterkeit in ihrem Mund, die schwer auf ihrer Zunge lag. Zum gefühlt hundertsten Mal streckte sie ihre Hände aus und betete zur Göttin des Wassers. Um ihr die Schatten zu schenken.

Sie hätte lachen wollen, wäre ihr nicht zum Weinen zumute.

Bis zum Mittag zeigte sich das Obst ungerührt und ebenso Anat. Nyssa hatte sie inzwischen sicherlich bis in die hinterste Ecke des Himmels vergrault. Zafeh verabschiedete sich zu seinem ausgiebigen Mittagsmahl, während man ihr eine Schüssel mit Reis und ein paar Salatblätter unter den Augen von zehn Rittern servierte, die ihrer Übungsstunde beiwohnten. Sie leckte die Schüssel bis auf den letzten Rest aus. Einer der Ritter grinste sie an, machte eine anzügliche Geste. Sie erwiderte stur seinen Blick, verschränkte die Arme vor der Brust und lehnte sich in ihrem Stuhl zurück. Sie war nicht überrascht, als der Ritter sich nach einer Weile von ihr abwandte und stattdessen betont langsam seine Rüstungsplatten polierte. In den Schatten zu sehen, benötigte eine gewisse Portion Mut.

Mut, den auch sie nicht besaß, realisierte sie.

Das Gefühl in ihrer Brust wandelte sich von der morgendlichen Leichtigkeit in Schwermut, während sie den Nachmittag damit zubringen musste, sich anzuhören, wie grausam der böse Schatten in den letzten Jahrtausenden in dieser Welt gewütet hatte. Bis zum Abend hatte sie gelernt, dass sie böse war und der Rest der Welt gut. Versunken in Schuldgefühlen verließ sie den Übungsraum. Ihr Kampfgeist und die Zuversicht vom Morgen waren gänzlich verflogen, hatten Trauer und Schmerz und Bitterkeit Platz gemacht. Nicht mal die Aussicht auf ihr Bett hob ihre Stimmung. Verstimmt knallte sie den Rittern ihre Tür vor der Nase zu und ließ sich auf die seidigen Laken fallen.

Augenblicklich war sie eingeschlafen. Wilde Träume hießen sie willkommen, von hungernden Menschen, die auf dem ausgetrockneten Meeresgrund dahinsiechten, von vergammelten Äpfeln, die vom Himmel regneten, von zehn gleißenden Sonnen, die ihre Haut verbrannten. Ihre blutroten Finger dampften, verwandelten sich vor ihren Augen in Schatten. Alles verschlingend fraßen sie sich durch die Welt, während sie wie Nyssa darüber schwebte. Und irgendwann war da nur noch ein einzelner schwarzer Schatten und er hatte die Form einer gigantischen Ratte.

Schreiend erwachte sie. Ihre Brust hob und senkte sich zu hektischen Atemzügen, das Herz pochte laut in ihren Ohren. Sie lag in ihrem eigenen Schweiß und warf die heiße Decke von sich, richtete sich stöhnend auf. Sie hob ihre schweren Lider – und ein weiterer Schrei entwich ihrer Kehle. Ein Paar eisblauer Augen starrte sie an.

»Guten Abend. Bist du der Schatten?«

Ein kleines Mädchen stand im Türrahmen. Zwei geflochtene, weißblonde Zöpfe baumelten über ihren Schultern. Ihren winzigen Körper umgab ein weißes Spitzenkleid mit ausschweifendem Reifrock, in den abertausende Türkise eingearbeitet waren.

Sayeh setzte sich ruckartig auf. Eilig krabbelte sie rückwärts, presste sich gegen die Rückwand des Bettes und legte ihre Hände flach auf die Kissen.

»Was tust du hier?«, fragte sie mit heiserer Stimme.

»Ich bin Lotus. Bist du der Schatten?«, fragte das Mädchen abermals, seine Menschenaugen groß und neugierig.

Bei Nyssa, das war Avans Schwester! Warum ließ Rayan sie unbeobachtet in ihrer Nähe herumlaufen? Was, wenn sie versehentlich die Schatten rief?

»Wo sind denn die Ritter, die meine Tür bewachen?«, fragte sie mit aufkeimender Panik in der Stimme, sah an dem Mädchen vorbei, doch da war niemand.

»Ich habe sie gebeten, einen Blick in mein Bad zu werfen. Da kommen so komische Geräusche aus dem Klo«, erklärte Lotus und machte eine passende Handbewegung, die ihre Worte untermalte.

»Du solltest nicht hier sein, Lotus«, sagte Sayeh und schwang sich aus dem Bett, die Arme und Hände eng an den Körper gepresst. Wo war das Iridium, wenn man es brauchte?

»Ich wohne hier«, widersprach das Mädchen ihr und straffte die Schultern, hob sein Kinn. »Ich kann überall hingehen, wo ich hingehen möchte.«

»Aber hier darfst du nicht hinein«, entgegnete Sayeh. »Es ist gefährlich.«

»Weil du der Schatten bist?«, fragte Lotus wieder und schwang ihren Reifrock von einer Seite zur anderen, wie eine Glocke im Wind.

»Ja«, erwiderte sie. »Ich bin der Schatten. Und du darfst nicht hier sein. Geh wieder. Bitte!«

»Avan sagt, du heißt Sayeh«, ignorierte Lotus ihre Bitte. »Und nicht *Schatten*. Vater nennt dich nur ›der Schatten‹. Wie möchtest du genannt werden?«

»Ähm ... Sayeh ist gut«, sagte sie, dachte fieberhaft nach, wie sie dieses Menschenmädchen loswerden könnte. »Lotus, geh doch einfach wieder zurück in deine Gemächer, ja? Die Ritter benötigen sicherlich deine fachkundige Hilfe für das ... Ding in deinem Klo.«

Lotus kicherte. »Es ist sicher eine Ratte. Die haben seit einigen Tagen so einen Durst und kriechen bis in die obersten Turmzimmer.«

Ratten. Was sonst.

»Bitte, Lotus. Du darfst nicht hier sein. Dein Vater hat es dir sicherlich verboten.«

»Er verbietet mir alles«, beschwerte sich Lotus, verschränkte die Arme vor der Brust und machte ein Geräusch, das sich anhörte wie eine Mischung aus Niesen und Würgen. »Aber nachts schläft er wie ein Stein. Das kommt von diesem Trank, den er immer nimmt. Dem Schlaftrank.«

»Schön, ja«, sagte Sayeh abwesend. Bei Nyssa, wie sollte sie nur dieses Kind aus ihren Gemächern verscheuchen? Wenn jemand es hier sah, wäre sie augenblicklich auf dem Weg zurück in den Fels oder gleich ins Feuerreich. Oder Rayan würde die Worte seines Sohnes Lügen strafen und ihr den Schatten mit Gewalt entziehen. Oder – und das ließ ihre Panik ins Unermessliche steigern – Avans Schwester würde mit ihren Schatten in Berührung kommen …

»›Lotus‹, das ist wirklich ein schöner Name«, setzte sie noch mal neu an. »Und ich freue mich wirklich, dich kennenzulernen. Aber jetzt brauchen die Ritter deine Hilfe. Geh zu ihnen. Bitte«, flehte sie wieder.

Doch Lotus hatte kein Erbarmen, streckte ihr ihre kleine Hand entgegen. »Ich möchte dir meine Gemächer zeigen«, sagte sie in einem Ton, der keine Widerrede duldete. »Es wäre sehr unhöflich, die Bitte einer Prinzessin auszuschlagen.«

Nyssa, bitte verschone dieses Mädchen. Ich flehe dich an!

Sayeh atmete tief durch und nahm Lotus' Hand. »Aber nur, wenn du mir zuerst Avans Gemächer zeigst«, sagte sie. »Ich … muss ihm dringend etwas sagen.«

Lotus zog eine Grimasse. »Wenn es sein muss«, sagte sie und zerrte sie hinter sich die steinerne Wendeltreppe hinauf. Wie bitte? Sie hatte angenommen, sie befand sich allein in diesem Turm.

»Avans Gemächer sind über meinen?«, fragte sie Lotus, die fröhlich die Stufen hinaufsprang. Sayeh folgte ihr weit weniger grazil, ein schreiender Muskelkater machte sich bemerkbar.

»Er wohnt ganz oben«, trällerte Lotus.

»Und du?«

»Ich wohne nicht in diesem Turm, sondern im Südturm.«

Sie wusste zwar nicht, wo das war, aber ein anderer Turm bedeutete, dass die Ritter einen hoffentlich langen Weg vor sich hätten, ehe sie wiederkehrten und ihre Abwesenheit bemerkten.

»Du bist sehr unsportlich für eine Halbgöttin«, rief ihr Lotus über die Schulter zu.

Sie fand eigentlich, dass sie sich ganz gut hielt, angesichts der Umstände. Nachdem sie jedoch den oberen Treppenabsatz erreicht hatten, stützte sie sich schwer atmend an der Wand ab. Bei Nyssa, ihr tat alles weh!

»Brauchst du Wasser?«, fragte Lotus, die sie besorgt aus ihren menschlichen Augen betrachtete. »Avan kann dir Wasser geben. Vater leider nicht mehr. Aber Avan ist viel großzügiger als Vater, er wird dir sicherlich eine Wasserkugel erschaffen.«

Sayeh nickte nur japsend, das Blut rauschte laut durch ihre Ohren. Lotus hämmerte gegen die Tür, die augenblicklich aufgerissen wurde. Avan starrte sie an, als wäre sie die verlorene Seele seiner Mutter.

»Sie ...«, setzte Sayeh an und holte tief Luft, versteckte ihre Hände eilig unter ihren Achseln. »Sie stand einfach in meiner Tür.«

Avans ungewohnt blassblaue Augen wanderten von ihr zu seiner Schwester. »Was hast du jetzt wieder angestellt?«, fragte er sie seufzend.

»Da ist was Seltsames in meinem Klo«, erklärte Lotus. »Und ich hatte Angst. Der Schatten ist furchtlos, habe ich letzte Woche erst gelernt. Ich wollte Sayeh bitten, dass sie die Ratte in meinem Klo bekämpft.«

Sayeh spürte regelrecht, wie das Blut aus ihrem Gesicht wich. Sie wäre geflüchtet, hätten ihre Beine nicht so gezittert.

»Sayeh ist unser Gast, Lotus«, klärte Avan seine Schwester auf. »Wir belästigen unsere Gäste nicht mit Dingen, die aus dem Klo kommen.«

»Habe ich dich belästigt?«, fragte das Mädchen und sah mit großen Augen zu ihr auf.

»Ich ...« Schweiß rann ihr den Rücken hinab. Waren das Schatten, die da unter ihren Achselhöhlen hervorkamen? »Nein.«

»Ha, siehst du!«, rief Lotus aus und stürmte an Avan vorbei in seine Gemächer. Ein Bett quietschte, lautes Gekicher drang von drinnen ins Treppenhaus.

»Sie wollte einfach nicht gehen«, erklärte sie.

»Sie kann sehr hartnäckig sein«, sagte Avan und musterte Sayeh dabei eingehend.

Bemerkte er die Schatten auch? Sie waren doch da, oder nicht? Bei Nyssa, sie hätte das Mädchen verschlingen können! So wie Adalwin, ihre Ratte. In einem Moment war sie noch da gewesen – und im nächsten … nicht mehr.

»Geht es dir gut?« Avans Worte rissen sie aus ihren unheilvollen Visionen.

»Was?«, fragte sie verwirrt. Ihr Herz pochte so laut, der ganze Palast musste es hören.

»Du siehst nicht gut aus.«

»Ich sehe seit fünf Jahren nicht mehr gut aus«, erklärte sie.

»Das möchte ich entschieden verneinen«, entgegnete er lächelnd.

Sie brauchte eine Weile, um zu erfassen, dass Avan ihr gerade ein Kompliment gemacht hatte. Und nachdem sie dies verarbeitet hatte, wusste sie nicht, was sie damit anfangen sollte. Oder war es als Witz gemeint? War ihr mal wieder die Pointe entgangen?

»Was ich meine, ist, du zitterst am ganzen Körper«, fügte er hinzu, als sie stumm blieb.

»Ich … ich muss wieder gehen«, sagte sie, sah sich um, doch die steile Treppe schien für sie mit einem Mal unüberwindbar. »Die Übungsstunden haben mich erschöpft.«

»Wirklich?«, fragte er zweifelnd.

Sie würde schon auf der ersten Stufe stürzen. Wieso hatte Lotus auch ausgerechnet diese Woche den Schatten im Unterricht durchnehmen müssen?

»Könntest du deiner Schwester sagen, dass sie nicht mehr in meine Nähe kommen soll?«, bat sie, um Zeit zu schinden. Sicherlich fragte Avan sich, warum sie noch immer hier war.

»Wieso?«, fragte er.

Wieso?

»Ich könnte sie …« Sie konnte es nicht aussprechen. Die Furcht vor ihrem eigenen Element war so groß, dass sie die Worte nicht mal in ihren Mund nehmen konnte.

»Du könntest was?«, hakte Avan nach.

Sie schwieg. Der Schweiß lief schon an ihren Kniekehlen hinab.

»Du fürchtest, die Schatten könnten sie verschlingen?«, sprach er ihre Angst aus.

Sie rang sich ein Kopfnicken ab.

Avan lachte. Wieso lachte er? Was war daran lustig?

»Warum?«, fragte er und zog die Tür zu, sodass Lotus' Gesang für sie verstummte. »Wieso sollte der Schatten meine Schwester verschlingen? Sayeh, wenn es schon mit einem vergammelten Apfel nicht funktioniert, dann sicherlich nicht bei einem Menschen.«

Erkannte er den Ernst der Lage nicht?

»Und wenn doch?«

»Unsinn!«, erwiderte er. »*Willst* du sie denn verschlingen?«

Bei Nyssa! Sie schüttelte den Kopf.

»Siehst du«, sagte er, wollte ihre Hände unter den Achseln hervorziehen. Sie trat eilig einen Schritt zurück, prallte mit dem Rücken gegen die Mauer.

»Ich will dir nur helfen, Sayeh«, sagte er mit sanfter Stimme, die sie jedoch nicht beruhigte. »Hast du dich in deinen neuen Gemächern eingelebt?«

Sie presste sich weiter gegen die Wand, nickte. »Danke«, stieß sie hervor.

»Ich sagte bereits, du brauchst dich nicht zu bedanken«, erwiderte er, während seine Augen allmählich wieder ihre tiefblaue Farbe annahmen. Fasziniert betrachtete sie die Veränderung. War er dabei, das Wasser zu rufen? Wie gern würde sie jetzt ans Meer …

»Hast du den Brunnen schon entdeckt?«

Den Brunnen?

»Er beruhigt die Nerven«, sprach Avan weiter, trat einen Schritt näher. Sie wollte ausweichen, war jedoch gefangen von seinen lebendigen Augen und den sanft plätschernden Worten, die das Rauschen in ihren Ohren verdrängten. »Die Kräuteressenzen darin sorgen für einen ruhigen Schlaf und die Magie des Wassers entspannt den Geist.«

»Ich benötige mehr als einen Brunnen, um wieder einigermaßen normal zu werden«, erklärte sie ihm.

»Was ist schon normal«, sagte Avan.

Ihr Blick fiel aus einem ihr unerfindlichen Grund auf seine rosigen Lippen. Ein Lächeln umspielte sie, gab ihnen einen eleganten Schwung. Hatte er einen Witz gemacht? Sie wollte ihre kurze Unterhaltung Revue passieren lassen – da lagen mit einem Mal ihre Hände in seinen. Verwirrt sah sie hinunter. Wie waren sie dort gelandet? Warum war er ihr so nah? Das war gefährlich.

»War deine heutige Übungsstunde erfolgreicher als die letzte?«, hörte sie ihn fragen.

»Im Gegenteil«, antwortete sie langsam, betrachtete irritiert seine Hände.

»Dann solltest du dein eigener Lehrer sein«, sprach er weiter. »Niemand in unseren vier Reichen kann dir beibringen, den Schatten zu rufen. Aber du könntest die sinnfreien Stunden bei Zafeh dennoch für dich nutzen.«

»Könnte ich das?«, fragte sie abwesend. Sie fühlte sich plötzlich so … schläfrig.

»Er hat Angst vor dir. Vater hat ihm mit dem Tod gedroht, sonst hätte er nie eingewilligt, dich zu betreuen. Komme ihm entgegen. Schlage vor, dass ihr euch vorerst auf die Theorie konzentriert. Das wäre für euch beide von Vorteil. Du hast doch meine Bücher erhalten?«

Sie fühlte sich wie unter Hypnose, starrte weiter auf ihre Hände, die in seinen lagen. Störte es ihn nicht, dass sie schwitzig und rau waren und übersät mit Narben und verkrusteten Wunden? Seine waren seidig wie die Laken auf ihrem Bett und wunderbar kühl.

»Er wird nicht bemerken, dass du statt seiner meine Bücher studierst«, drang Avans samtweiche Stimme zu ihr. »Er wird zufrieden sein, denn er kann die Zeit, die du in die Bücher vertieft bist, für seine eigenen Studien nutzen. Und er muss nicht die ganze Zeit fürchten, dass du bei euren Übungen am Ende versehentlich ihn in Schatten hüllst.«

Sie konnte sich kaum auf seine Worte konzentrieren, denn seine Daumen zeichneten mit sanftem Druck Kreise auf ihre Handflächen. Eine heiße Welle schwappte durch ihren Körper, ihr Herzschlag beruhigte sich und der Muskelschmerz drängte an den Rand ihrer Wahrnehmung.

»Was tust du da?«, murmelte sie.

»Ich habe noch nie jemanden getroffen, der so verspannt war wie du«, erwiderte er nur. Seine Daumen zogen größere Kreise, streifte ihre empfindlichen Handgelenke. Sie konnte ihre blauen Adern durch die dünne Haut schimmern sehen, ihren Herzschlag, der darunter pulsierte. Mit seinen Fingerkuppen strich er nun behutsam über ihre Verletzungen, Schmerzen verspürte sie keine. Seine Haut war so seidenweich wie das Wasser in ihrem Zimmerbrunnen. Sie hatte das Gefühl, jeden Moment im Stehen einzuschlafen.

Im Reich des Wassers gehören Meditation und Entspannungstechniken zum alltäglichen Ritus. Die Geschöpfe des Wassers meistern den Zustand der inneren Ruhe, wie Geschöpfe der Erde die Grenzen körperlicher Belastbarkeit verschieben, Geschöpfe des Windes die räumlichen Dimensionen überwinden, Geschöpfe des Feuers körperliche Schmerzen erdulden und Geschöpfe des Schattens die Gesetze der Wahrnehmung verändern.

»Das ist … sehr entspannend«, flüsterte sie, schloss die Augen.

Bei Nyssa, Avan roch himmlisch! Wie ein Wasserfall, der geradewegs vom geheimen Ort der Götter hinabstürzte. Sein Atem streifte ihre überhitzten Wangen. Die Nähe zu seiner Magie ließ ihre Haut prickeln. Trotz ihrer inneren Hitze verspürte sie eine Gänsehaut, als seine Finger ihre Arme hinaufwanderten.

»Ich werde morgen eine Heilerin zu dir schicken«, sagte er leise. Sie spürte seine Worte in Form von kühlen Wölkchen auf ihren Lippen, sein Atem roch nach Minze. Sie war ihm viel zu nah. Angst jedoch wollte sich trotzdem nicht in ihr melden, stattdessen durchströmte sie eine tiefe Ruhe und ein längst vergessenes Gefühl von Geborgenheit.

»Sayeh!«, riss Avan sie aus ihrem Tagtraum. Sie öffnete widerstrebend die Augen, als die Streicheleinheiten aufhörten.

»Was ist?«, fragte sie schläfrig.

»Sayeh, sieh doch!«, sagte er und hielt ihre Hände fest.

Sie ließ ihren Blick sinken. Dunkle Schattenschwaden umgaben ihre Finger.

Erschrocken sog sie die Luft ein, entzog ihm augenblicklich ihre Hände. Die schwarzen Schwaden verflüchtigten sich, wie kalter Atem über wärmendem Kaminfeuer. Sie starrte auf ihre bebenden Hände, blanke Panik breitete sich in ihr aus.

»Das ist doch schon mal ein Anfang«, hörte sie Avan sagen.

Sie sah zu ihm auf. Weder Angst noch Besorgnis lagen in seinem Blick.

»Du hast sie auch gesehen, oder?«, wisperte sie.

»Die Schatten?«, fragte er in unbekümmertem Tonfall. »Natürlich. Jeder hätte sie gesehen.«

Bei Nyssa! Sie ballte ihre Hände zu Fäusten, ließ sie hinter ihrem Rücken verschwinden.

»Sayeh, du darfst dich nicht vor den Schatten fürchten«, sagte Avan, streckte seine Hand nach ihr aus. Sie wich ihm aus und stolperte über die erste Treppenstufe. Im letzten Moment bekam sie das Geländer zu fassen.

»Sayeh, wenn du dich vor ihnen fürchtest, werden sie nicht zu dir zurückkommen. Der Schatten hört nicht auf die Angst. Nyssa erwählt nur die Mutigsten unter den Menschen.«

Sei stolz, Sayeh, dass Nyssa dich erwählte.

Die tiefe, melodiöse Stimme ihrer Mutter hallte so klar und deutlich in ihrem Kopf wider, als stünde sie direkt neben ihr. Doch das tat sie nicht. Sie war allein. Allein mit den Schatten. Und mit ihrer Angst.

»Ich hätte dich töten können.«

»Willst du mich töten?«, fragte Avan.

»Natürlich nicht«, sagte sie.

»Dann haben wir auch nichts zu befürchten. Du kontrollierst den Schatten, nicht umgekehrt.«

War dem wirklich so? Eine Frage, die sie sich schon häufig gestellt hatte. Missbrauchte ihre Mutter den Schatten für ihre Taten oder hatte der Schatten ihre Mutter erst böse gemacht? Und machte das überhaupt einen Unterschied? Denn sie trug beides in sich – den Schatten und das Blut ihrer Mutter.

»Ich denke, ich gehe jetzt lieber«, sagte sie und wollte sich umdrehen. Avan jedoch war schneller und bekam ihren Ellbogen zu fassen.

»Sayeh«, sagte er. Es irritierte sie, wie zärtlich er ihren Namen aussprach. Als wäre sie ein schützenswertes Geschöpf und nicht eine gefährliche Abtrünnige. »Das, was hier gerade passiert ist, ist gut. Du kannst den Schatten rufen, wenn dein Geist offen für dein Element ist. Du solltest dich freuen. Es ist ein großer Fortschritt. Und das nach nur vier Tagen.«

Vier Tage? Was würde sie in sechzig Tagen zustande bringen? Würde sie ganze Städte verschlingen?

Die Schatten waren noch da. Nyssa hatte sie nicht aufgegeben. Doch war das wirklich gut – oder nicht viel eher beunruhigend?

In Avans Zimmer polterte es.

»Ich muss gehen«, sagte sie hastig, entwand sich seinem Griff und stürmte die Treppe hinunter, so schnell sie ihre zitternden Beine trugen.

Spiegel und Frauengespräche

Der Schatten kam nicht wieder.

Sie wusste nicht, ob sie sich freuen oder ob sie weinen sollte. Es erleichterte sie und machte sie zugleich tieftraurig. Sie wusste nur eines: Nyssa hatte sie nicht vergessen. Und das war alles, woran sie sich in den nächsten Tagen klammerte. An ihre Göttin – und an Avans Bücher.

In wenigen Tagen hatte sie sich durch die fortgeschrittene Elementenlehre gelesen, sich alle Edelsteine, die in dieser Welt zu finden waren, und deren Funktionen eingeprägt und Erstaunliches wie Verstörendes über die Geschichte ihrer Welt erfahren. Die Nächte brachte sie damit zu, stundenlang über Bildbänden zu brüten und süße Früchte zu essen, während das seidige Wasser des Zimmerbrunnens zwischen ihren Fingern hindurchglitt.

Zafeh hatte sich in der Tat erleichtert gezeigt, als sie ihm vorschlug, die erfolglosen magischen Versuche mit theoretischen Studien zu ersetzen. Der alte Magielehrer liebte Prüfungen. Damit hatte sie kein Problem, denn sie sog das Wissen auf wie ein vernachlässigter Schwamm das Wasser. Nichts jedoch, was sie aus Avans Büchern lernte, wurde von Zafeh abgefragt. Er konzentrierte sich alleinig auf die Grundsätze. Seine Prüfungsfragen hätte sie ihm schon als Fünfjährige beantworten können.

Es erfüllte Sayeh mit gewissem Stolz, dass sie – strengte sie sich nur ein bisschen an – alles abrufen konnte, was sie vor ihrer Isolation erlernt hatte. Fünf Jahre Stumpfsinn hatten ihrem Verstand offenbar wenig ausgemacht. Halbgötter waren robust. Sie waren von den Göttern gesegnet. Selbst Zafeh schien zufrieden mit ihrem Wissensstand. Avan versorgte sie unermüdlich mit Büchern, sodass sie kaum hinterherkam. Jeden Abend lag ein neuer Stapel auf ihrem Schreibtisch. Diejenigen, die sie durchgelesen und durchgearbeitet hatte, legte sie auf den Boden. Sie waren am Abend verschwunden. Avan merkte sich ihre Vorlieben und stellte ihr auffallend viele Bildbände bereit.

Über den Weg liefen sie sich nie. Sie war den ganzen Tag ausgelastet durch die Stunden bei Zafeh, stand früh morgens auf, um ihre körperlichen Übungen zu machen, und ging zeitig ins Bett, um noch in ihren Büchern zu schmökern oder zu schlafen. Tagsüber wurde sie auf Schritt und Tritt von Brenan und Neit begleitet und sie wichen auch nicht von ihrer Seite, wenn sich Rayans Ritter zu ihren Unterrichtsstunden dazugesellten. Die beiden waren immer höflich, erkundigten sich nach ihrem Befinden und ob sie Wasser oder Speisen benötigte. Doch es mangelte ihr an nichts, denn Avan und Lotus versorgten sie mit mehr als genug. Das Essen stapelte sich abends auf einem Tablett vor ihrem Bett und reichte für drei, sodass sie inzwischen einen ordentlichen Vorrat an Früchten und Keksen angesammelt hatte.

Lotus lief ihr täglich zwischen die Beine. Sie kam die Stufen der Turmtreppe hinunter gehüpft, grüßte die Ritter mit einem vorbildlichen Knicks und stopfte währenddessen ihre Taschen mit Süßigkeiten voll. Sayeh mied es, mit dem Mädchen in Berührung zu kommen. Seine Sorglosigkeit gab ihr zu denken. Warum ängstigte Lotus sich nicht vor ihr? Und warum verabscheute Avan sie nicht? Sie würde sich wohler fühlen, wenn es so wäre, denn es würde zu dem Weltbild passen, in dem sie lebte. Es fiel ihr darum schwer, Avan zu trauen. Sie wünschte, sie könnte es. Doch das konnte sie nicht.

Auch Rayan hatte sie seit dem Frühlingsfest nicht mehr zu Gesicht bekommen. Vielleicht war er vollauf damit beschäftigt, sich Strafen für seinen Sohn auszudenken. Vielleicht brütete er über einem Plan, wie er ihr die Schatten gewaltsam entziehen könnte. Vielleicht hatte er Regierungsgeschäfte zu erledigen. Die Lüge, dass er noch immer der Magie mächtig war, musste gepflegt werden. Möglicherweise wollte er auch einfach nicht mehr in ihre Augen blicken – denn er sah die Mörderin seiner Frau in ihnen.

Als Sayeh nach einem langen Tag ihren zehnten Strich mit frischer, blauer

Tinte auf dem wuchtigen Spiegel zog, passierte etwas, das sie trotz ihrer Fortschritte in den letzten Tagen an ihrem Verstand zweifeln ließ. Ihr Spiegelbild, welches ihr inzwischen wieder vertrauter war und sie aus wachen, tiefschwarzen Augen anblickte, kräuselte sich. Bestand er aus Wasser?

Neugierig führte sie ihren Zeigefinger an den Spiegel heran, immer weiter. Dann tunkte sie ihn hinein. Ein warmer Wind strich darüber. Irritiert fuhr sie mit dem Finger durch das flüssige Glas, das ihr Spiegelbild mehr und mehr verzerrte, bis es sich schließlich ganz auflöste. An seine Stelle trat eine Waldlichtung. Und auf der Lichtung stand – Gaia.

»Guten Abend, meine schöne Halbgöttin«, sagte sie und grinste. Sie schwang in jeder Hand einen Ast, wirbelte sie so flink durch die Luft, dass Sayeh schwindlig wurde. »Wie läuft es bei dir? Du siehst schon um einiges besser aus als bei unserem letzten Treffen. Sorgt Avan gut für dich?«

Sayeh starrte Gaia an, kniff die Augen zusammen und öffnete sie wieder. Doch die Halbgöttin der Erde stand noch immer im Spiegel vor ihr.

»Hat es dir die Sprache verschlagen?«, fragte Gaia, wirbelte die Äste ein letztes Mal in die Höhe, ehe sie sie auffing, festhielt und einen Schritt nähertrat. So nah, dass es wirkte, als müsste sie nur einen Schritt tun, um aus dem Spiegel herauszutreten. Verwirrt wich Sayeh ein Stück zurück. Gaia runzelte die Stirn, schob ihr Gesicht nach vorn. Sayeh hätte schwören können, dass ihre Nase das nicht mehr vorhandene Spiegelglas durchbrach.

»Oder hat Rayan dir die Zunge rausgeschnitten?«

Sayeh schüttelte den Kopf, betastete den silbernen Rahmen, die aufwendigen Schnörkel. Was, bei Nyssa, war das für ein Spiegel?

»Erzähl mir nicht, du hast noch nie einen magischen Spiegel gesehen«, sagte Gaia und verscheuchte ein Insekt, das um ihre Nase schwirrte.

»Magischer Spiegel?«, wiederholte Sayeh verunsichert. Warum hatte das in keinem der Bücher gestanden? War dies … ein Kommunikationsmittel zwischen den Reichen?

Nein, das konnte nicht sein. So etwas würde sie wissen. Sie war die Prinzessin des Schattenreiches. Eine Halbgöttin. Sie war in einem Palast aufgewachsen. Noch nie war ihr solch ein Spiegel untergekommen. Nie.

»Bei Enki, Sayeh!«, rief Gaia aus. Ihre goldenen Augen versprühten Funken. Auf ihrem Zopf machte es sich ein schillernder Schmetterling bequem und breitete seine farbenfrohen Flügel aus. »Deine Mutter hatte wirklich eine schwere Störung. Du hast noch nie über einen Spiegel kommuniziert?«

»Ich …«, stotterte sie. Wie war es möglich, dass ihr so etwas verborgen geblieben war? »Nein«, gestand sie dann.

Gaia schüttelte ungläubig den Kopf. »Unfassbar. Deine Mutter hatte einen wahren Kontrollzwang, was? Wollte wohl nicht, dass du dich mit den anderen Elementen einlässt. Womöglich Freundschaften schließt. Wäre ihrer Weltzerstörungsidee auch zuwidergelaufen.«

Wieso hatte ihre Mutter ihr etwas vorenthalten, das ihr Leben bereichert hätte? Es lag also nicht an den beschwerlichen Reisen, dass ihr jeglicher Kontakt in die Außenwelt verwehrt geblieben war.

»Na, sei's drum«, fuhr Gaia gutgelaunt fort. »Dafür bin ich ja jetzt da. Um dir solch wichtige Dinge beizubringen.« Sie deutete mit dem Zeigefinger auf sie. »Das, was du hier vor dir hast, ist ein magischer Spiegel. Er dient der Kommunikation zwischen den Reichen. Wäre ja auch ziemlich anstrengend, wenn man jedes Mal eine tagelange Reise in Kauf nehmen müsste, bloß, um sich über den neusten Klatsch und Tratsch auszutauschen.«

»Das heißt, ich kann durch diesen Spiegel jederzeit mit einem anderen Halbgott sprechen, egal, wo er sich in der Welt aufhält?«

»Richtig erfasst«, sagte Gaia und tippte sich mit dem Zeigefinger an die Schläfe. »Dein Köpfchen funktioniert also. Doch diese Spiegel sind nicht nur Mittel der Kommunikation. Es sind Portale.«

»Portale?« Sie fühlte sich wie ein Kind, dem die Welt erklärt wurde, nicht wie eine Halbgöttin, die in fünfzig Tagen ein Reich regieren sollte. Gaia warf die beiden Äste beiseite und verscheuchte den Schmetterling. Dann trat sie auf den Spiegel zu, machte noch einen letzten Schritt – und stand in Sayehs Zimmer.

»Portale«, flüsterte Sayeh fasziniert und streckte die Hand nach Gaia aus, berührte mit den Fingerspitzen ihren Zopf.

»Portale«, bestätigte Gaia und drückte ihr ungefragt einen feuchten Kuss auf jede Wange. Sayeh war es weniger unangenehm als noch vor einigen Tagen. Gaia war von der Sonne aufgewärmt, roch nach Wald und Wiese.

»Ich kann mit diesem Spiegel an jeden beliebigen Ort reisen?«, fragte sie und betrachtete die sonnige Lichtung, auf der sich Schmetterlinge tummelten und Hasen über das Gras hoppelten.

»Du kannst nur jemanden *besuchen*«, erklärte Gaia und klopfte ihre schwarze Lederhose aus. Erde rieselte fein zu Boden. »Und auch nur, wenn dieser Jemand das Gespräch annimmt oder den Spiegel dauerhaft für dich geöffnet hat. Man kann einen magischen Spiegel auch blockieren, dann ist es nur noch ein gewöhnlicher Spiegel.«

»Wie habe ich denn das Gespräch angenommen?«, fragte Sayeh erstaunt und streckte ihre Hand noch einmal bedächtig durch das verflüssigte Glas. Verwundert betrachtete sie den großen, zitronenfarbigen Schmetterling, der gerade auf der Spitze ihres Zeigefingers landete.

»Das hast du unbewusst getan«, antwortete Gaia. »Du musst es nicht aussprechen, immerhin sind wir keine gewöhnlichen Menschen. Du brauchtest Gesellschaft. Und da bin ich!«

Sie hatte Gesellschaft gebraucht? Ihr Unterbewusstsein war offenbar schlauer als sie. Oder Gaia hatte getrickst. War das etwa Avans Spiegel? Wie viele von diesen Dingern gab es?

»Dein neues Gemach ist eine deutliche Verbesserung zu der alten Zelle«, hörte sie Gaia sagen. Sayeh zog ihren Arm zurück, der Schmetterling flatterte davon, verschwand zwischen den dichten Bäumen, die um die Lichtung herumstanden. Sie drehte sich zu Gaia um, die sich in diesem Moment auf ihr Bett fallen ließ.

»Du hast ein wenig Fleisch auf die Knochen bekommen«, sagte Gaia und musterte sie zufrieden. »Und deine Augen strahlen. Vorher wirkten sie wie tot.«

Ihre Augen strahlten?

»Also sorgt Avan gut für dich?«, fragte Gaia.

»Ja«, sagte sie, war mit ihren Augen aber schon wieder auf der Lichtung. Sie könnte einfach übertreten und wäre – im Reich der Erde. Ob es ihr dort besser ergehen würde als hier?

Während sie noch darüber nachdachte, musste sie feststellen, dass es ihr im Moment gar nicht schlecht erging. Jedenfalls verspürte sie nicht wirklich das Bedürfnis, augenblicklich durch den Spiegel zu entfliehen.

»Du fragst dich, ob ein Motiv hinter Avans Nächstenliebe steckt«, sagte Gaia.

Natürlich steckte ein Motiv dahinter. Hinter *all dem* steckte ein Motiv. Die Halbgötter brauchten sie, um den Schatten zurückzubringen. Sonst wäre sie schon vor fünf Jahren getötet worden.

»Ja«, antwortete sie. »Ja, das frage ich mich.«

»Und du fragst dich auch, ob ich nur nett zu dir bin, weil ich dir den Schatten entlocken will«, fuhr Gaia fort.

»Ich weiß es nicht«, sagte sie. »Wahrscheinlich.«

Gaia gähnte und streckte sich auf ihren Laken aus. Sie trug ein enganliegendes Oberteil ohne Ärmel, das ihre beeindruckenden Muskeln zur Schau stellte. »Nun, vielleicht kann ich etwas Licht in dein Dunkel bringen«, sagte sie dann und rollte sich auf den Bauch. »Eins sei dir versichert: Avan ist immer nett. Zugegeben, er ist manchmal ein wenig verkrampft und sein Vater ist eine schwere Belastung für ihn und dann muss er auch noch Ersatzmutter für Lotus spielen, seit ihre ermordet worden ist …« Gaia rollte mit den Augen und blätterte durch einen der Bildbände, die auf Sayehs Bett lagen. »Aber vertraue mir – *wenn* du mir vertraust – Avan ist der Halbgott, an den du dich wendest, wenn du Probleme hast. Ist dein Element ungehorsam? Hast du Herzschmerz? Oder Bauchweh? Er wird sich darum kümmern. Du musst wissen, er hat Alizeh …« Sie unterbrach sich, runzelte die Stirn, ehe sie weiterblätterte. »Nun, das soll Alizeh dir besser selbst erzählen. Vorausgesetzt sie richtet jemals wieder das Wort an dich. Sie ist vor einigen Jahren durch eine schwere Zeit gegangen, musst du wissen. Avan ist ihr damals nicht von der Seite gewichen, hat praktisch im Reich der Winde gelebt. All dies hatte einen ziemlich unangenehmen Nebeneffekt, weil Alizeh ihre Dankbarkeit und seine Hilfsbereitschaft verwechselte mit … Nun, auch das solltest du von Alizeh persönlich erfahren.« Sie klappte mit einem lauten Knall das Buch zu und setzte sich auf, verknotete ihre Beine wie zwei dicke Wurzelstränge ineinander.

»Ich rede mal wieder zu viel. Letzten Endes ist es das Wasser. Es strebt nach Harmonie, weil jedes Geschöpf des Wassers sich eine Welt voll hellblauer Blubberblasen und Frieden wünscht. Das Tragische ist: Solch eine Welt existiert nicht.«

Natürlich tat sie das nicht. Doch der Gedanke, dass es eine solche geben könnte und dass es Geschöpfe gab, die an diese Illusion glaubten, empfand Sayeh als beruhigend und tröstlich. Es gab genug Böses in der Welt. Niemand wusste das besser als sie.

»Alizeh hasst mich«, stellte sie fest und setzte sich auf die Bettkante.

»Sie hat Angst vor dir«, korrigierte Gaia sie und tätschelte ihr Knie.

»Bedingt das eine nicht das andere?«

»Angst führt nicht immer zu Hass. Und Alizeh ist ... nun, sie ist sehr *speziell*. Das sind wir alle, schätze ich. Ich ganz besonders.« Gaia lachte schallend, stahl sich ein Plätzchen von ihrem Nachttisch und stopfte es sich in den Mund. »Sie wird sich an dich gewöhnen. Das wird sie müssen, immerhin werden wir irgendwann eine elementare Einheit bilden. Ignoriere sie erst mal. Es wird seine Zeit dauern.«

Hoffentlich steckte man sie im Palast der Winde für zwanzig Tage in irgendeine Zelle und versorgte sie mit allem Nötigen. Dann würde sie weder Alizeh über den Weg laufen müssen noch ihrem Vater, den sie sich kaum angenehmer vorstellte.

»Und ... Azar?«, fragte Sayeh vorsichtig.

Bei dem Gedanken an das Feuerreich zogen sich ihre Eingeweide zusammen. Cinneads Stimme hallte wieder durch ihren Kopf.

Wo ist sie?

»Tja, Azar will dich wie ein Wildschwein am Spieß brutzeln sehen«, sagte Gaia, drehte eine ihrer Handflächen nach oben und bewegte ihre Finger wie die züngelnden Flammen eines Feuers. »Das Feuer, du weißt ... im Affekt sind die Halbgötter des Feuers unberechenbar. Ein tiefer Groll überdauert bei ihnen die Ewigkeit. Ich weiß nicht, warum deine Mutter das Feuerreich zuerst angegriffen und dort länger und schlimmer gewütet hat als in allen anderen Reichen – vielleicht persönliche Zwistigkeiten mit Cinnead, wer weiß? Halte dich einfach von ihm fern, Sayeh«, riet Gaia ihr. »Azars Hass auf dich kommt von seinem Vater. Und der hasst dich, weil er deine Mutter gehasst hat. Azar ist an sich vernünftig, wenn das Element nicht mit ihm durchgeht. Aber vor allem ist er die treueste Seele mit dem größten Herzen in all unseren Reichen, wenn er dich als Freund und nicht als Feind einstuft. Du wirst es mir kaum glauben, doch Azar und Avan sind seit ihrer Geburt unzertrennlich. Wie Brüder. Ihre Verbundenheit geht weit über die elementare Einheit hinaus. Wenn die beiden zusammen sind, hat man nichts mehr zu melden. Sie sind wie Mädchen, plappern die ganze Nacht durch, über ihre Gefühle und über ihre Probleme ...« Gaia tippte sich an die Stirn. »Es passt kein Weidenblatt zwischen die beiden.« Sie seufzte und schlug sich mit der Faust auf die Handfläche. »Wir müssen Azar aus dem Feuerreich herausholen, ihm ein paar Kräuterwässerchen von Avan unter die Nase halten und dann läuft das schon.«

Das bezweifelte Sayeh. Doch mit diesen Halbgöttern würde sie ohnehin niemals Freundschaft schließen. Sie konnte nur hoffen, dass sie sie irgendwann akzeptierten. Immerhin war sie das Hindernis, welches die friedliche Einheit der Elemente bedrohte.

»Wie hast du den Angriff meiner Mutter überlebt?«, fragte sie.

»Tunnel«, sagte Gaia nur und griff nach einer Schale mit Erdbeeren, die auf Sayehs Nachttisch stand, steckte sich eine in den Mund. »Meine Mutter und ich gruben so lange, bis die Schatten aufgegeben haben. Von unserer Familie haben nur wir beide und die Zwillinge überlebt.«

Warum hatte sie nie bemerkt, welch grauenvolle und herzlose Seite in ihrer Mutter steckte? Es war das größte Rätsel ihres Lebens und würde wohl für immer Rätsel bleiben.

»Du meintest, Alizeh sei von den Schatten beinahe verschlungen worden«, sagte sie dann, um sich weiter zu quälen. Wenn Alizeh ihr beim nächsten Zusammentreffen Horrorgeschichten an den Kopf werfen sollte, wollte sie wenigstens darauf vorbereitet sein.

»Ja, das war ziemlich dramatisch«, erzählte Gaia und ließ ihren Kopf kreisen. »Sie war praktisch schon in der ewigen Schwärze gefangen, als ihr Vater sie mithilfe eines heftigen Wirbelsturms zurückholte. Wochenlang hat sie mit niemandem mehr gesprochen, hat sich eingesperrt und selbst Avan den Kontakt verweigert. Armes Mädchen.«

Wie sollte sie solch ein grausames Element jemals kontrollieren können? Der Gedanke daran, dass sie in der Lage wäre, Gaia, Avan und die anderen in ihren Schatten zu verschlingen, bereitete ihr so eine heftige Übelkeit, dass sie sich mit aller Mühe auf das plätschernde Wasser in ihrem Zimmerbrunnen konzentrieren musste, um sich nicht zu übergeben.

Sie hatte den Schatten kontrolliert. Zwölf Jahre lang. Es hatte ihr nie Probleme bereitet. Sie hatte sich nie gefürchtet. Niemals, bis ...

»Aber ich bin nicht hier, um mit dir über die übrigen Elemente zu tratschen«, sagte Gaia jetzt verschwörerisch und unterbrach damit brüsk Sayehs düstere Gedanken. »Was nicht heißt, dass ich es nicht liebend gern tue. Doch es gibt einen anderen Grund für meinen Besuch.«

Sayeh wandte ihren Blick von dem einschläfernden Brunnen ab, sah in Gaias goldene Augen, die sie verschmitzt anfunkelten. »Du warst zwölf Jahre alt, als du in den Fels kamst«, sagte sie mit einem beunruhigenden Lächeln auf den Lippen, fischte etwas aus ihrer Hose und warf es Sayeh in den Schoß. Diese nahm die eigentümliche silberne Spirale hoch und drehte sie zwischen Daumen und Zeigefinger. Sie war winzig, nicht größer als ein Reiskorn.

»Sicherlich hat dich keiner der Wächter im Fels in Frauendingen aufgeklärt.«

Mit einer unguten Vorahnung sah Sayeh von der Spirale zu Gaia auf.

»Sie unterbindet deine Monatsblutungen und verhindert, dass du schwanger wirst«, erklärte sie und zwinkerte ihr zu. »Wie hast du deine Monatsblutungen im Fels behandelt?«

Sayeh spürte Hitze in ihren Wangen aufsteigen und unschöne Erinnerungen in ihrem Kopf. »Darüber möchte ich nicht sprechen«, wich sie aus und verdrängte vergangene Bilder. Ihre Monatsblutungen im Fels waren ein widerliches Unterfangen mit noch widerlicheren Nebeneffekten gewesen. Denn Ratten liebten Blut. Und anderes Ungeziefer auch.

»Brauchst du auch nicht«, sagte Gaia glücklicherweise und deutete auf die Spirale in ihrer Hand. »Das schluckst du einfach runter. Ist magisch behandelt, stammt aus dem Reich der Erde. Von vorausschauenden Frauen für dankbare Frauen entwickelt, vor vielen, vielen Jahrhunderten. Ich dachte mir schon, dass du dich damit nicht auskennst. Zwölf Jahre, hm? Hast du denn schon Erfahrung mit ... Warst du schon einmal intim mit jemandem?«

Intim? Mit zwölf Jahren? Bei Nyssa! Sie wusste, was man sich über die Geschöpfe der Erde erzählte, doch ...

»Nein«, sagte sie, »war ich nicht.«

»Und im Fels? Hat man ...« Gaia musterte sie aufmerksam. »Hast du dort ... unangenehme Erfahrungen sammeln müssen?«

Unangenehm, ja. Gewaltsam? Auch das war vorgekommen. Doch nicht auf die Weise, die Gaia meinte. Sayeh schüttelte den Kopf. Die Wächter hatten sie weder wie eine Prinzessin noch wie ein gewöhnliches Mädchen behandelt, sondern wie eine Schwerverbrecherin. Ohnehin hatten die Männer sie viel zu sehr gefürchtet, als dass sie sie angefasst hätten.

Gaia seufzte erleichtert. »Das ist ja schon mal erfreulich«, sagte sie. »Also kein Trauma in dieser Hinsicht. Aber interessiert hast du dich auf diese Weise doch schon mal für jemanden, oder?« Sie zwinkerte ihr zu und rutschte ein Stück näher, legte die Hand auf ihren Oberschenkel. »Mach mir doch nichts vor. Du bist eine Schönheit und eine Halbgöttin.«

Eine Schönheit?

»Darüber möchte ich nicht sprechen«, antwortete Sayeh.

Schwach erinnerte sie sich an fröhliche Tanzbälle, den bittersüßen Geschmack des ersten Honigweins auf der Zunge, Kribbeln im Bauch, unbeholfene Küsse und Versteckspiele in dornigen Rosengärten.

»Aber interessierst du dich eher für ... Jungs oder für Mädchen?«, ließ Gaia nicht locker.

Sie musste etwas sagen. Sonst würde Gaia das Thema nie fallen lassen. Die Geschöpfe der Erde lebten für den Genuss und das Vergnügen.

»Für Jungs«, antwortete sie.

»Ausschließlich?«, fragte Gaia.

»Wieso fragst du?« Sayeh war sicherlich nicht auf der Suche nach romantischer Zweisamkeit oder einem Liebesabenteuer. Intimitäten mit jemandem auszutauschen war das Letzte auf ihrer Liste. Außerdem bezweifelte sie, dass sie sich jemals solchen Dingen hingeben könnte. Vielleicht in einer anderen Welt. Nicht in dieser.

»Ich wollte nur wissen, wo deine Interessen liegen«, sagte Gaia leichthin. »Immerhin kommst du in ein paar Tagen in mein Reich. Du könntest ein wenig Spaß und Abwechslung vertragen. Ich würde dir einen geeigneten Kandidaten aussuchen und ...«

»Nein«, unterbrach Sayeh sie entschieden.

»Bist du dir sicher?«, fragte Gaia zweifelnd und bedachte sie mit einem mitleidigen Blick.

»Sehr sicher«, antwortete sie.

»Es würde dir bestimmt guttun«, versuchte Gaia es weiter. »Dich etwas entspannen. Und dir die Angst vor den Schatten nehmen.«

»Ich habe für so etwas keine Zeit, Gaia«, sagte sie und legte mehr Nachdruck in ihre Stimme.

Gaia schien enttäuscht, zuckte dann mit den Schultern und sprang vom Bett.

»Wie du meinst«, sagte sie und warf mit einer schwungvollen Bewegung ihres Kopfes ihren Zopf zurück. »Du kannst es dir ja noch überlegen. In diesem Reich ...«, sie machte eine ausschweifende Handbewegung, »... wirst du solche Dinge nämlich nicht finden. Spaß, Abenteuer ... Hier gibt es nur Stille, gezwungene Höflichkeiten und Rayans ›Gastfreundschaft‹.«

»Ich werde vielleicht auf dein Angebot zurückkommen, wenn ich die Zeremonie hinter mir habe«, sagte Sayeh, denn sie verspürte das Bedürfnis, Gaia glücklich zu machen. Und sie wusste auch, woher dieses Bedürfnis kam. Es war die elementare Einheit. Der stärkste Bund unter dem Himmel.

Gaia strahlte. »Du kannst auf mich zählen«, sagte sie. »Aber zu der einen oder anderen Feier wirst du mich begleiten *müssen*, wenn du deine Zeit in unserem Reich absitzt. Da gibt es keine Ausreden.«

»Damit kann ich leben«, sagte sie mit wenig Elan.

Gaia stöhnte. »Geht es auch mit ein bisschen mehr Euphorie?«

Sie schüttelte den Kopf.

»Nun ja, verständlich«, sagte Gaia und warf einen Blick auf die Bücherstapel neben ihrem Bett. »Aber stecke deinen Kopf nicht nur in Bücher. Der Schatten ist, wie ich lernte, alles andere als ein langweiliges Element. Ihr Geschöpfe des Schattens seid aufregend, freut euch des Lebens und steckt voller dunkler Geheimnisse. Sayeh, wenn *du* glücklich bist, ist es Nyssa auch. Und der Schatten kommt von ganz allein.«

Glücklich? Damit konnte sie momentan nicht dienen.

»Ich werde mich bemühen«, sagte sie dennoch. »Und ... danke, Gaia.«

»Danke wofür?«, fragte die nach. »Du bist meine Schwester und beste Freundin, du bist ein Teil von mir, wie ich ein Teil von dir bin. Wir sind eine elementare Einheit. Ich möchte, dass es dir gut geht.«

Sie wusste nicht, was sie darauf erwidern sollte. Die Erde war ein ehrliches Element. Und sie sollte Gaia vertrauen.

»Danke«, sagte sie ein weiteres Mal, in Ermangelung an Worten, die ihre Empfindungen beschreiben könnten. Ein warmes Gefühl breitete sich in ihrer Brust aus, wanderte ihren Hals hinauf.

»Ich denke, ich werde jetzt schlafen gehen.«

Gaia nickte, beugte sich zu ihr hinab und küsste ihre Wangen. »Mach das Beste draus, Süße«, sagte sie, zwinkerte ihr ein letztes Mal zu, dann drehte sie sich um und verschwand im Spiegel, schwang sich auf der Lichtung in einen Baum und war auch schon in seinem Geäst verschwunden. Das Bild begann sich zu kräuseln und machte wieder dem verspiegelten Glas Platz.

Sayeh legte die silberne Spirale vorsichtig auf ihren Nachttisch und zog sich die dunklen Laken über den Kopf. Doch sie boten ihr weder Schatten noch Trost. Sie würde niemals ein normales Leben führen. Gaia lebte in einer anderen Welt. In einer Welt, die nicht für sie bestimmt war. Auch wenn sie sich nichts sehnlicher wünschte, als Teil davon zu sein. Eine Weile noch lauschte sie dem gemächlichen Plätschern ihres Zimmerbrunnens. Dann schloss sie die Augen und weinte sich lautlos in den Schlaf.

Ängste und Meeresrauschen

Ein Tag glich dem anderen im Reich des Wassers und eines Abends malte sie mit Sorgfalt ihren fünfzehnten Strich an den Spiegel. Es kam ihr vor, als sei sie schon Jahre hier. Oder auch erst einen Tag. Ein Teil von ihr empfand Wehmut, wenn sie darüber nachdachte, dass sie in fünf Tagen abreisen würde. Sie fragte sich, ob sie Avan noch einmal sehen würde, bevor sie aufbrach, oder ob er sie absichtlich mied. Fürchtete er sich vor den Schatten? War er wütend auf sie, weil sein Vater ihn ihretwegen bestrafte? Oder hatte er sie schlicht vergessen?

Seufzend tunkte sie ihren Finger in den Brunnen, um die blaue Tinte abzuwaschen, da klopfte es an der Tür. Sie runzelte die Stirn. Konnte das Lotus sein? Eigentlich klopfte sie nie an.

Mit einem mulmigen Gefühl öffnete Sayeh. Vor ihr stand Avan. Seine Augen waren blass, seine silberweißen Haare ungekämmt. Unter seinem Mondmantel trug er eine ungebügelte Weste, auf der sich diverse Flecken tummelten. Er war barfuß und seine Stoffhose war bis über die Knöchel hochgekrempelt.

»Hast du Zeit?«, begrüßte er sie.

Irritiert warf sie einen Blick an ihm vorbei, suchte nach den Rittern, die Brenan und Neit für gewöhnlich am Abend ablösten. Doch die schliefen tief und fest.

»Wofür?«, fragte sie vorsichtig.

»Für mich«, antwortete er und lächelte ein Lächeln, bei dem sich selbst

Rayan erbarmt hätte. Ein anregendes Gefühl durchströmte sie und sie musste feststellen, dass sie ihn vermisst hatte.

»Möglicherweise«, entgegnete sie.

»Wie schön«, sagte er zufrieden und zauberte einen Schal aus Fell hinter seinem Rücken hervor, den er ihr reichte. »Ich möchte dir etwas zeigen.«

Zögerlich nahm sie das Fell an sich und legte es sich über die Schultern. Es war weich, fast flaumig und hüllte sie in eine angenehme Wärme. Die feinen Härchen schimmerten in metallischen Blautönen. Mitternachtsbiber. Große Nager, die vornehmlich in den Flussläufen des Wasserreichs beheimatet waren. Das hatte sie erst heute Morgen gelesen. Und dieses Wissen gab ihr einen Schub Selbstbewusstsein.

»Gehen wir nach draußen?«, fragte sie. Anspannung wich Neugier. Das letzte Mal war sie vor fünf Jahren draußen gewesen. Wirklich *richtig* draußen.

»Wir gehen nach draußen«, bestätigte er und trat dann zur Seite, um ihr den Vortritt zu lassen. Dabei schweifte sein Blick an ihr vorbei und er runzelte die Stirn, ein Schatten wanderte über sein Gesicht. Sie folgte seinem Blick zu den fünfzehn Tintenstrichen.

»Du hast es bald hinter dir«, sagte er leise. Er lächelte noch immer, doch das Lächeln erreichte nicht mehr seine Augen.

Sie wollte ihm erklären, dass die Striche, dieses Zählen, eine Macke von ihr waren, die sie schwer ablegen konnte und sie davon abhielt, den Verstand zu verlieren. Sie wollte ihm auch sagen, dass sie sich wünschte, sie würde noch ein wenig länger hierbleiben. Aber die Worte kamen nicht über ihre Lippen. Und wahrscheinlich hätte er sie auch mehr als seltsam empfunden. Immerhin war sie eine Gefangene. Sie war in diesem Palast nicht willkommen, brachte Avan nur Bestrafungen und Ärger mit seinem Vater ein und versetzte die Angestellten in Angst und Schrecken. Also schwieg sie und trat über die Schwelle. Sie spähte ins Treppenhaus, vorbei an den schnarchenden Rittern.

»Und was ist mit deinem Vater?«, fragte sie.

»Der schläft.«

Der Drang, nach draußen zu kommen, die ewigen vier Wände – ob Höhle oder Palast – zu verlassen, war so groß, dass sie nicht weiter nachfragte.

Sie stiegen die Turmtreppe hinab und Avan brachte sie durch ein Wirrwarr an menschenleeren Korridoren in den vertrockneten Patio, aus dem sie mit Alizehs Hilfe zum Dach hinaufgeflogen waren. In dem Brunnen herrschte noch immer gähnende Leere.

»Ich werde vorgehen«, sagte Avan und legte seine Hand auf die Schnauze eines der marmornen Delfine. Am Fuße des Brunnens öffnete sich scharrend eine Steinplatte. War dies ein Geheimgang? Hatte Avan vor, sich verbotenerweise aus dem Palast zu schleichen?

»Gib mir Bescheid, wenn du eine Pause brauchst.«

Sie folgte ihm eine schmale Treppe hinunter in einen unterirdischen Gang. Die Steinplatte schloss sich hinter ihnen, doch das Licht begleitete sie weiter. Wie es ihre Gewohnheit war, zählte sie die Sekunden, während sie durch den niedrigen Tunnel liefen. Die Luft war erstaunlich frisch, es roch nach Meer. Sie leckte mit der Zunge über ihre Lippen und schmeckte Salz. Die Wände waren glattpoliert und schienen sich wahllos unter der Erde entlang zu schlängeln, als wären viele Jahre lang Wassermassen zwischen ihnen hindurchgeflossen und hätten diesen Gang geformt.

Avan schwieg und so schwieg auch sie. Es war eine angenehme Ruhe, denn selbst ihre lästigen Gedanken blieben stumm. Dafür wuchs ihre Neugier und ihre Schritte beschleunigten sich ganz von allein, bis sie fast gegen Avan prallte. Nach zwanzig Minuten erreichten sie eine Steinwand, die ihnen den Weg versperrte. Avan legte seine Finger auf eine rundliche Erhebung im Fels und die steinerne Wand schwang mühelos auf. Direktes Sonnenlicht traf ihre Augen. Sayeh schützte sie mit ihrer flachen Hand, dann traten sie aus dem Tunnel.

Der Duft war überwältigend. Es roch nach Salz und Sonne, nach Algen und Freiheit. Feiner Sand knirschte unter ihren nackten Füßen, sie vernahm das sanfte Rauschen der Wellen und das unverkennbare Schreien der Möwen. Tief sog sie die frische Luft ein, vergaß die brennende Sonne und nahm ihre Hand herunter. Sie standen auf einem weißen Sandstrand, der leicht abschüssig ans Meer führte. Die feinen Sandkörner glitzerten in der Sonne wie zerstoßene Diamanten, das Wasser hatte die tiefblaue Farbe von Avans Augen.

Vereinzelte Spuren von Tieren zogen sich durch die von Wind und Wasser erschaffene wellige Oberfläche des Sandes.

Der Wind war heiß und ihre Fußsohlen brannten auf dem glühenden Sand. Sie folgte Avan hinab ans Meer, welches in sanften Wellen an den Strand rollte. Auf den schäumenden Kronen spielten Seevögel, stießen immer wieder mit ihren Schnäbeln ins Wasser. Sayehs Blick schweifte in die Ferne, dorthin, wo sich das saphirblaue Meer und der blassblaue Himmel trafen. Die Reflexion der Sonne schmerzte in ihren Augen, doch sie wollte sie nicht vom Horizont abwenden. Eine warme Welle schwappte über ihre Zehen, Salz prickelte auf ihrer Haut. Sie begab sich in die Hocke und ließ ihre Finger durch das schäumende Nass gleiten. Transparente Fischchen streiften ihre Haut. Kurz wog sie ab, in die Fluten zu springen. Sie könnte bis ans Ende der Welt schwimmen und darüber hinaus. Ob der Schatten ihr folgen würde? Oder ob sich Nyssa jemand anderen erwählen würde, der ihren Platz einnahm?

»Wie ist das Meer im Schattenreich?«, drang Avans Stimme durch das Rauschen der Wellen und die Schreie der Möwen.

»Schwarz«, sagte sie und vergrub ihre Finger in dem nassen Sand. Es war viel zu heiß. Das Meer heizte sich auf wie alles andere.

»Still. Es gibt keine Wellen, keine Ebbe und keine Flut. Lässt man sich auf dem Schattenmeer treiben, gleitet man durch den Nachthimmel. Du musst wissen, er spiegelt sich darin. Nicht, wie die Sonne sich auf diesem Meer spiegelt, sondern als exaktes und täuschendechtes Abbild. Man kann mit den Fingern die Sterne berühren und wenn man ein guter Schwimmer ist, sogar den Mond durchschwimmen. Das Meer schließt direkt an den Palast an. Ist man mutig genug, braucht man nur vom Westturm zu springen und taucht in die Bucht der singenden Sterne ein.«

Mit sechs Jahren wagte sie den Sprung zum ersten Mal. Noch Tage danach war ihr Hintern blau gewesen. Mit der Zeit waren ihre Sprünge geübter geworden, bis sie diese mit neun Jahren perfektioniert hatte. Kopfüber und kerzengerade tauchte sie in das schwarze Nass, tief genug, um sich an den Steinen am Grund abzustoßen. Eines Nachts hatte ihre Mutter sie dabei erwischt. Doch sie hatte nicht mit ihr geschimpft, sondern ihre Hand genommen und war mit ihr gesprungen. Vielleicht hatte ihre Mutter ihr innerhalb des Schattenreichs alle Freiheiten gelassen, weil sie hoffte, sie würde dann den Rest der Welt und die anderen Elemente vergessen. Doch wie sollte man die anderen Elemente vergessen, wenn man durch Wasser glitt und sich anschließend am knisternden Kaminfeuer aufwärmte, während das leise Flüstern der Schattenbäume durchs Fenster drang, deren silbriges Blattwerk sich im sanften Wind wog?

»Vermisst du die Sterne?«, fragte Avan. Das Meer zog sich für die nächste Welle zurück, nahm Fischchen, Muscheln und Sand mit sich. Der Sog war so stark, dass es ihr fast die Füße wegzog.

»Sehr«, flüsterte sie.

»Sie werden wiederkehren.«

Sie riss sich von dem fernen Horizont los und betrachtete ihre Hände. Wie sollten die Sterne jemals wiederkehren, wenn sie sich schon vor hauchdünnen Schattenschwaden fürchtete?

»Komm mit, ich will dich einem Geschöpf vorstellen, das dich unbedingt kennenlernen möchten«, sagte Avan. Seine Hand tauchte in ihrem Sichtfeld auf. Für einen Moment starrte sie darauf, fragte sich, ob die Schatten wiederkehren würden, wenn sie ihn berührte und ob sie wieder davor zurückschrecken würde.

Bei Nyssa, sie war eine unwürdige Halbgöttin.

Sie gab sich einen Ruck und legte ihre Hand in seine. Keine Schatten. Sie seufzte, wusste nicht, ob vor Erleichterung oder Enttäuschung.

Avan führte sie am Saum des Meeres entlang bis zu einem flachen Felsplateau, das aus dem Sand ragte. Sie stiegen einige Stufen hinauf, die mit pockigen Muscheln und Schnecken übersät waren. Vertrocknete Algen klebten an dem Stein. Oben angekommen erstreckte sich vor ihnen eine natürliche Wasserlandschaft. Tümpel, die über schmale Rinnsale mit Meerwasser versorgt wurden, luden zu einem Bad ein. Doch die Badewannen waren bereits besetzt. In diesem Moment sprang ein Delfin aus einem der Wasserlöcher, machte ein fiependes Geräusch und tauchte kopfüber in das nächste Becken.

»Das ist Jade«, erklärte Avan und trat an den Tümpel, in dem der Delfin abgetaucht war. Er ließ den Mantel über seine Schultern gleiten und legte ihn beiseite, hockte sich an den Beckenrand. Als er die Hand ausstreckte, durchbrach der Delfin die Wasseroberfläche, fiepte aufgeregt und stupste mit der Schnauze gegen seine Finger.

»Sie hat vor wenigen Tagen ihr Kind verloren. Ihre Delfinschule wurde in den letzten Wochen stark ausgedünnt und Jade hat sich nach dem Tod ihrer Tochter von ihren Artgenossen getrennt. Daher sucht sie nun Trost bei den Menschen, doch nachts kommt nur noch selten jemand her. Die Menschen nehmen Schlaftränke, um unter der Sonne überhaupt ein Auge zu tun zu können. Ich verbringe meine Nächte hier, bis sie ihre Trauerzeit überwunden hat.«

Das Tier war wunderschön. Ihr Rücken hatte die Farbe von hellgrüner Jade, ihr Bauch war schneeweiß. Avan vollführte eine Bewegung mit dem Zeigefinger, woraufhin Jade sich drehte und in ihrer ganzen Schönheit zeigte. Im Anschluss schlug sie mit ihrer Schwanzflosse kräftig auf das Wasser und bescherte ihnen eine warme Dusche.

»Woran ist ihre Tochter gestorben?«, fragte Sayeh, wischte sich die Tropfen vom Gesicht und trat näher an den Tümpel heran. Der Delfin gab aufdringliche Pieptöne von sich und drehte sich mehrfach im Kreis, ehe er wieder fordernd gegen Avans Hand stieß.

»Es ist die Hitze«, sagte er und streichelte Jades Schnauze. »Sie ist für die Meerestiere schwer zu ertragen. Jungtiere sterben daran. Selbst Tiefseetiere wurden schon an den Strand gespült. Das Meer ist wie ein großer Kessel, der sich langsam, aber unaufhaltsam aufheizt.«

»Du möchtest, dass ich die Dringlichkeit der Situation erkenne«, schlussfolgerte sie.

»Ich denke, dass du die Dringlichkeit der Situation mehr zu spüren bekommst als wir alle«, erwiderte er. Der Delfin legte seine Schnauze auf Avans Oberschenkel und sah Sayeh aus großen schwarzen Augen an. »Ich habe dich heute hergebracht, weil ich hoffe, dass ihr euch gegenseitig helfen könnt. Delfine sind hervorragende Therapeuten. Sie nehmen die Angst. Ihre Gegenwart beruhigt.«

»Ich habe keine Angst vor Delfinen«, erklärte sie ihm.

»Nein, aber du hast Angst vor den Schatten.«

»Ich habe keine …« Sie trat einen Schritt zurück und ließ ihren Blick über die Wasserlandschaft schweifen. Fische sprangen aus den Tümpeln und hinaus in das offene Meer. »Ich habe keine Angst vor den Schatten«, sagte sie. Wie könnte sie? Die Schatten waren nur ein Element. Sie taten das, was ein Halbgott von ihnen verlangte. Ohne Halbgott verschwand auch das Element. Wie sollte man vor etwas Angst haben, das verschwand, wenn man es nicht rief?

»Wovor hast du dann Angst?«, fragte Avan.

Wovor sie Angst hatte? Die Hitze überwältigte sie. Hastig riss sie sich das Fell von den Schultern und warf es zu Boden, strich sich die feuchten Haare aus der Stirn.

»Das habe ich dir bereits gesagt«, stieß sie aus.

»Sag es mir noch einmal«, ließ Avan nicht locker. »Jade möchte es auch hören.«

Sie warf ihm einen enervierten Blick zu. Er jedoch beachtete sie gar nicht, widmete sich Jade und flüsterte ihr etwas ins Ohr, woraufhin diese begeistert fiepte. Eine Weile beobachtete Sayeh die beiden. Und ihr fiel erst jetzt auf, dass tiefe Ringe unter Avans Augen lagen. Er verbrachte die Nächte mit Jade und leistete am Tag ihretwegen Strafarbeiten ab. Das Mindeste, was sie ihm schuldete, war die Wahrheit.

»Ich fürchte mich vor mir«, sagte sie. »Vor dem, was ich werden könnte.«

»Und was ist das?«, fragte er und legte seine Wange an Jades Schnauze. Beide sahen sie zu ihr auf, mit Augen zum Dahinschmelzen. Das war nicht fair.

»Wie meine Mutter.«

Der Delfin gab ein solch hohes Fiepen von sich, dass ihr die Ohren klingelten.

»Jade sagt, das ist Unsinn«, übersetzte Avan.

Sie wog kurz ab, ob die Schlaflosigkeit sein Gehirn in Mitleidenschaft gezogen hatte, bis sie sich erinnerte, dass er ein Halbgott des Wassers war. Sie sang mit den Sternen und manchmal sangen sie mit ihr. Er sprach mit Geschöpfen des Wassers und sie antworteten ihm.

»Das glaube ich dir nicht«, erwiderte sie dennoch.

»Du sprichst ihre Sprache nicht, also musst du mir wohl oder übel vertrauen«, entgegnete er und schenkte Jade ein einnehmendes Lächeln.

Was wusste ein Delfin schon von den Schatten? Oder dem Bösen? Es waren friedvolle Geschöpfe. Sie war keines.

Avan setzte sich an den Rand des Beckens und ließ seine Beine ins Wasser baumeln. Er sah fragend zu ihr auf und klopfte auf den Stein neben sich. Sie schüttelte den Kopf.

»Sayeh, wir stehen alle im Schatten unserer Eltern«, sagte er und bespritzte Jade mit Wasser. »Doch das bedeutet nicht, dass wir werden müssen wie sie. Vor dem Tod meiner Mutter war mein Vater ein anderer. Ein Halbgott, der dem Wasser würdig war. Großzügig, liebevoll, gastfreundlich. Heute ist er …«

»Eiskalt?«, schlug sie vor. »Grob? Herzlos?«

»Das wollte ich sagen«, seufzte er.

»Er hat mich geschlagen.«

Er unterbrach sein Spiel mit Jade. »Das tut mir leid, Sayeh«, sagte er, stützte seine Hände am Beckenrand ab und starrte ins Wasser, als habe er dort unten etwas verloren. »Das hätte er nicht tun dürfen. Er hat Lotus vergangenen Monat in ihrem Zimmer eingesperrt, weil sie Mutters Namen am Frühstückstisch erwähnte. Erst nach drei Tagen erfuhr ich, dass er ihr nichts zu essen bringen ließ.«

Bei Nyssa!

»Vielleicht sollte *er* mit Jade spielen.«

Avan zeichnete mit dem Zeigefinger Muster in die Wasseroberfläche.

»Ja, das sollte er«, sagte er. »Doch ich wage nicht, ihm das vorzuschlagen. Er steht so kurz davor, mich ins Exil zu schicken.«

»Das kann er nicht«, sagte sie. »Du bist der nächste Halbgott.«

»Wenn du wüsstest, was er alles kann …«, widersprach er. »Von Gaia weiß ich, dass dir magische Spiegel unbekannt waren. Deine Mutter hat sie dir verheimlicht. Du warst in zwölf Jahren bei keiner einzigen Feier der Elemente anwesend, hast für uns nicht existiert. Deine Mutter erlaubte es nicht. Unsere Eltern haben eine Macht, die nichts mit Magie oder den Elementen zu tun hat.« Er legte seine Hand auf Jades schimmernden Rücken. »Was ich sagen will, ist, dass wir nicht böse geboren werden. Wir werden böse gemacht. Das habe ich dir schon einmal gesagt, doch es scheint an dir vorübergegangen zu sein.«

»Und was bitte soll meine Mutter so böse gemacht haben?«, fragte sie.

»Das weiß ich nicht«, antwortete er. »Und wir werden es wahrscheinlich nie erfahren. Aber das ist auch nicht wichtig. Wichtig ist, dass dir nicht dasselbe widerfährt.«

Sie wich Jades gutmütigem Blick aus. »Du verstehst das nicht«, sagte sie. »Du kontrollierst ein friedliches Element. Bei uns ist es anders. Es ist der Schatten. Er verschlingt. Er verschlingt alles. Er hat mit Abstand die meisten Kriege heraufbeschworen.«

»Sehr viele Kriege wurden vom Feuerreich begonnen«, fügte Avan ein.

»Aber nicht so viele wie vom Schattenreich.«

»Das bezweifle ich«, widersprach er.

»Wie kannst du das bezweifeln?«, fragte sie. »Es steht in den Lehrbüchern geschrieben. Es ist Geschichte.«

»Die Geschichte wird von den Siegern geschrieben, Sayeh.«

»Was soll das heißen?«

»Dass es eine einseitige Berichterstattung ist«, erklärte er. »So wie die wahren Gründe für den letzten Krieg im Dunklen liegen, tun sie das auch bei allen vorherigen.«

»Vielleicht liegt es aber auch nur in der Natur des Schattens«, beharrte sie.

»Der Schatten ist von Natur aus friedlich, Sayeh.«

Laut den alten Schriften war er das. Doch was sagte das aus? Wäre er von Natur aus streitsüchtig, gäbe es eben noch mehr Kriege und die Welt wäre längst verschlungen.

»Es ist einfach, einem einzigen Element alles Schlechte in der Welt zuzuschieben«, sagte Avan. »Und das ist es, was unsere Eltern im Moment tun. Ein Krieg entsteht nicht aus dem Nichts. Eine Halbgöttin steht nicht eines Nachts auf und überfällt vier Elemente im Schlaf. Ich sehe bei dir keine Zeichen von Böswilligkeit, eine mörderische Tyrannin würde ihre Tochter nicht erziehen, wie deine Mutter dich erzogen hat.«

»Du weißt doch gar nicht, wie sie mich erzogen hat.«

»Ich sehe das Ergebnis.«

Sie runzelte die Stirn. »Und was sagt dir dieses Ergebnis?«

Er lächelte und klopfte wieder auf den Stein neben sich. »Frag Jade, was sie von dir hält. Delfine sind sehr empfindsam und schlechte Lügner.«

Sie rang kurz mit sich, ehe sie sich zögerlich niederließ. Mit den Zehen tauchte sie in das warme Wasser ein. Jade ließ Avan links liegen und schwamm auf sie zu, fiepte erfreut. Eilig versteckte Sayeh ihre Hände unter den Oberschenkeln.

»Ich dachte, wir wären schon weiter«, bemerkte Avan.

»Was meinst du?«, fragt sie nervös. Das Tier betrachtete sie neugierig, stupste mit der Schnauze gegen ihr Knie.

»Deine Hände«, sagte er und tippte gegen ihren Arm. »Wie soll der Schatten dich erhören, wenn du dich vor ihm versteckst?«

»Es ist besser so«, sagte sie. »Glaube mir.«

»Jade liebt Körperkontakt«, sagte Avan. »Es irritiert sie, wenn du sie nur ansiehst. Was soll schon passieren, wenn du sie streichelst?«

Was passieren sollte? Hatte er vergessen, wer sie war?

»Ich könnte sie …«, begann sie, doch abermals konnte sie es nicht aussprechen.

»Verschlingen?«, half Avan ihr aus. »Das ist Unsinn. Jade ist mit mir einer Meinung.«

»Aber ich habe …« Sie unterbrach sich erneut. Nein. Er würde es nicht verstehen.

»Du hast *was?*«, fragte er.

Jade tauchte unter und zwischen ihren Beinen wieder auf, sah sie erwartungsvoll an. Als würde sie nur auf ihre scheußliche Geschichte warten.

Nun, wenn sie es unbedingt hören wollten. Bitte. Dann sollten sie es auch hören. Dann wüssten sie wenigstens ein für alle Mal, mit wem sie es zu tun hatten.

Sie holte tief Luft. »Ich habe getötet«, sagte sie und machte eine unheilvolle Pause, ehe sie fortfuhr. »Mit den Schatten. Ich habe … jemanden verschlungen.«

Eine schwere Stille legte sich über die hübsche Wasserlandschaft. Jade blickte sie mit großen, feuchten Augen an. *Hätte sie nur nichts gesagt.*

»Wen?«, fragte Avan nach einer Weile. Seine Stimme hatte an Leichtigkeit verloren, klang ernst und zögerlich. Er hatte Angst. Das sollte er auch. Endlich verstand er, welche Gefahr sie darstellte.

»Einen Wächter im Fels?« Er versuchte, sachlich zu klingen, um seine Furcht vor ihr zu verbergen. Doch sie spürte seinen Blick von der Seite. Sie kannte diesen Blick. Abscheu. Hass. Angst.

Ihr Herz schlug so laut, dass seine Worte erst nachträglich in ihr Bewusstsein drangen. Einen *Wächter?* Er glaubte, sie hatte einen Menschen getötet!

Vor Schreck riss sie ihre Hände unter den Beinen hervor, steckte sie ins Wasser, wo sie jedoch keine Abkühlung erfuhren. Jade fiepte begeistert und drehte sich auf den Rücken, in Erwartung einer Streicheleinheit. Sein Bild von ihr war noch grauenhafter als die Wirklichkeit. Sie hielten sie für eine Mörderin.

»Eine Ratte«, flüsterte sie. Adalwin huschte vor ihrem inneren Auge vorbei. Widerliche Kratzgeräusche schallten durch ihren Kopf und ließen ihre Nackenhaare sich aufstellen. »Ich habe eine Ratte in den Schatten verschlungen.«

Für einen langen, grauenhaften Moment blieb es wieder still. Sie befürchtete schon, Avan sei gegangen, als er plötzlich in Lachen ausbrach. Er lachte laut und herzlich. Verständnislos sah sie ihn an. Ihre Besorgnis wandelte sich in Ärger und am liebsten hätte sie ihm eine Ladung Wasser ins Gesicht gespritzt. Doch als Jade fiepend in das Gelächter mit einstimmte, zog sie eilig ihre Hände wieder aus dem Becken.

»Was ist daran zum Lachen?«, fragte sie verärgert. »Ich habe sie gekannt. Ihr Name war Adalwin.«

Avan verstummte augenblicklich und seine Züge wandelten sich so schnell wieder von heiter zu ernst, dass es sie zu gleichen Teilen faszinierte wie beunruhigte.

»Es tut mir leid«, sagte er und nahm ihre Hand. Sie wollte sie ihm entziehen, doch kräftemäßig hatte sie ihm nichts entgegenzusetzen. »Hat Adalwin dir viel bedeutet?«, fragte er sanft.

»Nun ...«, begann sie und zerrte weiter erfolglos an ihrer Hand. »Sie hat mir viele Wochen Gesellschaft geleistet. Sie war eine gute Ratte. Bis ... Sie hat einfach nicht aufgehört, ihre Krallen auf dem Fels zu wetzen. Es war ... ein grauenvolles Geräusch.«

Sie war bemüht, ihre Tränen zurückzuhalten. Sie würde *nicht* weinen.

»Das tut mir leid, Sayeh, wirklich«, sagte er, streichelte ihren Arm, wie er zuvor Jades Schnauze gestreichelt hatte. Ihr Herzschlag verlangsamte sich und die Kratzgeräusche in ihrem Kopf wurden schwächer.

»Aber ich kann dich beruhigen. Alizeh hat schon Dutzende Möwen in ihren Wirbelstürmen zerfetzt. Gaia beendet das Leben unzähliger Käfer und Spinnenarten, wenn sie die Erde bewegt. Ab und an rutscht ein Hase in eine Erdspalte. Sicherlich habe auch ich die ein oder andere Ratte ertränkt, während ich mich als Kind im Abwassersystem unserer Stadt ausgetobt habe. Und Azar fackelt alles ab, was nicht schnell genug vor seinen Flammen davonrennt.«

Sie wäre entsetzt, hätten die gleichmäßigen Streicheleinheiten ihre Erregung nicht zeitgleich im Keim erstickt. Geschöpfe töten? Elemente schenkten Leben, sie nahmen es nicht. So hatte sie es gelernt.

»Es war nicht nur eine Ratte«, erklärte sie, denn er schien den Ernst der Situation nicht zu verstehen. »Sie war meine Freundin.«

»Das verstehe ich«, sagte er, was sie jedoch bezweifelte. »Und doch war es nur eine Ratte. Wo hast du sie getötet?«

»Im Fels. Vor vierhundertzwei Tagen.«

»Sayeh, du warst in einer Ausnahmesituation, hast in schlimmsten Verhältnissen gelebt, unter Durst und Hunger gelitten. Du hattest Angst.« Mit seinen Fingerkuppen zeichnete er ein eigentümliches Muster auf ihrem Handrücken. In dem Versuch, es zu entschlüsseln, vergaß sie, worum sich das Gespräch drehte. Und ihre Erinnerungen verblassten.

»Sayeh, das, was damals passiert ist, ist nicht schlimm. Es ist völlig normal. Jeder von uns hat mit seinem Element schon Geschöpfe in den Himmel geschickt. Es ist ein Lernprozess. Wir lernen nie aus. Selbst nach der Zeremonie nicht. Es liegt in der Natur der Sache. Elemente sind Naturgewalten. Hast du nach dem Unfall mit Adalwin noch einmal die Schatten gerufen?«

Sie schüttelte den Kopf. »Nein«, sagte sie.

»Das ist nicht gut, Sayeh«, sagte er und umfasste mit beiden Händen ihre Handgelenke. Er sah sie eindringlich an. »Du musst diese Sache vergessen, damit abschließen und nach vorn blicken. Sonst wird sie dich auf ewig verfolgen. Der Schatten ist unkontrolliert, wenn du Angst hast. So wie das Wasser meinem Vater entglitt, nachdem er meine Mutter verloren hatte. Der Gegenpol oder die Abwesenheit der Emotion, die unser Element am meisten entfacht, ist es, was es unserer Kontrolle entzieht. Bei meinem Vater war es der Verlust der Liebe. Bei dir ist es die Angst. Jade wird dir helfen, sie zu überwinden.«

Sie bezweifelte, dass ein einzelnes und noch dazu so friedvolles Geschöpf wie ein Delfin fünf Jahre Angst, Schmerz und Trauer therapieren konnte, doch sie behielt ihre Meinung für sich, denn die wachsamen Augen des Delfins lagen auf ihr.

»Möchtest du die nächsten Nächte mit Jade hier am Meer verbringen?«, fragte Avan. Überrascht sah sie zu ihm auf. Am Meer? Die ganze Nacht? Außerhalb des Palastes und ohne Überwachung? *In Freiheit?*

»Ich habe viel zu tun und seit Tagen keinen Schlaf gefunden«, fuhr er fort. »Jade würde sich sehr darüber freuen. Sie hat noch nie ein Geschöpf des Schattens gesehen.«

Jade schlug zur Bestätigung mit ihrer Schwanzflosse aufs Wasser und spritzte sie von oben bis unten nass.

»Was ist mit deinem Vater?«, fragte Sayeh und blinzelte das Salzwasser aus ihren Augen. »Er wird das sicherlich nicht begrüßen. Ohne Iridium? Ohne Ritter?«

»Er wird es nicht erfahren«, sagte Avan schulterzuckend. »Er weiß so vieles nicht in diesen Tagen. Er ist sehr beschäftigt, nachts steht er unter der Magie des Schlaftranks. Ich schätze, er plant die Zeremonie, denn er steht in regem Kontakt mit den anderen herrschenden Halbgöttern. Er schließt seine Gemächer ab und lässt niemanden in seine Nähe, gibt mir Berge an Strafaufgaben und Verpflichtungen, die ich aufgrund des Magieentzugs kaum bewältigen kann. Er macht sich rar. Niemand wird es bemerken, wenn du die Nächte nicht in deinem Zimmer verbringst.«

»Aber die Ritter?«, fragte sie nach. Sie wollte nicht riskieren, als ungehorsam aufzufliegen. Die ersten zwanzig Tage hatte sie bald überstanden und sie wollte auch die restlichen vierzig so gut wie möglich hinter sich bringen. Die Herrscher würden sich nach einer anderen Lösung ihres *Problems* umsehen, sollte sie sich undankbar zeigen.

»Ich werde den Rittern vor deiner Tür die folgenden Nächte ein wenig Schlaftrank einflößen«, sagte er leichthin. »Damit sie dir nicht in die Quere kommen. Es sei denn, du möchtest lieber in deinem Zimmer bleiben.«

»Nein«, sagte sie schnell, damit er die Idee nicht wieder verwarf. Oder sich erinnerte, wer sie war. *Sie könnte flüchten.* Doch der Gedanke ließ ihr Herz nicht schneller schlagen. Freiheit? Ja. Flucht? Nein. Sie wollte nicht vor ihrer Verantwortung fliehen. Sie würde heilen, was ihre Mutter zerstört hatte, und hoffen, dass Nyssa ihnen beiden verzieh.

»Ich komme gern her. Die Natur war mir schon immer lieber als vier Steinwände.«

»Im Erdreich wirst du von Natur umgeben sein«, sagte er, sein Blick schweifte ab. Er ließ ihre Hand so plötzlich los, als hätten ihre Schatten ihn verschreckt. Aber Schatten sah sie keine. Etwas in ihr vermisste seine zarten Berührungen, das beruhigende und zugleich anregende Gefühl seiner Fingerkuppen auf ihrer Haut. Doch er hatte sich einer pockigen Muschel gewidmet, die am Fels festklebte, und knibbelte daran herum. »Es wird dir dort gefallen«, fuhr er fort. »Und Gaia wird dich rundum versorgen. Die fünf Tage bei uns wirst du auch noch überstehen.«

»Es gefällt mir hier«, hörte sie sich sagen.

Hatte sie das gerade wirklich laut gesagt?

Er unterbrach sein Knibbeln und sah sie zweifelnd an. Ein paar Strähnen seines silberweißen Haares hingen ihm ins Gesicht, Wassertropfen perlten daran hinab. Er sah jünger aus als bei ihrer ersten Begegnung. Verletzlicher. Weniger perfekt. Seine feuchten, vom Wind verwirbelten Haare hatten in diesem Zustand Ähnlichkeit mit ihrem eigenen grandiosen Eigenhaarschnitt.

»Der Schatten ist verschwiegen, aber dennoch ehrlich, Sayeh«, ermahnte er sie. »Du solltest dich nicht verstellen, sonst denkt er am Ende noch, Nyssa habe die falsche Halbgöttin erwischt.«

»Ich lüge nicht«, sagte sie und war darüber mindestens so überrascht wie Avan. »Zafeh ist ein langweiliger Zeitgenosse und die Todesstille in eurem Palast finde ich verstörend, doch seitdem dein Vater nicht mehr in Sichtweite ist und du ihn als Gastgeber klammheimlich ersetzt hast, ist es wirklich … ganz angenehm.«

War das übertrieben? Oder zu wenig? Nach einer Reaktion suchend wanderten ihre Augen über sein Gesicht. Auf seinen Lippen glitzerten Wassertropfen. Er lächelte, doch die Zweifel in seinem Blick blieben. Es störte sie mehr, als es sollte.

»Ich hätte nichts dagegen, meine ganzen sechzig Tage hier zu verbringen«, fügte sie hinzu. Sie verspürte das Bedürfnis, ihm ein wenig von dem zurückzugeben, was er für sie getan hatte. Oder ihm wenigstens zu zeigen, wie viel es ihr bedeutete. »Vorausgesetzt, dein Vater bleibt mir fern. Ich fühle mich wohl hier. Ich fühle mich wohl bei dir.«

Noch während die letzten Worte ihren Mund verließen, wünschte sie, sie hätte sie für sich behalten. Auch wenn es die Wahrheit war. Denn sie fühlte sich wohl in seiner Nähe. Seine lebhaften Augen lenkten sie von ihren trüben Gedanken ab, der Duft nach Meerwasser lichtete ihren bitteren Nebel und seine Berührungen …

Sie hätte es für sich behalten sollen.

Ein Leuchten schlich sich in Avans Augen und das Lächeln wurde ehrlicher.

»Das freut mich, Sayeh«, sagte er leise. Seine kühlen Finger streiften ihre Wange, als er ihr eine Haarsträhne zurückstrich. Ihr Herz machte einen Satz. Hätte sie nur nichts gesagt. »Wenn es dir nicht gut geht, geht es mir nicht gut. Ich möchte, dass du das weißt. Und es nicht vergisst.«

Die elementare Einheit ist ein Bund wie kein anderer, alt wie die Götter, kostbarer als das nächste Blut, loyaler als der engste Freund und ewig wie die Liebe.

Die Haut an ihrer Wange prickelte noch, als Avan schon lange verschwunden war. Sie versuchte, die Empfindung zu verdrängen, ebenso wie die unterschwellige, aber kaum zu ignorierende Wärme, die sich in ihrem Bauch ausgebreitet hatte. Sie hatte keine Zeit für solch unpassende Gefühlsregungen. Um sich abzulenken, wandte sie sich Jade zu, streckte zaghaft die Hand nach ihr aus. Der Delfin stupste sie an und gab schrille Töne von sich.

»Das Leben ist nicht leicht, Jade«, sagte sie seufzend und strich über die seidige Haut des Tieres. »Aber das musstest auch du schon schmerzlich lernen, nicht wahr? Ich verspreche dir, ich werde alles daransetzen, die Nacht zurückzubringen. Du hast völlig recht: Diese Welt ist nur halb so schön ohne das Licht der Sterne.«

TEICH DER SINGENDEN FISCHE

Fünf Nächte später hatte sie mit Jade Schwesternschaft getrunken, nasse Küsse ausgetauscht und alle Sandbänke erkundet, die im Umkreis von fünfzig Meilen aus dem kristallklaren Meer aufragten. Sie waren gemeinsam durch die warmen Fluten geschwommen, hatten mit schillernden Fischschwärmen getanzt und auf dem Rücken schwimmend im Wasser gefaulenzt. Ihr war gar nicht bewusst gewesen, wie sehr sie das Schwimmen vermisst hatte. Wenn sie durch das Wasser glitt, fühlte sie sich frei. Und im Grunde war sie das auch. Wäre sie in besserer Form und würden keine anderen Verpflichtungen auf sie warten, sie könnte mit Jade die Welt der Elemente umrunden bis zum Schattenreich.

Doch sie blieb, wo sie war. Allein der Gedanke, durch ein grenzenloses Meer zu schwimmen, war befreiend. Und er reichte ihr.

Sie verstand sich mit Jade auch ohne Worte. Ihr war ein schweigsamer Zeitgenosse lieber als ein plappernder. Sie rezitierte Gebete an Nyssa, die tief in ihrem Kopf begraben lagen, und ließ ihre Finger durch das salzige Wasser gleiten, das sich von Nacht zu Nacht weiter erwärmte. Wenn die Müdigkeit sie überfiel, schlief sie auf einer Sandbank ein, träumte vom Schattenmeer, von nebelumwobenen Wäldern und von ihrem Balkon hoch oben im Westturm, von dem sie bis ans schwarze Ende der Welt blicken konnte.

Avan brachte sie am späten Abend her und holte sie am frühen Morgen wieder ab. Sie hatte sich angewöhnt, Fragen, die Zafeh ihr nicht beantworten wollte, aufzuschreiben und ihn damit auf dem Weg durch den Tunnel zu löchern. Avan antwortete ihr ausführlich und bereitwillig, erlaubte ihr Einblicke in das Reich des Wassers und sein Element, die sie nicht einmal in den Büchern fand, welche er ihr ins Zimmer legte. Er erzählte ihr vom Reich der Erde, warnte sie vor Gaia und ihrer liebenswerten, doch aufdringlichen Art, und wie sie der schmerzhaften Attacke eines Baumaffen entgehen konnte. Auch riet er ihr, Ila mit Vorsicht zu genießen, denn wie bei seinem Vater trüge bei ihr der Schein. Sie verinnerlichte jedes Wort, wollte die Wahrheit dahinter jedoch selbst herausfinden.

Wie versprochen begegnete sie – mit Ausnahme von Lotus, die es sich zur Angewohnheit gemacht hatte, ihr nach ihren Übungsstunden einen Besuch abzustatten – nicht einer Menschenseele. Die Ritter schliefen bereits am frühen Abend tief und fest vor ihrer Tür und schnarchten noch, wenn sie am Morgen wiederkehrte. Zafeh beendete ihren letzten Übungstag mit einem erleichterten Seufzer, der tief aus seiner Seele kam. Sie bestand seine theoretischen Prüfungen fehlerfrei und er war so dankbar, sie endlich los zu sein, ohne in ihren Schatten verschlungen worden zu sein, dass er ihr zum Abschied sogar die Hand gab und versprach, bei Rayan ein gutes Wort für sie einzulegen. Sie bezweifelte jedoch, dass diese Empfehlung sie in Rayans Gunst steigen lassen würde.

Die letzte Nacht im Wasserreich verbrachte sie im heißen Wasser eines Tümpels, wo sie sich treiben ließ und Jades leisem Fiepen lauschte. Mit gemischten Gefühlen starrte sie in die gleißende Sonnenscheibe, während winzige Fische an ihren Zehen knabberten.

»Verlässt du uns heute?«, drang eine vertraute, liebliche Stimme an ihr Ohr. Sayeh wandte ihren Kopf zur Seite und erblickte Lotus, die geschickt um die Wasserbecken herumtänzelte. Nachdem sie ihren Tümpel erreicht hatte, setzte sie sich und ließ ihre Beine ins Wasser baumeln. Das Mädchen trug nur eine Unterhose und ein dünnes Trägerhemd mit aufgestickten Seepferdchen. Ihre weißblonden Haare hingen ihr offen und zerzaust über die Schultern. Sie war geradewegs aus dem Bett gefallen. Dem Stand der Sonne nach musste es fünf Uhr morgens sein. Um sieben Uhr war das Treffen mit Rayan anberaumt. Dann würde Sayeh sich von diesem Reich verabschieden.

»Was tust du hier, Lotus?«, fragte sie und ließ sich in ihre Richtung treiben. Jade hatte das Mädchen entdeckt und sprang von Tümpel zu Tümpel, um ihre Kunststücke zu demonstrieren. »Du solltest im Bett sein.«

»Sagt wer?«, fragte Lotus und spritzte ihr mit den Füßen Wasser ins Gesicht.

Sayeh blinzelte. »Dein Bruder.«

»Avan erlaubt mir, herzukommen, wann immer ich will«, erklärte Lotus mit dem ihr eigenen Selbstbewusstsein. Sie war zwar keine Halbgöttin, aber immerhin eine Prinzessin. Und das merkte man durch und durch. Avan hatte Sayeh erzählt, dass seine Mutter aus dem Reich der Winde stammte. Die Geschöpfe des Windes waren für ihren Stolz bekannt. Und für ihre Neugier. Und ihren Starrsinn.

»Dein Bruder vielleicht, aber dein Vater wäre nicht begeistert, wenn er wüsste, dass du dich nachts hier herumtreibst«, sagte sie. »Mit mir. Dem bösen Schatten.« Sie machte eine Grimasse, um Lotus zu verschrecken, doch die kicherte nur und trampelte aufs Wasser, sodass Sayeh für einen Moment nichts mehr sehen konnte.

»Mein Vater ist nicht da«, verkündete Lotus dann und zupfte an ihrem nassen Oberteil. »Er ist nie da. Sie planen die Zeremonie für dich.«

»Hoffentlich tun sie das. Ich möchte in vierzig Tagen vereidigt werden.«

»Bist du dann die Herrscherin über das Schattenreich?«

»Wenn Nyssa es so will«, murmelte Sayeh.

»Darf ich dich dann besuchen kommen?«

Wohl kaum. »Wenn dein Vater es erlaubt.«

»Das würde er nie«, sagte Lotus, wrang ihre Haare aus und rollte mit den Augen. »Er fürchtet sich vor den Schatten.«

»Vielleicht solltest du das auch tun, Lotus«, riet sie ihr.

»Das sagt Vater auch. Aber Avan sagt, Schatten sind nicht zum Fürchten. Böse Halbgötter sind zum Fürchten. Elemente sind von Natur aus gut.«

Sie schwieg, dachte eine Weile darüber nach. Lotus war zu jung, um sich an ihre Mutter zu erinnern. Das Mädchen kannte das Böse nicht. Sie wünschte, sie könnte mit ihr tauschen.

»Du solltest auf deinen Bruder hören«, sagte sie schließlich. »Er scheint die Weisheit mit Löffeln gefressen zu haben.«

Lotus kicherte und zwirbelte eine triefende Haarsträhne zwischen Daumen und Zeigefinger. »Er mag dich«, druckste sie. Ihre Wangen färbten sich auffallend rosa.

Sayeh runzelte die Stirn, hielt in ihren Schwimmbewegungen inne.

»Dein Bruder ist höflich«, erklärte sie Lotus, die ein beunruhigendes Grinsen im Gesicht hatte. »Er ist ein guter Gastgeber und kümmert sich um mich, denn er braucht mich, so wie dein Vater mich braucht. Wie die ganze Welt mich braucht. Wir sind eine elementare Einheit, Lotus. Das hat nichts mit mögen zu tun. Es ist eine Verpflichtung.«

Lotus summte leise vor sich hin, schien ihr gar nicht zuzuhören. Mit ihrem großen Zeh zog sie Kreise in die ruhige Wasseroberfläche. Als Sayeh schon hoffte, sie habe ihr Gespräch vergessen, beugte das Mädchen sich vor, seine blauen Augen groß und glänzend. »Er mag dich *wirklich*«, flüsterte Lotus verschwörerisch. »Er ist ganz rot geworden, als er es mir gesagt hat. Wie eine überreife Erdbeere. So.« Sie hielt die Luft an und blies ihre Backen auf. Ihr Gesicht färbte sich dunkelrot.

»Hör auf damit, Lotus!«, sagte Sayeh streng. »Du solltest solche Dinge nicht sagen und schon gar nicht herumerzählen. Avan ist einfach nur nett. Er hilft mir. Und was du da sagst, Lotus, das ist verboten. Das weißt du sicherlich.«

Lotus ließ die Luft wieder aus ihren Wangen, rang nach Atem.

»Das stimmt nicht«, japste sie. »Es ist nicht verboten. Willst du wissen, was Kiri und Shirin mir gestern erzählt haben?«

»Nein«, sagte Sayeh.

»Über Gaia und Azar«, hauchte sie dennoch und kicherte wieder, warf ihre Haare zurück. »Es gibt Neuigkeiten über ihr … *Liebesleben.*«

»Lotus, sei still«, ermahnte Sayeh sie und schwamm an den Beckenrand. »Dein Vater würde dich für solche Worte einsperren.«

»Aber es *ist* nicht verboten«, beharrte Lotus. »Deine Mutter hat dir ganz falsche Dinge beigebracht. Gaia sagt, sie war verrückt im Kopf. Deine Mutter.«

Warum war Lotus so frech? Wieso nahm sie verbotene Dinge in den Mund? Dass die Menschen tagtäglich über das Leben der Halbgötter tratschten, kannte sie aus dem Reich der Schatten. Es war eine beliebte Freizeitbeschäftigung und es war nur legitim, denn immerhin hing ihr Leben von ihnen ab. Doch Lotus war ein Geschöpf des Wassers und die waren nicht nur zurückhaltend, sondern auch äußerst regelkonform. Sie konnte sich beim besten Willen nicht vorstellen, dass Rayan oder Avan ihr solch ein Verhalten durchgehen lassen würden.

»In den letzten fünf Jahren haben sich sicherlich nicht die Gesetze dieser Welt geändert«, sagte sie und hievte sich aus dem Wasser. Sie schüttelte ihre Haare aus, dann legte sie sich flach auf den Fels und ließ die brennende Sonne ihre Arbeit verrichten. »Und was Gaia und Azar treiben, das ist ihre Sache. Auch das solltest du nicht herumerzählen. Das gehört sich nicht.«

»Aber Gaia erzählt es *überall* herum«, berichtete Lotus brühwarm. »Und Azar auch. Sie haben früher andauernd rumgeknutscht. Auf dem Frühlingsball im letzten Jahr haben sie es mitten auf der Tanzfläche getan. Vater ist ziemlich wütend geworden, obwohl es sowieso *jeder* weiß. Aber seit vier Wochen sind sie zerstritten. Gaia ist wütend auf Azar. Er ist eifersüchtig, weil sie mit einem Menschen auf einer Feier im Erdreich geknutscht hat.«

Bei Nyssa, das waren ja ganz neue Einblicke in die Welt der elementaren Einheit!

»Du tratschst zu viel für ein kleines Mädchen des Wassers«, sagte Sayeh. Sie tastete nach dem schwarzen Seidentuch, das sie immer dabeihatte, um sich gegen die Sonne zu schützen, und legte es auf ihr Gesicht. »Man sollte nicht über die Halbgötter tratschen. Schon gar nicht, wenn es um solch brisante Dinge geht.«

»Es *ist* nicht verboten«, sagte Lotus wieder. »Ich kenne das Gesetz und habe von Zafeh dieses Jahr die Bestnote erhalten. Nur weil ich ein Mensch bin, bin ich nicht blöd. Ihr könnt so viel knutschen, wie ihr wollt.« Sie machte ein glucksendes Geräusch. »Gaia sagt, ihr dürft nur nicht heiraten. Aber Knutschen ist erlaubt. Knutschen ist *immer* erlaubt.«

Nun, im Grunde war es Halbgöttern nicht einmal verboten, zu heiraten.

Was jedoch streng unter Strafe gestellt wurde, war eine Schwangerschaft. Denn zwei Halbgötter durften keinen Nachwuchs zeugen. Konnten es nicht. Ihre Kinder waren in dieser Welt nicht überlebensfähig und starben noch bei der Geburt. Um dieses furchtbare Schicksal und das Ausbleiben eines Halbgottes in einer Generation zu vermeiden, waren Verbindungen der romantischen Art, die über eine lockere Liebschaft hinausgingen, unter Halbgöttern nicht gern gesehen. Ihre Mutter hatte ihr sogar beigebracht, es sei strikt untersagt. Doch die Lehrbücher vertraten eine andere Meinung. Es war ein schwieriges Thema. Das enge Band der elementaren Einheit machte ein Verbot romantischer Liebe oder sexueller Begierde nahezu unmöglich. Die Lehren besagten darum, dass eine romantische Bindung und eine Ehe erlaubt seien, solange ausreichend vorgesorgt würde, um eine Schwangerschaft auszuschließen.

Über solche Dinge hatte sie mit zwölf Jahren kaum nachgedacht. Für ihre Mutter war es ohnehin ein Tabuthema gewesen. Und heute hatte sie anderes im Kopf. Wichtigeres. Sehr viel Wichtigeres.

»Hatten dein Bruder und Alizeh auch schon so eine … Knutscherei?«

Bei Nyssa, wer hatte ihr diese Worte auf die Zunge gelegt? Sie war es sicherlich nicht gewesen.

»Klar«, antwortete Lotus und lutschte an einer grellgrünen Alge.

Klar.

»Aber Avan hat es gar nicht gefallen«, schmatzte sie. »Shirin hat mir erzählt, dass Alizeh sich danach tagelang auf ihrem Zimmer eingeschlossen und geweint hat. Ich weiß nicht, warum es Avan nicht gefallen hat. Alizeh ist so hübsch und witzig! Und sie kann Wirbelstürme erschaffen, die mich durch die Luft tragen.«

»Und … wann war das?«, fragte Sayeh vorsichtig nach.

»Die Knutscherei?«

»Ja.«

»Das ist schon länger her«, sagte Lotus. »Vor zwei Jahren. Ich finde es wirklich schade, denn ich mag Alizeh. Aber die knutscht inzwischen schon mit jemand anderem. Einem Menschen. Sie wollen heiraten.«

Heiraten? Das war früh für einen Halbgott.

»Einen Menschen aus dem Reich der Winde?«, fragte Sayeh.

Lotus nickte eifrig. »Sie heißt Amythia. Sie war auch auf dem Frühlingsball. Hast du sie nicht getroffen?«

Das Mädchen, das Alizeh in einem Tornado gefangengenommen hatte, um sie vor dem Streit der Halbgötter zu beschützen.

»Nein«, erwiderte sie langsam. »Nein, ich habe sie nicht getroffen.«

»Ich durfte leider nicht auf den diesjährigen Frühlingsball, weil Vater solche Angst hat, du könntest mich fressen.«

»Das tut mir leid«, sagte Sayeh, war mit den Gedanken jedoch ganz woanders.

»Macht nichts«, winkte Lotus ab und zog eine weitere Alge aus dem Becken. »Nächstes Jahr ist ein neuer Ball. Und in sechs Wochen ist schon das Fest des Feuers. Und dann willst du mich sicher nicht mehr fressen, oder?«

»Ich möchte dich überhaupt nicht fressen.«

»Ich werde es Vater sagen, damit er beruhigt ist«, sagte Lotus und stopfte sich die Wasserpflanze in den Mund.

Eine böse Vorahnung machte sich in Sayeh breit. Sie drehte sich auf den Bauch, sah Lotus in die eisblauen Augen. »Lotus, du darfst deinem Vater nicht sagen, dass ich mit dir gesprochen habe. Dass wir uns überhaupt über den Weg gelaufen sind. Bitte, das musst du mir versprechen. Er würde es nicht verstehen. Und dir verbieten, das Zimmer zu verlassen. Das möchtest du doch nicht, oder?«

»Aber ich habe es ihm schon erzählt«, sagte Lotus, unterbrach ihr Kauen, sah sie unschuldig an. »War das falsch?«

Eine Eiseskälte lief ihren Rücken hinab, obwohl es brütend heiß war. »Wann hast du ihm das erzählt?«

»Gestern Abend.«

»Hat Avan dir das nicht verboten?«

»Niemand kann mir etwas verbieten«, verkündete Lotus mit Inbrunst. »Meine Mutter ist tot und Vater ist blöd. Und Avan erlaubt mir ohnehin alles.«

Sie schluckte. Rayan würde das gar nicht gefallen. Sie war in zwei Stunden zwar im Reich der Erde, doch Rayan würde immer über sie wachen, gemeinsam mit den anderen herrschenden Halbgöttern. *Sie würde mit ihm eine elementare Einheit bilden*. Wieso wurde ihr das erst jetzt so klar? Sie würde mit Rayan, mit Ila, mit Zephir und sogar mit Cinnead eine elementare Einheit bilden. Mit ihnen herrschen. Mit Halbgöttern, die sie *wirklich* hassten. Und ihr schaden konnten. Über sie bestimmten. Denn sie hatten jahrzehntelange Erfahrung. *Sie* konnte nicht mal ihr eigenes Element rufen.

»Du siehst krank aus«, bemerkte Lotus und sah sie mit zusammengekniffenen Augen an. »Du solltest vom Teich der singenden Fische trinken. Dann geht es dir gleich besser. Eine Reise durch den Spiegel schlägt auf den Magen. Habe ich gehört«, fügte sie eilig hinzu.

Teich der singenden Fische?

»Wo ist dieser Teich?«, fragte Sayeh, immer noch zerstreut.

»Ich zeige dir den Weg«, sagte Lotus und sprang auf, zupfte an Sayehs feuchtem Nachthemd, das von Salzrändern gezeichnet war. Sie musste sich vor dem Treffen mit Rayan dringend umziehen. Bei ihren Besuchen am Meer hatte sie stets ihr Schlafkleid anbehalten. Falls sie auf Rayan getroffen wäre, hätte sie sagen können, dass sie schlafwandle. Das war sicher nicht ungewöhnlich für jemanden, der fünf Jahre in einer Felshöhle verbracht hatte. Die Ausrede der geistigen Beschränktheit funktionierte immer.

Sie ließ sich von Lotus aufhelfen und bückte sich zum Becken hinab, um sich von Jade zu verabschieden. Der Delfin gab ihr einen feuchten Kuss und fiepte laut. Jades schwarze Augen blickten traurig zu ihr empor. Sayeh war sich nicht sicher, ob es das Salz oder die Sonne in ihren Augen war, doch als sie ein letztes Mal über die Schulter sah und Jade ihre besten Kunststücke vollführte, liefen ihr heiße Tränen über die Wangen. Sie fragte sich, ob sie den einsamen Delfin je wiedersehen würde. Vielleicht könnte sie im Spiegel reisen, wenn sie erst Königin des Schattenreichs war. Doch sie bezweifelte, dass Rayan ihr das erlauben würde.

Lotus führte sie vom Strand weg hinein ins Landesinnere, durch hüfthohes Gras, das ihr an den nackten Beinen kitzelte. Das Rauschen der Wellen wurde stetig leiser, bis es ganz vom Zirpen der Grillen ersetzt wurde.

Die schlafende Stadt Aquarus und die weißen Kuppeltürme des Palastes, die hoch in den blauen Himmel strebten, lagen zu ihrer Linken. Nachdem sie die grünen Wiesen hinter sich gelassen hatten, wanderten sie eine Weile durch ein ausgetrocknetes Flussbett, knorrige Sträucher ragten aus dem zerfurchten Erdboden empor, der aufgeplatzt war unter der Hitze. Es roch leicht verbrannt, die Sonne strahlte erbarmungslos auf ihre Köpfe. Irgendwann verwandelten Sand und Lehm sich wieder in Erde und Gras und je weiter sie landeinwärts liefen, desto grüner wurde die Vegetation. Der Fluss füllte sich mehr und mehr mit Wasser und vereinzelte Vögel und Fische zeugten von Leben in dieser trostlosen, überhitzten Welt. Mit den Augen folgte Sayeh den kleinen, schillernden Fischchen, die sie in Schwärmen begleiteten. Und als sie das nächste Mal aufblickte, standen sie inmitten eines dichten Regenwaldes.

Verwundert blickte sie sich um. Auch wenn die riesigen Bäume, von denen ein Stamm so dick war wie zehn Schattenbäume nebeneinander, keinen Schatten spendeten, war es in diesem grünen Dickicht doch sehr viel kühler als am Strand und auf dem Weg hierher. Wasser tropfte von gigantischen Blättern, Insekten surrten um ihre Köpfe, Frösche hüpften über ihre Füße. Der Fluss sprudelte nun frisch und lebhaft unter ihnen hinweg. Lotus tanzte durch das klare Wasser, ein fröhliches Lied auf den Lippen. Farbenfrohe Vögel stimmten in ihren Gesang mit ein, segelten an ihre Seite. Sayeh erkannte Kolibris, mit Schnäbeln so lang und dünn wie überdimensionale Stacheln.

Sie fühlte sich wie in einem Traum, als Lotus ein paar übermenschenhohe Farnwedel beiseite drückte und sie hinter ihr auf eine Lichtung trat. Gebündelte Sonnenstrahlen fielen durch ein Loch in der dichten Decke aus fleischigem Blattwerk und trafen mitten auf einen smaragdgrünen Teich. Seerosen in den schönsten Farben schwammen auf dem glitzernden Grün, ihre Blätter so groß, dass man auf ihnen sonnenbaden könnte. Irisierende Fische sprangen durch das Wasser, Kolibris saugten den süßen Nektar der schwimmenden Rosen, quakende Frösche in leuchtenden Farben hüpften über Ansammlungen von Wasserlinsen, schnappten mit ihren langen Zungen nach Insekten und verschwanden in dem üppigen Grün des Ufers.

»Das ist der Teich der singenden Fische«, hörte sie Lotus sagen. Und als hätte sie damit das Stichwort gegeben, erfüllte augenblicklich eine sanfte Melodie die Luft auf der friedlichen Lichtung. Sie klang gedämpft, wie durch Wasser, war schwermütig und von einer vibrierenden Tiefe, die durch Sayehs ganzen Körper waberte, von den nackten Fußsohlen bis zu ihren feuchten Haarspitzen. Wie fremdgeleitet bewegte sie sich vorwärts.

»Das ist aber eine traurige Melodie«, kommentierte Lotus und hüpfte auf einen der runden Steine, die durch den Teich führten. »Bist du sehr betrübt, Sayeh?«

Die melancholischen Klänge nahmen sie gefangen und benommen schüttelte Sayeh den Kopf. Als sie an sich hinabsah, stellte sie überrascht fest, dass sie auf einem Seerosenblatt stand, welches mitten auf dem Teich dahintrieb. Wie war sie dort gelandet?

»Die Fische singen für denjenigen, der sich dem Teich nähert«, erklärte Lotus und sprang nun von einem Seerosenblatt zum nächsten. Da wandelte sich die Melodie, wurde unbeschwerter, fröhlicher. Lotus' helle Stimme mischte sich in die heiteren Klänge, trällerte in der Sprache des Wassers.

»Sie wissen, wie du dich fühlst«, sang sie und vollführte eine Pirouette, tänzelte über einen Berg an Wasserlinsen und sprang ans Ufer. Die Melodie wurde wieder träge, verlor ihren kindlichen Übermut. »Du solltest von dem Wasser trinken. Es ist heilendes Wasser.«

Sayeh bemühte sich, die einlullenden Klänge nicht zu tief in ihren Kopf einzulassen. Es war ein seltsames Gefühl, als wäre sie eins mit der Musik, verschmelze mit den Schwingungen, die die Luft vibrieren ließen. Es erinnerte sie an früher, als der Gesang in ihrem Leben noch den gleichen Stellenwert eingenommen hatte wie die Atemluft. Sie hatte für sich allein gesungen, für die Tiere im Wald und die Fische im Meer, für die Gefangenen in ihrem Kerker und die Kinder auf dem Schattenmarkt, für die Sterne am Nachthimmel und für ihre Mutter, wenn sie mal wieder durch eine ihrer traurigen Phasen ging. Es war ihre Aufgabe als nächste herrschende Halbgöttin der Schatten, die Sterne an den Nachthimmel zu singen. Dennoch hatte sie es nie als eine Pflicht empfunden. Wenn sie sang, war sie frei. Der Klang ihrer Stimme trug sie in die

Ferne, weit weg, in eine andere Welt. In eine Welt, wo es keine Regeln und Grenzen gab, keinen Raum und keine Zeit. Vielleicht lebten die Götter an diesem Ort. Wenn sie eine Göttin wäre, würde sie dort leben.

Das letzte Mal hatte sie gesungen, bevor der Wind die Ankunft der vier Elemente angekündigt hatte. Ihre Stimme war erloschen wie die Kerzen auf ihrem Balkon und nie zu ihr zurückgekehrt. Ebenso wenig wie die Sterne.

»Was genau heilt dieses Wasser?«, fragte sie neugierig und trat vorsichtig von dem schwankenden Seerosenblatt auf ein rundes Steinplateau, das auf dem Wasser schwamm.

»Es heilt die Seele, sagt Avan«, erklärte Lotus ernst und zupfte violettfarbene Blütenblätter von einer weitgeöffneten Seerose. Sie ließ sie hinabschweben, wo sie sich auf dem Wasser in schwimmende Schiffchen verwandelten.

»Die Seele?«, fragte Sayeh nach. Das bezweifelte sie. Aber warum sollte sie keinen Versuch wagen? Sie hatte nichts zu verlieren ...

»Allerdings hält es nur für eine kurze Zeit«, machte Lotus ihren Hoffnungsschimmer gleich wieder zunichte. »Ein paar Stunden. Manchmal auch nur Minuten. Aber es ist wirklich lustig. Du solltest es ausprobieren. Die Fische singen dann auch nicht mehr so eine langweilige Melodie.«

Auch wenn sie die wehmütigen Klänge alles andere als langweilig empfand, reizte sie die Vorstellung, ein Schluck dieses Wassers könnte sie all ihr Leid vergessen machen.

»Ich muss jetzt gehen«, unterbrach Lotus ihre Gedanken. »Vater mag es gar nicht, wenn ich zu spät zum Frühstück komme.«

»Kannst du bitte Avan ausrichten, dass ich hier bin?«, fragte Sayeh. »Ich würde mich allein nur verlaufen.«

Lotus kicherte. »Ich schicke ihn her«, sagte sie, sprang lachend von Stein zu Stein und war auch schon im tropfenden, grünen Dickicht verschwunden.

Sayeh zögerte nur einen Wimpernschlag, dann hockte sie sich hin und tauchte ihre Hand in das klare, smaragdgrüne Wasser. Krebse und Krabben huschten über die weißen Kiesel am Grund des Teichs, Fische schlängelten sich durch ihre Finger, Wasserlinsen blieben an ihrer Haut pappen, Seesterne reckte ihre vielen Beine der Sonne entgegen. In die tiefen, traurigen Klänge mischten sich seltsam unmenschliche Stimmen, deren Sprache sie nicht verstand. Ohne einen weiteren Gedanken daran zu verschwenden, formte sie ihre Hand zu einer Kelle und schöpfte Wasser aus dem singenden Teich. Sie wollte sich das verlockende Nass gerade zum Mund führen, verharrte jedoch in ihrer Bewegung. Denn in diesem Moment sprang ein Fisch in die Höhe und blieb vor ihrem Gesicht stehen. Er flatterte mit seinen Seitenflossen und schwebte in der Luft wie ein Kolibri, schimmerte in einem bläulichen Schwarz. Unter seiner transparenten Haut sah Sayeh silberne Sterne leuchten, wie bei Avans Sternsaphir. Sayeh wollte sich gerade daran machen, sie zu zählen, da öffnete der Fisch sein kleines Maul und begann zu singen.

Das Lied war wunderschön. Fröhlich und voller Leben, mit zauberhaften Höhen und abenteuerlichen Schwingungen. Die glockenhelle Stimme des Fischs schwebte über das Wasser und erfüllte die Lichtung, drängte die melancholische Melodie in den Hintergrund und kletterte an den Sonnenstrahlen in den Himmel empor. Selbst Nyssa würde ihre Sterne tanzen lassen, sollten sich diese bezaubernden Klänge bis dahin verwehen, wo auch immer die Götter residierten.

Sayeh wurde von ihren Gefühlen überwältigt und ihre Seele konnte sich nicht entscheiden, ob sie weinen oder lachen wollte. Also tat sie beides. Der Gesang des sternenbesprenkelten Fischs weckte etwas in ihr, das sie verloren geglaubt hatte. Dieses eine Geschöpf war lauter als all seine Artgenossen zusammen, seine Fröhlichkeit drängte die Schwermut der anderen in weite Ferne. Und als der singende Fisch in die Höhe stieg, folgte ihm Sayeh.

Inbrünstig stimmte sie in seinen Gesang mit ein, reckte ihr Gesicht der Sonne entgegen, die an Strahlkraft verloren hatte. Das gleißende Licht war einem blassen Schimmer gewichen, der sich über ihre Haut legte und den smaragdenen Teich in flüssiges Silber verwandelte. Das Blau des Himmels ging in ein tiefes Schwarz über, die flimmernde Sonnenscheibe übergab ihren Platz dem Mond und der Tag wich der Nacht.

Sie hörte auf zu singen, sah hinauf zu den Sternen, die durch das fransige Loch in der grünen Decke auf sie hinab strahlten. Tränen perlten über ihre Wangen und ein Lächeln umspielte ihre Lippen, das sich ungewohnt anfühlte.

Und doch konnte sie nicht damit aufhören. Es waren die Sterne. Sie mochten es, wenn man zu ihnen hinauflächelte.

»Wir haben uns so sehr auf die Schatten versteift, dass wir die Sterne vergessen haben«, flüsterte eine Stimme, mischte sich in den Gesang der Fische. Sayeh brauchte eine Weile, ehe sie realisierte, dass es nicht die Stimme eines Fisches war. Sie erschrak und wirbelte herum, strauchelte auf ihrem schwimmenden, steinernen Podest. Avan stand am Rande der Lichtung, das Mondlicht wandelte seine Augen in leuchtende Sternsaphire und hüllte ihn in Sternenglanz. Er verharrte so regungslos wie die dickbäuchigen Bäume, die ihn umrahmten. Ein Schwarm Kolibris schwirrte aufgescheucht um seinen Kopf.

»Wir hätten mit den Sternen beginnen sollen, nicht mit vergammeltem Obst.«

»Wie lange stehst du schon da?«, fragte sie, verspürte den Drang, zu fliehen. Sie fühlte sich entblößt, als habe sie ihre Seele auf dieser Lichtung ausgebreitet, ihr tiefstes Inneres nach außen gekehrt. Und sie war sich nicht sicher, ob sie es mit jemand anderem teilen wollte als mit den singenden Fischen und den tanzenden Sternen.

»Lange genug, um zu wissen, dass selbst Alizeh deiner Stimme verfallen würde«, sagte er und löste sich aus seiner Versteinerung, trat ans Ufer des Teichs und hob seinen Fuß, um ihn auf den ersten schwimmenden Stein zu setzen. Doch dann zögerte er. »Und dass dein Lachen selbst das eisige Herz meines Vaters auftauen könnte.«

Hatte sie wirklich gelacht? Das war den Sternen geschuldet. Sie mochten es, wenn man lachte.

Avans Fuß schwebte noch immer unentschlossen über dem Teich. Sie sollte fliehen. Ihre Seele gehörte ihr. Wenn sie jemanden einließ, war das gefährlich, denn dort war es dunkel und böse. Kein Ort für ein Geschöpf des Wassers. Doch ihre Füße bewegten sich nicht von der Stelle.

»Das bezweifle ich stark«, sagte sie, um ihre Nervosität zu überspielen. »Der Schatten ist mein, nicht das Feuer.«

Avan lachte und trat nun auf den Teich hinaus. Bei Nyssa, warum brachte er sich in solche Gefahr?

Doch statt ihm eine Warnung zuzurufen, folgte sie bewundernd seinen fließenden Bewegungen, neidete ihm die Sicherheit, mit der er auf den wackeligen Steinen Halt fand. Es sah aus, als würde er über das Wasser schweben, wie Anat, die es nicht nötig hatte, auf der Erde zu wandeln. Seine anmutige Erscheinung nahm sie so gefangen, dass sie nicht realisierte, wie nah er ihr kam – bis er plötzlich vor ihr stand. Sie tauchte tief in die saphirblauen Seen seiner Augen ein, der vertraute Duft des weiten Meeres ergoss sich über sie wie ein Wasserfall.

»Du solltest öfter singen«, sagte er leise, fischte einen Strang grellgrünen Seetangs aus ihrem Haar. Seine Augen leuchteten mit solch einer Intensität, dass ihr Mund sich mit einem Mal staubtrocken anfühlte.

»Ich singe nur in Freiheit«, erklärte sie ihm mit Heiserkeit in der Stimme.

»Du bist immer frei, Sayeh. Die Seele kann man nicht einsperren.«

Sie wollte ihm vehement widersprechen, doch sie verstand, was er meinte. In seinen Augen war sie wie der Sternenfisch, der aus der Reihe tanzte und sich weigerte, in die Melancholie seiner Freunde mit einzustimmen. Aber das war sie nicht. Man hatte ihr alles genommen und sie hatte ihnen ihre Seele bereitwillig ausgehändigt. Nicht, weil sie es gern tat. Ihr fehlte schlicht die Kraft, es nicht zu tun. Und die Motivation. Und warum sollte man sich überhaupt bemühen, eine schwarze, böse Seele zu bewahren?

Avan machte einen weiteren Schritt und stand nun auf ihrem Steinplateau. Sie erwartete, dass sie untergehen oder kippen würden, doch der Stein blieb ruhig. Ein letztes Mal war sie versucht, seiner Nähe zu entfliehen, aber ihr Herz hatte sich längst anders entschieden. Er fegte mit einer vorsichtigen Handbewegung den flatternden Fisch beiseite, der sie weiterhin umschwirrte und seine fröhliche Musik trällerte. Die Melodie des singenden Teichs drang in weite Ferne, als er sanft die Tränen von ihren Wangen wischte. Er beugte sich langsam zu ihr hinab und seine Magie hüllte sie ein, befreite sie von Ängsten und Sorgen und jeder grauenhaften Erinnerung. Sein Atem streichelte ihre Lippen und ein verräterisches Kribbeln zog sich durch ihren Körper, von ihren Zehen bis zu ihren Haarspitzen. Frische Minze mischte sich in den salzigen Duft des Meeres.

»Wie riecht der Schatten?«, fragte sie in die entstandene Stille.

Verwunderung schlich sich in das tiefe Blau seiner Augen, die aufmerksam über ihr Gesicht wanderten. Sein Atem war kühl auf ihrer heißen Haut und seine Fingerkuppen zeichneten mit Hingabe ihre Konturen nach. Ein anregendes Prickeln verblieb dort, wo er sie berührt hatte. Avans Gesichtszüge waren jetzt weich und offen, ersetzten seine undurchsichtige Maske. Seine samtweichen Finger beendeten ihre Wanderschaft, legten sich zärtlich um ihr Kinn. Für einen Moment vergaß sie zu atmen. Sein Blick lag auf ihren Lippen, in seinen göttlichen Augen wütete ein Sturm.

»Wie die tiefe Nacht«, flüsterte er dann. »Aufregend und geheimnisvoll. Süß wie Nektar, unergründlich wie der Himmel und grenzenlos wie das Meer. Befreiend. Widersprüchlich. Der Schatten ist … berauschend. Er macht süchtig.«

Sie blinzelte. Berauschend? Süchtig? Sie wollte über seine Worte nachdenken, doch sie verloren sich in der sternenklaren Nacht, als Avan ihr Kinn hob und seine Lippen die ihren streiften.

»Hast du von dem Wasser getrunken?«, flüsterte er.

Eine schwache Stimme in ihr riet ihr, aufzuwachen. Aber sie war zu leise und zu willensschwach, als dass Sayeh sie erhört hätte. »Nein«, wisperte sie.

»Gut«, sagte er mit rauer Stimme. Dann küsste er sie.

Ihr Herz setzte für einen kurzen Augenblick aus, als seine Lippen sich auf ihre legten – kühl, samtig und unendlich zärtlich. Dennoch war er weder zögerlich noch ängstlich, umgriff ihr Handgelenk und zog sie näher, obwohl ohnehin kein Schatten zwischen sie gepasst hätte. Ihre Brust presste sich gegen seine, aber im Gegensatz zu ihrem war sein Herzschlag ruhig wie ein sanfter Wellenschlag. Seine Fingerkuppen strichen in kreisenden Bewegungen über ihren Handrücken und ihr Körper konnte sich nicht entscheiden, ob er sanft entschlafen oder in Feuer aufgehen wollte.

Es war ein erwachsener Kuss ohne Gekicher, unbeholfenes Zähneklappern oder feuchtklebrige Lippen, hatte keinerlei Ähnlichkeiten mit ihren kindlichen Erinnerungen an Waldhonig, Schattenbeeren und spitze Dornen. Avan schmeckte wie eine seiner Wasserkugeln, nur tausendmal besser. Mit ihrer

Zungenspitze fuhr sie über seine Lippen, schmeckte Salz und Minze und … Seetang. Sie vergaß, wo sie war und auch wer sie war, gab sich dem berauschenden Gefühl hin und hoffte, aus diesem Traum nie mehr zu erwachen. Denn wo auch immer sie erwachen würde – das wäre es sicherlich nicht wert.

Sie ließ gerade ihre Finger durch Avans seidiges Haar gleiten, als ein vertrautes Kichern in ihr Bewusstsein drang. Sie wollte es ignorieren, doch es war penetrant und sie spürte, wie Avan sich von ihr löste.

Bei Nyssa, jemand sollte dieses Mädchen erziehen!

»Lotus«, sagte Avan leise, aber mit einer unmissverständlichen Warnung in der Stimme. Er unterbrach den Kuss nur so weit, dass sie seine Worte auf ihren Lippen spürte. Lotus kicherte schamlos. Ein Geräusch entwich Avans Kehle, eine Mischung aus tiefem Seufzer und heiserem Grollen. »Ich sagte, du sollst zum Palast laufen. Vater wird dir das Frühstück verweigern.«

»Das hier ist *so* viel besser als Frühstück.«

Da musste sie ihr zustimmen.

»Lotus«, wiederholte Avan streng, drehte sich nun zu seiner Schwester um. Glücklicherweise ließ er ihre Hand nicht los, denn sie wäre gewiss in den Teich gestürzt. Ihre Beine fühlten sich an wie nach ihrer ungemütlichen Reise vom Fels ins Wasserreich.

»Avan«, äffte Lotus ihn nach.

Unwillig riss Sayeh ihren Blick von Avans elegantem Profil los, das in seiner Perfektion sicherlich eigenhändig von Anat gemeißelt worden war. Sie erspähte das Mädchen zwischen zwei fleischigen Riesenblättern. Es grinste breit, spielte mit einem seiner Zöpfe.

»Lotus, nun geh«, wiederholte Avan. Die letzte verbliebene Sanftheit in seiner Stimme wich einem autoritären Ton, den sie von Rayan kannte. Und den auch ihre Mutter hatte anklingen lassen, wenn sie ihr wieder einmal verboten hatte, eines der Feste in den anderen Reichen zu besuchen. Dieser Ton war wohl allen Eltern eigen.

»Du wirst das, was auf dieser Lichtung passiert ist, für dich behalten, Lotus«, fuhr er streng fort. »Oder Anat wird dich bestrafen.«

Lotus fuhr sich mit Daumen und Zeigefinger über den Mund. »Meine

Lippen sind versiegelt«, versicherte sie. Doch ihre schelmisch funkelnden Augen sagten etwas anderes.

»Wenn du es für dich behältst, werde ich dich mit Gerüchten aus dem Erdreich versorgen«, half sie Avan aus. Immerhin stand für sie wesentlich mehr auf dem Spiel als für ihn. Wenn Rayan erfahren würde, was ... »Frische, unverschämte Neuigkeiten«, fügte sie schnell hinzu.

Lotus' Augen wurden groß, glänzten im Licht der Sterne. »Na gut«, sagte sie leichthin.

Na gut? Rayan würde sie in Lava tunken und ihr die Schatten mit der Zange aus der Nase ziehen.

Lotus zeigte in den Himmel. »Wieso kannst du das nicht überall machen?«, fragte sie. »Da draußen scheint immer noch die Sonne. Ich will endlich schlafen.«

»Jetzt geh schon!«, befahl Avan. Das Mädchen streckte ihm die Zunge raus, zwinkerte Sayeh zu und war im gleichen Augenblick im grünen Dickicht verschwunden.

»Unverschämte Neuigkeiten aus dem Erdreich?«, fragte Avan.

»Von Anat lässt sie sich nicht beeindrucken«, erklärte Sayeh. Ihr kurzer Moment des Glücks war verflogen und wich langsam aber sicher kalter Angst. »Sie würde es deinem Vater zum Frühstück servieren.«

»Ja, sie findet viel zu großen Gefallen am Klatsch und Tratsch der Menschen«, murmelte Avan und sah seiner Schwester nachdenklich hinterher. »Das hat sie sich bei Gaia und den Zwillingen abgeguckt. Weil sie keine Mutter hat, hängt sie sich an jede weibliche Bezugsperson.«

»Wenn dein Vater erfährt, was hier passiert ist ...« Sie versuchte, wieder auf das Wesentliche zurückzukommen. Das aufregende Kribbeln in ihrem Magen war einem unangenehm vertrauten Ziehen gewichen.

Was tat sie hier? War sie von Sinnen?

»Was dann?«, fragte Avan, sein Blick wieder weich, seine Stimme ein sanftes Plätschern. Um sich nicht ein weiteres Mal zu vergessen, wich sie seinen hypnotisierenden Augen aus und trat unbedacht einen Schritt zurück. Die Steinscholle wankte bedenklich. Avan schlang blitzschnell einen Arm um sie und zog sie an sich, rettete sie vor einem Sturz in den singenden Teich. Bei Nyssa, es war so behaglich in seinen Armen, der seidenweiche Stoff seines Gewandes glitt kühl über ihre Haut, sein Duft stieg ihr wieder in die Nase ... Sie musste all ihre Willenskraft aufbringen, um sich aus seiner Umarmung zu befreien. Mit wackeligen Knien trat sie auf einen benachbarten schwimmenden Stein. Sie atmete tief durch, bemüht, Avan von ihren Sinnen abzuschütteln.

»Er wird mich in den Fels zurückbringen«, antwortete sie. »Er wird mich auf ewig einsperren. Ich werde niemals frei sein. Und das Schattenreich ebenso wenig.«

»Weil wir uns geküsst haben?«, fragte Avan.

War er so naiv?

»Weil ich es überhaupt wage, mich in deiner Nähe aufzuhalten«, erklärte sie. Über ihnen wich die Nacht wieder dem Tag und der Mond der unbarmherzigen Sonne. Die Sterne flackerten ein letztes Mal auf, ehe sie in der gleißenden Helligkeit erloschen.

»Das ist meine Entscheidung«, entgegnete Avan, ein rebellisches Funkeln in seinen Augen. Er hielt das hier für ein aufregendes Abenteuer. Doch das war es nicht. »Er kann meine Magie nehmen, aber über mein Leben entscheidet er nicht.«

»Aber über *meines* entscheidet er«, sagte sie mit Nachdruck. Sie spürte die Angst wie eine eisige Klaue um ihr Herz. Die hübsche Illusion wich einer bekannten und erdrückenden Wirklichkeit. »Er wird bis zu meinem oder seinem Tod darüber entscheiden.«

Wäre sie Lotus doch nur nicht gefolgt! Für einen kurzen Moment hatte sie vergessen, wer sie war. Das durfte nie wieder geschehen. Sie hatte sich mit ihrem Schicksal abgefunden. Wenn sie jetzt erlaubte, dass andere ihr vor die Nase hielten, was sie verloren hatte, würde das alles nur noch unerträglicher machen.

»Ich werde es niemandem erzählen«, sagte Avan und nahm ihre Hand, hielt sie einfach nur fest, ohne Magie, ohne heilende Streicheleinheiten. »Wenn du das nicht möchtest.«

Er sah erschreckend jung aus, sein Blick wanderte abwartend über ihr Gesicht. Alle Stimmen in ihr flüsterten, auf dieser Lichtung zu bleiben, bei ihm, nur für einen klitzekleinen Moment alles zu vergessen. Denn die Gelegenheit würde nie wiederkommen. Es kostete sie all ihre Überwindung, sich ihren Stimmen zu widersetzen.

»Wir müssen es vergessen«, sagte sie. »Es ist nie passiert.«

Er ließ ihre Hand langsam los, jeden Finger einzeln. Wie der Himmel verloren seine Augen an Dunkelheit und Glanz. Sie wünschte, er würde das unnahbare Gesicht aufsetzen, welches sie von ihm kannte. Dann könnte sie in ihm wieder das sehen, was er war. Und was sie für ihn war. Eine Verpflichtung. Die Mörderin seiner Mutter und seines Bruders. Das Böse.

»Ich trage eine Verantwortung«, versuchte sie ihm zu erklären. Der verletzte Ausdruck in seinen verblassenden Augen bereitete ihr Bauchschmerzen. Eine ernste, unheilschwangere Melodie drang aus dem Teich zu ihnen empor. »Eine Verantwortung gegenüber dem Schattenreich und meinen Untergebenen. Dein Vater ist berechnend, aber er gibt mir auch eine Chance. Es ist mehr, als ich mir je erhofft habe. Ich kann das nicht aufs Spiel setzen, Avan.«

Er senkte den Blick, rückte seinen Mantel zurecht und entfernte eine nicht vorhandene Fluse.

»Es tut mir leid«, sagte er, verscheuchte ein paar Kolibris, die um sie herumschwirrten. »Ich habe nicht nachgedacht. Du hast mich verzaubert.«

Sie unterdrückte die Hitze, die in ihre Wangen stieg. Wieso machte er ihr Komplimente? Warum küsste er sie? Er war ein Geschöpf des Wassers. Dies war nicht ihre Art. Selbst, wenn sie nicht wäre, wer sie war.

»Ich bin keine normale Halbgöttin«, sprach sie tapfer weiter, widerstand seinem zärtlichen Blick. Wieso sah er sie so an? Sie könnte sein Untergang sein. Verstand er das nicht? »Ich werde niemals solch ein Leben führen, wie ihr es führt. Ich bin nicht wie ihr. Ich kann nur darauf hoffen, irgendwann ins Schattenreich zurückzukehren und für mein Element zu sorgen. Denk doch mal darüber nach. Ich werde nie in wahrer Freiheit leben. Ich stehe unter der Beobachtung und Kontrolle von vier Elementen. Ich werde eine Gefangene in meinem eigenen Reich sein oder glaubst du, eure Eltern lassen mich je wieder über die Grenzen? Sie haben Angst vor dem Schatten und wenn ich erst vereidigt bin, wird alles nur noch schlimmer, denn dann ist mir die ganze vernichtende Macht meines Elements zu eigen. Ich muss ihnen zeigen, dass ich gehorsam bin und keine Gefahr für sie darstelle. *Das hier* ist nicht Teil meines Lebens. Freiheit, Vergnügen, Freunde … all das wurde mir vor fünf Jahren genommen und ich habe schon lange meinen Frieden damit geschlossen. Es wird nie mehr zurückkehren in mein Leben. Verstehst du das? Daran kannst du nichts ändern und auch nicht Gaia oder Jade. Ich bin dir dankbar für alles, was du für mich getan hast, aber es ändert nichts an meinem Schicksal. Deine … Nettigkeiten machen es nur noch unerträglicher.«

Sie hätte ihm auch eine Ohrfeige geben können. Er stand auf seiner steinernen Scholle wie ein gefallener Stern. Die Traurigkeit in seinem Gesicht schmerzte sie mehr, als es sollte. Doch es musste gesagt werden. Denn das war die Wirklichkeit. Ihre Wirklichkeit. In den letzten Tagen hatte sie einen Einblick in das Leben bekommen, welches ihr eigentlich vorbestimmt war. Sie hatte sich wieder erinnert an die Zeit vor dem Fels, als sie glücklich gewesen war und frei von Sorgen und Ängsten. Doch diese kurzen Momente des Glücks hielten ihr nur vor Augen, was sie verloren hatte und nie wieder zurückbekommen würde.

»Unsere Eltern werden nicht ewig leben, Sayeh«, sagte Avan. »Dann werden wir herrschen.«

»Wo ist der Unterschied?«, fragte sie. Ihre Stimme klang so bitter wie der Geschmack, der langsam ihre Kehle hinaufkroch. »Auch ihr müsst den Schatten kontrollieren. Auch ihr fürchtet mich. So leicht, wie du dir das vorstellst, ist das nicht.«

»Es ist nicht leicht, sondern ein Prozess, der Zeit braucht«, erklärte er mit verstörender Gelassenheit. »Alizehs Angst wird schwinden, lernt ihr euch erst mal näher kennen. Azar ist dein geringstes Problem. Wenn ich mit ihm rede …«

»Ich möchte nicht, dass du die anderen von meiner Unschuld überzeugst«, unterbrach sie ihn unbeabsichtigt grob. Warum konnte er nicht einfach aufhören? »Ich bin kein Teil von euch.«

»Natürlich bist du das«, widersprach er. »Wir sind die elementare Einheit.«

Sie schüttelte den Kopf, fühlte einen Kloß im Hals, der langsam größer wurde.

»Ich werde jetzt gehen«, sagte sie und sah sich um, suchte nach dem schnellsten und sichersten Ausweg aus diesem singenden Teich. »Dein Vater erwartet mich.«

»Ich begleite dich«, sagte er, streckte ihr seine Hand entgegen.

Sie schüttelte den Kopf, schluckte schwer. »Ich finde allein zurück«, flüsterte sie. Dann drehte sie sich eilig um und sprang unsicheren Schritts über die schwimmenden Steine, bis sie wieder festen Boden unter den Füßen hatte. Sie rannte durch das feuchte Gras und warf sich in das schützende Dickicht. Tränen liefen über ihre Wangen, mischten sich mit dem Wasser der tropfenden Riesenbäume. Sie wurde erst langsamer, als sich die traurige Melodie im Wald verlor und der Geschmack auf ihrer Zunge sich endgültig in Bitterkeit wandelte.

Splitter und Abschied

Die Ritter vor ihrer Tür schliefen tief und fest, als sie endlich ihr Turmzimmer erreichte. Auf einem Tablett auf ihrem Bett war ein üppiges Frühstück angerichtet, doch sie ließ es unangetastet stehen, denn sie verspürte keinen Hunger. Alle Bücher waren verschwunden, dafür entdeckte sie einen Gegenstand auf ihrem Nachttisch, der ihr neu war. Sie trat näher an das gemachte Bett heran und betrachtete die gläserne Wasserkugel, in der es kräftig blubberte. Sie nahm sie behutsam hoch. Auf ihrer Handfläche fühlte sie sich kühl und angenehm an. Augenblicklich schienen ihre Gedanken geordneter und ihr rasender Herzschlag beruhigte sich. Ihr Blick fiel auf einen Zettel, der neben der Kugel gelegen hatte.

Falls du mich vermisst. Avan.

Sie zog sich das Nachthemd über den Kopf, schlüpfte in ein schwarzes, langärmliges Baumwollhemd und eine weiche, ebenfalls schwarze Lederhose, die sie in ihrem Kleiderschrank fand. Sie wusste nicht, wer ihr jeden Tag neue Kleidung hineinlegte, ihr Bett machte oder Wasser in ihre Wanne ließ. Die Palastangestellten trauten sich nicht in die Nähe ihres Gemachs. Vielleicht war es Lotus. Vielleicht Avan. Letzterer Gedanke beunruhigte und erregte sie gleichermaßen. Eilig verdrängte sie ihn und verstaute Avans Wasserkugel in einer Hosentasche. Ein letztes Mal sah sie sich in dem Zimmer um, in welchem sie zwar nur wenig Zeit verbracht, das sie aber dennoch liebgewonnen hatte. Hier hatte sie nach fünf Jahren ihr erstes Bad genommen und in einem Bett geschlafen. Wehmütig schweifte ihr Blick über die seidigen Laken und den sprudelnden Zimmerbrunnen.

Schließlich gab sie sich einen Ruck und öffnete die Tür. Die schlafenden Ritter waren verschwunden, dafür warteten Brenan und Neit mit gestrafften Schultern auf sie.

»Guten Morgen, Prinzessin Sayeh«, begrüßte sie Brenan, kam einen Schritt auf sie zu, um ihr die Tür aufzuhalten. Die schwarzen Locken, die unter seinem Helm hervorlugten, stachen unter den Bewohnern des Palastes des Wassers hervor wie sie in ihrer gesamten Erscheinung. Es hatte sie drei Tage gekostet, um aus ihm herauszubekommen, dass seine Mutter aus dem Feuerreich stammte. »Heute geht es für Euch ins Reich der Erde, wie wir hörten. Seid Ihr aufgeregt?«

»Schon, ja«, sagte sie ausweichend und hielt ihnen folgsam ihre Hände entgegen. Die Redseligkeit des Ritters an diesem Morgen irritierte sie.

»Hoffentlich werden sie Euch dort besser behandeln«, fügte in diesem Moment Neit hinzu und ließ die Iridiumfesseln einschnappen. »Diese Behandlung ist keinem Halbgott würdig.«

Wie bitte? Verwirrt folgte sie den beiden die Turmtreppe hinab.

»Sehe ich genauso«, pflichtete Brenan ihm bei. »Ihr wurdet von den Göttern auserwählt, unsere Elemente zu pflegen, damit sie uns Leben schenken. Wenn die Herrscher verhindern wollen, dass der Schatten uns verschlingt, sollten sie seine Halbgöttin nicht behandeln wie eine gemeine Flussratte.«

Sie stolperte über die letzte Stufe. Die beiden *kritisierten* die Art ihrer Behandlung durch König Rayan? Brenan packte ihren Ellbogen und bewahrte sie vor einem Sturz.

»Meine Meinung«, sagte Neit, dessen sturmgraue Augen sie entfernt an Alizeh erinnerten. »Auf genau *diese* Weise erzürnt man Nyssa.«

»Rayan und die anderen Halbgötter werden wissen, was sie tun«, warf sie ein, schritt unsicher weiter zwischen den beiden durch die leeren Korridore.

»Das bezweifle ich«, schnaubte Brenan. »Wir haben durch die Hintertür erfahren, dass unser König sein Element nicht mehr rufen kann. Nicht, dass uns das überrascht hätte – eine zerbrochene Einheit ist nutzlos wie ein Schiff mit Leck. Ihr Halbgötter denkt, wir Menschen wären einfältige, leichtgläubige und beeinflussbare Geschöpfe. Doch im Moment haben die Herrscher nicht mehr zu bieten als wir. Weder gehorcht ihnen ihr Element noch sind sie in der Lage, die Götter zu beschwichtigen. Sie können uns nicht mehr schützen und nicht mehr nähren. Und so langsam haben wir die Schnauze gestrichen voll.«

Neit nickte eifrig und kratzte die trockene Haut unter seinem Ärmelsaum. »Avan, der arme Junge, muss das Königreich versorgen und wird von seinem Vater noch schikaniert«, sagte er. »Die Halbgötter seiner Generation sollten sich zusammentun und vereidigen lassen.«

»Richtig so«, stimmte Brenan ihm zu. »Die Alten haben versagt. Ihre Einheit existiert nicht mehr. Aber sie kleben an der Macht wie Bienen an gefrorenem Nektar.«

»Sie wollen die Welt vor dem Untergang bewahren«, erinnerte Sayeh sie verunsichert. Im Schattenreich hätten sie solch kritische Worte der Menschen über eine schlechte halbgöttliche Führung nicht sonderlich überrascht, doch von Geschöpfen des Wassers?

»Das wollen wir alle, Prinzessin«, sagte Brenan. »Ich habe vier Kinder und unser Brunnen ist leer. Doch wer sagt uns, dass diejenigen, die Nyssa vor fünf Jahren erzürnten, nicht dieselben sind, die sich nun noch einmal vereidigen lassen? Die herrschende Generation war damals nicht befähigt, ihre Einheit beisammenzuhalten, und morgen wird sie es auch nicht sein. Ist es überhaupt gesetzlich vertretbar, gescheiterte Halbgötter ein weiteres Mal zu vereidigen?«

Wieso sprachen diese beiden Untergebenen so offen mit ihr über ihre Zweifel? Außerdem … hatte doch ihre Mutter die Einheit zerstört.

Neit zuckte mit den Schultern und seufzte. »Aber was wissen wir schon von den Göttern und Halbgöttern? Ich kann nur hoffen, dass Ihr uns sehr bald die Schatten zurückbringt, Prinzessin Sayeh. Meine Haut ist so rot und geschuppt von der Sonne wie die Schuppen eines Rotbarschs.«

Sie brauchte eine Weile, um zu verdauen, was sie gehört hatte. Erst nach drei weiteren einsamen Korridoren wagte sie es, wieder zu sprechen.

»Ihr habt keine Angst vor mir?«, fragte sie vorsichtig.

»Vor Euch?«, fragte Neit, hob eine Augenbraue und musterte sie. »Nein. Vor Rayan? Ja.«

»Aber der Schatten ...«, begann sie.

»... ist wie jedes andere Element«, vollendete Brenan ihren Satz anders, als sie es je von einem Menschen des Wasserreiches erwartet hätte. Nicht nach dem, was passiert war. »Wenn er nicht gepflegt wird, wendet er sich gegen uns. Diese Aufgabe obliegt den Halbgöttern. Aus diesem Grund werden sie schließlich erwählt.«

Sie bogen um eine Ecke und durchschritten nun eine hohe Säulenhalle, die zu einer breiten Flügeltür führte. Dieser Teil des Palastes war neu für Sayeh und Avan hatte ihn offensichtlich mit seiner Magie beglückt. Wasser stürzte die marmornen Säulen hinab, schlängelte sich in Rinnsalen durch den Boden und plätscherte in den muschelförmigen Wandbrunnen. Sattgrüne Pflanzen rankten sich an den Säulen empor, Tulpen reckten ihre bunten Köpfe aus bauchigen Keramiktöpfen. Zwei Ritter bewachten die pompöse Tür aus mattem Silber, darin eingelassene Saphire und Aquamarine bildeten das schäumende Wappen des Wasserreichs ab.

»Wartet hier, bis Rayan Euch auffordert«, sagte Brenan, gab ihr einen beinahe freundschaftlichen Klaps auf den Rücken und übergab sie damit an die fremden Ritter. »Macht das Beste draus, Prinzessin.«

Neit drückte ihre Schulter. »Nyssa sei mit Euch!«, sagte er zum Abschied.

Sie sah den beiden hinterher, grübelte über ihre Worte nach. Hassten die Menschen sie nicht? Konnten sie zwischen ihrer Mutter und ihr unterscheiden? Durften sie das überhaupt? Sie *sollten* sich vor ihr fürchten. Immerhin fürchtete sogar *sie* sich vor sich selbst.

Ein wenig verloren stellte sie sich neben einen der Blumenkübel. Die Ritter würdigten sie keines Blickes. Gedankenverloren strich sie mit ihren Fingern über die Tulpenblätter, süßlicher Duft stieg von ihnen auf.

Süß wie Nektar. Aufregend und geheimnisvoll. Berauschend.

Hatte Avan das wirklich gesagt? Über sie? In ihrem erbarmungswürdigen Zustand?

»Haben alle herrschenden Halbgötter zugestimmt?«

Sie zuckte zusammen, als Avans Stimme durch die Flügeltür drang, welche – wie sie jetzt erkannte – nur angelehnt war. Zorn schwang in seinen Worten mit. Sie hatte Avan noch nie wütend erlebt. Er war immer gefasst. Verstörend ruhig.

»Selbstverständlich haben sie das. Die elementare Einheit hat darüber beschlossen.« Eindeutig Rayan. Eindeutig in schlechter Stimmung.

Sayeh schielte verstohlen zu den Rittern, doch die standen stocksteif, schienen weder sie noch die laute Unterhaltung zu beachteten, welche sicher nicht für ihre Ohren bestimmt war. Unauffällig schob sie sich näher an den Türspalt heran.

»Du hast es gewusst, bevor du sie aus dem Fels geholt hast?« Avans Stimme klang so eisig, dass sie Gänsehaut bekam. Vielleicht rührte die frostige Kälte in ihrem Inneren aber auch daher, dass sie ahnte, dass dort drinnen gerade über ihr Schicksal gesprochen wurde. »Du hast es die ganze Zeit gewusst.«

»Wir planen diese Zeremonie seit fünf Jahren. Unter einer anderen Prämisse hätten wir sie niemals befreit. Stell dich doch nicht dümmer, als du bist«, herrschte Rayan ihn an. »Du bist mein Sohn und ein Halbgott und ich erwarte, dass du wie ein zukünftiger Herrscher denkst. Noch ist dies nicht deine Angelegenheit. Das wird sie aber sein, früher, als dir lieb ist. Nun gehe mir aus den Augen und erledige die Aufgaben, die ich dir aufgetragen habe.«

»Nicht meine Angelegenheit?« Avans Stimme überschlug sich. »Sayeh ist eine Halbgöttin *meiner* Generation. Sie ist Teil *unserer* elementaren Einheit. Was ihr vorhabt, verstößt gegen jedes elementare Gesetz.«

»Gegen das elementare Gesetz verstößt es, diese Welt in den Schatten zu verschlingen«, entgegnete Rayan mit unmissverständlicher Schärfe in der Stimme. »Die Strafe für solch ein Vergehen ist der Tod.«

»Der ihrer Mutter. Nicht ihrer!«

Sie stieß die Tür mit der Schulter auf. Gleichzeitig erwachten die beiden Ritter zum Leben und packten ihre Arme. Rayan und Avan standen in der Mitte eines pompösen Saales, der von Wasser erfüllt war und vor blühender Flora nur so überquoll. Mehrere hohe Spiegel mit aufwendig verschnörkelten

Rahmen lehnten an der hinteren Wand. Magische Spiegel. Der König des Wasserreichs starrte sie aus eisigen Augen an. Falten zerfurchten seine Stirn, ein mit Magie pulsierender Saphir lag darauf.

»Was tut sie hier?«, blaffte er die Ritter an ihrer Seite an.

»Ich hörte meinen Namen«, half sie den Männern aus. »Also nahm ich an, meine Anwesenheit sei erwünscht.«

»Ist sie nicht!«, donnerte Rayan und machte eine wegwischende Handbewegung. Doch nicht in ihre Richtung, sondern in die seines Sohnes. »Bringt die Gefangene her. Und du verschwindest, Avan. Oder ich vergesse mich.«

»Ach, jetzt bin ich wieder eine Gefangene?«, fragte sie.

»Ich werde nicht gehen«, sagte Avan entschieden.

Rayan schien kurz vor der Explosion. »Nehmt meinen Sohn mit, wenn ihr geht«, brüllte er die armen Ritter an. Eine besorgniserregend dicke Ader pochte an seiner Schläfe. »In Fesseln, wenn nötig.«

Die Männer brachten Sayeh zu Rayan, ließen dann von ihr ab und traten auf Avan zu. Der schien wenig beeindruckt von den Drohungen seines Vaters, öffnete ungerührt seinen Mantel und demonstrierte seinen Zauberstab, der mit Magie pulsierte. Die Ritter zögerten. Einer von ihnen schielte angstvoll zu Rayan. Der andere hob ratlos seine Schultern.

»Avan!«

Avan ignorierte seinen Vater, suchte stattdessen ihren Blick. »Du wirst bei der Zeremonie sterben, Sayeh«, sagte er.

Stille folgte seinen Worten. Und eine kriechende Kälte in ihr, die langsam, aber unaufhaltsam betäubte, was sie schon lange tot geglaubt hatte. Sie sollte in Tränen ausbrechen, ausrasten oder Rayan zumindest eine Tulpe an den Kopf werfen. Doch sie tat nichts von alledem. Eine erlösende Ruhe breitete sich in ihr aus. Denn ein Teil von ihr hatte es bereits geahnt. Und wenn sie ehrlich zu sich selbst war, hätte sie niemals mehr erhoffen dürfen als den Tod. War sie naiv, dass sie es dennoch getan hatte? Wahrscheinlich. Aber sie war noch ein Kind. Im Herzen sehr viel jünger, als ihr Körper und ihre Vergangenheit es ihr weismachen wollten. Und die Hoffnung auf Freiheit war ihr letzter Rettungsanker in dieser irren Welt gewesen.

»Das wirst du bereuen, Sohn«, sagte Rayan in einem Ton, der eigentlich alles Wasser in diesem Raum auf der Stelle hätte gefrieren lassen müssen. Der König des Wasserreichs fischte etwas aus der Tasche seines Festmantels. Es war groß und oval, leuchtete in einem unverwechselbaren Blau. Rayan hielt den Sternsaphir in die Höhe, sein Gesicht eine kalte, zerfurchte Maske. Dann ließ er ihn aus seiner Hand gleiten.

Der Edelstein zerschellte in Abertausende winzige Splitter, die durch den Saal schossen. Sayeh sprang erschrocken zurück. Die Magie des Wassers stieg in einer sprudelnden Wassersäule empor und verteilte sich im Raum, zerplatzte in kleinen Bläschen, bis nur noch ein wässriger Nebel übrigblieb, der sich langsam verflüchtigte. Als alle Magie erloschen war, senkte sich Stille über den Spiegelsaal. Die Ritter waren geflohen. Ein paar verirrte Scherben klebten an Sayehs Stiefeln.

Avan trat vor, die nutzlosen Splitter knirschten unter seinen Füßen. Fassungslos starrte er darauf.

»Diese Magie hätte ausgereicht, das Reich zwei Wochen mit Wasser zu versorgen«, flüsterte er, bückte sich zu einem der größeren Splitter, hob ihn auf und drehte ihn in seinen Fingern.

»Dann solltest du dich anstrengen, sie wieder aufzufüllen«, sagte Rayan nüchtern. »Am besten fängst du gleich damit an.«

Avan sah zu seinem Vater auf, in seinen Augen tobte ein düsterer Sturm. Ohne Worte erhob er sich, schloss seinen Mantel und verhüllte seinen Zauberstab wieder. Er drehte sich um und schritt über die saphirblauen Splitter in Richtung Ausgang. Als er an ihr vorüberkam, umfasste er ihr Handgelenk. Sein Gesicht war eine ähnlich undurchdringliche Maske wie die seines Vaters.

»Behalte die Sterne für dich«, flüsterte er.

Nachdem er den Saal verlassen hatte, schlug die Flügeltür geräuschvoll hinter ihm zu. Die Stille war erdrückend.

»Ich werde also sterben«, durchbrach Sayeh sie.

»Du stirbst – oder wir alle sterben«, sagte Rayan und fegte ein paar Splitter mit seiner Sandale zur Seite.

»Ihr habt mich angelogen.«

»Hättest du eingewilligt?«, fragte er. Aber es klang nicht, als ob er eine Antwort erwartete. Hätte sie eingewilligt? Sie hätte gern mit ja geantwortet, doch diverse Stimmen in ihr schrien nein. Also schwieg sie.

»Mein Königreich stirbt«, sagte Rayan. »Diese Welt steht am Abgrund. Und ich werde alles dafür tun – *alles* – damit sie nicht stürzt. Ich bin mir sicher, dass du ebenso denkst.«

Heuchler.

»Das tue ich«, erwiderte sie. »Ich hätte mir jedoch gewünscht, Ihr wärt ehrlich zu mir gewesen. Ich hätte mich darauf vorbereiten können.«

»Wir wollten dich nicht ängstigen«, klärte Rayan sie auf.

Lügner.

»Ich habe keine Angst vor dem Tod«, sagte sie.

»Das freut mich zu hören, Sayeh«, sagte Rayan und richtete sein Diadem.

»Warum tötet Ihr mich nicht gleich, wieso die sechzig Tage?«, fragte sie.

Rayan seufzte und glättete seine Robe. »Es ist eine komplizierte Zeremonie«, leierte er sichtlich entnervt herunter. »Das Element muss freiwillig übergeben werden, damit es in die Einheit aufgenommen werden kann. Also plädierte ich dafür, dir den Ernst der Weltlage vor Augen zu führen und so den Schatten in dir zu wecken.«

»Es braucht also gar keinen Halbgott der Schatten für die elementare Einheit?«, fragte sie verwirrt nach. »Die anderen Halbgötter können das Element einfach übernehmen?«

Das klang ... nicht richtig. Würde Nyssa das zulassen?

»Nein, braucht es nicht«, bestätigte Rayan. »Nicht, wenn der Halbgott freiwillig sein Element an die Einheit übergibt. Dann übernehmen die übrigen Elemente seine Pflege und die Herrschaft über das Reich.«

»Was passiert mit der nächsten Generation?«, fragte sie. »Was geschieht mit ihrer Einheit?«

»Die bleibt unberührt«, erwiderte Rayan, der sich bereits von ihr abgewendet hatte und zu einem der magischen Spiegel im hinteren Teil des Saales begab. Er fuhr mit den Fingerspitzen über die Schnitzereien der Rahmen. »Der Schatten wird in die Einheit der Elemente übernommen, für die herrschende Generation und für alle nachkommenden Generationen. Es braucht fortan keinen Halbgott der Schatten mehr.«

Keinen Halbgott der Schatten mehr … Nie wieder?

Tief in sich verspürte sie Trauer.

Für einen kurzen Moment hatte sie zu träumen gewagt von der Freiheit, von einem normalen Leben als Halbgöttin mit allem, was dazu gehörte. Doch es war nur eine Illusion gewesen. Nie mehr als das. Und auch, wenn sie es von Anfang an geahnt hatte, war da immer noch diese eine Stimme in ihr gewesen, die sich mehr ersehnte als Gefangenschaft und Tod, Fremdbestimmung und ewige Angst. Diese Stimme war soeben verstummt. Der Sternfisch vom singenden Teich würde sich zu seinen Brüdern und Schwestern gesellen müssen.

»Und wenn es mir nicht gelingt, bis zur Zeremonie den Schatten zu rufen?«, fragte sie.

»Du bist nicht so unwissend und hilflos, wie du den Anschein zu erwecken versuchst, Sayeh«, sagte Rayan mit einem Lächeln, das weder echt noch hübsch war. »Nyssa hat dich sicher nicht in einem Zustand geistiger Umnachtung erwählt. Dir bleiben noch vierzig Tage. Ich zweifle nicht an deinen Fähigkeiten. Enttäusche mich nicht.«

Er winkte sie herbei und sie folgte seinem Befehl, trat neben ihn vor den Spiegel. Rayan wischte darüber, sein Glas verflüssigte sich. Und während sich langsam eine verzerrte Silhouette herauskristallisierte, beugte Rayan sich zu ihr, so nah, dass seine Lippen ihr Ohr berührten. Es war ihr dermaßen unangenehm, dass sie sich schütteln wollte.

»Noch ein letztes Wort – ein letzter gutgemeinter Ratschlag«, hauchte er. Sein Atem roch kein bisschen nach Wasser, sondern nach verdorrter Wüste. Tot. »Halte dich von meinem Sohn fern. Es gibt schlimmere Dinge als den Tod. Um es ganz deutlich zu machen: Dieser kann schnell und schmerzlos vorübergehen – oder lang und qualvoll. Merke dir das, Sayeh. Merke es dir gut.«

Er ließ von ihr ab, als Ila in dem magischen Spiegel erschien. Die Königin des Erdreichs tupfte sich den Schweiß von der Stirn, seufzte erleichtert.

»Na endlich!«, stöhnte sie und breitete ihre Arme aus. »Ich hoffe wirklich, du wirst uns den Schatten bringen, Sayeh. Diese Hitze ist nicht mehr auszuhalten!«

»Wir sehen uns bei der Zeremonie«, sagte Rayan unheilschwanger, dann übergab er sie an die Halbgöttin der Erde.

Baumhäuser und Schwärmereien

»Avan hat mir alles erzählt.«

Sayeh blinzelte gegen die Sonne an, die in ihrer ganzen Pracht auf sie nieder strahlte. An den Rändern ihres Sichtfeldes bewegten sich Blätter im heißen Wind. Grashalme kitzelten an ihren nackten Armen. Nur vage konnte sie sich erinnern, wie sie auf diese Lichtung gekommen war. Ila hatte sie gefragt, was sie gern tun würde. Sie hatte geantwortet, sie wolle in den Wald. Allein.

»Sayeh, du wirst nicht sterben«, verkündete Gaia. Ihr dunkles Gesicht schob sich vor die Sonne. »Wir sind die elementare Einheit und wir sind für dich verantwortlich. Wir werden eine Lösung finden.«

»Es gibt keine Lösung«, murmelte sie müde und legte sich den Arm über die Augen. Kein Schatten, aber eine deutliche Verbesserung. »Lasst mich einfach in Frieden.«

»Heute Abend veranstalte ich eine Feier zu deinen Ehren«, fuhr Gaia unbeirrt fort und sprenkelte etwas über sie. War das Wasser? Sie leckte ihre Lippen ab. Kein Wasser. Honigwein. »Ich will dich darauf vorbereiten. Äußerlich und ... innerlich.«

Äußerlich? *Innerlich?*

»Gaia, ich werde in vierzig Tagen nicht mehr sein. Ich möchte an keiner Feier teilnehmen. Ich muss lernen, den Schatten zu rufen. Dafür brauche ich meine Ruhe.«

»Ich sehe keinen Schatten.«

»Ich habe ja auch geschlafen.«

Gaia zog ihr den Arm vom Gesicht. Ihre goldenen Augen leuchteten so hell wie die Sonnenscheibe am Himmel. »Avan hat mir von den Sternen erzählt«, sagte sie.

O nein. Hoffentlich nur von den Sternen. *Bitte, Nyssa, bitte lass es nur die Sterne sein!*

»Erzählt ihr euch immer alles?«, fragte Sayeh genervt. »Sind die Spiegel ein magisches Hilfsmittel, um Klatsch und Tratsch in dieser vor sich hinsiechenden Welt zu verbreiten?«

»Nun hör mir gut zu«, sagte Gaia eindringlich. »Du wirst niemandem sagen, was du getan hast. Niemandem. Und wenn du in diesem Reich einen Nachthimmel erschaffst oder dir Schatten aus den Fingern entfleuchen, dann wirst du das für dich behalten. Du kannst es mir erzählen oder Avan, aber niemals meiner Mutter. Hörst du?«

Sie war kaum zu überhören.

»Warum?«, fragte sie. »Ich *muss* die Schatten bis zur Zeremonie rufen. Und das werde ich. Je früher ich dazu in der Lage bin, desto eher ist all das hier vorbei.«

»*All das hier?*«, fragte Gaia, blickte sie entsetzt an. Ihr langer Zopf fiel bei dem ruckartigen Schütteln ihres Kopfes über ihre Schulter und knallte Sayeh ins Gesicht. »Du meinst *dein Leben?*«

»Ja, das meine ich«, erwiderte Sayeh und schlug den dicken Zopf aus dem Weg, der ihre Nase kitzelte.

»Avan wird bei der Feier anwesend sein.« Gaia grinste breit, zwinkerte ihr zu.

Das war doch nicht zu fassen! Lotus hatte ihren Mund nicht halten können. Oder hatte Avan es ihr etwa erzählt? Aber wieso sollte er? Der Kuss hatte keine Bedeutung. Sie waren Halbgötter. Und sie war ohnehin in wenigen Wochen tot.

Bedeutungslos. Schön … aber bedeutungslos.

»Du bist ein hoffnungsloser Fall«, urteilte Gaia und streckte ihr die Hand entgegen. »Komm hoch, Sayeh. Ich werde dir zeigen, was es heißt, zu leben, dann wirst du dir zweimal überlegen, ob du sterben möchtest.«

Bei Nyssa, sie wünschte, sie wäre wieder im Wasserreich. Jade hätte sie niemals dermaßen belästigt. Jade … Armes, feuchtes Geschöpf. Hoffentlich lebte der Delfin länger als sie.

»Es ist in Ordnung, Gaia«, sagte sie. »Ich bin schon vor fünf Jahren gestorben. Ich habe keine Angst. Es gibt andere Dinge, vor denen ich mich fürchte.«

Gaia schnaubte. »Du wirst dich vor *mir* fürchten, wenn du die nächsten zwanzig Tage flach wie eine Flunder im Gras liegst und die Sonne anstarrst.«

Sayeh glaubte ihr aufs Wort. Und sie wollte nicht in einem Sandberg ohne Fenster enden. Also nahm sie widerstrebend Gaias Hand und ließ sich von ihr aufhelfen. Das Gras von der Hose klopfend, sah sie sich um. Was sie erblickte, waren Bäume und noch mehr Bäume. Sie konnte sich nicht erinnern, wie sie hierhergekommen war. Ihre Gedanken waren um die Zeremonie gekreist und um Rayans Worte.

»Ich darf Avan nicht mehr sehen«, sagte sie. »Wenn er auf der Feier ist, werde ich nicht dort sein.«

Gaia verdrehte die Augen. »Hat Rayan dir etwa gedroht?«, fragte sie. »Dieser Halbgott braucht verdammt noch mal ein *Leben*. Ich verstehe, dass er die Liebe verloren hat, aber muss er das an der ganzen Welt auslassen?«

Sie ließ sich von Gaia durch das dichte Gestrüpp ziehen. Äste schlugen ihr ins Gesicht, Bienen, Hummeln und andere Insekten surrten um ihren Kopf, es roch nach feuchtem Gras und Holz und süßem Nektar. Und es war heiß. Brennend heiß.

»Ich möchte nur diese Zeremonie hinter mich bringen«, sagte sie zu Gaias Rücken. »Ihr alle braucht den Schatten. Rayan hat recht. Ich sollte mich durch nichts ablenken lassen. Ich muss den Schatten rufen können und so weit bin ich noch lange nicht.«

»Sayeh, *du* bist der Schatten«, sagte Gaia über ihre Schulter. »Und wir brauchen *dich*. Ich habe keinen Schimmer, wie sie es geschafft haben, die Zeremonie dermaßen abzuändern. Leider bleiben uns sämtliche Informationen darüber und über das, was danach folgt, verwehrt, bis wir selbst vereidigt sind. Doch das hält uns nicht davon ab, die anstehende Zeremonie zu beeinflussen. Avan hat schon einen Plan.«

In diesem Moment schob Gaia das Blattwerk vor ihnen zur Seite und sie traten auf eine weitere Lichtung. Sie war sehr viel größer, das Gras wies an vielen Stellen gelbliche Flecken auf, die Luft war unerträglich stickig. In der Mitte stand ein Baum mit einem Stamm, der so dick war wie hundert Schattenbäume. Ein Mammutbaum. Anstatt in einer Baumkrone endete er in einer Holzhütte, die rund um seinen Stamm gebaut war. Eine Wendeltreppe führte hinauf. Gardinen flatterten im Wind, fröhliche Musik drang zu ihnen hinunter.

»Dein Zuhause für die nächsten zwanzig Tage«, verkündete Gaia stolz und machte eine ausschweifende Handbewegung. »Bitte nach dir, Prinzessin Sayeh.«

Ein Baumhaus? Daran könnte sie sich gewöhnen. »Wieso habe ich keine Fesseln?«, fragte sie und sah auf ihre Hände hinab. »Hat deine Mutter keine Sorge, dass ich aus Versehen die Schatten rufe?«

»Du *sollst* die Schatten rufen, Sayeh«, erinnerte Gaia sie seufzend. »Aber vergiss nicht: nur allein oder in meiner Anwesenheit. Niemand soll davon erfahren, wenn du so weit bist. Vor allem keiner der herrschenden Halbgötter. Wir werden diese Zeremonie so lange wie möglich aufschieben.«

Sie folgte Gaia und ihrem dürftig bedeckten Hinterteil hinauf in das Baumhaus. Früher liebte sie es, zu klettern. Sie war bei Neumond die Schattenbäume hinaufgeklettert und von Baumkrone zu Baumkrone gesprungen. In den düsteren Schattenschwaden und im dichten Nebel war man unsichtbar, auch ohne die Schatten zu rufen. In den silberschwarzen Wipfeln hatte sie sich immer frei gefühlt.

Gaia schwang sich auf den Balkon des Baumhauses und stöhnte, wischte sich die Stirn mit dem Handrücken ab.

»Bei Enki, es ist so *heiß!*« Vögel zwitscherten aufgeregt und pickten mit ihren Schnäbeln in Sayehs Haar herum. Wahrscheinlich verwechselten sie es mit einem ihrer Nester. »Ich flehe dich an, Sayeh, wenn dich das nächste Mal die Nacht überkommt, dann rufe mich. Diese Sonne ist *unerträglich.*«

Ein gewohnter, bitterer Geschmack breitete sich in ihrem Mund aus. Der widerliche Trank war das Erste gewesen, das Ila ihr gereicht hatte, als sie durch den Spiegel getreten war.

»Du weißt nicht zufällig, was das für ein Trank ist, den deine Mutter mir gegeben hat?«, fragte sie und hievte sich auf die hölzerne Plattform.

»Ein Trank? Avan hat schon so etwas erwähnt. Nein, ich habe keine Ahnung. Vielleicht soll er dir helfen, die Schatten zu rufen?«

Das bezweifelte sie. Vielleicht sollte er sie auf den Tod vorbereiten.

Gaia nahm ihre Hand und führte sie in ihr neues Heim. Es war zauberhaft. Bis auf die dröhnende Musik. Verzweifelt hielt Sayeh sich die Ohren zu. Sie war Stille gewöhnt. Woher kamen dieser entsetzliche Trommelwirbel und die schallenden Schellenschläge? »Ein wenig laut!«, rief sie.

»Findest du?«, schrie Gaia und tänzelte zu einer Glaskugel, die in einem grünen Licht pulsierte. Sie legte ihre Hand flach darauf und die Musik erstarb augenblicklich. Sayeh atmete erleichtert auf. »Das ist eine meiner Lieblingsmusikgruppen«, informierte Gaia sie und ließ sich aufs Bett fallen, welches die Form eines überdimensionalen Blattes besaß. »Die sind echt *unglaublich.* Sie werden heute Abend auftreten, dann kannst du sie kennenlernen.«

»Hört sich … nett an«, sagte Sayeh ausweichend und sah sich in dem Baumhaus um. Alles war darin aus Holz. Wie das Turmzimmer im Wasserreich war auch dieses Gemach rund, nur dass in seiner Mitte der breite Baumstamm thronte. Das Bad war durch ein paar hölzerne Stellwände vom Rest des Zimmers getrennt und selbst die Badewanne war aus dunklem Holz. Blumen rankten sich an den Bettpfosten hinauf zu einem hübschen Baldachin aus Blattwerk. Vögel nisteten in den hohen Dachbalken, Küken zwitscherten in den Nestern.

»Gefällt es dir?«, fragte Gaia.

»Es ist wunderschön«, sagte sie und trat auf den Balkon. Eine übervolle Obstschale stand auf einem Tisch neben zwei dick gepolsterten Sonnenliegen. Ein Stoffdach hielt die lästigen Sonnenstrahlen fern. Der Ausblick war atemberaubend. Der Baum überragte die meisten anderen. In dem grünen Meer aus Baumkronen erspähte sie weitere Baumhäuser, solche, die sehr viel größer waren als ihres und sich hoch in den Himmel schraubten. Sayeh umrundete auf dem Balkon die Hütte und sah sich auf einmal dem Palast des Erdreichs gegenüber.

Unzählige Baumhäuser, große und kleinere, mit goldenen Giebeldächern schienen wild durcheinander gewürfelt auf den dicken Ästen eines Baumes zu kleben, der schier endlos in den Himmel ragte. Der Stamm war hohl und von oben bis unten mit Glasfenstern versehen. Darin wand sich ein Treppenhaus bis zur Spitze, Menschen liefen die Stufen geschäftig hinauf und hinab. Sayeh legte ihren Kopf in den Nacken, wollte nach dem obersten Baumhaus suchen, doch sie fand es nicht.

»Das ist … gewaltig!«, sagte sie und schloss leicht schwankend die Augen, um ihr Gleichgewicht wiederzufinden. »Atemberaubender als auf jedem Gemälde.«

»Das freut mich«, sagte Gaia, die plötzlich neben ihr stand und einen schweren, heißen Arm um ihre Schultern legte. »Zu schön, um zu sterben, habe ich recht?«

»Ich habe mir mein Leben nicht ausgesucht«, erklärte Sayeh ihr. »Und meinen Tod schon gar nicht.«

»Eben«, sagte Gaia und dirigierte sie wieder in die Hütte, schob sie vor einen Spiegel. »Es wird Zeit, dass sich daran etwas ändert. Du bist eine Halbgöttin, kein gewöhnliches Geschöpf. *Du* bestimmst über dein Leben. Und anfangen werden wir bei deiner … Kleiderwahl.« Gaia musterte sie ausgiebig, zog dabei kritisch eine Augenbraue in die Höhe.

»Das sind nicht meine Kleider«, verteidigte sich Sayeh.

Ein trostloses Mädchen blickte ihr im Spiegel entgegen. Sicherlich, sie hatte in den letzten Tagen ein wenig zugenommen, dennoch war sie ausgesprochen dünn. Hose und Hemd des Wasserreichs waren ihr zu weit, sie wirkte darin wie ein Kind. Ihre Haare waren ein Stück länger geworden, der abenteuerliche Pony ließ sich nun hinter ihre Ohren stecken und gesellte sich zu den restlichen ungleichen Strähnen. Die Frisur sah noch ebenso fransig und ungepflegt aus wie bei ihrem ersten Blick in den Spiegel. Von Sonne und Meerwasser war das tiefe Schwarz stumpf und trocken geworden. Ihre Augen wirkten leblos, wie ungeschliffener Onyx. Nur ihre Haut war makellos weiß und ausnahmsweise ohne Verletzungen oder blaue Flecke, lediglich die tiefe Narbe über ihrem linken Wangenknochen stach hervor.

»Du siehst schlimm aus, Sayeh«, urteilte Gaia kopfschüttelnd. »Als ich dich das letzte Mal gesehen habe, sahst du besser aus.«

»Ich habe gerade erfahren, dass ich bald sterben werde«, gab Sayeh zu bedenken.

»Du bist eine atemberaubende Schönheit, Sayeh, aber davon ist kaum etwas zu sehen«, beschwerte sich Gaia und zupfte an ihrem Vogelnest herum. Sayeh musste ihr zustimmen. Sie war schön. Sie war eine Halbgöttin. Alles andere wäre eine Beleidigung gegenüber Nyssa. Doch leider passte ihr momentanes Äußeres zu ihrem Inneren, weshalb sie auch wenig motiviert war, etwas daran zu ändern.

»So kann ich dich auf keinen Fall auf das Fest mitnehmen oder gar den Musikern vorstellen«, verkündete Gaia in dramatischem Tonfall, zerrte mit einem vernichtenden Kopfschütteln an ihrem weiten Hemd, das Sayeh eigentlich ganz bequem fand. »Ich habe dir ein paar Kleidungsstücke herausgesucht, in die ich beim besten Willen nicht mehr hineinpasse. Die könnten sogar bei deiner schmalen Figur gehen. Natürlich bist du dazu auch noch recht klein.«

Gaia seufzte und öffnete den Kleiderschrank, warf mit Stoffen um sich. Sayeh identifizierte vornehmlich schwarz.

»Hier, das müsste ganz gut aussehen«, sagte Gaia und hielt ihr ein schwarzes, knappes Lederkleid entgegen, das Lotus passen könnte. »Zieh das an, dann helfe ich dir bei den Haaren.«

»Wann beginnt denn dieses … Fest?«, fragte sie und verschwand hinter der Trennwand zum Bad, zog sich aus und quetschte sich in Gaias enges Kleid.

»Feste enden in diesem Reich eigentlich nie. Daher haben sie auch keinen wirklichen Anfang«, rief Gaia von der anderen Seite. »Außerdem beginnt ein Fest ohnehin erst richtig, wenn die Halbgöttin erscheint.« Gaia lachte so laut, dass der Boden erzitterte. Sayeh zerrte an dem Leder, um es zumindest halbwegs über den Hintern zu bekommen.

»Passt es?«, fragte Gaia.

»Ja«, keuchte sie.

»Wunderbar!« Gaias Kopf erschien über der Trennwand. »Du siehst hinreißend aus. Avan werden die hübschen blauen Augen herausfallen.«

Das war das letzte Thema, über das sie sich unterhalten wollte. Also verstrubbelte sie ihre Haare und sah hilflos zu Gaia auf.

»Und was mache ich mit dem Unkraut auf meinem Kopf?«

»Komm her«, sagte Gaia, zog sie aus dem Bad, drückte sie aufs Bett und setzte sich im Schneidersitz hinter sie. Es ziepte und zwackte, während Gaia sich an ihrem Haar zu schaffen machte. »Du kennst dich aus mit den Charaktereigenschaften der Elemente?«, fragte Gaia betont beiläufig. »Deren Stärken und Schwachstellen?«

»Was meinst du?«, fragte Sayeh und ahnte bereits, dass ihr dieses Gespräch nicht gefallen würde.

»Geschöpfe des Wassers zum Beispiel«, bestätigte Gaia ihre Befürchtung und riss an ihrer Kopfhaut. »Langweilige Zeitgenossen, aber mit einem Herz so groß wie ein Mammutbaum. Sie sind nett und höflich und *übertrieben* hilfsbereit. Sensibel sind sie auch. Man merkt nicht, wie zart besaitet sie sind, weil sie ihre Gefühle so herausragend verbergen können. Außergewöhnliche Streitschlichter, übrigens. Du ahnst nicht, wie häufig Avan schon einen elementaren Krieg zwischen mir und Azar verhindert hat. Nur mit Worten. Und mit seiner *Magie*«, trällerte sie das letzte Wort.

»Ich kenne mich aus«, sagte Sayeh, hoffte, dass sie das Thema damit fallen ließ. »Mir sind die Elemente und ihre Geschöpfe aus Lehrbüchern bekannt.«

»Lehrbücher«, prustete Gaia abfällig und griff nach einem goldenen Kamm, der auf dem Nachttisch lag. »Bleiben wir noch bei den Geschöpfen des Wassers. Wusstest du, dass sie ihr Herz nur einmal in ihrem Leben verschenken? Nur *einmal*, kannst du dir das vorstellen? Und dann nimmer mehr!«

Sayeh hatte mit einem Mal ein *sehr* ungutes Gefühl. Doch Gaia fuhr unbeirrt fort. »Avan hat mir erzählt, was zwischen euch vorgefallen ist. Bis ins kleinste Detail. Ja, Sayeh, wie du so schön sagtest, wir erzählen uns *alles*.« Gaia zwinkerte ihr verschwörerisch zu. Dann wurde sie gespielt ernst. »Ich war außer mir, als ich es erfuhr! Unser ruhiger, unschuldiger, vernünftiger Avan. Und das böse Schattenmädchen. Wer hätte das gedacht?! Aber du weißt ja, wie man sagt: Stille Wasser sind tief.«

Wieso hatte er es Gaia erzählt? Er hatte ihr versprochen, es niemandem zu sagen. Sayeh schätzte, dass die elementare Einheit von solchen Versprechungen ausgenommen war. *Ein Bund wie kein anderer.*

»Es war nur ein Kuss«, sagte sie. »Nichts weiter.«

»Nichts weiter, hm?«, fragte Gaia und zog an ihrem Haar.

»Autsch. Das ist ... ganz schön unangenehm«, murmelte sie und hielt sich die Stirn.

»Ach, wirklich?«, trällerte Gaia fröhlich. »Das ist doch nur ein Kamm. *Nichts weiter.*«

»Habe ich etwas verpasst?«, fragte Sayeh und krallte ihre Finger in das Laken, während Gaia ihr gefühlt die Kopfhaut vom Schädel zog.

»Ich wiederhole mich gern, meine Süße«, flüsterte Gaia in ihr Ohr, legte die Hände schwer auf ihren Schultern ab. »Avan ist ein Geschöpf des *Wassers.* Und er mag dich. Er mag dich wirklich sehr. Das muss er mir nicht einmal sagen. Ich sehe es. Ich kenne ihn seit unserer Geburt. Er ist ein Teil von mir. Avan ist niemand, der durch die Gegend läuft und hübsche Mädchen küsst. Er ist nicht wie Azar. Oder wie ich.« Sie lachte und setzte die Tortur an ihren Haaren fort. »Was ich sagen will, Sayeh, ist: Wenn du jemanden für eine Nacht suchst, dann wende dich an mich. Ich werde dir einen passenden ... Bettgenossen präsentieren. Bei Avan wirst du solch einen kurzfristigen Zeitvertreib nicht finden. Verstehst du, was ich meine?«

Bettgenosse? »Ich möchte keinen *Bettgenossen*«, erwiderte sie etwas zu heftig. »Und was Avan betrifft ... Es war nur ein Kuss. Wir kennen uns erst wenige Wochen, Gaia. Und wir werden uns nie wiedersehen. Du kannst dich beruhigen.«

»Ich verstehe, dass es für dich so absurd klingt wie für mich, Sayeh. Du bist der Schatten«, sagte Gaia und lächelte verwegen. »Doch Avan ist ein *Halbgott des Wassers.* Ich kann es nicht genug betonen: Diese Geschöpfe lieben nur *einmal.* Und dann richtig. Bis zum bitteren Ende. Keine Affären. Keine wilden Nächte. Denkst du nicht, wir hätten für Rayan längst eine Frau ausfindig gemacht, wenn das möglich wäre? Ist es nicht. Er hat sein Herz bereits einmal vergeben und an den Schatten verloren.«

»Gaia, das, was du mir sagen willst, ist Unsinn. Avan und ich kennen uns doch kaum. Außerdem sind wir Halbgötter. Ich ...«

»Und?«, unterbrach Gaia sie. »Ihr müsst ja nicht gleich Kinder in die Welt setzen. Ihr müsst überhaupt gar nichts. Und wahrscheinlich war es wirklich nur ein Kuss – auch wenn das für Avan alles andere als normal wäre. Ich möchte dich dennoch warnen. Avan ist ... nun, er ist *sehr* sensibel. Ich möchte nicht, dass er verletzt wird.«

»Es war nur ...«

»Ich habe mit Avan jeden verdammten Tag verbracht, seitdem wir das Licht der Welt erblickten«, unterbrach Gaia sie. »Noch nie hat er in meiner Gegenwart von jemandem geschwärmt. Nicht von einem Jungen und nicht von einem Mädchen. Noch nie. Du solltest dir darauf etwas einbilden.«

Geschwärmt? Avan? Sie sah aus wie ein kränkliches Geschöpf, das fünf Jahre in einem Fels zugebracht hatte, litt unter schweren psychischen Problemen. Ihre Mutter hatte seine halbe Familie auf dem Gewissen. *Geschwärmt?*

»Ich möchte nur sichergehen, dass du mich verstehst«, sagte Gaia. »Und dass du Avan verstehst. Ihn und seine Gefühle ernst nimmst. Lass es mich kurzfassen: Wenn du ihm wehtust, tue ich dir weh.«

»Du tust mir bereits weh«, stöhnte sie. Gaia fuhr etwas sanfter fort, ihr die Haare auszureißen. »Aber ich *will* niemanden verletzen. Ich möchte nur den Schatten zurückbringen. Mehr nicht. Ich werde sterben, Gaia. All diese Dinge ... sie haben in meinem kurzen Leben keinen Platz. Ich habe noch vierzig Tage. Ich werde Avan nicht mehr treffen. Macht dich das glücklich?«

»Nein, Sayeh«, sagte sie. »Das macht mich alles andere als glücklich. Und hör auf, vom Sterben zu reden. Wir haben da auch noch ein Wörtchen mitzureden.«

Eine Weile schwieg Gaia und Sayeh schöpfte Hoffnung, dass das Thema »Avan« beendet sei. Doch da holte die Halbgöttin der Erde schon wieder tief Luft. Instinktiv verspannte Sayeh sich.

»Magst du Avan?«

Sayeh unterdrückte ein Stöhnen. »Ja, natürlich mag ich ihn«, antwortete sie, hoffte, es klänge unverfänglich genug.

»Und der Kuss war nicht gut?«, fragte Gaia unschuldig.

Bei Nyssa!

»Er …« Sie schloss unwillkürlich die Augen, erinnerte sich an Avans weiche Lippen, den Duft nach Meer und Freiheit, den Geschmack von Minze und Algen und seine talentierten Finger auf ihrer Haut. Der Schatten war ein schlechter Lügner. »Der Kuss war wunderschön«, gestand sie leise.

Warum redete sie mit Gaia darüber? War ihre Redseligkeit ansteckend? Hatte sie ihr womöglich heimlich Honigwein eingeflößt?

Gaia lachte leise. »Unser Avan. Wer hätte das gedacht?«

»Können wir das Thema wechseln?«, bat Sayeh.

»Vermisst du ihn?«, ignorierte Gaia ihre Bitte.

In diesem Moment vermisste sie ihn sogar sehr. Seine unaufdringliche Ruhe, seine sanften Berührungen, das tiefe Blau seiner Augen …

Sie schüttelte eilig den Kopf. Was tat sie da? Sie musste sich auf die Zeremonie vorbereiten. Für solche Dinge hatte sie keine Zeit.

»Aber es war ja nur ein Kuss«, sagte Gaia und streichelte sanft ihre Haare. »Und ihr seht euch ohnehin nie wieder. Wie grausam doch die Götter sind.«

Schweiss und Beharrlichkeit

Nachdem sie sich zwei Stunden mit Gaia und sicher der Hälfte der menschlichen Bevölkerung des Erdreichs zu dröhnender Musik und flackernden Lichtern über die Tanzfläche – eine sonnige Lichtung inmitten des dichten Waldes – geschoben hatte, kam sie zu dem Schluss, dass sie diese Erfahrung nicht gebraucht hätte. Doch es war eine Feier zu ihren Ehren und sich Gaia entgegenzusetzen war ein Ding der Unmöglichkeit. In einem unbewachten Moment stahl sie sich davon und hockte sich erschöpft auf einen Baumstumpf am Rand, wischte sich den Schweiß vom Gesicht.

»Leider erlaubt Rayan Avan nicht, das Reich des Wassers zu verlassen«, schrie plötzlich Gaia in ihr Ohr. Sayeh zuckte zusammen. »Das ist echt schade, aber die Auswahl an Tanzpartnern hier ist glücklicherweise riesig, wie du sicher schon bemerkt hast.« Gaia lachte rauchig und wackelte mit den Augenbrauen, die dicke Schminke in ihrem Gesicht war verwischt, der blutrote Lippenstift von mehr als einer Knutscherei abgetragen.

Sayeh hätte zu gern zugegeben, dass all die menschlichen Berührungen sie überforderten und sie einfach nur zurück in ihr Baumhaus wollte. Doch die Musik wummerte so laut in ihren Ohren, dass sie nicht einmal mehr ihre eigenen Gedanken vernehmen konnte, geschweige denn, sie formulieren. Gaia zog sie kurzerhand vom Baumstumpf hoch und mit sich und abermals hinein in die sich windenden Tanzpaare. Alles war voller Schweiß, es stank nach Alkohol und Tabak und die Hitze war so unerträglich, dass Sayeh kaum atmen konnte. Sie musste sich an den glitschigen Armen der Menschen festhalten, um in ihrer Benommenheit nicht zu stürzen.

»Das ist Herb«, verkündete Gaia schreiend und stieß sie in die Arme eines Menschen, der sie um mehrere Köpfe überragte. In einer Hand hielt er zwei Trommelstäbe, mit der anderen umschlang er ihre Taille, grinste über das ganze Gesicht.

»Prinzessin Sayeh«, raunte er an ihrem Ohr. »Es ist mir eine Ehre.« Sayeh schnappte nach Luft, versuchte, sich von ihm zu befreien.

»Gefällt er dir nicht?«, fragte Gaia und schob Herb mit einer lässigen Handbewegung beiseite. »Das ist Lola«, fuhr sie fort und präsentierte ihr eine Menschenfrau mit schreiendgrünen Haaren und feuerroten Augen. »Sie stieß im letzten Jahr aus dem Reich des Feuers zu den ›Mammutblättern‹. Sie ist die Sängerin.«

Die »Mammutblätter« war Gaias Lieblingsgruppe. So viel hatte sie verstanden. Also nickte sie höflich und krallte sich in Gaias Bernsteingürtel.

»Du bist die Prinzessin der Schatten, oder?«, kreischte Lola. »Man sagt, ihr habt grandiose Stimmen. Willst du ein Duett mit mir singen?«

»Ich ...« Was sie wollte, war, sich am liebsten zu übergeben. Der Honigwein, den Gaia ihr über die letzten Stunden in kleinen, unverfänglichen Dosen eingeflößt hatte, lag süß und klebrig in ihrem Magen.

»Na, komm schon!«, rief Lola und nahm ihre Hand, zerrte an ihr. »Das wird der beste Auftritt der Geschichte. Unvergesslich!«

»Wahnsinn, Sayeh!«, schrie Gaia in ihr Ohr und schob sie hinter der Sängerin her. »Du wirst gleich eine Berühmtheit sein! Also ... als *Sängerin* und nicht bloß als Tochter einer irren Mörderin«, fügte sie lachend hinzu.

Sayeh versuchte verzweifelt, sich zu befreien, um mit den Händen wenigstens ihre Ohren zu bedecken. Ellenbogen rammten sich schmerzhaft in ihre Seite. Der Erdboden war feucht und sie sackte mit Gaias hochhackigen Schuhen immer wieder ein. Wieso hatte sie nur eingewilligt, diese Dinger zu tragen?

»Ich ...«, keuchte sie. Nie hatte sie sich so sehnlichst ihre Schatten herbeigewünscht. »Ich denke nicht, dass ich ... singen kann.« Sie wollte weg. Nur weg. »Gaia, es tut mir leid, aber ...«

»Ach, komm schon, Süße«, sagte Gaia, griff unter ihre Achseln und hob sie in die Höhe. »Tue es für mich!«

Lola ergriff ihre Hände und zerrte sie auf die Bühne. Jemand drückte ihr etwas in die Hand, das wie eine hohle Kokosnuss aussah. Herb klopfte ihr mit seinen Holzschlägern auf den Rücken, Lola schob sie an den Bühnenrand. Zuckende, grelle Lichter blendeten sie, die Welt drehte sich vor ihren Augen und die Kokosnuss fiel aus ihren schwitzigen Händen. Irgendjemand schrie ihren Namen. Oder war sie es, die geschrien hatte? Sie bekam keine Luft mehr. Hektisch zerrte sie an dem engen Kleid.

»Sayeh! Alles in Ordnung?« Jemand berührte sie an der Schulter. Es war ihr zu viel. Das alles. Die Berührungen. Die Hitze. Der Gestank. Die Menschen.

Sie wirbelte herum, taumelte und fing sich wieder. Dann rannte sie. Sie stürzte von der Bühne, rappelte sich auf und fand sich in einem Wirrwarr aus nackten Armen und Beinen wieder. Hier stieß sie gegen einen Ellbogen, dort prallte sie in eine Hüfte. Lautes Gelächter drang an ihr Ohr. Mehrmals rutschte sie auf dem glitschigen Erdboden aus, holte sich neue Schrammen und sicherlich blaue Flecken. Irgendwie schaffte sie es aus dem Pulk an menschlichen Körpern heraus. Sie atmete tief ein und flüchtete dann durch den dichten Wald, schlug sich blindlings in das Blattwerk. Mit der Zeit wurde die Musik leiser und war schließlich gar nicht mehr zu hören. Sie wünschte, sie hätte die Machete bei sich, die Gaia ihr geschenkt hatte. Orientierungslos irrte sie zwischen den dicken Mammutstämmen umher, Äste peitschten ihr ins Gesicht, Schmetterlinge schwirrten um ihren Kopf, Ameisen krabbelten ihre nackten Beine hinauf, angezogen von dem süßlichen Duftwasser, das Gaia ihr aufgeträufelt hatte. Die Feier fand doch ganz in der Nähe ihrer Behausung statt, mit Gaia hatte sie nur zwei Minuten dorthin gebraucht. Sie hatte sich sogar extra bemüht, sich alles genau einzuprägen, um zur Not flüchten zu können. Auf einer Lichtung hielt sie kurz inne, beruhigte ihren Herzschlag und folgte dann konzentriert den Hinweisen, an die sie sich erinnerte. An dem großen Astloch rechts, an dem roten Baumhaus mit der porösen Sprossenleiter links, unter den bunten Hängematten hindurch, die zwischen zwei jüngere Mammutbäume gespannt waren. Dort hinten der enorme Berg an Springnussschalen! Dann dürfte es eigentlich nicht mehr weit …

Ein rauer Baumstamm direkt vor ihr beendete unsanft ihren Irrgang.

Sie stöhnte, rieb sich die Stirn und legte ihren Kopf in den Nacken. Es war *ihr* Baum. Erleichterung durchströmte sie. So schnell ihre wankenden Beine sie trugen, erklomm sie das Baumhaus und stieß einen tiefen Seufzer aus, als Stille sie empfing. Eilig strampelte sie die unbequemen Schuhe von sich, dann ließ sie sich so, wie sie war, auf das blattförmige Bett fallen. Sie kuschelte sich in die Laken und schloss die Augen.

Erfolglos versuchte sie einzuschlafen. Die Helligkeit verspottete sie hinter ihren Lidern und Avans Wasserkugel verlor von dem ständigen Kneten in ihren Händen langsam, aber sicher ihre erfrischende Kühle. Sie wusste nicht, wie lange sie schon dagelegen hatte, als ein Flüstern an ihr Ohr drang.

»Sayeh.« Die Stimme kam ihr vertraut vor. Wie fließendes Wasser. Träumte sie? Hm, ja, vielleicht war sie endlich eingeschlafen.

»Sayeh«, ließ die Stimme nicht locker.

Konnte man sie nicht wenigstens in ihren Träumen in Frieden lassen? Sie murmelte einige Verwünschungen in der Sprache des Schattens und zog sich das Laken über den Kopf. Sie wollte niemanden sehen. Ruhe. Sie wollte nur ihre Ruhe. Das war doch nicht zu viel verlangt.

»Gaia gefällt es gar nicht, dass du dich von der Feier verdrückt hast«, flüsterte die Stimme. Sie zog das Laken so weit hinunter, dass ihr Kopf frei war, und schlug die Augen auf. Sie tauchte ein in die Strudel einer saphirblauen Tiefsee.

»Und nun schickt sie dich?«

»Wäre dir Gaia lieber gewesen?«, fragte Avan lächelnd. Er sah müde aus. Doch seine Augen leuchteten in all ihrer göttlichen Pracht.

»Was tust du hier?«, fragte sie, konnte sich jedoch nicht aufraffen, aufzustehen. »Dein Vater …«

»Schläft«, beendete er ihren Satz, kam aus der Hocke und zog sich einen Korbstuhl heran, setzte sich in das knarzende Bambusgeflecht.

»Du willst länger bleiben?«, fragte sie, fand jedoch nicht die Kraft, zu protestieren. Und im Grunde wollte sie auch gar nicht protestieren. Vielleicht könnte er an ihr seine wundersamen Berührungen vollführen und sie würde endlich einschlafen.

»Ich habe dir etwas mitgebracht«, sagte er und deutete auf einen Stapel Bücher, der neben dem Spiegel stand. Ein magischer Spiegel. War ja klar. In diesem Reich gab es keine Privatsphäre. Sie legte den Kopf schief und kniff die Augen zusammen, um den Titel auf dem obersten Buchrücken zu entziffern: »Einführung in die Vereidigungszeremonie«.

Plötzlich hellwach, warf sie das Laken von sich und setzte sich auf. »Wie bist du an diese Bücher gekommen?«, fragte sie alarmiert.

»Ich habe Mittel und Wege«, antwortete er ausweichend.

»Das ist gefährlich«, sagte sie und schüttelte den Kopf. »Du könntest eine schwere Strafe bekommen. Das ist es nicht wert. Wir wissen, dass ich bei der Zeremonie sterben werde. Ich möchte nicht darüber informiert werden, wie es im Detail abläuft.«

»Du sollst die Bücher nicht lesen, um zu erfahren, wie die Zeremonie abläuft, sondern wie man sie stören kann«, erklärte Avan in seiner verstörend gelassenen Art.

Sie sah ihn fassungslos an. »Stören? Man kann die Zeremonie nicht *stören*.« Hatten diese Halbgötter den Verstand verloren?

»Woher willst du das wissen? Deine Ausbildung endete mit dem zwölften Lebensjahr«, erinnerte Avan sie.

Woher sie das wusste? Weil jedes Geschöpf dieser Welt es wusste. Die Zeremonie war ein Akt der Götter. Streng geheim und unabänderbar. Sie wurde seit Anbeginn der Geschichte vollzogen und würde noch vollzogen werden, wenn sie alle nicht mehr waren. Die Götter vereidigten ihre Kinder – sollten sie ihrem Element würdig sein. Allerdings konnte sie sich nicht erinnern, dass jemals ein Halbgott bei der Zeremonie geopfert worden war. Da würde sie wohl die Erste sein.

»Es ist nicht möglich«, versuchte sie erneut, ihm ins Gewissen zu reden. »Ihr macht die ganze Sache nur schlimmer, als sie ist.«

»Indem wir dein Leben retten wollen?«, fragte Avan. Warum nur mussten seine Augen solch eine beruhigend hypnotische Wirkung haben? Sie *wollte* sich nicht beruhigen. Das hier war Irrsinn.

»Ja!«, rief sie aus. »Denn es geht hier nicht um mein Leben. Es geht um eures und um das aller Geschöpfen dieser Welt.«

»Um die Welt zu retten, braucht es nur den Schatten, nicht deinen Tod«, sagte Avan beharrlich.

Sie seufzte und zupfte an dem viel zu engen Kleid. Am liebsten hätte sie sich das schwarze Leder vom Leib gerissen. »Es ist besser so, Avan, glaub mir«, sagte sie. »Vier Elemente können den Schatten unter Kontrolle halten. Bei nur einem Halbgott besteht immer die Gefahr, dass er sich hinreißen lässt, dass … er wird wie meine Mutter.«

»Vier Halbgötter, denen andere Elemente hörig sind?«, fragte Avan und klang dabei wenig überzeugt. »Das bezweifle ich sehr. Sayeh, alles, was ich mir von dir wünsche, ist, dass du dich nicht ohne Gegenwehr deinem Schicksal ergibst. Es ist nicht einmal dein Schicksal. Die herrschenden Halbgötter haben darüber entschieden. Tu mir den Gefallen und stöbere ein wenig in den Büchern und bedenke dabei, was Nyssa davon hielte, wenn du kampflos aufgeben würdest.«

Er ließ nicht locker. Das Wasser war beharrlich. Und warum sollte sie die Bücher auch nicht lesen? Ein besserer Zeitvertreib, als auf Gaias Feiern mit überhitzten Menschen zu tanzen, war es allemal. Sie blickte unentschlossen auf den schiefen und nicht gerade kleinen Stapel an alten, zerlesenen Büchern.

»Das ist nicht alles«, hörte sie Avan sagen.

Natürlich nicht. Sie wartete auf weitere grandiose Einfälle, während sie begann, sich mit einer Hand von den zahlreichen Haarnadeln zu befreien, die in ihre Kopfhaut piksten. Mit der anderen knetete sie ruhelos Avans Wasserkugel.

»Ich habe Azar gebeten, einen Abstecher ins Reich der Schatten zu machen und die Bibliothek eures Palastes zu durchforsten.«

Sie verharrte in ihrer Bewegung und sah ihn entgeistert an.

»Bist du von Sinnen?«, fragte sie, warf eine Handvoll Haarnadeln zu Boden und setzte sich auf ihre Knie. »Wieso hast du das getan?«

»Weil dir die Bücher aus unseren Reichen nicht helfen werden«, erklärte er ruhig. »Du musst bei der Zeremonie Nyssa anrufen. Sie wird dir beistehen. Kein Gott würde es freiwillig zulassen, dass ihm sein Kind genommen wird.«

»Das ist Irrsinn, Avan«, flüsterte sie und ließ in der Aufregung ihre Wasserkugel fallen. Sie polterte auf den Holzboden und rollte davon. Als habe sie es sich auf halbem Weg anders überlegt, hielt sie an einer breiten Fuge inne und änderte die Richtung, kullerte zu Avan und direkt in seine ausgestreckte Hand. Er reichte sie ihr, doch sie starrte ihn nur an.

»Irrsinn!«, rief sie in sein Gesicht. »Und Azar? Mir helfen? Mir? Wie kommst du auf so einen abwegigen Gedanken?«

»Er hat den kürzesten Weg«, erwiderte Avan schlicht und zeigte keine Spur von Bedenken. »Die Spiegel im Reich der Schatten sind tot, also muss man auf dem menschlichen Weg dorthin reisen. Und Cinnead verwundert es nicht, wenn sein Sohn für ein paar Tage verschwindet. Das tut er öfter.«

»Azar würde das niemals für mich machen«, sagte sie, nun etwas leiser. Bei dem Gedanken daran, in welchem Zustand ihre Mutter das Feuerreich hinterlassen hatte, wurde ihr mit einem Mal eiskalt. *Nichts als Wüstensand hat sie hinterlassen,* erinnerte sie sich an Gaias Worte. *Und ein paar glückliche Geschöpfe, die schnell und kräftig genug waren, sich tief einzubuddeln. Nachdem sich die dunklen Schatten gelichtet hatten, waren nicht eine Palme, nicht ein Tröpfchen Wasser und nicht eine einzige Flamme zurückgeblieben.* »Er hasst mich. Du könntest ihn nie dazu überreden.«

Azar würde sich doch nicht auf solch eine riskante Reise einlassen, um einer Halbgöttin zu helfen, die er verachtete. Die Tochter der Mörderin seiner Mutter und dem Großteil der Geschöpfe seines Reiches. Niemals. Und diese Erkenntnis beruhigte sie. Es gab keinen Grund, sich aufzuregen. Azar würde das niemals tun.

»Ich brauche ihn nicht zu überreden«, sagte Avan. »Ich habe ihn darum gebeten und er ist vor zwei Stunden abgereist.« Sie öffnete ihren Mund, doch ihr fehlten die Worte, und so sah sie ihn nur an wie ein Fisch auf dem Trockenen. »Er wird voraussichtlich fünf Tage brauchen«, fuhr Avan fort. »Im Anschluss hast du also noch genug Zeit, dich in die fortgeschrittenen Lehren der Schatten einzulesen und die Anrufung Nyssas eingehend zu studieren und zu üben.«

»Wieso tut er das?«, fragte sie ungläubig.

Er blickte sie an, als wäre *sie* diejenige, die von ihnen beiden verständnislosen Unsinn redete.

»Weil er mein bester Freund ist und mein Bruder«, rezitierte er den Grundsatz der elementaren Einheit. »Wir sind eine elementare Einheit und ich habe ihn darum gebeten.«

»Nyssa wird nicht kommen, Avan«, sagte sie. »Niemals. Selbst wenn ich es während der Zeremonie schaffe, die richtigen Gebete zu rezitieren, wird sie nicht auftauchen.«

»Wieso denkst du das?«, fragte er.

»Weil meine Mutter sie verraten hat.«

»Aber du bist nicht deine Mutter, Sayeh«, sagte er und nahm ihre verschwitzten Hände in seine. Sie waren kühl und wohltuend und all ihre Bemühungen, sich seiner Wirkung zu entziehen, damit wenigstens eine Halbgöttin in dieser Generation bei klarem Verstand blieb, verflüchtigten sich augenblicklich. »Verdränge deine düsteren Gedanken, versuche, dich von Gaias verstörender Fröhlichkeit anstecken zu lassen und singe die Sterne an den Himmel. Sieh sie dir genau an. Und dann sage mir noch einmal, dass Nyssa dich nicht erhört.«

Sie schwieg und erlaubte seinen lebhaften Augen, sie in eine andere Welt zu entführen. Nicht ihre Welt. Eine, die besser war als diese hier. Und sie wünschte sich nichts sehnlicher, als in dieser Welt zu Hause zu sein.

»Ich muss jetzt wieder gehen, denn mein Vater hat neue Wege gefunden, mich zu überwachen«, sagte er und riss sie in die Wirklichkeit zurück. Er ließ ihre Hände los, drehte ihre Handflächen behutsam nach oben und legte ihr die Wasserkugel hinein. »Versprich mir, dass du die Bücher liest. Das ist alles, was ich verlange.«

Sie nickte und umschloss die Kugel mit ihren Fingern.

»Versprich es mir.«

Sie blinzelte zu ihm auf. »Wieso?«

»Weil der Schatten ehrlich ist«, antwortete er.

Der Schatten war nicht ehrlich, sondern böse.

»Ich verspreche es«, sagte sie dennoch. »Wenn ich es schaffe, Gaia und ihrer lästigen Lebensfreude lange genug zu entkommen.«

Ein warmes Lächeln legte sich auf seine rosenholzfarbenen Lippen und in ihrem Bauch fühlte es sich an, als habe sie ein paar Hummeln verschluckt. *Gar nicht gut.*

»Danke«, sagte Avan, streichelte flüchtig über ihre Hand und wollte sich erheben. Auf halbem Weg schien er es sich noch mal anders zu überlegen, beugte sich zu ihr hinunter und gab ihr einen sanften Kuss auf die Wange. Schwach erinnerte sie sich an Gaias Worte. Sie sollte ihn daran erinnern, dass sie sehr bald tot sein würde und er sich keine Hoffnungen machen sollte – für den unwahrscheinlichen Fall, dass er dies tat. Doch sie war zu abgelenkt von dem Gefühl, das seine Lippen auf ihrer Haut hinterließen, und als sie ihre Augen wieder öffnete, war er bereits verschwunden. Noch kurz kräuselte sich der Spiegel, dann verwandelte er sich wieder in normales Glas.

Sie seufzte tief. Dann würde sie es ihm eben beim nächsten Mal sagen.

Gähnend streckte und reckte sie sich. Eine plötzliche Müdigkeit überfiel sie und ihre Lider wurden schwer wie Iridium. Im Baumhaus schien es dunkler geworden zu sein, ihre blasse Haut schimmerte silbrig. Der Tag wich der Nacht und die Sonne dem Mond – wenn auch nur unter ihrem blättrigen Baldachin. Sie umschloss die Wasserkugel und ließ sich auf die weichen Kissen fallen, betrachtete die winzigen, leuchtenden Punkte in dem tiefen Schwarz über sich. Der Sternenhimmel war schöner als jeder Baldachin. Sie öffnete ihren Mund, um mit den Sternen zu singen, doch nur ein Ton schaffte es über ihre Lippen, dann war sie eingeschlafen.

Schlimmer als der Tod

Es schien, die Zeit verging schneller, wenn man auf den Tod wartete.

Die Tage rasten nur so dahin und Gaias fortwährende Ablenkungen in Form von abendlichen Musik- und Tanzfesten – die Sayeh jedoch fortan tunlichst mied –, Essensgelagen oder dem gemeinsamen Baumklettern lenkten ihre Gedanken von der Zeremonie und ihrem unausweichlichen Schicksal ab. Am Morgen verließ sie früh das Baumhaus, schlug sich – ohne ritterliche Begleitung, dafür mit einer langen Machete – einen Weg zum Palast, der seltsamerweise am gleichen Abend wieder zugewachsen war. Dort genehmigte sie sich auf dem vierundvierzigsten Ast des Palastbaumes mit Gaia ein ausgiebiges Frühstück, bestehend aus Früchten, Honigwein und Brot.

Im Inneren des dickbauchigen Baumstammes gab es glücklicherweise nicht nur ein Treppenhaus, sondern auch Aufzüge. Wie diese hängenden Holzkästen im Detail funktionierten, hatte ihr Gaia zwar erklärt, doch Sayeh hatte nur mit halbem Ohr zugehört. Irgendetwas hatte sie gemurmelt von unzerstörbaren Lianen und Seemannsknoten, die vor Hunderten von Jahren von Halbgöttern des Wassers festgezurrt worden waren und seither hielten.

Ihr magischer Unterricht fand auf mittlerer Höhe des Baumpalastes statt, in einer Hütte, deren Ast weit in den Himmel ragte. Der Fußweg über den Ast war abenteuerlich und erforderte höchste Konzentration. Belohnt wurde man mit einem atemberaubenden Ausblick über das dicht bewachsene Erdreich, welches zwar an vielen Stellen Zeichen von Austrocknung zeigte, aber dennoch wunderschön war. Wenn sie sich auf das Dach der Übungshütte schwang, konnte sie bis zum Meer sehen und sogar die Grenze zum Wasserreich ausmachen.

Sie wünschte, sie könnte Jade von hier aus winken. Ob der Delfin sie und ihre gemeinsamen Stunden vermisste, so, wie sie es tat?

Ihre Magielehrerin Lilia war das genaue Gegenteil von Zafeh. Sie hatte nicht den Hauch von Angst vor ihr oder den Schatten, dafür war sie unnachgiebig und herausfordernd. Sayehs Vorschlag, sich nur die Theorie vorzunehmen, sorgte bei ihr für empörte Ausrufe. Sie sei Lehrerin der Magie und keine Geschichtslehrerin! Also verbrachte Sayeh ihre Tage damit, körperlich an ihre Grenzen zu gehen. Begonnen wurden die Übungsstunden, indem sie Gebete der Erde rezitierte und ihre eingeölten Hände in diverse Sorten Sand steckte. Danach massierte Lilia sie so ausgiebig, dass es ihr die Haut vom Fleisch rieb. Es würde der Durchblutung dienen, beteuerte die Magielehrerin, und somit ihren Geist anregen.

Nyssa zeigte sich nicht beeindruckt.

Auch schweißtreibende Klettereinheiten auf einem eigens dafür gepflanzten, weitverzweigten Baum mit aufgerauter Rinde, halsbrecherische Sprints über den Ast, die ihr das Letzte abverlangten, und akrobatische Verrenkungen zu bebender Trommelmusik lockten den Schatten nicht herbei. Dafür kamen sie in der Nacht.

Sie war sich nicht sicher, ob es die lockere und befreiende Atmosphäre hier im Erdreich war, Avans aufopferungsvolle Vorarbeit oder der Druck, der täglich mehr auf ihr lastete: Die schwarzen Schattenschwaden schlängelten sich wie flüssige Seide aus ihren Fingerspitzen, sobald sie abends auf ihrer Sonnenliege lag, winzige, rote Äpfel aß und in Avans Büchern blätterte. Sie wanden sich um ihre Arme, krochen in ihr Haar und drangen durch die Holzfugen hinein in ihr Baumhaus. Sie legten sich in ihrer tiefen Schwärze über sie, wenn sie erschöpft ins Bett fiel, hüllten sie ein und ließen nur das silberne Licht der Sterne hindurch.

Die meisten Nächte weinte sie sich in den Schlaf. Manchmal aus Angst vor dem Tod, manchmal aus Wut und Verzweiflung über die Taten ihrer Mutter, manchmal aber auch aus Freude, dass die Sterne endlich wieder zu ihr sprachen. Ab und zu sang sie. Gemeinsam mit den Sternen und den Vögeln, die in ihrem blättrigen Baldachin ihre Jungen ausbrüteten. In der ersten Nacht, als die Schatten sich zu ihr gesellten, hatte sie befürchtet, sie würde eines der zarten gefiederten Geschöpfe in ihnen verschlingen. Doch sie hatte sich Avans Worte ins Gedächtnis gerufen, dass der Gegenpol der Emotion, die ihr Element am meisten entfachte, es ihrer Kontrolle entzog. *Der Schatten ist unkontrolliert, wenn du Angst hast.* Also hatte sie Atemtechniken angewandt, die sie im Wasserreich erlernt hatte, und schließlich sogar Gaias trommelnde Musikkugel angestellt, die sie von jedem möglichen und unmöglichen Gedanken ablenkte. Die Angst hatte sich gelöst. Und die Vögel hatten weiter fröhlich in den Schatten gezwitschert, unbeeindruckt, unschuldig und voller Leben.

Wenn sie nicht schlafen konnte, studierte sie die Texte über die Vereidigungszeremonie. Nicht, weil sie sich einen angenehmeren Tod davon versprach oder gar die Rettung ihres ärmlichen Lebens, sondern weil sie es Avan versprochen hatte. Und der Schatten hielt sein Versprechen. Auf den ersten Blick bestanden die Aufzeichnungen aus unverständlichen Gebeten und göttlichen Anrufungen, listeten Begriffe auf, die sie nicht kannte, und Namen längst verstorbener Halbgötter, von denen sie noch nie etwas gehört hatte. Manche Kapitel waren in einer Schrift geschrieben, die sie nicht entziffern konnte oder in einer Sprache, die ihr unbekannt war. Vieles war verwirrend. Manches war verstörend.

Die Zeremonie fand in der Mitte der Welt statt, an dem Ort, wo sich die Reiche der vier ersten Elemente trafen. Dort ragte ein Vulkan in den Himmel, den die Götter zu Anbeginn der Zeit erschaffen hatten. In diesem Vulkan befand sich eine Höhle und in dieser Höhle ein Schlund, angefüllt mit Lava. Diese Lava war auch Bestandteil des Tranks der Vereinigung, der zum Abschluss der Zeremonie getrunken werden musste, um die Vereidigung der nächsten Generation an Halbgöttern zu vollenden. Der Hauptteil der Zeremonie jedoch bestand darin, die fünf elementaren göttlichen Mächte freizulassen, nur, um sie dann wieder herbeizurufen. Während dieses Prozesses starben alle nichtgöttlichen Geschöpfe, die sich zeitgleich innerhalb des Vulkanbergs aufhielten, weshalb der Ort vor der Zeremonie weitläufig evakuiert werden musste. Selbst für Halbgötter konnten diese entfesselten Mächte gefährlich werden, denn sie saugten an der menschlichen Lebenskraft.

Ein besonderer Gefahrenpunkt während der Vereidigung schien ein Geschöpf zu sein, welches »Pandora« genannt wurde. Doch wer oder was eine Pandora war, konnte sie in keinem der Bücher ausfindig machen. Der Begriff tauchte in nur einem einzigen Kapitel eines Buches auf, dessen Seiten stark vergilbt und teilweise zerfleddert waren. Es war wohl häufig gelesen worden, aber das musste eine halbe Ewigkeit zurückliegen.

Sie hätte dem keine Bedeutung beigemessen, wäre der Begriff nicht in Zusammenhang mit etwas erwähnt worden, das sie stutzig werden ließ. Denn um die Gefahr, welche eine Pandora während der Zeremonie darstellte, auf ein Minimum zu reduzieren, wurde ihr ein Trank verabreicht. Dieser sollte mehrere Wochen vor der Vereidigung täglich eingenommen werden. Er bestand aus Ameisensäure, den Ausscheidungen von Erdkäfern und dem Sud der Feuerbaumrinde. Diese Ingredienzien waren ekelhaft, aber vor allen Dingen waren sie eines – äußerst bitter.

Sie erkundigte sich bei Gaia, ob sie wisse, was eine Pandora sei. Gaia verneinte und gab die Frage über den magischen Spiegel an Avan und Alizeh weiter. Doch auch die hatten den Begriff noch nie gehört. Mit einem merkwürdig nagenden Gefühl im Magen beschloss sie schließlich, die Sache auf sich beruhen zu lassen, und legte das Buch auf den Stapel der gelesenen Werke.

Ihre oberste Priorität musste sein, den Schatten zu kontrollieren. Zwar fand sie in den Aufzeichnungen kein Wort über die Opferung eines Halbgottes, aber alle Schriften waren sich einig, dass jedes Element freiwillig gerufen werden musste. Weigerte sich ein Halbgott, sein Element zu rufen, war die Vereidigung der gesamten elementaren Einheit hinfällig. Doch sie *musste* vereidigt werden. Ob sie während des Prozesses starb oder nicht – diese Welt brauchte den Schatten. Denn die Welt war inzwischen so aufgeheizt, dass sie sich in ihrem Baumhaus fühlte wie in einem Holzofen.

Nach sechs Tagen teilte Gaia ihr mit, dass Azar aus dem Schattenreich wiedergekehrt war und Avan mit einem Berg an Büchern auf dem Weg zu ihr sei. Sayeh hatte Avan seit ihrer Unterhaltung in ihrem Baumhaus nicht mehr gesehen und trotz Gaias Fürsorge hatte sie ihn und seine beruhigende Präsenz vermisst. Sie saß auf ihrem Bett und studierte gerade das Rezept des Vereinigungstrankes, als ein vertrauter Duft nach salzigem Meerwasser in ihr Baumhaus wehte.

Sie sah zu dem Spiegel auf, dessen Oberfläche sich verdächtig kräuselte. Darin erschien Avans schlanke Gestalt. Aus einem vergessen geglaubten Instinkt heraus sprang sie vom Bett, das Buch fiel aus ihrem Schoß. Doch sie verharrte in ihrer Bewegung, als sie sich entsann, wer sie war.

Hatte sie ihn umarmen wollen? Ihn küssen?

Sie zerrte an der kurzen, schwarzen Lederhose und der knappen Bluse, die Gaia ihr am Morgen geschenkt hatte, und die mehr preisgab, als ihr lieb war. Sie hatte in den letzten Tagen ordentlich zugenommen, weshalb es nun tatsächlich etwas zu sehen *gab*.

»Ist das etwa …«, fragte Avan und stockte, hielt auf halbem Weg aus dem Spiegel inne, ein Bein noch im Wasserreich, das andere schon im Erdreich. Auf seinen Armen balancierte er einen schwer aussehenden Bücherstapel und sah sie an, als wäre sie Anat höchstpersönlich. »Ist das ein *Lächeln?*«

Bei Nyssa! »Das bildest du dir nur ein«, sagte sie schnell.

Avan hob eine Augenbraue und trat aus dem Spiegel, ließ die Bücher zu Boden fallen, wo sie eine dichte Staubwolke aufwirbelten. Er sah erschöpft aus. Sehr erschöpft. Als wäre nicht Azar, sondern er mit dem Pferd ins Schattenreich und wieder zurückgeritten. Sein Lächeln wirkte kraftlos, seine Augen waren von einem nur blassen Blau und seine Kleidung wies undefinierbare Flecken und schichtenweise Salzränder auf. Seine Wangen waren gerötet, als hätte er einen Sonnenbrand. Ihr war nicht bekannt, dass Halbgötter sich an der Sonne verbrennen konnten, doch nach Tagen in der brütenden Hitze des Erdreichs zweifelte sie an ihrer eingeschränkten Unsterblichkeit.

Die Welt heizte sich unaufhaltsam auf. Die Zeit drängte. Sie sollten sie nicht damit vergeuden, herauszufinden, wie man die Zeremonie störte, sondern dieselbe besser vorverlegen.

Nach all den Anstrengungen, Risiken und sogar Strafen, die Avan und Gaia und nun selbst Azar in Kauf nahmen, wagte sie jedoch nicht, weiter zu protestieren. Sie taten es für sie und sie sollte dankbar dafür sein. Leider empfand sie keine Dankbarkeit. Vielleicht waren das erste Anzeichen des Bösen in ihr? Jeder andere würde sich in die Sache hineinhängen, allein schon, um es zu versuchen. Doch sie fühlte sich wie gelähmt. Ihr fehlte der Wille. Denn sie sah den Sinn nicht. Das Wohl der Welt stand weit über dem des Einzelnen.

»Es freut mich, zu sehen, dass es dir so gut geht«, sagte Avan und tat das, was sie vermieden hatte. Er zögerte nicht einmal, umfasste ihr Handgelenk, zog sie nah an sich, umarmte sie und gab ihr einen Kuss auf jede Wange. Seine Lippen waren kühl und sanft, der Duft nach Meerwasser und Seetang hüllte sie ein. Ihre Reaktion traf sie unvorbereitet. Sie schnappte nach Luft wie ein Fisch auf dem Trockenen, ihr Kopf wurde heiß wie die Atemluft.

Bei Nyssa, das hatte ihr gerade noch gefehlt! Sie würde in dreißig Tagen das Zeitliche segnen. Avan war ein Geschöpf des Wassers. Das war nicht gut. Gar nicht gut. Gaia hatte recht. Sie musste ihn auf Distanz halten. Das Letzte, was sie wollte, war, jemandes Gefühle zu verletzen, bevor sie von dieser Welt ging. Bei den Geschöpfen des Wassers dramatisierte sich alles ins Unermessliche, wenn die romantische Liebe im Spiel war.

»Wir vermissen dich im Wasserreich«, sagte Avan. Seine Augen strahlten trotz ihrer Blässe.

»Vermissen?«, fragte sie und räusperte sich, denn sie klang heiserer als üblich. »Wer, Rayan?«

Avan lachte. Das Geräusch verursachte ein lästiges Kribbeln in ihrer Magengegend. O ja, sie hatte ihn vermisst.

Das war nicht gut.

»Der sicherlich nicht.« Einige silberweiße Strähnen lösten sich aus seiner ungewohnt wilden Frisur und es juckte ihr in den Fingern. Sie fühlte sich plötzlich wie ihr fünf Jahre jüngeres Ich. Damals war das Leben noch unbeschwert gewesen, voller Entdeckungen und aufregender Erkenntnisse. »Aber Lotus vermisst dich. Sie wartet immer noch sehnlichst auf den versprochenen Klatsch und Tratsch aus dem Erdreich. Und Jade vermisst dich auch.

Sie fragt mich jede Nacht, wann du wiederkommst. Ich wünschte, ich könnte ihr eine Antwort auf diese Frage geben.«

»Du kennst die Antwort auf diese Frage«, sagte sie und zog tapfer ihre Hand aus seiner. Sein Blick verlor an Glanz und das Lächeln wich einem ernsten Ausdruck. Sie wandte sich eilig von ihm ab und trat zu den staubigen und beruhigend düsteren Büchern. *Diese Bücher kamen geradewegs aus dem Reich der Schatten.*

»Wie sieht es im Schattenreich aus?«, fragte sie zaghaft, begann, die Bücher wieder ordentlich zu stapeln und fuhr fast zärtlich mit ihren Fingerkuppen über einen der Einbände. Hauchdünne Schattenfäden entkamen ihren Fingern und schwebten zur Decke. Der Einband war aus schwarzem Leder und roch nach Heimat. Nach der sternbehangenen Nacht, dem geheimnisvollen Schattenwald und der staubigen Palastbibliothek mit den bequemen Ohrensesseln. Nach süßlichem Schattenwein und fruchtiger Mondbeerensoße. Nach ihrem Turmzimmer und dem Himmelbett mit den samtigen Laken und himmlisch weichen Kissen. Nach Geborgenheit und Freiheit. Nach Zuhause.

Ihre Gefühle überwältigten sie und sie trat eilig auf den Balkon hinaus, verfolgt von dichten, schwarzen Rauchschwaden.

»Ich bin beeindruckt!«, sagte Avan hinter ihr.

Erschrocken drehte sie sich um. Er lief geradewegs in die Schatten hinein. Sie wollte sich auf ihn werfen und aus dem tödlichen Element ziehen. Doch nein, sie durfte keine Angst haben, denn dann würde sie die Kontrolle verlieren. Das war einer der Grundsätze der Schattenlehre. Sie atmete tief durch und versuchte, sich zu entspannen.

»Du bist schon sehr weit gekommen«, sagte Avan und ließ seine Finger durch die transparente Schwärze gleiten. »Es fühlt sich kühl an. Eine wahre Wohltat. Ich wünschte, ich könnte etwas davon mitnehmen.«

Etwas davon mitnehmen? »Er verschlang deine Mutter und deinen Bruder«, erinnerte sie ihn.

Er spielte weiter mit den Schatten, zog Fäden heraus, als wäre es Zuckerwatte. »Nein, das war deine Mutter«, entgegnete er. »Nicht der Schatten.«

»Hast du sie gesehen?«, fragte sie. Die Frage rutschte ihr heraus wie ein Niesen, das man nicht mehr unterdrücken konnte. »Als sie … als sie kam?«

Er zögerte mit seiner Antwort, ließ die Schattenfäden wieder aus seinen Fingern gleiten. »Ja«, antwortete er dann, stopfte seine Hände in die Hosentaschen. Seine blauen Augen wirkten seltsam verloren in dem schwarzen Nebel. »Sie erschien in Lotus' Turmzimmer. Wir waren das letzte Reich, das sie angriff, und somit waren wir vorbereitet. Und doch waren wir es nicht. Ich habe mit meiner Mutter in Lotus' Zimmer geschlafen, um sie beide zu schützen, denn mein Vater war vollauf mit dem Schutz des Reiches, der Menschen und Aquarus' beschäftigt.« Avan verstummte für einen Moment, sein Blick schien in weite Ferne davonzugleiten. »Meine Mutter hat sie sofort verschlungen«, fuhr er dann fort. »Ich habe es geschafft, sie mit einer Wasserwand aufzuhalten und bin mit Lotus geflohen. Wir erreichten das Zimmer meines Bruders, wo sie uns einholte. Er opferte sich, damit wir fliehen konnten. Ich flutete die Kerker und konnte so den Großteil der Palastangestellten vor dem Schatten bewahren.«

Ein Zittern erfasste Sayeh und sie umschlang ihren Oberkörper. Wieso musste sie auch solche Fragen stellen? Sie bat ihre Schatten inständig, zu ihr zurückzukehren. Als die Sonnenstrahlen sie wieder blendeten und die Hitze ihr den Schweiß auf die Stirn trieb, atmete sie erleichtert aus.

»Hat Azar berichtet, wie es im Schattenreich aussieht?«, wiederholte sie vorsichtig, um das Thema zu wechseln und dieses furchtbare Gespräch zu vergessen. Sie setzte sich auf die Bettkante, hielt jedoch Abstand zu dem dunklen Bücherstapel.

»Nicht gut«, sagte Avan. »Wie ein Ort, an dem vier Elemente gewütet haben. Deine Mutter scheint sich nicht die Mühe gemacht zu haben, ihr Reich nach dem Krieg wieder aufzubauen.«

Ob jemand überlebt hatte? Oder waren alle tot?

Sie konnte ihre Tränen nur schwer zurückhalten, zog eilig Avans Wasserkugel aus der Tasche ihrer Hose und konzentrierte sich auf das kühle, beruhigende Gefühl, sog tief die erdige Luft ein. Um sich abzulenken, beobachtete sie, wie Avan die Bücher nach Themen sortierte und die auf ihr Bett legte, die er offenbar für besonders wichtig erachtete. Sie wünschte, all seine Mühen ergäben einen Sinn. Einen wertvolleren, als den aussichtslosen Versuch, ihr Leben zu retten. Wenn er doch nur verstehen würden, dass ihr Leben nicht wichtig war. Es war austauschbar. Sie alle waren austauschbar. Bald würde die nächste Generation geboren werden … Aber eine unvollständige. Es gäbe keinen Halbgott der Schatten mehr. Sie war die Letzte ihrer Art.

»Wie kann Nyssa das zulassen?«, murmelte sie geistesabwesend.

»Das wird sie nicht«, sagte Avan und strich sich seine Haare aus dem Gesicht. »Du musst sie nur rufen und sie wird in die Zeremonie eingreifen. Du hast noch mehr als zehn Tage Zeit, ehe du ins Reich der Winde reist. Dort wirst du unter ständiger Überwachung stehen. Ich kann dich nicht besuchen, denn mein Vater würde es sofort erfahren. Zephir weiß *alles*, was in seinem Reich vor sich geht. Ob mit Magie oder ohne. Und Alizeh … Sie wird dir keine so große Hilfe sein wie ich oder Gaia. Du musst diese Bücher durcharbeiten, Sayeh. Es ist unsere einzige Aussicht auf Erfolg.«

»Meine«, korrigierte sie. »Eure Einheit bleibt nach meinem Tod unberührt. Was ihr für mich tut, dient ausschließlich mir, nicht euch oder dieser Welt.«

»Du bist *Teil* unserer Einheit.« Avan knallte das nächste Buch so laut auf den Stapel, dass sie zusammenzuckte. »Warum kannst du das nicht annehmen?«

»Weil sie ein hoffnungsloser Fall ist«, trällerte Gaia. Ihre Hand umfasste in diesem Moment die Kante des Balkons, dann schwang sie sich wie ein Affe nach oben und landete leichtfüßig im Baumhaus. Wie schaffte sie es bloß, in diesem knappen Kleid so elegant herumzuturnen? Warum fiel oben und unten nicht alles heraus? »Aber zum Glück sind wir ja da. Das ist wohl der Sinn und Zweck der elementaren Einheit. Wir gleichen die schwachen Charakterzüge der anderen aus.«

»Was sollen denn meine schwachen Charakterzüge sein?«, fragte Sayeh.

Auch eine Frage, die sie lieber nicht hätte stellen sollen.

»Du besitzt weder Selbstbewusstsein noch Lebenswillen«, verkündete Gaia knallhart. »Außerdem bist du ziemlich wortkarg und erschreckend unsozial. Schön und gut, der Schatten ist geheimnisvoll, aber du verströmst eine solch eisige Aura, dass man sich am liebsten in die nackten Sonnenstrahlen legen will. Du ziehst jede Stimmung in den Keller. Ich habe dich nicht *einmal* lachen sehen, seitdem ich dich kenne. Nicht einmal!«

»Ich war fünf Jahre im Fels«, verteidigte sie sich. Die Worte trafen sie härter als erwartet. All die Eigenschaften, die Gaia aufzählte ... Bevor sie in den Fels gekommen war, war sie das genaue Gegenteil von der Person gewesen, die die Halbgöttin der Erde soeben geschildert hatte. Fröhlich und immer zu Späßen aufgelegt. Einen ungehorsamen Wirbelwind mit losem Mundwerk hatte sie ihre Palastköchin genannt. Es schmerzte sie, aufgelistet zu bekommen, was sie verloren hatte.

»Ich war fünf Jahre im Fels«, äffte Gaia sie nach. »Und? Willst du das dein Leben lang bleiben? Eine Gefangene?«

Sie wollte etwas erwidern, aber Gaia hatte sich bereits Avan gewidmet. Sie umfasste seine Schultern und gab ihm zwei geräuschvolle Küsse auf jede Wange. »Du siehst schlimm aus«, bemerkte sie, rieb ihre Handflächen aneinander und strich über seine Haare. Avan versuchte sich aus ihrem Griff zu befreien, doch Sayeh wusste selbst, dass das vergebliche Mühe war. »Bei Enki, wo ist deine Eleganz geblieben?«, rief Gaia aus. »*Du* siehst aus, als hättest du ein paar Wochen im Fels verbracht.«

»Hast du herausgefunden, was eine Pandora ist?«, warf Sayeh in den Raum, um Gaia von ihren Verschönerungsversuchen an Avan abzulenken.

Gaia seufzte, ließ von ihm ab und hüpfte aufs Bett. Sayeh wurde dabei fast von seinem Rand katapultiert.

»Nein«, sagte sie, hielt eine Rispe mit Trauben über ihren Kopf und zupfte die Früchte mithilfe ihrer Zunge ab. »Habe ich nicht. Und ich kann weder meine Mutter noch meine Magielehrerin fragen, da Informationen über die Zeremonie für uns tabu sind. Ich würde nur unnötig Staub aufwirbeln und Rayans Strafen sind nichts gegen die meiner Mutter. Doch ich denke ohnehin nicht, dass du wissen musst, wer oder was eine Pandora ist. Du bist die Halbgöttin der Schatten, keine *Pandora.*«

»Aber der Trank ...«, setzte Sayeh an. Der bittere Geschmack in ihrem Rachen drang bei der bloßen Erwähnung desselben an die Oberfläche und sie griff eilig nach einer Traube.

»... soll dich schwächen«, brachte Gaia ihren Satz zu Ende. »Das ist zumindest meine Theorie.«

»Ich denke, wir sollten es dabei belassen«, stimmte Avan ihr zu. »Und uns auf das konzentrieren, was dir helfen wird. Du solltest so häufig wie möglich die Schatten rufen, um Übung darin zu bekommen.«

»Hast du schon einmal die Schatten gerufen, seitdem du hier bist?«, fragte Gaia überrascht, drehte den Kopf in ihre Richtung und hob eine Augenbraue. »Habe ich noch nicht gesehen.«

»Der Schatten ist schwach und empfindlich«, erklärte Sayeh. »In Anwesenheit anderer verschwindet er.«

»Avan bildet da natürlich die große Ausnahme«, sagte Gaia grinsend und warf Avan eine Traube an die Brust.

»Es ist das Wasser«, sagte er und fing die Traube geschickt auf.

»Ja, sicher«, grunzte Gaia und wackelte mit den Augenbrauen. »Das *Wasser.*«

Sie mochte Gaia, sie mochte sie wirklich sehr, doch Einfühlungsvermögen besaß sie nicht. Sayeh wusste, sie sollte einfach sagen, dass da nichts war. Dass Gaia sich das alles nur einbildete. Dann wäre diese Sache ein für alle Mal vom Tisch. Und Avan wüsste, woran er war, und könnte sein sensibles Herz schützen. Doch die Worte kamen nicht über ihre Lippen. Sie fühlte sich wohl in Avans Nähe. Er gab ihr ein Gefühl von Ruhe und Sicherheit. Bei ihm konnte sie durchatmen und ihre düsteren Gedanken vergessen. Wenn sie sich dieses Gefühls beraubte, würde sie endgültig aufgeben. Vielleicht sagte sie auch nichts, weil der Schatten in ihr wusste, dass es eine Lüge wäre. Es *war* nur ein Kuss gewesen, doch sie würde die Unwahrheit sagen, wenn sie behauptete, dass sie sich keinen zweiten wünschte.

»Sie braucht eine angstfreie Umgebung, um die Schatten zu rufen«, erklärte Avan diplomatisch.

»Ach, und die biete ich ihr nicht?«, rief Gaia entrüstet. »Was lockert denn besser die Stimmung als eine gute Feier und ein wenig Honigwein? Nun, vielleicht Azar. *Der* würde ihr sicherlich die Schatten entlocken. Die *ganze* Nacht lang.«

Gaia lachte schallend und schlug ihre flache Hand auf Sayehs Oberschenkel. Die zuckte zusammen. Avan murmelte etwas, das sie nicht verstand, aber ein wenig verärgert klang, und zog einen Sternsaphir aus seiner Hosentasche.

»Ich muss bald gehen«, sagte er. »Mein Vater …«

Gaia rollte mit den Augen. »Nimmt er dir immer noch jeden Fetzen an Magie, den du aufbringen kannst?«, fragte sie. »Siehst du darum so ausgetrocknet aus?«

»Unser Reich stirbt jede Stunde in bisschen mehr«, sagte Avan, streichelte seinen Stein. »Der Wasserpegel der Flüsse und Seen und auch des Meeres sinkt in erschreckender Geschwindigkeit. Es ist so heiß, dass das Wasser bald Blasen wirft. Aber mein Vater verwendet meine letzten magischen Reserven, um sie in Steinen zu speichern. Um mich zu bestrafen.«

»Du musst dich dagegen wehren, Avan!«, sagte Gaia wieder und setzte sich auf, warf die leere Rispe beiseite. »Entziehe *ihm* das Wasser. Mal sehen, wie ihm das gefällt.«

»Er wird sehr bald seine magischen Fähigkeiten wieder besitzen«, entgegnete Avan. »Besser, ich reize ihn nicht. Das ganze Reich leidet unter seinen Launen.«

»Er wird seine Magie nur zurückerlangen, wenn Sayeh es nicht schafft, die Zeremonie zu stören«, warf Gaia ein und tätschelte Sayehs Wange.

»Auch dann werden sie sich vereidigen«, widersprach Avan. »Der bedeutende Unterschied ist, dass Sayeh nicht dafür sterben wird. Weil Nyssa sie beschützen wird.«

»Ja, ja«, sagte Gaia und machte eine wegwischende Handbewegung. »Aber auch unsere Eltern treten irgendwann ab. Und dann sind wir endlich frei. Wir alle.«

Ein eigentümliches Klopfen unterbrach ihr Gespräch. Es klang hohl und wie aus weiter Ferne, gleichzeitig jedoch, als würde jemand direkt in ihrem Kopf auf Holz schlagen.

»Komm rein, Alizeh!«, rief Gaia.

Bei der Erwähnung dieses Namens zog sich in Sayeh alles zusammen. Und als Alizeh sich in dem magischen Spiegel materialisierte, schnappte sie sich eilig ein Tuch, band es sich als Schutz vor der Sonne um ihren Kopf und sprang vom Bett. Sie eilte zur Wendeltreppe, ehe Gaia sie aufhalten konnte.

»Ich habe eine Verabredung mit Ila«, erklärte Sayeh hastig. Das hatte sie tatsächlich, allerdings erst in dreißig Minuten. Aber sie wollte Alizeh nicht über den Weg laufen. In wenigen Tagen wäre sie *Gast* in ihrem Reich und sie bekam stechende Bauchschmerzen allein beim Gedanken daran. Alizeh verkörperte all das, was sie von dieser Welt erwartet hatte, nachdem man sie aus dem Fels geholt hatte. Der reine, unverfälschte Hass in ihren sturmgrauen Augen ...

Eine windige Böe riss an ihren Haaren und ohne sich zu verabschieden, rannte sie die Wendeltreppe hinab, sprang von den letzten Stufen in das ausgedörrte Gras. Ihre Ausdauer war seit den körperlichen Übungsstunden mit Lilia und ihren gelegentlichen Kletterabenteuern mit Gaia um einiges besser geworden, ebenso, wie ihre Muskelkraft stärker geworden war. Und die würde sie brauchen, um sich in Alizehs Tornados zu halten, die sie ihr an den Kopf werfen würde. Da war sie sich sicher.

Sie sprintete durch den Wald, hackte sich den Weg mit ihrer Machete frei und sprang über Baumstämme verstorbener Mammutbäume. Die Freiheit, die sie hier genoss, würde sie vermissen. Warum fanden ihre letzten zwanzig Tage ausgerechnet im Reich der Winde statt?

Nachdem sie den Baumpalast erreicht hatte, grüßte sie die Ritter, die nur mit Unterhemden und kurzen Lederhosen bekleidet im Gras saßen. Ihre Rüstungen hatten sie an ein paar Sträucher gelehnt. Sie tupften sich den Schweiß von der Stirn und nickten ihr schläfrig zu. Um Zeit totzuschlagen und sich gleichzeitig körperlich herauszufordern, nahm sie die Treppe. Ila erwartete sie auf dem achten Ast. Die Tür des Baumhauses stand weit offen, die Königin des Erdreichs räkelte sich auf einem Liegestuhl und nippte an einem Rotwein.

»Sayeh!«, rief sie, erhob sich und breitete ihre Arme aus. »Dich habe ich erst in zwanzig Minuten erwartet, meine Liebe.« Sayeh blieb einen Meter vor ihr stehen, doch Ila trat einfach einen Schritt auf sie zu und umschlang sie dennoch mit ihren muskulösen Armen, quetschte sie fast zu Tode. Sie schnappte nach Luft und nahm mit zitternden Fingern das Glas Rotwein entgegen, welches Ila ihr reichte, nachdem sie sie aus ihrer Umklammerung gelassen hatte.

Warum zitterte sie? Hatte sie Angst? Aber warum sollte sie sich davor fürchten, was Ila mit ihr zu besprechen hatte? Sie war ihr bislang die Liebste aller herrschenden Halbgötter.

»Gefällt es dir hier im Reich der Erde?«, fragte Ila und bot ihr eine Sonnenliege an, doch Sayeh lehnte ab.

»Es gefällt mir sehr gut«, antwortete sie. »Ich mag die Natur. Und die Freiheit.«

»Aber diese unerträgliche Hitze magst du sicher nicht«, stöhnte Ila und zauberte einen riesigen, tomatenroten Fächer hinter ihrem Rücken hervor, wedelte sich damit Luft zu. Sie besaß solch eine Kraft, dass eine wahre Windböe aufwirbelte, die Sayeh um ein Haar vom Ast gefegt hätte. »Aber dagegen werden wir ja bald etwas unternehmen. Und, kommst du in Lilias Unterricht gut voran?«

»Sie fordert mich heraus«, sagte Sayeh und nippte an dem Wein. Vielleicht würde das ihre Anspannung lösen. »Ich fühle mich körperlich sehr viel belastbarer als vorher.«

»Die Theorie hast du ja zur Genüge bei Zafeh gelernt, wie ich hörte«, sagte Ila und zwinkerte ihr verschwörerisch zu.

Sie bekam ein ungutes Gefühl.

»Aber die Schatten hast du noch immer nicht herbeigerufen«, sprach Ila das aus, worauf Sayeh nur gewartet hatte. Und in ihr tobte wieder der Zwiespalt zwischen dem, was sie Avan und Gaia versprochen hatte, und dem, was richtig für die Zukunft dieser Welt war. Wurde die Zeremonie verschoben, bedeutete das weitere Wochen Hitze und Dürre.

»Ich bin mir sicher, dass ich sie bis zur Zeremonie werde rufen können«, sagte sie schnell.

»Das will ich hoffen, Sayeh«, entgegnete Ila und musterte sie so eingängig, dass es ihr unangenehm war. Sie verlagerte ihr Gewicht von einem Bein aufs andere und nippte wieder an dem Rotwein. Er schmeckte köstlich. Leider wirkte Alkohol auf Halbgötter nur in begrenztem Maße, mit Ausnahme von Honigwein.

»Du weißt, dass dein großes Opfer von uns gewürdigt wird«, fuhr Ila fort.

»Du rettest die Welt vor einem Hitzekollaps und uns alle vor einer erneuten Ausartung des Schattens. Das fünfte Element ist seit jeher ein Risiko. Eine Schwäche in der elementaren Einheit. Ein Querschläger unter den Springnüssen, wenn du so willst. Es hatte so kommen müssen. Die Geschichte hat es uns wieder und wieder aufgezeigt. Es tut mir ehrlich leid, dass es dich trifft, meine Liebe.«

Die Worte klangen aufrichtig, doch der Schatten in ihr hegte Zweifel an Ilas Mitgefühl. Denn der Schatten war nicht nur ehrlich – er reagierte auch empfindlich auf Unwahrheit und Heuchelei. Vor ihrer Zeit im Fels hatte ihr diese Eigenschaft des düsteren Elements gute Dienste geleistet. Langsam – sehr langsam – schienen diese positiven Seiten des Schattens zu ihr zurückzukehren. Und in genau diesem Moment signalisierte er ihr ganz deutlich, Ila nicht mehr zu vertrauen als Rayan, Zephir oder Cinnead.

»Es ist mir ein Bedürfnis, zu heilen, was meine Mutter zerstörte«, sagte sie wahrheitsgemäß. »Ich hoffe, mein Tod leitet die Gesundung dieser Welt und seiner Geschöpfe ein. Möge sie lange Bestand haben.«

»Du bist sehr erwachsen für dein Alter, Sayeh«, sagte Ila und strich ihr über das Haar. Sie roch nach Wein und Schokolade. Der Smaragd auf ihrer Stirn strahlte mit der Sonne um die Wette. »Aber das musstest du wohl werden, bei dem Leid, das du in deinem kurzen Leben schon ertragen hast.«

Sie alle hatten gelitten. Mitleid half niemandem weiter. Gern hätte sie Ila gefragt, warum ihre Mutter böse geworden war, doch sie schwieg. Sie hatte sich damit abgefunden, es nie zu erfahren. Vielleicht würde sie ihre Mutter im Himmel treffen – oder wo auch immer gefallene Halbgötter endeten – und sie könnte es ihr persönlich erklären. Vielleicht wollte sie es aber auch gar nicht wissen.

»Ihr wolltet etwas mit mir besprechen?«, fragte sie, um diese Unterhaltung zu ihrem Kern zu führen. Ilas Nettigkeiten stießen ihr sauer auf, jetzt, wo sie wusste, dass ihr zeremonieller Tod auch von der Königin des Erdreichs seit fünf Jahren geplant wurde.

»Weißt du, Sayeh«, seufzte Ila und schenkte sich in aller Seelenruhe Wein nach. »So erwachsen, wie du mit dieser ganzen Sache umgehst, so kindisch und unreif reagieren die übrigen Halbgötter deiner Generation darauf. Allen voran meine Tochter – Enki möge sie schützen. Gaia sorgt sich um dich. Und sie möchte dir in dieser schweren Zeit behilflich sein.«

Sayeh wurde hellhörig. Nicht nur ihr Schatten fing die falschen Schwingungen auf. Irgendetwas war hier faul. Dieses Gespräch begann eine Richtung zu nehmen, die sie nicht abschätzen konnte. Ila lächelte noch immer, doch ihre Lippen schienen verkrampft und die Lachfältchen um ihre goldbraunen Augen waren verschwunden. Es wirkte, als wäre ihr Gesicht in einem Moment erstarrt, der nicht mehr zu ihrem inneren Gefühlsleben passte.

»Und das ist nur natürlich«, fuhr Ila im gleichen Plauderton fort wie zuvor, doch er hatte eindeutig an Schärfe zugenommen. »Wir haben mit dieser Reaktion unserer Kinder gerechnet und haben uns bemüht, diese … natürliche Anziehung zu unterbinden. Wir baten sie höflich, aber bestimmt, sich nicht einzumischen. Die Zeremonie nicht zu behindern oder dir unschöne Flausen in den Kopf zu setzen. Es scheint, Rayan und ich haben weniger gute Arbeit bei der Erziehung unserer Kinder geleistet als Zephir und Cinnead.«

Ihr wurde trotz der brütenden Hitze eiskalt. Sayeh stellte vorsichtig ihr halbvolles Glas auf den Tisch neben der Sonnenliege. Irgendetwas in ihr schrie sie an, zu fliehen. Es musste der Schatten sein. Sie bat ihr Innerstes inständig, sich nicht zu zeigen. Am Ende würden sie noch Ila verschlingen. Und sie wollte sich nicht vorstellen, was das für Folgen hätte.

»Was ich mich nur frage, Sayeh«, redete Ila weiter und schloss geräuschvoll ihren Riesenfächer. Sie hielt ihn in der Hand wie ein Schwert, schwang ihn durch die Luft, um ihre Worte zu unterstreichen. »Warum stachelst du sie zu solchem Ungehorsam an? Warum nimmst du in Kauf, dass sie von uns und den Göttern für ihre verbotene Beihilfe schwer bestraft werden? Um dein bescheidenes, halbmenschliches Leben zu bewahren? Meine Liebe, es geht hier um so viel mehr als deine kurze, unbedeutende Existenz.«

Innerhalb eines Wimpernschlages war das versteinerte Lächeln aus Ilas Gesicht verschwunden und die Wärme in ihren Augen einer eisigen Kälte gewichen. Instinktiv trat Sayeh einen Schritt zurück. Zu beiden Seiten des

Astes gähnte der Abgrund. Ila folgte ihr mit ihrer bedrohlichen, hochgewachsenen Gestalt. Niemals könnte sie vor dieser Frau davonlaufen. Es war nicht von Bedeutung, dass sie Magie besaß und Ila nicht. Und sie verstand, was Avan meinte, wenn er sagte, dass ihre Eltern mehr Macht über sie besaßen als jeder Gott. Es war nicht die Magie. Es war ein tief verwurzelter Instinkt. Sie standen alle im Schatten ihrer Eltern.

»Aber was wundert es mich überhaupt?«, setzte Ila wieder an. Ihre voluminöse Stimme schwoll stetig an, dröhnte in Sayehs Ohren. »Du bist der Schatten. Böswillig und eigenartig und verschlagen. Nur auf euer eigenes Wohl seid ihr Geschöpfe des Schattens bedacht. Ihr könnt euch nicht fügen, nicht einmal in die elementare Einheit. Vielleicht hätten wir besser von Anfang an auf Cinnead hören und dir schon im Fels den Schatten entziehen sollen. Leider ist uns das Risiko, dass wir alle sterben würden, wenn wir uns der Schatten gegen deinen Willen bemächtigten, zu hoch, als dass wir uns auf solch ein Experiment einlassen könnten. Götter geben nun mal ungern ihr Element her. Deine Mutter hat uns mit ihrem Selbstmord also einen großen Dienst erwiesen, auch, wenn ich zu bezweifeln wage, dass sie sich aus einem anderen Grund tötete als aus Eigennutz. Sie hätte uns ihr Element niemals freiwillig überlassen. Du jedoch bist noch nicht gänzlich vom Schatten verdorben. Du siehst das Leid, das deine Mutter über uns gebracht hast. Und du möchtest so wie wir, dass diese Welt von dem Bösen – den Halbgöttern des Schattens – befreit wird. Wir rechnen dir dieses Verständnis hoch an. Doch, Sayeh, du musst auch verstehen, dass die Welt nicht restlos vom Bösen befreit werden kann, wenn *du* überlebst. Denn du *bist* das Böse. Und warum möchtest du überhaupt weiterleben? Jedes Geschöpf unter dem Himmel hasst dich, selbst deine Mutter hätte dich im Fels sterben lassen. Und was tust du? Nutzt die Einzigen, die dir wirklich helfen *möchten*, weil es in ihrer Natur liegt und die sich dagegen nicht wehren können, schamlos aus und treibst sie ins Verderben.«

»Sie helfen mir nicht!«, stieß Sayeh aus. Ihre Stimme zitterte, wie sie am ganzen Körper zitterte. Wie viel wusste Ila? Spielte sie nur mit ihr, um mehr herauszufinden? »Ich habe nur … Ich wollte mich nur darüber informieren, wie diese Zeremonie abläuft. Ob sie schmerzhaft ist. Ich fürchte mich davor.

Es ist nicht, wie Ihr denkt. Gaia und die anderen haben damit nichts zu tun. Ich spreche doch kaum mit ihnen. Sie sind mir fremd in ihrer …«

Ilas schallendes Gelächter unterbrach sie. Doch es klang freudlos und jagte ihr einen unangenehmen Schauer über den Rücken. »Meine liebe Sayeh«, sagte sie und wischte sich den Schweiß vom Gesicht, schlug sie dabei um ein Haar mit ihrem zusammengeklappten Fächer. »Nachdem du meine Tochter tagelang ausgenutzt hast, überkommen dich nun die Schuldgefühle? Sie stehen dir nicht, meine Liebe. Ebenso wenig wie die Lüge. Ich sehe es in deinen schwarzen, verwegenen Augen. Sie sind kalt und berechnend und voller dunkler Geheimnisse, wie die deiner Mutter. Mit diesem Blick – voll geheucheltem Schmerz und Böswilligkeit – nahm sie mir meinen Mann und meine Kinder. Und warum? Weil *sie* einen Fehler gemacht hat. Weil *sie* ihre Pflichten und ihre Verantwortung in den Wind geschlagen hat und uns alle dafür hat leiden lassen. Sie wollte *uns* verschlingen, weil *sie* zu schwach war.«

Sayeh würde gerne fragen, von welchem Fehler Ila sprach. Doch sie schwieg, behielt den Fächer im Auge und ließ die Schimpftirade weiter über sich ergehen.

»Bist du genauso schwach wie deine Mutter?«, fragte Ila nun und schob ihr Gesicht nah an Sayehs heran. So nah, dass sie den Hass in ihren Augen sehen konnte. »Oder willst du Verantwortung übernehmen?«

»Ich will Verantwortung übernehmen«, krächzte sie, räusperte sich und sagte mit einer Stimme, die kaum deutlicher zu verstehen war: »Ich *werde* Verantwortung übernehmen.«

Ila sah sie einige Atemzüge lang an, ihre Nasenspitzen berührten sich und Sayeh konnte die Erdmagie spüren, die an ihrer Stirn pulsierte. Irgendwann wurden Ilas Augen wieder weicher und sie trat einen Schritt zurück. Sayeh atmete geräuschvoll aus. Das Herz pochte ihr bis zum Hals.

»Dann fange gleich damit an«, sagte Ila in ihrem altbekannten, überfreundlichen Tonfall. »Ich trage dir eine Aufgabe auf. Führe sie erfolgreich aus, als Zeichen deines guten Willens.«

»Wie lautet diese Aufgabe?«, fragte Sayeh.

»Überbringe deiner elementaren Einheit eine Botschaft. Und überbringe sie genauso, wie ich sie dir sage. Meine Augen und Ohren sind überall, Sayeh. Denn meine Untergebenen sind noch immer meine Untergebenen. Mir mag die Magie genommen worden sein, doch ich bin noch immer ihre herrschende Halbgöttin. Vergiss das nicht, Sayeh, wenn du meine Tochter das nächste Mal dazu zwingst, dein bedauernswertes Leben zu verlängern.«

Sie schluckte, doch die Zunge klebte ihr am Gaumen. »Was soll ich ihnen überbringen?«

»Du hast ihre Einheit zerstört, Sayeh, so, wie deine Mutter unsere Einheit zerstörte«, sagte Ila. »Unsere Kinder haben sich entgegen unserem ausdrücklichen Verbot auf deine Seite geschlagen, aufgrund deiner Manipulation und weil du den elementaren Bund ausgenutzt hast. Wir können ihnen nie wieder trauen. Wir können sie niemals herrschen lassen. Die Generation meiner Tochter wird nicht vereidigt werden. Das ist ihre Strafe dafür, dass sie dir geholfen haben. Es liegt in deiner Verantwortung, dass meine Tochter niemals in den Genuss der Pflichten und Vergnügen einer wahren Halbgöttin kommt. Sag ihr das, Sayeh. Ich bezweifle, dass du nach dieser ›frohen‹ Botschaft noch mit Hilfe vonseiten deiner Generation rechnen kannst. Meine Tochter kann sehr nachtragend sein ...«

»Sie werden nicht vereidigt?«, hauchte Sayeh. Ilas Worte waren so unbegreiflich erschreckend, dass sie eine Weile brauchte, um ihre gesamte Tragweite zu erkennen. Die Vorstellung, dass Gaias und Avans Generation nie herrschen würde, war so grauenvoll, dass sie trotz der unerträglichen Hitze Gänsehaut bekam. »Aber ... sie sind Halbgötter. Die Elemente zu pflegen ist ihr Schicksal. Sie wurden dazu auserwählt. Von den Göttern. Es ist ihre Bestimmung. Sie ... sie werden ...«

Was würde mit ihnen geschehen? Würden sie krank werden? Gar sterben? Sie konnte sich kaum etwas Grauenhafteres vorstellen, als die Aufgabe, mit welcher die Götter sie betraut hatten, nicht ausführen zu können. Das Element war Teil von ihnen wie ihr Blut und ihre Knochen und ihr schlagendes Herz. Man konnte es ihnen nicht einfach nehmen. Was würde von ihnen bleiben?

Das war schlimmer als der Tod.

»Das könnt Ihr nicht tun!«, sagte sie und griff nach Ilas Fächer, der sie ganz verrückt machte. »Das wollt Ihr Eurer Tochter doch nicht antun? Es ist ein abscheuliches Schicksal!«

Ila schüttelte den Kopf. »Denkst du, ich tue das freiwillig? Es ist deine Schuld, dass wir diesen Weg gehen müssen. Deinetwegen ist das Vertrauen in unsere Kinder gestört und wir mussten uns zu diesem drastischen Schritt entscheiden. Zum Wohle der Elemente. Zum Wohle aller. Ihre elementare Einheit endet mit deinem Tod und ihre Magie wird erlöschen. Entgegen unseren vorherigen Plänen werden wir ihre Generation überspringen und ihnen den Zugang zur Vereidigungszeremonie verweigern. Sie besitzen ganz offensichtlich nicht die Fähigkeit, sich gegen die betörenden Eigenschaften des Schattens zu erwehren. Die Gefahr wäre zu groß, dass sie nach ihrer Vereidigung das fünfte Element nicht kontrollieren könnten. Sie wurden in eine Welt geboren, in der es noch Halbgötter des Schattens gab. Doch wir brauchen eine neue, reine Generation. Eine, die unbelastet ist und in deren Wirklichkeit ein Halbgott des Schattens nicht mehr existiert. Vier Halbgötter, die von der Wiege an lernen, den Schatten gemeinsam zu kontrollieren. Als wäre es immer so gewesen. So kann die Welt eine bessere werden. Eine gute Welt. Eine heile Welt.«

»Ich kann ihnen das nicht sagen«, flüsterte Sayeh heiser.

»Du schaffst das schon«, erwiderte Ila und tätschelte ihre feuchte Wange. »Du wolltest doch für die Sünden deiner Mutter büßen. Jetzt kannst du es sogar für deine eigenen tun.«

Sie fühlte sich wie fremdgeleitet, als sie sich umdrehte und mit schwitzigen Fußsohlen den Ast zurück Richtung Baumstamm entlang schlitterte.

»Ach, und Sayeh?«, rief Ila fröhlich. »Ich möchte dich in meinem Reich nie mehr sehen. Bitte doch Alizeh, dich gleich mitzunehmen, damit ich nicht noch einmal in deine Augen blicken muss. Da bekomme ich immer solch eine Gänsehaut.«

EIN RISKANTER PLAN

Ihre Füße trugen sie über das trockene Gras, machten sich eigenständig an den Aufstieg in ihr Baumhaus, der Rest von ihr weilte in einer anderen Sphäre.

Sie fragte sich, wo und wann das Unheil seinen Lauf genommen hatte und an welchem Punkt sie das Ruder noch hätte herumreißen können. War es der Frühlingsball gewesen? Oder als Avan ihr die neuen Gemächer zugeteilt hatte? Hatte Rayan dies nur zugelassen, um herauszufinden, wie weit sein Sohn gehen würde?

Wann auch immer der Zeitpunkt gewesen war, an dem die herrschenden Halbgötter über das Schicksal ihrer Kinder entschieden hatten – sie hätte es abwenden können. Hätte sie sich nur energischer geweigert, Avans und Gaias Hilfe anzunehmen. Hätte sie nur nicht Avans Hand zum Tanz entgegengenommen. Wenn Avan sie nicht beschützt hätte, hätte Cinnead sie mitgenommen und alles wäre nach Plan verlaufen. Sie wäre bei der Zeremonie gestorben und Avan, Gaia und die anderen würden in ein paar Jahren über diese Welt herrschen und ihrer Pflicht nachgehen. Mit dem Schatten, doch ohne sie. Und niemand hätte sie vermisst. Nicht einmal Avan.

Sie war ihm viel zu nah gekommen. Wie hatte sie das zulassen können? Abgesehen von den Bedenken, die Gaia ausgesprochen hatte, war es egoistisch und gefährlich. Sie genoss seine Nähe, doch für ihn stand sehr viel mehr auf dem Spiel als für sie. Ihr Leben war vorbei. Seines hatte gerade begonnen.

Ila hatte recht. Es war alleinig ihre Schuld. Avans und Gaias Fürsorge, die unerwartete Freiheit ... Es hatte ihr gefallen. Und sie hatte stillschweigend eingewilligt. Obwohl sie um Avans schwere Strafen und um die Gefahr gewusst hatte, in die sie ihn brachte.

Es gibt schlimmere Dinge als den Tod.

Sayeh hatte die Wendeltreppe bis zur Hälfte erklommen – da drehte sie sich um. Hastig sprang sie hinab, nahm fünf Stufen auf einmal, während ihr Magen rebellierte. Sie rannte über die Lichtung und hinein in den dichten, grünen Wald. Außer Atem stützte sie sich an einem Mammutbaum ab und übergab sich. Die trockene Rinde des knochigen Stammes zerbröselte unter ihren Fingern.

Wäre sie doch nur im Fels geblieben.

Sie zupfte ein paar Blätter von einem Busch, wischte damit ihren Mund und ihre Tränen ab, klopfte Staub und Gras von ihrer Lederhose, zog die verschwitzte Bluse zurecht und atmete tief durch. Dann kehrte sie langsam zurück und machte sich abermals an den ihr fast unüberwindbar erscheinenden Treppenaufstieg. Die Holzbretter knarzten unter ihren nackten Füßen. Das Baumhaus hing bedrohlich über ihr. Schweiß rann ihren Rücken hinab, bis zu ihren Kniekehlen. Sie hatte noch zehn Stufen vor sich, als Alizehs schneidende Stimme sie erreichte.

»Unsere Eltern werden dahinterkommen, dass wir ihr geholfen haben.« Alizeh klang wie eine angriffsbereite Schlange, kurz davor, sich um ihren Hals zu legen und zuzudrücken. »Nur, weil ihre Einheit zerstört ist und sie ihre Elemente nicht rufen können, sind sie nicht blind. Sie werden uns bestrafen. Ihr kennt meinen Vater. Er würde mich unter Arrest stellen, bis wir vereidigt werden. Und wofür? Wenn sie die Zeremonie und den Schattenentzug überleben *sollte,* dann ist sie ... was – ein Mensch? Ein nutzloses Geschöpf? Dafür riskieren wir die Beziehung zu unseren Eltern? Unsere Freiheit? Das ist Irrsinn. Ohne mich. Ihr könnt meine Beteiligung vergessen. Wenn sie in meinem Reich ist, ist sie eine Gefangene und wenn ihr zu ihr wollt, müsst ihr das mit meinem Vater klären.«

»Du bist feige«, erwiderte Gaia. »Das bist du immer schon gewesen.«

Alizeh stieß einen spitzen Schrei aus. »Ich habe lang genug unter meinem

Vater gelitten«, rief sie bitterböse aus. »Wie kannst du von mir verlangen, mich gegen ihn zu stellen, Avan?«

»Wenn du in ihrer Lage wärest, würden wir das Gleiche für dich tun«, erklang nun Avans Stimme.

»Aber *sie* würde das *niemals*«, schrie Alizeh. Irgendetwas ging über ihr zu Bruch. »Wir kennen sie nicht einmal! Sie könnte sein wie ihre Mutter. Sie könnte uns alle hintergehen. Vielleicht ist das ihre Taktik. Sie bringt uns dazu, ihr nutzloses Leben bewahren zu wollen und hinter unserem Rücken plant sie etwas ganz anderes. Vielleicht weiß sie längst, wie sie die Schatten ruft. Wie sie Nyssas Hilfe herbeiordert. Was, wenn sie vorhat, unsere Eltern bei der Zeremonie in den Schatten zu verschlingen? Und wenn sie mit ihnen fertig ist, macht sie mit uns weiter. Was, wenn sie das zu Ende bringen will, was ihre Mutter nicht zu Ende bringen konnte? Hat irgendjemand von euch mal *darüber* nachgedacht? Dass das alles ein abgekartetes Spiel von Mutter und Tochter ist?«

»Das ist Unsinn, Alizeh«, sagte Avan.

»Wieso ist das Unsinn?«, spie sie aus. »Du kennst sie doch erst seit ein paar Tagen. Vertraust du ihr, weil sie unter ihrem bemitleidenswerten Äußeren ganz hübsch ist? Oder weil der Schatten dich betört hat? Sei doch nicht so naiv, Avan, sie ist wie ihre Mutter, manipulativ und böse.«

»Nun hör aber auf, Ali«, sagte Gaia. »Sie ist nicht ihre Mutter. Oder bist du wie dein Vater? Du hast einfach nur Angst und das ist nicht *ihre* Schuld. Wenn du uns nicht helfen willst, bitte. Wir werden es auch ohne dich ins Reich der Winde schaffen. Es ist jedoch fraglich, ob dir besser gefallen wird, dass dein Vater uns dabei erwischt.«

Alizeh schnaubte.

»Sayeh gehört zu unserer elementaren Einheit«, sagte Avan. »Und es liegt in unserer Verantwortung, was mit ihr geschieht. Nicht in der unserer Eltern. Sie mögen über den Schatten entscheiden, doch nicht über Sayeh.«

»Bin ich hier die Einzige, die vernünftig denkt?«, fragte Alizeh. Ihr Fuß stampfte energisch auf die Holzbretter und der ganze Baum erzitterte. »Wenn sie überlebt, *gehört* sie nicht mehr zu unserer Einheit. Bei Lil, sie ist dann bloß noch ein einfacher Mensch!«

Sayeh kratzte ihren letzten Rest an Tapferkeit zusammen und betrat das Baumhaus. Eisgraue Augen hefteten sich auf sie und sie hoffte inständig, niemand sah, dass sie geweint hatte. Dieses Mädchen war wie ein Raubtier auf der Suche nach einer Schwachstelle ihres Opfers. Und Sayeh wollte ihr keine anbieten. Sie wich dem hasserfüllten Blick aus und mied auch Avans und Gaias, wischte sich die schwitzigen Hände an der Hose ab.

»Geht es dir nicht gut?«, fragte Avan besorgt und war schon im Begriff aufzuspringen.

»Unangenehmes Gespräch mit meiner Mutter?«, fragte Gaia und zwinkerte ihr zu, hielt Avan am Arm fest.

»Ich muss euch etwas sagen«, begann sie.

Alizeh verschränkte die Arme, ein Dolch war an ihrem nackten Oberarm befestigt, ein weiterer baumelte an dem Diamantgürtel um ihre Hüfte und zwei kleinere steckten in ihren kniehohen Stiefeln. Trotz der Hitze trug sie eine Stola aus weichem Fell über ihrem weißen Kleid, was Sayeh daran erinnerte, dass es im Reich der Winde eiskalt war. Doch zu erfrieren war momentan wohl ihr geringstes Problem.

»Nun sprich schon, wir haben nicht ewig Zeit!«, forderte Alizeh sie unfreundlich auf. »Es gibt Halbgötter, die ihre Aufgaben ohne fremde Hilfe erledigen müssen.«

»Reg dich mal ab, Ali«, sagte Gaia und verknotete ihre Beine auf dem Bett, richtete ihren Oberkörper auf. Ihre goldenen Augen hefteten sich erwartungsvoll auf sie. »Schieß los, Sayeh.«

Kurz und schmerzvoll. Sie hatte die Erfahrung gemacht, dass dies die bestbewährte Methode für die meisten Angelegenheiten war. Eine Methode, die ihr gesamtes kurzes Leben zusammenfasste.

»Eure Eltern haben herausgefunden, dass ihr mir helft und wir die Zeremonie stören wollen«, sagte sie.

Alizeh sog scharf die Luft ein. Die Temperatur schien um ein paar Grad abzusacken.

»Woher weißt du das?«, fragte Gaia und zog ihre Augenbrauen zusammen.

»Deine Mutter sagte es mir.«

»Verdammt«, murmelte Gaia und warf sich ein paar Kirschen in den Mund.

Alizeh schrie erbost auf. »Seht ihr? Seht ihr?« Ihre Stimme überschlug sich. Sie zog einen Dolch aus ihrem linken Stiefel und rammte ihn in einen Pfosten ihres Himmelbetts. »Das *habt* ihr nun davon!«

»Wir wussten um das Risiko«, sagte Avan und wischte sich ein paar Holzsplitter von der Hose. Wie üblich war er die Ruhe selbst. Doch nur, weil er die ganze Wahrheit noch nicht kannte. »Wir sollten uns glücklich schätzen, dass sie uns nicht früher auf die Schliche gekommen sind. Inzwischen haben wir Sayeh mit allem versorgt, was sie braucht. Wir sollten die Bücher verstecken, irgendwo, wo unsere Eltern sie nicht finden können.«

»Ich werde sie in die Erde hüllen, solange Sayeh noch bei uns weilt«, bot Gaia an, Sandkörner tanzten schon auf ihren Handflächen.

»Ja, das müsste funktionieren«, stimmte Avan ihr zu und ließ sich vom Bett gleiten, hockte sich vor den Bücherstapel und begann, zu sortieren. »Und was etwaige Strafen betrifft – Sayeh können sie nicht bestrafen, sie wird bereits geopfert. Ich kann gut mit ein paar weiteren Monaten Magieentzug und Arrest leben. Was ist mit dir, Gaia?«

»Sehe ich genauso«, sagte Gaia und spielte mit dem fliegenden Sand, warf Sayeh ein Grinsen zu. »Soll meine Mutter mir doch Strafaufgaben erteilen, damit kann ich leben.«

»Ihr seid doch alle nicht ganz dicht«, zischte Alizeh. Der Wind im Baumhaus frischte merklich auf. »Das ist sie nicht wert. Ich werde mich *nicht* daran beteiligen.«

»Das ist noch nicht alles«, unterbrach Sayeh das Gespräch. Kurz und schmerzvoll. Alizeh zog einen weiteren Dolch, wirbelte ihn in wahnwitziger Geschwindigkeit durch die Luft, hielt ihn dann wie eingefroren in der Luft und stierte sie mit ihrem harten Blick nieder. »Eure Strafe ist schon entschieden und ich kenne sie.« Sie sprach hastig, um es hinter sich zu bringen. »Ihr werdet nicht vereidigt werden. Eure Generation wird übersprungen, nach euren Eltern werden die euch nachfolgenden Halbgötter herrschen.«

Für einen Moment war es totenstill. Selbst die Vögel hielten ihre Schnäbel. Dann stieß Alizeh unvermittelt ein spitzes Lachen aus.

»Was soll das?«, fragte sie und zielte mit der Dolchspitze auf sie. »Ist so etwas witzig, dort, wo du herkommst?«

Alizeh sah nach Bestätigung heischend zu Avan. Der schien ihre Worte jedoch alles andere als angebracht zu finden. Langsam erhob er sich, der Ausdruck auf seinem Gesicht war ernst und unergründlich. Er hasste sie. So wie jedes vernünftige Geschöpf sie hasste. Vielleicht war es besser so. Sicherlich war es besser so.

»Hallo?!«, keifte Alizeh und fuchtelte wieder mit der Waffe vor ihrem Gesicht herum. »Ich rede mit dir! Deine makabren Witze kommen bei uns nicht an. Such dir ein anderes Publikum. Du findest es höchstwahrscheinlich im Fels.«

»Es ist kein Witz«, sagte Sayeh und wich ihr und der Dolchklinge aus. Sie versuchte, Alizehs Zickigkeiten zu ignorieren, doch ihre Nerven lagen blank. »Sehe ich wie jemand aus, der in der Stimmung ist, Witze zu reißen?«

»Eher wie jemand, der uns alle ins Verderben führen wird«, giftete Alizeh.

»Sayeh, wo hast du das gehört?«, fragte Gaia und schob Alizeh mit einer Hand beiseite. Die kleine Alizeh strauchelte, fing sich mit einer Windböe auf und warf Gaia den gleichen tödlichen Blick zu, den sie für sie reserviert zu haben schien. »Haben die Zwillinge dir das erzählt? Du darfst ihnen kein Wort glauben, sie sind eifriger im Gerüchteverbreiten als Lotus.«

»Es ist kein Gerücht«, erwiderte sie. Wie lange würde sich dieses grauenhafte Gespräch hinziehen? Konnte sie endlich sterben? Vielleicht schrieb sie es ihnen einfach nieder und verabschiedete sich in das Reich der Winde.

Ich habe euer Leben zerstört. Liebste Grüße, der Schatten.

»Auch das hat deine Mutter mir gesagt. Es ist ihre Strafe an euch, weil ihr mir geholfen habt. Sie vertrauen euch nicht mehr, denken, ihr seid vom Schatten beeinflusst.«

Sie konnte die Spannung in der Luft förmlich greifen. Wahrscheinlich ein aufziehendes Sturmgewitter. Doch Alizeh blieb gefährlich ruhig, durchbohrte sie nur mit ihren wilden Augen, während sie mit einem Dolch in der einen und mehreren kleinen Tornados in der anderen Hand spielte.

»Das ist nicht möglich«, durchbrach Avan die Stille. »So etwas ist nicht möglich.«

»So unmöglich, wie einer Halbgöttin ihr Element zu nehmen und sie während der Zeremonie zu töten?«, fragte nun Gaia und sah ihn vielsagend an. Ein tiefes Grollen ging durch die Holzhütte, als ein Sandsturm hochwirbelte. Erst dachte Sayeh, er wäre Alizehs Werk, bis sie erkannte, dass es Gaia war, die das Baumhaus in vier Wände aus massivem Sand einmauerte.

»Wir wollen ja nicht, dass etwas von dem, was hier besprochen wird, nach draußen gelangt«, sagte Gaia und zog eine Decke über ihnen auf. Unter den Holzlatten zu ihren Füßen bebte es. Ein altbekanntes, klaustrophobisches Gefühl erfasste Sayeh. Sie versuchte, sich auf ihren Atem zu konzentrieren und ihren rasenden Herzschlag. »Was genau hat meine Mutter gesagt?«, fragte Gaia, trat auf sie zu und legte ihr die Hände auf die Schultern. Das Gefühl des Eingesperrtseins verstärkte sich. Schweiß rann ihren Nacken hinab. »Jedes einzelne Wort.«

Sie schluckte schwer und wiederholte, was Ila ihr aufgetragen hatte. Sie ratterte es herunter, mied jeden Augenkontakt. Als sie fertig war, fühlte sie sich so erschöpft, dass sie für Gaias Hände dankbar war, die sie aufrecht hielten.

»Sie wollen einen Keil zwischen uns treiben«, beendete Avan das bedrückende Schweigen. »Sie wollen, dass wir Sayeh fallen lassen.«

»Sie wollen uns unser Schicksal nehmen«, sagte Gaia und ließ von ihr ab, stapfte an der Sandwand entlang und öffnete ihren langen Zopf, nur, um ihn gleich wieder energisch zusammenzubinden. »Wir wurden von unseren Göttern auserwählt, ihre Elemente zu pflegen. Das ist unsere Bestimmung. Uns diese einfach zu nehmen … Diese Strafe ist schlimmer als der Tod.«

»Mein Vater würde nicht davor zurückschrecken«, sagte Avan und klang dabei ungewohnt hart. »Er jagt mir Angst ein. Sein Verhalten in den letzten Wochen war grausam, gegenüber Sayeh ebenso wie mir, Lotus und den Menschen. Er lässt unser Reich austrocknen, nur, um mir eine Lektion zu erteilen.«

Gaia unterbrach ihren Gang an der Sandwand entlang. »Auch meine Mutter würde nicht davor zurückschrecken«, sagte sie, kaute auf ihrem

Zopf herum. »Sie hat sich verändert, seit die Schatten kamen. Unsere Eltern sind verzweifelt und Sayeh ist ihre letzte Hoffnung. Ihre Einheit ist zerbrochen und damit wurde in jedem Einzelnen von ihnen etwas zerstört. Der Verlust der elementaren Einheit muss ein grausames Schicksal sein, aber darunter dürfen *wir* nicht leiden.«

»Sie entscheiden sich für ihre elementare Einheit und gegen uns«, murmelte Avan, sein Blick schweifte in die Ferne. »Das ist nur natürlich.«

»Natürlich?«, kreischte Alizeh. Gerade, als Sayeh gehofft hatte, die Halbgöttin der Winde würde es dabei belassen, sie mit ihren Blicken zu töten, fegte ein wirbelnder Tornado durch das sandige Gefängnis. Sie wollte ihm ausweichen, doch die Windsäule erfasste Sayeh und warf sie gegen eine der Sandwände. Benommen schnappte sie nach Luft. Die Vögel im Baldachin kreischten aufgeregt.

»Wenn das, was du sagst, stimmt«, flüsterte Alizehs Stimme, mischte sich unter das Brausen des Tornados. »Dann wird deine Gefangenschaft im Fels ein Vergnügen gewesen sein, im Vergleich zu deinem Aufenthalt im Reich der Winde. Das verspreche ich dir.«

Der Tornado ließ von Sayeh ab, fegte noch einmal stürmisch um Gaia und Avan, riss Äste vom Baldachin und Früchte von den Kübelbäumen. Dann folgte er Alizeh durch den Spiegel. Der Wind legte sich erst, als sich das Glas nicht mehr kräuselte und der magische Spiegel wieder ein normaler Spiegel war.

»Dass sie immer diese dramatischen Szenen abziehen muss«, hustete Gaia und zog sich Blätter aus den Haaren, wedelte den Staub weg. »Obwohl ich ihr dieses eine Mal zugestehen muss, dass die Dramatik durchaus angebracht ist.«

»Ich sollte ihr folgen«, murmelte Sayeh und kämmte sich die Haare aus der Stirn. Sie rappelte sich auf und huschte mit gesenktem Blick an Gaias breitem Rücken vorbei.

»Nichts da!«, sagte Gaia und packte ihren Arm, riss sie von dem magischen Spiegel fort. »Wenn du da hineingehst, sehen wir dich nie wieder. Weißt du, was dich im Reich der Winde erwartet?«

Sie konnte sich nicht vorstellen, dass es ihr in einem kalten Kerkerraum schlechter gehen würde als hier, unter den anklagenden Blicken der Halbgötter, deren Leben sie zerstörte.

»Deine Mutter befahl mir, mit Alizeh zu gehen«, erklärte sie und versuchte, sich Gaia zu entziehen, doch es war zwecklos. Gaia war unmenschlich stark. Eine Eigenheit der Geschöpfe der Erde, die sie sich in diesem Augenblick selbst wünschte. »Ich möchte euch das Leben nicht noch schwerer machen.«

»Noch schwerer?« Gaia lachte freudlos. »Süße, mehr Strafe als bei der Vereidigung übergangen zu werden, ist nicht möglich. Also kannst du getrost gegen weitere Regeln verstoßen und uns in dein verwegenes, düsteres Schicksal mit hineinziehen.«

»Sie hat gegen keine Regeln verstoßen«, sagte Avan und ließ in diesem Augenblick eine Wasserwand von der Decke prasseln, die Sayeh daran hinderte, in den Spiegel zu treten. »Das waren wir. Ohne uns hätte sie ihr Schicksal klaglos akzeptiert.«

»Und wir werden dafür bestraft«, sagte Gaia, hielt Sayehs Handgelenk trotz des Wasserfalls vor ihrer Nase wie in einem Schraubstock.

»Weil sie wissen, dass sie uns nicht davon abhalten können«, sagte Avan. »Nichts und niemand ist stärker als die elementare Einheit. Sayeh zu helfen, liegt in unserer Natur. Unsere Eltern haben es von Anfang an gewusst. Mein Vater hat mir vom ersten Tag an untersagt, auch nur in ihre Nähe zu kommen.«

»Ob elementare Einheit oder Sayehs herzerweichender Zustand, der in mir Muttergefühle weckt«, sagte Gaia und lockerte ihren Griff, zupfte einen Ast aus Sayehs Haar. »Ich würde ihr immer wieder helfen. Und keine Strafe hält mich davon ab. Was ist mir dir, Avan?«

»Hat es bisher nicht und wird es auch jetzt nicht«, sagte Avan. Sein Blick traf auf Sayehs, stürmisch und scheinbar wildentschlossen. »Die elementare Einheit endet mit dem Tod.«

»Das wollte ich hören!«, rief Gaia, schlang einen Arm um Sayehs Schultern und drückte ihr einen Kuss auf die Wange. Sayeh konnte sich nicht entscheiden, ob sie sich in den Wasserfall stürzen oder durch die Sandwände buddeln wollte.

»Unsere Eltern wollen unsere Einheit brechen«, sagte Gaia und gestikulierte wild mit den Händen. »Bei Alizeh brauchen sie sich nicht einmal anzustrengen, die tanzt ganz nach der Pfeife ihres Vaters. Azar hilft uns nur, weil er dir einen Gefallen tut, Avan. Und nun wollen sie uns kleinkriegen. Aber da spielen wir nicht mit.«

Sayeh schielte zu dem Wasserfall. Sie könnte auch versuchen, sich in Schatten zu hüllen. Von Schatten umgeben konnte sie allem entkommen. Allem, außer dem Wind.

»Ich möchte nicht, dass ihr weiter euer Leben für mich aufs Spiel setzt«, sagte sie. »Das ist es nicht wert. *Glaubt* mir, das ist es nicht wert.«

»Sayeh, nicht schon wieder diese Opfer-Leier«, stöhnte Gaia.

Jemand klopfte an den magischen Spiegel.

»Das ist mein Vater«, murmelte Avan und zog eine Grimasse.

»Er wird dich nie wieder gehen lassen, wenn du seinem Ruf jetzt folgst«, sagte Gaia, packte seinen Arm. Angst flackerte in ihren goldenen Augen auf. »Er wird dir das letzte bisschen Magie nehmen und dich einsperren. Wie willst du ihm entkommen, wenn du zu schwach bist, das Wasser zu rufen?«

»Unsere Eltern besitzen nicht die Kontrolle. Nicht über die Elemente und nicht über uns«, entgegnete Avan und streifte Gaias Hand ab. »Und wir sollten aufhören, sie ihnen zu überlassen. Die elementare Einheit liegt bei uns. Es wird Zeit, dass wir die Verantwortung übernehmen, denn unsere Eltern haben versagt.«

Gaia fächelte sich Luft zu, seufzte verzückt. »Und das aus deinem Mund, Avan!«, rief sie aus. »Starke Worte, mein Süßer. Ich schmelze dahin. Und was schlägst du vor?«

»Es gibt nur einen Weg«, sagte er, ein beunruhigender Funke schlich sich in seine Augen.

»Und der wäre?«, fragte Gaia, ergriff gebannt Sayehs Hand und zerquetschte sie beinahe.

»Wir müssen uns selbst vereidigen.«

Gaia zog geräuschvoll die Luft ein. Sayeh starrte ihn fassungslos an.

»Avan«, hauchte Gaia, krallte die Fingernägel in ihr Fleisch. »Du machst mich fertig.«

»Es ist der einzige Weg, unsere elementare Einheit zu bewahren«, fuhr er fort. Er sprach ruhig und abgeklärt, als habe er diesen Plan schon seit Wochen vorbereitet. »Wir müssen dort sein, wenn unsere Eltern die Zeremonie abhalten, und wir müssen sie ersetzen. Sayeh wird sich mit uns anstelle von ihnen verbinden.«

»Das ist ...«, stieß Gaia aus, unterbrach sich selbst und schüttelte den Kopf, sah von Sayeh zu Avan. Ihre goldenen Augen funkelten, so wie Avans funkelten. Irrsinn. Es war Irrsinn! »Das ist die genialste Idee, die du jemals hattest!«, schrie sie und fiel Avan um den Hals.

»Das ist Wahnsinn«, widersprach Sayeh. »Ihr würdet euch umbringen!«

»Wieso?«, fragte Gaia. »*Wir* sind Halbgötter, *sie* sind Halbgötter. Sie haben bereits eine Vereidigung hinter sich, doch soll uns das davon abhalten, uns ihnen entgegenzustellen und unser verdammtes Recht einzufordern? Erfahrung ist nicht alles. Du bist unser Gehirn, Sayeh. Du hast die Bücher über die Zeremonie studiert. Das hast du doch, oder?«

»Ja, schon, aber ...«, setzte sie an.

»Na also«, unterbrach Gaia sie und gab ihr einen Klaps auf den Hinterkopf. »Du bist der Schatten. Wagemutig und rebellisch. Furchtlos und stark. Mache deinem Element alle Ehre. Dann wird Nyssa dich auch erhören. Wir haben zwanzig Tage, um diese Zeremonie vorzubereiten. Alizeh wird uns Bescheid geben, wann ihr Vater und die anderen abreisen, und wir werden ihnen folgen.« Gaia lachte. Es schwang ein Hauch von Wahnsinn mit. »Wir haben einen riesigen Vorteil. Der Schatten ist unser. *Unser.*«

Die beiden wollten das wirklich durchziehen. Ein Teil von ihr fand die Vorstellung aufregend, der andere – derjenige, der den Fels unbeschadet überstanden hatte – flüsterte ihr zu, dass es nicht lohnte, einen solch aussichtslosen Kampf zu kämpfen.

»Alizeh wird sich uns niemals anschließen«, sagte Sayeh. »Und auch Azar nicht.«

»Lass das mal unsere Sorge sein«, sagte Gaia und streichelte ihr über den

Kopf wie einem gutmütigen Hund. »*Du* solltest dich darauf konzentrieren, dein Element zu rufen.«

Was geschah hier?

»So leicht, wie ihr euch das vorstellt, ist das nicht«, versuchte sie ihnen klar zu machen. »Die Zeremonie ist eine hochkomplexe Angelegenheit. Ihr werdet in dem Prozess sterben.«

»Es gibt schlimmere Schicksale als den Tod«, sagte Gaia. »Nämlich ein Leben als Halbgott ohne Magie. Ohne Bestimmung. Wenn du es nicht für dich tun willst, Sayeh, so tue es für uns. Für deine elementare Einheit.«

»Neun Halbgötter bei *einer* Vereidigungszeremonie?«, fragte sie. Irrsinn. »Eine Zeremonie, die noch dazu von vorn bis hinten modelliert wurde, um sie an vier, anstatt an fünf Halbgötter anzupassen? Eine Göttin der Schatten, die – sollte ich es überhaupt schaffen, sie zu rufen – stinkwütend sein wird? Es wird in einer Katastrophe enden! Die nur die Ratten überleben werden. Und das auch nur, wenn sie schneller sind als der Schatten. Die göttliche Macht, die während der Zeremonie freigesetzt wird, ist nicht nur gefährlich, sondern tödlich. Auch für euch.«

»Davor habe ich keine Angst«, sagte Gaia, verschränkte trotzig die Arme vor der Brust, sah auffordernd zu Avan.

»Ich auch nicht«, pflichtete er ihr bei.

Die beiden waren verrückt. Völlig irre. Und doch ... ihr Herz flatterte nicht nur vor Angst. Sie kannte dieses Gefühl. Sie hatte es stets verspürt, kurz bevor sie von ihrem Turmzimmer in die Bucht der singenden Sterne gesprungen war. Prickelnd und aufregend. Aber dies war kein Sprung ins Schattenmeer. Es war eine Vereidigung. Eine Vereidigung mit *ihr.* Sie könnte diese Halbgötter verschlingen. Und sollte es ihnen wider alles Erwarten gelingen, ihre Generation zu vereidigen – bliebe immer noch das Risiko des Bösen. Sie war die Tochter ihrer Mutter, nach der Vereidigung würde sie auch ihre ganze Macht besitzen. Und wenn Alizeh recht hatte? Gehörte dies alles womöglich zum geheimen Plan ihrer Mutter, um den Krieg endlich zu seinem grausamen Ende zu führen?

Sayeh atmete einige Male tief durch, um ihr aufgewühltes Inneres zu beruhigen und ihre Gedanken zu sortieren. »Die Zeremonie beginnt damit, die Götter anzurufen und die Elemente freizusetzen«, sagte sie dann. »Dies ist ein komplizierter Vorgang. Man benötigt den Trank der Vereinigung, der mehrere Wochen im Voraus zubereitet wird. Es müssen die richtigen Gebete rezitiert und Gebräue eingenommen werden, um den menschlichen Körper und die magische Empfänglichkeit zu stärken. Edelsteine müssen in ihrer korrekten Art geschliffen und mit Magie angereichert sein. Unabdingbar für das Gelingen der Zeremonie sind auch genaue Kenntnisse über den Vulkanberg und seine Fallstricke und nicht zuletzt die sichere Kontrolle des Elements. Dinge, für die eine monatelange Vorbereitung vonnöten ist!«

»Dann werden wir unsere Eltern erst dann überraschen, wenn sie die Vorarbeit geleistet haben«, sagte Gaia leichthin.

»Ihr versteht nicht«, sagte Sayeh eindringlich. »Die Elemente werden während der Zeremonie *freigesetzt*. Eure Eltern können ihr Element rufen, so wie ihr es könnt, zerstörte Einheit hin oder her. Aber sie sind sehr viel stärker, als wir es sind. Sie sind die *herrschenden* Halbgötter. Sie haben jahrzehntelange Erfahrung im Umgang mit ihren Elementen.«

»Aber *wir* haben Zugang zu einem sehr wichtigen Bestandteil der Zeremonie, der ihnen fehlt«, sagte Gaia und strahlte von einem Ohr zum anderen. »Einer Halbgöttin der Schatten.«

»Ich bin mir nicht sicher, ob das von Vor- oder Nachteil ist«, murmelte Sayeh. Wen der Schatten wohl als erstes verschlingen würde? Rayan? Alizeh? Avan? Sie hätte sich gern in die Büsche übergeben, doch es gab kein Entkommen aus Gaias Sandburg.

»Nun sei doch nicht so negativ«, schimpfte Gaia und rüttelte an ihr, dass ihre Zähne aufeinanderschlugen. »Avan, sag ihr, sie soll nicht so negativ sein! Lass deine Magie wirken, damit sie klar denken kann.«

»Negativ? Ich bin realistisch«, korrigierte sie Gaia.

Die machte eine wegwerfende Handbewegung. »Bist du dabei, Sayeh?«, fragte sie nur. Sie würde gern schreien oder weinen, den beiden einhämmern, dass ihr Plan niemals funktionieren und sie *alle* sterben würden. Doch sie sah nur hilflos in Gaias leuchtende und Avans hoffnungsvolle Augen.

»Natürlich«, antwortete sie.

»Wunderbar!«, kreischte Gaia und klatschte begeistert in die Hände. »Leute, wir haben eine Vereidigungszeremonie vorzubereiten!«

»Nichts davon darf nach außen dringen«, sagte Avan. »Und wir müssen Alizeh überzeugen. Wir benötigen ihre Fähigkeiten, um alles vorzubereiten.«

»Um Alizeh wirst *du* dich kümmern müssen, Avan«, sagte Gaia und begab sich zum Schrank, warf mit Kleidung um sich. »Und du, Sayeh, musst jetzt ganz stark sein. Denn du wirst ins Reich der Winde reisen müssen.«

Sie wollte Gaia zu Hilfe eilen, denn sie befürchtete, mit einem Minikleid ins eisige Reich aufbrechen zu müssen, doch Avans Gesicht schob sich in ihr Blickfeld. Er drückte ihr etwas Kühles in die Handfläche, schloss ihre Finger darum. Eine Wasserkugel.

»Alizeh wird dich in eine Gefängniszelle bringen«, erklärte er. Sie hatte Schwierigkeiten, seinen Worten zu folgen. »Es sind Felsspalten in einem steilen Kliff über dem Meer. Halte dich von der Kante fern, die Winde sind unberechenbar. Diese Kugel ist mit meiner Magie angereichert, liefert dir endlos Wasser und wirkt beruhigend. Konzentriere dich darauf, den Schatten zu rufen. Habe keine Angst und singe mit den Sternen.«

»Wie poetisch, Avan«, flötete Gaia, die hinter sie trat und ihr einen dicken Pelzmantel überlegte. Sie meinte, augenblicklich einen Hitzekollaps erleiden zu müssen.

»Es ist bitterkalt im Reich der Winde«, sagte Gaia. »Friere dir nicht dein hübsches Näschen ab, Sayeh. Wenn du dich schon nicht in die Schatten hüllen kannst, dann in dieses edle Stück. Ich besuche Alizeh nie ohne Biberfell. Ich hänge an meinen Körperteilen.«

Obwohl sie fast kollabierte, zog sie den Mantel enger um ihren Körper.

»Ich werde ein paar Tage brauchen, um Alizeh davon zu überzeugen, unseren Weg zu gehen«, sagte Avan. »Habe Geduld und denke nicht, wir hätten dich vergessen.«

»Wie könnten wir dich vergessen, Süße«, flüsterte Gaia, drückte ihr einen feuchten Kuss auf die Wange und rubbelte ihre fellbehangenen Arme.

»Sobald es uns möglich ist, werden wir dir alle nötigen Informationen zukommen lassen«, sagte Avan. »Sprich mit niemandem, außer mit Alizeh.«

»Ich soll mit Alizeh sprechen?«, fragte sie zweifelnd.

»Sie ist ein Miststück und besitzt mehr Dornen als ein Rosenbusch, aber wenn du einem Geschöpf im Reich der Winde vertrauen kannst, dann ihr«, sagte Gaia. »Sie ist Teil von dir, Sayeh, und du bist Teil von ihr. Vergiss das nicht. Dem Schicksal kann auch Ali nichts entgegensetzen, so sehr sie sich auch dagegen sträuben mag.«

Gaia zückte einen goldenen Kamm und zerrte an ihren Haaren. Als sie fertig war, stopfte sie ihre Füße in dicke Fellstiefel. Sayeh fühlte sich dermaßen überfahren, dass sie alles willenlos über sich ergehen ließ. Ilas Worte hallten immer und immer wieder in ihrem Kopf nach. *Es ist deine Schuld.*

»Es ist nicht deine Schuld, Sayeh«, hörte sie Avan in diesem Moment sagen. Irritiert sah sie zu ihm auf. Hatte er ihre Gedanken gelesen? Nein, diese Fähigkeit besaß das Wasser nicht. Dem Wind wurde sie nachgesagt. Doch auch da waren sich die Lehrbücher uneinig. »Nichts davon ist deine Schuld. Oder unsere. Unsere Eltern haben einen Fehler gemacht und in der Folge starb ihre Einheit. Welcher Fehler das auch immer gewesen ist, es war *ihrer.* Und wir werden nicht den gleichen machen. *Sie* müssen nun mit den Konsequenzen leben.«

»Weise Worte, Avan«, sagte Gaia und stopfte ihr die Taschen mit Obst und Brot voll.

Avan umfasste ihre Schultern und zog sie in eine Umarmung. Der vertraute Geruch und der sanfte Druck seiner Hände auf ihrem Rücken lösten etwas in ihr, das sie die letzten Minuten zurückzuhalten versucht hatte. Die Tränen kamen still und leise, aber unaufhaltsam, benetzten Avans Hemd mit den Salzrändern und verfingen sich in den feinen Härchen des Biberpelzes. Avan flüsterte ein paar Worte des Wassers in ihr Ohr, die sie nicht verstand.

»Süße, der Schrecken hat ja bald ein Ende«, sagte Gaia aufmunternd und strich ihr die Haare hinter das Ohr. Dann schnippte sie mit dem Finger. Sandkörner wirbelten um Sayehs Nase und die Wände verschwanden. »Ich glaube, ihr habt noch etwas zu besprechen«, flüsterte sie ihr zu, schnappte sich eines der Bücher aus dem Schattenreich und setzte sich auf dem Balkon in einen Korbstuhl, drehte ihnen den Rücken zu.

Trotz ihres desolaten Geisteszustandes verstand Sayeh, was Gaia bezweckte. Widerwillig schälte sie sich aus Avans Umarmung und wischte sich die Tränen am Mantelärmel ab. Jetzt oder nie.

»Avan«, sagte sie leise genug, damit Gaia sie nicht hörte. »Am Teich der singenden Fische …«, begann sie, wusste jedoch nicht recht, was sie eigentlich sagen wollte. *Es war sehr schön, aber du musst mich vergessen, denn wir werden alle sterben? Du bist ein Geschöpf des Wassers und ich bin der böse Schatten und du solltest auf dein Herz achten?*

Avan nahm ihre Hände in seine, ein höfliches Lächeln auf den Lippen. »Sayeh, es war nur ein Kuss«, sagte er. Nur ein Kuss? Er lachte, auch wenn sie nicht wusste, was es da zu lachen gab. »Mach dir darüber keine Gedanken. Es ist nicht wichtig.«

Nicht wichtig?

Gaia ließ ein lautes Schnauben vernehmen.

»Es war nur die Magie der singenden Fische, Sayeh«, fuhr er fort, während sie in seinen Augen nach dem suchte, was sein Innerstes sagte. Doch aus den unruhigen, tiefblauen Strudeln wurde sie nicht schlau. Hatte Lotus nicht gesagt, dass die Fische die Gefühlslage widerspiegelten? Nicht aber, dass sie Gefühle beeinflussten. »Wir müssen uns jetzt auf die Zeremonie konzentrieren«, fuhr Avan fort. »Alles andere ist bedeutungslos. Du solltest es vergessen.«

Vergessen? Irgendetwas war seltsam an der Art, wie er sprach. Überlegt. Monoton. Ein wenig wie Rayan.

Gaia stand geräuschvoll von ihrem Korbstuhl auf und warf das Buch in die Ecke.

»Das ist ja nicht zu ertragen!«, rief sie und schob Sayeh beiseite. Sie strauchelte, schlitterte über eine Pfütze und landete um ein Haar in dem magischen Spiegel. »Mach dir doch nichts vor, Avan!«, sagte sie und tippte ihm mit dem Zeigefinger an die Brust. »Vergiss nicht, wer du bist. Ich habe es dir vor einer Woche gesagt und ich sage es dir noch einmal. Für ein Geschöpf des Wassers ist der Verlust des Herzens genauso dramatisch wie der Entzug des Elements.«

»Sei still, Gaia!«, zischte Avan.

»Ich bin nicht still«, ignorierte Gaia ihn. »Dein einziger Lehrmeister ist dein Vater. Das *kann* nicht gut gehen, Avan. Ich kenne dich besser als mich selbst und ein Kuss ist bei dir nicht einfach ein Kuss und Sayeh ist nicht einfach ein Menschenmädchen. Wir *müssen* darüber reden. *Ihr* müsst darüber reden. Bei der Zeremonie sind unsere Gefühle das, was über Sieg und Niederlage entscheidet.«

Sayeh wollte Avan aus dieser ungemütlichen Situation retten und Gaia erklären, dass ein Kuss sehr wohl nur ein Kuss sein konnte. Doch sie kam nicht dazu, denn in diesem Moment raste ein Tornado aus dem Spiegel auf sie zu. Gaia packte noch ihre Handgelenke, doch der Wind war zu stark, er entriss sie ihrem Griff und sog sie hinein in das verflüssigte Spiegelglas.

»Alizeh, warte!«, drang Gaias Schrei durch den Sturm. »Ali!«

Sayeh meinte, aus weiter Ferne Avans Stimme zu vernehmen, dann wurde alles weiß. Und eiskalt.

MEIDE DEN WIND

Alizeh zerrte an ihrer Hand wie an einem ungehorsamen Pferd. Für ihre Größe war sie unverschämt stark. Vielleicht halfen ihr auch die Winde, die sich um sie bauschten und sie beide vorwärtstrieben. Sayehs Kopf drehte sich von der unfreiwilligen Reise durch den magischen Spiegel und sie stolperte orientierungslos hinter Alizeh her, konzentrierte sich auf den wippenden blonden Zopf, um nicht über ihre übergroßen Fellstiefel zu stürzen. Sie schritten durch einen weißen Tunnel, von dem weder Türen noch Fenster abgingen. Für einen Moment war Sayeh sich nicht sicher, ob sie den Spiegel bereits verlassen hatten. Es war so bitterkalt, dass der Schweiß auf ihrer Haut sich in Eiskristalle wandelte und die Atemluft vor ihren Augen in Rauch. Nach einer halben Ewigkeit tauchte eine Tür aus schwerem Iridium vor ihnen auf, die Alizeh mit einem Fußtritt aufstieß.

»Ich wünsche dir einen angenehmen Aufenthalt«, zischte sie, ließ ihre Hand los.

Im selben Moment erfasste Sayeh ein Tornado, hob sie in die Höhe und wirbelte mit ihr in die Gefängniszelle. Kurz verweilte er über einem schäumenden Meer, das tief unter ihr in meterhohen Wellen gegen einen weißen Felsen krachte. Dann spuckte die Windsäule sie aus und Sayeh landete auf hartem Stein. Sie schaffte es, sich abzurollen und knallte mit ihrem Hinterkopf an eine Felswand. Benommen blieb sie liegen.

»Mein Vater sagt, ich darf dich nicht töten«, wirbelte Alizehs feindselige Stimme um ihren Kopf, wurde getragen von Böen, die sie ohne Unterlass attackierten. »Aber glaub ja nicht, dass ich dir deine letzten Tage in dieser Welt leicht machen werde. Ich bin weder Avan noch Gaia. Ich sehe dich als das, was du bist. Unser aller Untergang. Du hast mein Leben zerstört. Ich hoffe, dein Tod wird langsam und qualvoll.«

Sayeh blinzelte in den Sturm. Alizehs wilder Blick bohrte sich in ihren Kopf wie der scharfkantige Stein in ihren Rücken. Ohne ein weiteres Wort machte die Halbgöttin der Winde auf dem Absatz ihres Stiefels kehrt und knallte die schwere Tür hinter sich zu. Sie nahm die winzigen Tornados mit sich, die um ihren Kopf wirbelten, die eisigen Windböen jedoch, welche in Sayehs Haut drangen und ihre Knochen gefrieren ließen, blieben.

Sie zog Gaias Mantel fest um ihren Körper, kroch in die hinterste Ecke der Felsspalte und starrte von dort aus in den trüben Himmel. Hellgraue Wolkenberge zogen vorüber, schichteten sich übereinander wie Sahne auf einer Torte, bildeten bizarre Formen, die sich auflösten und neu formten. Sie sperrten die blendende Sonne aus, Schatten jedoch warfen sie keine. Tornados rasten über das Meer der Winde hinweg, peitschten das Wasser auf und weckten Tsunamis, die gegen den Felsen krachten und ihn erschütterten. Das Heulen des Windes und das bedrohliche Grollen des Meeres erschienen Sayeh wie eine qualvolle Melodie, die der Gott Lil eigens zur Folter der Gefangenen erschuf.

Das Reich der Winde und sie würden keine Freunde werden.

Bibbernd vergrub sie ihr Gesicht in dem warmen Biberfell, umschloss Avans Wasserkugel fest mit der Hand und rief die Schatten. Sie war überrascht über die dicken, schwarzen Rauchfäden, die ihren Fingerspitzen entwichen und sich unter ihrem Mantel ausbreiteten. Sie rochen nach Heimat und Geborgenheit. Und ihre Angst verflog. Erleichtert hüllte sie sich in den Pelz und in ihre Schatten. Vielleicht könnten sie es tatsächlich schaffen, diese Zeremonie für sich zu entscheiden. So die Götter wollten.

Hoffnungsvoll öffnete sie ihren Mantel, ließ die finsteren Schwaden frei. Sie schlängelten sich hinaus in die Freiheit, neugierig und voll Freude – und wurden jäh von einer Sturmböe zerrissen, die durch die Felsspalte fegte. Die zarten Schattenfäden tanzten hilflos in dem Sturm, ehe sie sich verflüchtigten.

Meide den Wind.

Die Hoffnung machte der Betrübnis Platz und Sayeh wollte um ihre verlorenen Schatten weinen.

Wie hatte ihre Mutter es geschafft, gegen den Wind anzukommen?

Sie kannte die Antwort auf diese Frage. Ihre Mutter war vereidigt gewesen, im Besitz all ihrer Macht. Ihre Fähigkeiten waren ein schwacher Abklatsch davon.

Also keine Schatten. Würde die Nacht dem Wind trotzen können?

Singe mit den Sternen.

Sie schlang den Mantel noch fester um sich, lehnte ihren Kopf gegen die Felswand und schloss die Augen. Der eisige Wind fühlte sich auf ihrer Haut an wie winzige Nadelstiche, zerrte unnachgiebig an ihren Haaren. Ihre Finger fühlten sich so tiefgefroren an, dass sie befürchtete, die Wasserkugel zu verlieren. Am ganzen Körper zitternd presste sie die Kugel an ihre Brust und begann zu singen. Doch ihre Lippen waren taub und die Stimme, die ihren Mund verließ, war heiser und schwach. Nicht mal ein Hauch ihres vergangenen Talents.

Nyssa wäre nicht beeindruckt. Und auch die Sterne zeigten sich nicht.

Dennoch hielt sie durch, zählte bis einundneunzig. Dann erstarb ihre Stimme. Der pfeifende Wind ersetzte ihr halbherziges Lied mit seiner eigenen Melodie. Die Wolken türmten sich vor ihr auf, bedrohlich und undurchdringlich. Sayeh tastete nach einem der zahlreichen Steinsplitter, mit denen der Sturm sie malträtierte, drehte sich der Felswand zu und kratzte eine tiefe Kerbe hinein. Kurz betrachtete sie den einzelnen Strich, dachte über ihr Leben nach und fragte sich, wohin Adalwin gegangen war, nachdem die Ratte von den Schatten verschlungen worden war.

Irgendwann übermannte sie der Schlaf und sie rollte sich unter dem Biberpelz zusammen, hoffte, dass ihre halbgöttlichen Kräfte sie noch nicht verlassen hatten und sie die eisige Nacht überleben würde. Langsam wich die trostlose Wirklichkeit einer Traumwelt aus Schatten, Feuer und Wind. Alles verschlingende Flammen jagten schwarze Tornados, in denen Sterne hilflos durcheinandergewirbelt wurden. Kurz bevor sie endgültig in dieser Welt versank, meinte sie, die Stimme ihrer Mutter zu vernehmen. Doch der Sog der Träume war zu stark und später hätte sie nicht mehr sagen können, ob die Stimme Teil der Wirklichkeit oder Teil der Traumwelt gewesen war.

HASS UND KÄLTE

»Du verstehst sicherlich, warum ich dich verachte«, durchbrach Alizeh das Pfeifen des Windes. Sie kratzte unaufhörlich mit der Spitze ihres Dolches über den Felsen. Das Geräusch hallte unangenehm in der Höhle nach, trug sich hinaus auf das Meer und wurde von den Wellen zurückgeworfen, kam tausendfach verstärkt zu ihnen zurück. Alizehs zierlicher Körper war eingehüllt in einen weißen Pelzmantel, dessen zarter Flaum sanft im eisigen Wind wiegte.

Es war ihr zweiter Tag in der Felsspalte und er war so kalt, weiß und trostlos wie der vorherige. Warum Alizeh hier war, wusste sie nicht. Als Sayeh vor einer Stunde aus ihren wirren Albträumen erwacht war, hatte das Mädchen bereits vor ihr gesessen und sie mit hasserfülltem Blick beobachtet. Essen hatte sie keines gebracht. Nicht, dass sie etwas benötigte. Gaia hatte ihre Manteltaschen bis zum Rand vollgestopft. Sie schätzte, Alizeh war hier, um ihr Versprechen einzulösen und ihr den Aufenthalt so ungemütlich wir möglich zu gestalten.

»Weil der Schatten dir alles genommen hat«, presste Sayeh zwischen ihren klappernden Zähnen hervor.

»Der Schatten, deine Mutter, du ...«, sagte Alizeh, deren eisgrauer Blick sich in ihren bohrte. Ihre Lippen waren voll und rosig, ihre Wagen besaßen eine frische Farbe. Sie schien kein bisschen zu frieren. Alizeh war ein bildhübsches Mädchen und Sayeh fragte sich, warum Avan von ihren Annäherungsversuchen nicht begeistert gewesen war. *Das Herz eines Geschöpfs des Wassers bindet sich nur einmal. Anat wacht darüber.*

»Doch deine Mutter ist nicht mehr hier und der Schatten lässt sich nicht blicken«, fuhr Alizeh fort, bearbeitete verbissen den Stein, auf dem sie saßen. »Also muss ich mit dir vorliebnehmen.«

Sayeh hätte ihr gern etwas entgegensetzen wollen. Doch sie verstand Alizehs Hass. Viel besser als Avans und Gaias Freundlichkeit. Denn sie *hatte* ihr Leben zerstört.

»Ich möchte euch nicht schaden«, erklärte Sayeh nur, schützte ihr Gesicht mit der flachen Hand vor umherschießenden Splittern. »Das war nie meine Intention. Ich wollte meine sechzig Tage absitzen, die Schatten zurückbringen und die Fehler meiner Mutter wiedergutmachen.«

»Wie rührend und aufopfernd«, spie Alizeh verächtlich aus, spuckte über die Felskante und zog mit der spitzen Klinge Muster in den Steinboden. »Du armes Geschöpf der Schatten, bist ja so unschuldig und hilflos ...« Alizeh rollte mit den Augen und zeichnete mit dem Dolch geräuschvoll Kreise ins Felsgestein. Sayeh stellten sich die Zehennägel auf. »Du denkst, du bist die Einzige mit einem schlimmen Schicksal? Mit einer ekelhaften Vergangenheit? Das einzige Geschöpf dieser Welt, das in seinem Leben Leid ertragen musste?«

Sayeh wollte sich die Ohren zuhalten, doch dann hätte sie Avans Wasserkugel loslassen müssen.

»Nein, das denke ich nicht«, erwiderte sie.

Alizeh lachte schrill. »Oh, ich Arme!«, rief sie theatralisch aus und legte sich die Hand an die Brust. »Meine Mutter war böse und strebte die Weltherrschaft an, deswegen musste ich fünf Jahre im Fels verrotten. Und nun muss ich auch noch die Fürsorge der anderen Elemente über mich ergehen lassen, obwohl ich doch im Grunde nur sterben und mit meinem großzügigen Opfer die Welt vor dem Untergang erretten möchte.« Dann rammte sie schnaubend den Dolch in den Stein, dass die Splitter nur so flogen. Ihre eisgrauen Augen funkelten Sayeh bitterböse an. »Zum Kotzen!«, zischte sie. »Einfach nur armselig.«

Vielleicht hätte Alizeh mit ihr tauschen wollen. Doch Sayeh wagte nicht, ihr dieses Angebot zu machen. Alizeh war so voller Hass und Wut – sie würde sie kurzerhand töten. Es war zwar nicht leicht, einen Halbgott zu töten, aber unmöglich war es nicht. Alizehs Dolche waren aus gutem Grund aus Iridium. Das Metall konnte einen Halbgott verletzen wie eine gewöhnliche Messerklinge einen Menschen.

Wie sich ihre Mutter wohl umgebracht hatte? Mit Iridium? Mit Gift?

»Hast du meine Mutter gesehen?«, kam es über ihre Lippen.

Alizehs Augen flackerten irritiert. Ihre perfekt geschwungenen Augenbrauen zogen sich über ihrer niedlichen Stupsnase zusammen. »Wie bitte?«, fragte sie zurück und bedachte sie mit einem abschätzigen Blick. »Bist du jetzt völlig durchgedreht?«

»Sie hat dich in ihren Schatten verschlungen«, sprach Sayeh unbeirrt weiter. »Gaia hat es mir erzählt.«

Bei Nyssa, wenn Blicke töten könnten! Alizeh zielte mit dem Dolch auf sie. Dann ließ sie ihn fliegen. Sayeh konnte nicht mehr ganz ausweichen und die Klinge streifte ihre Wange, bohrte sich hinter ihr in den Stein. Wo das Iridium sie verletzt hatte, verspürte sie einen kurzen, stechenden Schmerz.

»Ja, ich habe sie gesehen«, flüsterte Alizehs Stimme, kalt wie eine frostige Böe. »Sie sah aus wie du. Nur nicht so weinerlich und kränklich. Sie war stark und grausam. In ihren Augen war der Tod. Ihre schwarzen Schatten konnte niemand aufhalten. Nicht einmal mein Vater. Sie fraßen unsere Atemluft, verdunkelten die Sonne und schluckten alles Licht. Ich wollte fliehen. Wenn man sich dem Tod gegenübersieht, bleibt einem keine andere Wahl als die Flucht. Doch ich war zu langsam. Ein kleines Mädchen mit kurzen Beinen, nicht in der Lage, den Wind zu rufen. Düstere Ranken zerrten an mir, schlangen sich um meinen Körper, drangen in mich ein und zogen mich hinab in die ewige Finsternis. Ja, ich habe ihn gesehen, Sayeh. Den Tod. Er ist alles andere als angenehm. Du kannst dich darauf freuen.«

Ruckartig erhob sie sich, trat an die steil abfallende Felskante und drehte Sayeh den Rücken zu. Die Wellen peitschten mit solcher Wucht gegen die Klippen, dass die salzige Gischt bis zu ihnen hinauf spritzte.

»Du würdest mich am liebsten über die Klippe wehen«, sagte Sayeh nach einer Weile, auch wenn sie lieber schweigen sollte. »Du würdest mich in den Schatten verschlingen, wenn du könntest.«

Alizeh drehte sich zu ihr um. Ihre Augen schwammen in Flüssigkeit. »Ja, das würde ich«, sagte sie tonlos.

»Ist es das, was meine Mutter böse gemacht hat?«, fragte Sayeh, ohne eine wirkliche Antwort zu erwarten. »Hat auch sie den Tod gesehen und wollte sich an demjenigen rächen, der ihn ihr gezeigt hat? So, wie du dich nun an mir rächen willst?«

Alizeh lachte auf. Aber es klang hohl und freudlos. »Ich bin nicht böse«, erwiderte sie. »Wäre ich es, wäre mein Dolch in deinem Herzen gelandet. Ich möchte mich auch nicht an dir rächen. Rache ist etwas für schwache Geschöpfe, die keinen Lebenswillen besitzen. Nein, Sayeh, ich bin lediglich eine *sehr* wütende Halbgöttin der Winde, der gerade ihre Zukunft genommen wurde. Ihre Bestimmung. Ihr Leben. Ich *könnte* dich in den Abgrund stoßen. Doch ich tue es nicht. *Das* ist der Unterschied zwischen dem Schatten und dem Wind.«

»Du hast gerade gesagt, du würdest mich töten, wenn du könntest«, entgegnete Sayeh. »Dass du mich in den Schatten verschlingen würdest.«

»Wenn ich der Schatten *wäre*«, fauchte sie.

»Du würdest mich töten, wenn du der Schatten wärest«, murmelte Sayeh vor sich hin, versuchte angestrengt, ihrer eigenen verqueren Logik zu folgen. »Also ist nicht der Schatten an sich böse, sondern derjenige, der ihn zum Töten missbraucht. Denn du *bist* nicht der Schatten, aber du würdest mich gern *mit Hilfe* des Schattens ...«

»Halt den Mund!«, fuhr Alizeh sie an und ließ eine Böe auf sie niedergehen. »Du verstehst gar nichts! Wie auch? Du lebst seit deiner Geburt abgeschottet von der Welt. Deine Mutter hat dich wahrscheinlich abgöttisch geliebt. Du weißt nicht, wie es ist, kämpfen zu müssen. Sich in dieser Welt zu behaupten. Du lebst und stirbst kampflos. Ich verachte dich, wie ich deine Mutter verachtete, doch vor ihr hatte ich wenigstens Respekt. Sie stand einen Windhauch davor, diese Welt in den Schatten zu verschlingen und alleinig über sie zu herrschen. Ich kann nicht glauben, dass du ihre Tochter bist.«

»Du bewunderst sie?«, fragte Sayeh fassungslos.

»Ich *respektiere* sie«, entgegnete Alizeh. »Sie war eine mächtige Halbgöttin mit unvergleichlichen Fähigkeiten. Du bist nicht mehr als eine feige Ratte, die sich verkriecht, sobald es ungemütlich wird. Dieser Felsspalt ist noch zu gut für dich.«

GIFTIGE BÖEN

Tief in Gedanken versunken starrte sie auf ihren dritten Strich und spielte mit drei zittrigen Schattenfäden. Hinter ihr krachte die Iridiumtür gegen den Felsen und der Schatten zog sich zurück. Sayeh wappnete sich für einen weiteren Wutausbruch.

»Avan hat mir von eurem grandiosen Plan erzählt«, schnitt Alizehs Stimme durch die barbarische Kälte. »Sie gehen in den sicheren Tod. Doch was kümmert es mich? Wir werden in wenigen Tagen keine elementare Einheit mehr sein. Wir werden gar nichts mehr sein. Nichts! Bloß gewöhnliche Menschen. Bestenfalls.«

Sayeh drehte sich zu ihr um. Alizehs sturmgraue Augen waren verquollen, ihre Haare saßen nicht so perfekt wie üblich. Sie war also nicht die Einzige, die einen schlechten Schlaf hatte.

»Der Plan könnte funktionieren«, sagte Sayeh. »Ihr könntet doch noch vereidigt werden.«

»Was für ein windiger Schwachsinn!«, spie Alizeh ihr entgegen, schüttelte ihre blonden Haare aus, die sich wie flüssiges Gold über ihren weißen Pelz ergossen. »Und abgesehen von Erfolg oder Misserfolg – ich bleibe lieber unvereidigt, als mir mit dir eine elementare Einheit zu teilen.«

»Ich verstehe deinen Hass, Alizeh«, sagte sie und rappelte sich schwerfällig auf. Ihre Glieder waren steifgefroren. »Doch wenn du Gaia und Avan im Stich lässt, werden sie sterben. Möchtest du das?«

»Erzähle du mir nichts von Loyalität und Freundschaft!«, giftete Alizeh.

»*Du* hast sie dazu angestachelt. Wenn sie sterben, ist es allein deine Schuld. Nicht meine.«

»Es ist gleichgültig, wessen Schuld es ist«, erwiderte Sayeh. »Es geht hier um ihr *Leben*.«

»Mach mir doch nichts vor«, sagte Alizeh eisig. »Es geht um *dein* Leben. Das ist die letzte Möglichkeit, deinen verfrorenen Hintern zu retten. Du bist gerissener, als du aussiehst, hast Avan um den Finger gewickelt und schnell erkannt, dass Gaia ihm in den Tod folgen würde. Aber bei mir stößt du mit deinen hinterhältigen Spielchen auf Granit, Süße. Ich würde mich eher in die Spitze meines eigenen Schwertes stürzen, als mich mit dir zu vereidigen. Und Azar ...« Sie lachte gehässig auf, verschränkte die Arme vor der Brust. »Nicht mal, wenn die Welt im ewigen Eis gefrieren und man ihm seine Flammen nehmen würde, würde er dem Schatten zur Seite stehen. Da kann Avan noch so herzerweichend darum flehen.«

Alizeh warf ihr ein transparentes Fläschchen vor die Füße. Darin schwappte eine dunkelbraune Flüssigkeit.

»Mein Vater will, dass du das trinkst. Zweimal am Tag. Ich hoffe, es ist Gift.«

Sayeh starrte auf die Flasche, während Alizeh sich in einen Tornado hüllte und geräuschvoll verabschiedete. Mit steifen Fingern hob sie das Gefäß auf, betrachtete den zähflüssigen Sud darin. *Pandora.* Sie öffnete den Verschluss, kroch an die Felskante und tröpfelte den bitteren Trank in das Meer der Winde.

DAS LEBEN IST GRAUSAM

Der stetig pfeifende Wind und die unzähligen verirrten Möwen, die Schutz in ihrer Felsspalte suchten, waren ihre einzigen Besucher. Die Schatten kamen und verflüchtigten sich wieder. Der Mantel schützte sie kaum noch vor der ununterbrochenen Kälte. Ihre Haut hatte einen besorgniserregenden bläulichen Schimmer angenommen und sie verspürte weder Hunger noch Durst. Vielleicht lag sie schon im Sterben.

Als sie den fünften Strich in den Stein kratzte, wurde ihre Ruhe gestört. Ihre zarten Schatten flüchteten unter ihren Mantel und die Wasserkugel ließ sie schnell in der Tasche verschwinden.

»Gaia hat etwas herausgefunden«, begrüßte Alizeh sie ohne Umschweife. Ihre Stimme klang einen Hauch weniger hasserfüllt als die letzten Tage. Ihre Augen schweiften ruhelos über die Wolkenberge.

»Und was hat sie herausgefunden?«, fragte Sayeh müde.

Alizeh seufzte tief. »Es war von Anfang an geplant, unsere Einheit zu zerstören«, sagte sie. »Du bist die Halbgöttin der Schatten unserer Generation und wirst bei der Zeremonie in die Einheit unserer Eltern gebunden. Um den Schatten dauerhaft in die Einheit der vier Elemente zubinden, wird jedoch jede Generation aufs Neue ihren Halbgott der Schatten opfern müssen.«

Sayeh setzte sich auf. »Nyssa wird auch nach meiner Opferung weiterhin Halbgötter erwählen?«, fragte sie und spürte eine Kälte in sich aufsteigen, die nichts mit dem eisigen Wind zu tun hatte. »Und jeder von ihnen muss in jeder künftigen Generation geopfert werden?«

Alizeh stöhnte und öffnete ihren Pelzmantel. »Das sagte ich doch gerade. Ist dein Gehirn eingefroren?«

»Das …« Der Schock nahm ihr für einen Moment die Fähigkeit, zu sprechen. Sie hatte angenommen, die Übergabe des Schattens an die anderen vier Elemente wäre von Vorteil. Im Interesse aller. Dass selbst Nyssa zustimmen würde. Doch wenn die herrschenden Halbgötter erwarteten, dass Nyssa für jede nachfolgende Generation ein Kind erwählte … Dann konnte diese Zeremonie doch unmöglich im Einverständnis der Götter geplant worden sein.

»Das ist grausam«, flüsterte sie schließlich, umfasste verzweifelt die Wasserkugel in ihrer Manteltasche.

»Ja, ja«, seufzte Alizeh, ließ sich vor ihr im Schneidersitz nieder und betrachtete sie wie eine Möwe, die sie auf einen geeigneten Nistplatz absuchte. »Das ist ja so *grausam*. Das ganze Leben ist grausam, Sayeh. Du solltest das doch am besten wissen.«

»Es ist nicht richtig, dass eure Eltern euch die Einheit nehmen wollen«, sagte Sayeh. »Die ihre wurde zerstört, doch darunter solltet ihr nicht leiden müssen. Egal ob mit mir oder ohne mich. Es ist falsch.«

»Blitzmerker«, meinte Alizeh verächtlich, zog ihr Schwert und hieb es in den Felsen.

»Aber du hasst mich noch immer«, schlussfolgerte Sayeh.

»O ja, ich hasse dich«, sagte sie mit Inbrunst.

»Und du willst Avan und Gaia noch immer nicht helfen.«

Alizeh legte das Schwert in ihren Schoß und fuhr mit ihrem Zeigefinger über die scharfe Klinge. »Avan setzt sich ganz schön für dich ein«, sagte sie wie beiläufig. Der eisige Klang in ihrer Stimme war einem Plauderton gewichen. »Stehst du auf ihn?«

Sayeh beschlich das Gefühl, Klatsch und Tratsch waren innerhalb ihrer elementaren Einheit bedeutsamer als Leben und Tod.

»Wieso interessiert dich das?«, fragte sie.

»Weil wir eine Einheit sind«, antwortete Alizeh, eine unmissverständliche Warnung schwang ihren Worten mit. Ihre hellgrauen Augen musterten sie aufmerksam, während sie das Schwert wieder aufnahm und sich mit der

Spitze in den Finger pikste. Vielleicht wollte sie austesten, ob die Klinge scharf genug war, um Sayehs Herz damit aufzuspießen. »Weil er ein Geschöpf des Wassers ist. Und weil er mir viel bedeutet.«

»Du bist eifersüchtig.«

Sehr dünnes Eis. Alizehs Kiefermuskeln zuckten. »Ich bin nicht eifersüchtig«, stieß sie gepresst aus und sperrte eine Möwe, die in diesem Moment in den Felsspalt flatterte, in einem Tornado ein. Kreischend versuchte das arme Tier sich zu befreien. »Ohne ihn wäre ich nicht die, die ich heute bin. Ich verdanke ihm ... sehr viel.«

»Was verdankst du ihm?«, fragte Sayeh.

Sie war überrascht, als Alizeh ihr antwortete. »Ich war nicht immer die talentierteste Halbgöttin meiner Generation«, gab sie zu, spielte mit einigen winzigen Tornados auf ihrer Handfläche. Sie wandte den Blick von ihr ab und ihre Augen verloren sich im trüben Himmel. »Ich hatte vier ältere Brüder«, fuhr sie fort. »Vier Söhne in der Herrscherfamilie, alle in den passenden Jahren geboren, aber keiner von ihnen wurde von Lil erwählt. Eine Schande. Ein Skandal. Und dann kam ich. Die kleine Alizeh. Man hätte meinen können, meine Familie hätte sich gefreut. Endlich war sie da, die nächste Halbgöttin. Lil hatte abermals jemanden aus unserer Familie erwählt. Doch nein, sie haben sich nicht gefreut. Sie waren maßlos enttäuscht. Und weißt du, warum?«

Sayeh schüttelte den Kopf.

»Weil ich ein Mädchen bin.«

»Weil du ein Mädchen bist?«, wiederholte Sayeh verwundert. »Welche Bedeutung soll das Geschlecht haben, wenn man ein Halbgott ist?«

»Das frage ich dich, Sayeh«, entgegnete Alizeh. Die kleinen Tornados auf ihrer Hand beschleunigten ihre Wirbel, bauschten Alizehs Haar auf, trugen einen süßlichen Duft nach Vanille zu Sayeh hinüber. »Denn mein Vater hat es mir nie erklären können. Mich dafür leiden lassen jedoch hat er. Dafür, dass ich nicht das war, was er sich erhofft hatte. O nein, ich war das genaue Gegenteil! Klein, schmächtig und schwach. Ein Mädchen.«

Diese Sicht der Dinge war Sayeh fremd. Das Reich der Schatten wurde seit

Jahrhunderten von Frauen beherrscht. Nie wäre sie auf die Idee gekommen, dass andere Reiche ihre Halbgötter nach dem Geschlecht beurteilten. Ihr erschloss sich der Sinn dahinter nicht. Den kräftemäßigen Unterschied zwischen Mann und Frau, der bei den Menschen existierte, gab es bei den Halbgöttern nicht. Sie wurden alle gleich stark und gleich mächtig geboren.

»Und Avan hat dir zur Seite gestanden«, folgerte sie. »Er hat dich unterstützt und vor deinem Vater in Schutz genommen.«

»Ich war nicht in der Lage, den Wind zu rufen«, offenbarte ihr Alizeh. »Nicht, bis ich das vierzehnte Lebensjahr erreicht hatte. Ohne Avans Hilfe hätte ich es nie geschafft. Ich hätte aufgegeben, meine Macht freiwillig abgegeben, so, wie es mein Vater, meine Brüder und auch meine Mutter von mir verlangt hatten. Sie wurden nicht müde, mir jeden Tag ins Gesicht zu sagen, ich wäre der Macht Lils nicht würdig. Und ich glaubte ihnen – bis Avan mich eines Besseren belehrte. Man ist, was andere in einem sehen. Richtig, Sayeh?« Die Halbgöttin sah sie herausfordernd an.

Sayeh schwieg. Alizehs Worte trafen sie so heftig wie die eisigen Böen. War sie das? War sie wirklich zu dem geworden, was andere in ihr sehen wollten? Oder war es nicht doch andersherum? Und wie sollte man je den Unterschied feststellen? Was war der Anfang? Am Ende würde sich niemand mehr daran erinnern, wer oder was sie geformt hatte. Die Welt sah nur das Ergebnis. So, wie bei ihrer Mutter. Niemand fragte nach den Hintergründen. Sie war böse. Und das war alles, was zählte. Alles, was die Welt über sie wissen musste.

»Doch denke nicht, wir wären uns auch nur im Entferntesten ähnlich«, redete Alizeh weiter. »Der entscheidende Unterschied zwischen uns beiden ist nämlich, dass ich dafür gekämpft habe, zu dem zu werden, was *ich* in mir sehe. Du hast das nie getan. Du hast nie gekämpft. Du gibst dich geschlagen, passt dich in das Bild ein, das andere von dir haben. Alle sagen, du wärest böse wie deine Mutter – und du glaubst ihnen. Man will dich opfern – und du nimmst den Tod dankend an. Ohne Kampf fügst du dich dem Schicksal, das andere für dich ausgelegt haben. Du bist schwach, Sayeh. So schwach, wie ich früher war. Ich bin dieser Schwäche entwachsen. Für dich ist es zu spät. Du hattest deine Gelegenheiten. Du hättest kämpfen können. Fliehen, wenn nichts anderes ginge. *Irgendetwas*, nur nicht diese gehorsame Passivität, die du an den Tag legst. Wieso sollte ich dir helfen, wo du dir nicht einmal selbst helfen kannst? Wieso sollte ich glauben, dass du anders bist als deine Mutter und uns nicht in den Schatten verschlingst, sobald du die Gelegenheit dazu bekommst, wenn du nicht einmal selbst daran glaubst?«

Die Wahrheit hinter Alizehs Worten schmerzte sie. Sie schmerzte sie, weil sie Nyssas Tochter war. Der Schatten war furchtlos, stark und rebellisch. Sie war nichts von alledem. Nicht mehr. Und wie sollte sie auch kämpfen, wenn ihr die Hände gebunden waren? Wie sollte sie an sich glauben, wenn das, was sie war, von allen gehasst und gefürchtet wurde? Denn sie *wusste* genau, wer sie war. Und *das* war das Problem. Denn sie *wollte* es nicht sein.

»Warum zweifelst du heute nicht mehr an dir?«, fragte Sayeh.

Alizeh erhob sich, schob ihr Schwert in die lederne Scheide unter ihrem Pelzmantel und blickte auf sie hinab. »Ich weiß, dass Lil *mich* erwählt hat«, sagte sie. »Ich bin eine Halbgöttin. Und das ist das Einzige, was ich wissen muss, um zu wissen, wer ich bin. Ich bin Lils Tochter. Götter irren nicht. Menschen schon.«

Götter irren nicht? Sie würde mehr als eine Nacht brauchen, um darüber nachzudenken.

»Du erzählst mir das alles nur, weil ich bald sterben werde.«

Alizeh stieß lautstark die Luft aus und trommelte mit der Spitze ihres Stiefels auf den Felsen.

»Ich erzähle dir das, weil Avan mich seit *fünf* Tagen bearbeitet«, presste sie mit unüberhörbarem Widerwillen hervor. »Ich hasse dich, doch ich liebe ihn. Ich weiß nicht, wie du es geschafft hast, dich hinterlistig in sein Herz zu schleichen. Was ich aber weiß, ist, dass das Herz eines Halbgottes des Wassers weder lügen noch vergessen kann. Wenn du stirbst, weil ich mich weigerte, dir zu helfen, wird er mich aus seinem Herz ausschließen. Sollte es stimmen, was Gaia so unverblümt herumposaunt, wird er die ganze Welt daraus ausschließen. Ich werde bei eurem bescheuerten Plan mitmachen. Nicht, um dein erbärmliches Leben zu retten. Nicht einmal der Vereidigung wegen. Ich tue es für Avan.«

Herz und Honigwein

»Sayeh?«

Warmer Atem streifte ihre tiefgefrorene Nase. Sie spürte eine Berührung an ihrer Schulter, ein Pelz wurde über ihr ausgebreitet. Er war kalt und klamm. Dennoch kuschelte sie sich hinein. Sie musste den Mantel in ihren Albträumen von sich gestrampelt haben. Ob die Möwen ihn ihr wieder übergelegt hatten? Wie nett. Sie murmelte etwas in der Sprache der Schatten, das wie ein Danke klang, und tauchte wieder ab in das Land der Albträume.

Etwas kitzelte an ihren Fußsohlen. Wie war das möglich? Die waren tiefgefroren. Sie zuckte vor der Berührung zurück und rollte sich noch enger unter dem Bibermantel zusammen.

»Sayeh? Gaia hat mir Honigwein mitgegeben, der langsam kalt wird.«

Honigwein?

Ja, Honigwein könnte sie jetzt gut gebrauchen. Wärme und Alkohol. Vielleicht taute das ihre abgestorbenen Ohren wieder auf.

Träge hob sie ihre Lider und blickte in Avans saphirblaue Augen. Sie waren eine solch wunderbare Abwechslung in diesem Einheitsgrau um sie herum, dass sie an eine Illusion glaubte.

»Träume ich?«

Er lachte. »Nein«, sagte er und strich ihr die zerzausten Strähnen aus dem Blickfeld. »Aber du solltest mal die Möwen aus dieser Felsspalte verscheuchen, die finden Gefallen an deinem Mantel.«

Sie sah sich um, entdeckte sich selbst in einem Nest aus weißen Federn, Kot und krächzenden Vögeln.

»Die stören mich nicht«, murmelte sie und hustete eine Feder aus. »Irgendwo müssen sie schlafen. Dieser ständige Sturm macht die armen Viecher ganz benommen.«

Avan zupfte weitere Federn aus ihrem Haar. »Ich sagte dir bereits: Elemente schenken nicht nur Leben. Manchmal nehmen sie es auch.«

»Dann hatten wir zutiefst gegensätzliche Lehrmeister«, bemerkte sie und richtete sich langsam auf. Der Duft nach frischem Wasser und Honigwein drang in ihre Nase.

»Du willst mir sagen, dass deine Mutter dich gelehrt hat, jedes Geschöpf hätte seine Daseinsberechtigung?«, fragte Avan, klang dabei alles andere als überzeugt.

»Sie hat mir verboten, auch nur eine Fliege in den Schatten zu verschlingen«, versicherte sie. Als Avan ihr die Keramiktasse mit dem dampfenden Honigwein reichte, schlossen sich ihre Finger von ganz allein darum.

»Das überrascht mich jetzt«, meinte Avan.

»Ich denke, wir kennen zwei unterschiedliche Versionen meiner Mutter«, erklärte sie und nahm einen vorsichtigen Schluck. Himmlisch. Benebelnd. Wundervoll.

»Und welche ist wahr?«, hörte sie Avan fragen.

Sie dachte kurz darüber nach. »Keine von beiden«, sagte sie dann und genehmigte sich einen weiteren Schluck. Das heiße, hochprozentige Getränk war eine Wohltat für ihren rauen Hals. »Ihr wahres Ich weilt nicht mehr unter uns. Sie nahm es mit in den Tod.«

Sie setzte die Tasse an ihre Lippen und trank den Honigwein in einem Rutsch aus. Mmmh ... Sie ließ ihre Arme sinken und sah Avan an. Seltsamerweise hatte er sich verdoppelt. Verwirrt rieb sie sich die Augen.

»Da war ziemlich viel Alkohol drin«, warnte sie Avan zu spät. »Du hättest ihn langsamer trinken sollen.«

Sie schüttelte den Kopf und drückte ihm die leere Tasse in die Hand.

»Alkohol ist gut«, lallte sie. Bei Nyssa, war ihre Zunge schwer! »Da erscheint einem alles weniger trübsinnig … kalt und sinnlos.«

»Es tut mir leid, dass es so lange gedauert hat, Sayeh«, sagte er mit einer Stimme wie Samt und Seide. Warme Finger strichen über ihre Wange, dort, wo Alizehs Dolch sie gestreift hatte. Avans Augen waren so unendlich schön. Voll blauschimmernder Höhen und Tiefen, die es zu entdecken gab …

Sie seufzte tief. Von einem Impuls geleitet warf sie sich nach vorn und schlang ihre Arme um ihn, ließ sich von seinem Duft in eine andere Welt entführen. In dieser Welt war es warm und friedlich. Dort konnte sie sein, wer sie gern wäre. Und Angst hatte sie auch keine.

»Du bist ein guter Halbgott des Wassers«, murmelte sie und vergrub ihre kalte Nase in seinem silbrig schimmernden Haar. Es roch nach Salz und Algen. »Ein wirklich guter.«

Sein leises Lachen vibrierte in ihrer Brust.

»Ich danke dir«, flüsterte Avan. Er hielt sie so fest, dass sie seinen ruhigen Herzschlag mit ihrem verwechselte und sein heißer Atem ihren Nacken wärmte.

»Warum kann ich nicht eine stinknormale Halbgöttin sein?«, fragte sie.

»Wer will schon stinknormal sein?«, beantwortete er ihre Frage mit einer Gegenfrage und irritierte damit ihr vernebeltes Gehirn. »Der Schatten ist nicht dafür bekannt, nach den Regeln zu spielen.«

Sie löste sich widerwillig von ihm, zog den Mantel enger und starrte auf die Tasse zu ihren Füßen. Wie schade, dass sie schon leer war. Wo war Gaia, wenn man sie brauchte?

»Wenn schon nicht normal, dann wenigstens … nicht das personifizierte Böse. Und ohne das Opfer, welches ich geben muss«, sagte sie und deutete auf sich. »In Form meines *Lebens.*«

»Dafür sind *wir* ja da«, sagte er lächelnd und nahm ihre Hand. Doch anstatt seine magische Massage daran zu vollführen, die sie dringend benötigt hätte, legte er etwas hinein. Etwas, das so heiß war, dass sie zurückzuckte. Es war eine Kugel, die Avans Wasserkugel sehr ähnlich war. Doch es sprudelte kein Wasser darin – unter dem dünnen Glas loderten Flammen.

»Die habe ich aus dem Reich des Feuers mitgehen lassen«, erklärte er. Die Kugel war so heiß, dass Sayeh sie behutsam neben sich auf den Felsen legte. »Ich dachte mir, dass du sie gebrauchen kannst. Alizeh kann sehr ... nun, eisig sein.«

»Azar hat eingewilligt, uns zu helfen?« Sie fragte sich, wie viele Gefallen Avan den anderen inzwischen schuldete. Und ob sie das je wert sein würde.

Er zögerte. »Nein«, sagte er ausweichend. »Nicht direkt.«

»Nicht direkt?«

»Er ist wütend«, erklärte Avan. »Er ist ein Geschöpf des Feuers. Azar braucht einige Tage, um seinen Aggressionen Luft zu machen. Doch seine Wut wendet sich weniger gegen dich als gegen ... die ganze Welt. Ich kann nicht abschätzen, wie lange er dafür brauchen wird. Im Moment lässt er mich nicht mehr zu sich, hat den letzten magischen Spiegel gesperrt, der noch für mich geöffnet war. Ich kann nichts mehr tun. Wir müssen darauf vertrauen, dass er bis zur Zeremonie zur Vernunft kommt.«

»Und wenn nicht?«, fragte sie.

»Müssen wir es ohne ihn machen«, sagte Avan abwesend, nahm ihre Hände in seine und knetete sie, doch die Berührungen waren alles andere als beruhigend. »Zwar können wir ohne Azar nicht vereidigt werden, aber es ist dennoch möglich, dein Opfer zu verhindern, wenn du Nyssa rufst und wir dir während der Zeremonie unterstützend zur Seite stehen. Vielleicht haben unsere Eltern gar nicht in Betracht gezogen, dass der Halbgott des Schattens überleben kann. Ich werde mit meinem Vater reden und ...«

»Das lohnt nicht, Avan«, unterbrach sie ihn. »Ich möchte nicht, dass ihr solch ein Risiko für mich in Kauf nehmt. Ihr braucht den Schatten. Dein Reich trocknet aus. Alle diese Experimente verschieben die Wiederherstellung der elementaren Einheit nur noch weiter nach hinten.«

»Es lohnt sich für mich«, sprach er leise zu ihren Händen, die von seiner unruhigen Massage ganz heiß waren.

»Wieso?«, fragte sie.

»Ich weiß es nicht«, erwiderte er und hob den Blick. Die Müdigkeit stand ihm ins Gesicht geschrieben. Seine Iriden hatten in ihrem chaotischen

Durcheinander Ähnlichkeit mit dem Meer der Winde angenommen. »Ich weiß nur, dass ich dich nicht verlieren möchte, Sayeh. Mich schmerzt es, wenn du nicht da bist, und es schmerzt mich, wenn du leidest. Es mag die elementare Einheit sein, aber ich möchte dir nichts vormachen. Die Gefühle, die ich für dich habe, sind mir neu. Wenn ich mit dir zusammen bin, fühlt sich mein Herz leichter an, meine Magie mächtiger und mein Kopf freier. Ich bin ein Halbgott des Wassers und weiß, was solche Gefühle bedeuten können. Und doch weiß ich es auch wieder nicht. Ich weiß nur, dass ich um dich kämpfen möchte, Sayeh. Ich werde es unterlassen, wenn du mich darum bittest. Doch ich möchte, dass du alles weißt, bevor du eine Entscheidung triffst.«

Sie wusste nicht, ob es seine Worte waren oder der Honigwein, doch sie spürte eine solche Hitze in sich aufsteigen, dass sie ihm ihre Hände entzog und den Mantel abrupt von sich warf.

»Ich bin eine Halbgöttin, Avan!«, flüsterte sie.

»Ich weiß«, erwiderte er und kämmte sich mit den Fingern die Haare aus der Stirn. Sein Blick schweifte zu den grauen Wolkenbergen über dem Meer. »Und wir wissen nicht, wie diese Zeremonie ausgeht. Die Zukunft ist ungewiss. Ich weiß nur, dass ich dich nicht verlieren möchte.«

Sie fragte sich, ob der Schatten ihn betört hatte, so wie Alizeh vermutete. Wieso sollte Avan sich in sie verlieben? Sie war das letzte Geschöpf, an das er sein Herz verlieren sollte.

»Alizeh hat mir viele Dinge an den Kopf geworfen«, sagte sie.

»Das kann ich mir bildhaft vorstellen«, erwiderte Avan und verscheuchte eine Möwe, die an ihren Fellstiefeln pickte. Die hatte sie im Schlaf wohl ebenfalls von sich gestrampelt.

»Sie würde mich am liebsten in einem Tornado einfangen und in den Himmel schießen«, fuhr sie fort, während sie ihre tiefgefrorenen Füße wieder in die Stiefel steckte. Avans Mundwinkel zuckten, als ob ihm die Vorstellung gefallen könnte. Sie bewarf ihn mit einer Feder, die aufgrund eines Windstoßes ihr Ziel nie erreichte. »Und doch hilft sie uns«, sprach sie weiter. »Weil sie dich liebt.«

»Ich liebe sie auch«, sagte Avan, ohne zu zögern. »So, wie ich Azar und Gaia liebe.«

Die Worte kamen mit solch einer Leichtigkeit über seine Lippen, dsass sie ihn nur beneiden konnte. Sie hatte auch geliebt. Doch das war lange her. Sie hatte ihre Mutter geliebt. Ebenso ihre Ritter, die immer an ihrer Seite gewesen waren, ihre Palastköchin, ihre Zofe Yasmina, die Ratte Adalwin und die Sterne am Himmel. Aber all diese Geschöpfe waren nicht mehr. Und sie befürchtete, dass die Empfindung in ihr, welche sich ›Liebe‹ nannte, mit ihnen gestorben war.

»Das ist nicht meine Welt, Avan«, sagte sie. »Manchmal wünschte ich, sie wäre es, doch ...« Sie seufzte und schüttelte ihre sentimentalen Anwandlungen ab. »Ich gehöre nicht zu eurer Einheit.«

»Glaubst du, du gehörst nicht dazu oder *willst* du nicht dazugehören?«, fragte er.

Sie wünschte, er würde nicht so viele Gegenfragen stellen und einfach akzeptieren, was man akzeptieren musste. So wie sie es tat.

»Alizeh hasst mich«, erinnerte sie ihn. »Und Azar würde mich am liebsten über den Flammen rösten.«

»Alizeh hasst grundsätzlich jeden und Azar wollte mich auch schon mehr als einmal über den Flammen rösten«, erwiderte er. »Gaia will er sogar einmal im Monat am Spieß drehen. Sie haben eine ... nun, nennen wir es anstrengende Freundschaft. Sayeh, die Frage ist, ob *du* Teil unserer Einheit sein möchtest. Azar stellte mir diese Frage, bevor er mich aus seinem Reich verbannte. Ich konnte ihm keine Antwort darauf geben. Darum wollte er auch mir keine geben.«

Sie streichelte gedankenverloren über das Fell ihrer Stiefel, die angenehmen Nachwirkungen des Honigweins waren verflogen.

»Kann ich einen weiteren Strich darüber nachdenken?«, fragte sie leise.

»Natürlich«, entgegnete er. »Denk darüber nach. Da Alizeh inzwischen ein wenig ... vernünftiger handelt, kann ich im Schutz ihres Tornados Zephirs Aufmerksamkeit entgehen. Und bis wir uns wiedersehen, habe ich eine Beschäftigung für dich.« Er öffnete seinen Mantel und zog mehrere gefaltete

Papierbögen hervor. Avan hatte eine wunderschöne Handschrift, voll kunstvoller Schnörkel und langgezogener Wellen. Die Worte in der Sprache der Schatten riefen emotionale Erinnerungen in ihr wach, die sie eilig verdrängte.

»Da hast du dir aber …« Sie entfaltete die Bögen. Jeder Zentimeter war beschrieben – beidseitig. »… sehr viel Mühe gegeben.«

»Das sind all die Gebete an Nyssa, die du für die Zeremonie brauchen könntest«, erklärte er. »Präge sie dir ein. Ich weiß, dass du das kannst, Sayeh. Ich habe mit eigenen Augen gesehen, wie die Nacht dir gehorcht.«

»Du vertraust darauf, dass Azar sich noch umentscheidet?«,

»Ja«, antwortete er. »Ich kenne Azar mein Leben lang. Er lehnt aus Prinzip alles ab, was man ihm vorsetzt. Er verbarrikadiert die Spiegel, meldet sich mehrere Wochen nicht, brennt ein paar Oasen nieder – und beruhigt sich wieder. Er hasst es, wenn man ihn anlügt oder im Dunklen tappen lässt. Er kennt dich nicht, kann dich nicht einschätzen. Sein Vater hat den Hass auf den Schatten in seinem Reich schon lange vor dem Krieg gesät. Azar ist damit aufgewachsen. Doch letzten Endes wird er das tun, was richtig ist. Für die Elemente, für diese Welt und für unsere Einheit.«

Sie nickte und legte den Stapel Blätter auf ihren Schoß. »Ich werde mich bemühen«, sagte sie.

Avan schenkte ihr ein Lächeln, das die Feuerkugel unnötig machte. Sie betrachtete es fasziniert, wünschte, sie könnte es erwidern. Er strich so hingebungsvoll über ihre zerzausten Haare, als wären diese so seidenglatt wie Alizehs. Als er sich erhob, wollte etwas in ihr nach dem Saum seines Mondmantels greifen. Es war der Teil in ihr, der nicht mehr allein sein wollte. Schon gar nicht hier, in der Eiseskälte mit unberechenbaren Winden und Vögeln, die sie als Nistplatz missbrauchten. Doch sie hielt ihn nicht auf, stattdessen krampften sich ihre Finger um Nyssas Gebete auf ihrem Schoß und sie folgte ihm nur mit den Augen.

Als hätte er ihr gedankliches Flehen gehört, hielt Avan in seiner Bewegung inne. Er beugte sich vor und legte ihr den Pelzmantel um die Schultern. Sie wollte ihm danken, doch er beließ es nicht dabei, zog ihn sorgfältig vor ihrer Brust zusammen und nahm sich noch die Zeit, umständlich den Kragen aufzustellen. Das feine Biberfell kitzelte in ihrem Nacken und Avans Finger streiften ihren Hals. Sie wünschte inständig, das Kribbeln in ihrer Magengegend würde sich auf ein Minimum reduzieren, denn das würde alles einfacher machen. Seine Augen erinnerten sie an die stürmische See, die ohne Unterlass gegen den Felsen unter ihr donnerte. Nur waren sie sehr viel blauer. Und sehr viel schöner.

Sie schloss die Augen, als sich Avans Hand warm an ihre Wange legte. Ihre Finger tasteten nach dem Kragen seines Mantels. Seine Lippen streiften ihre, so flüchtig, dass es auch ein Windhauch hätte sein können, doch die Flammen in ihrem Herzen wussten es besser. Sie spürte seine Wärme und roch das Salz auf seiner Haut. Aber der Kuss blieb aus. Stattdessen berührten seine Lippen sanft ihre tiefgefrorene Stirn.

Auf ihrer Zunge lag die Bitte, ihr einen anständigen Kuss zu geben, damit sie herausfinden konnte, ob es nur ein Kuss gewesen war – oder sehr viel mehr. Doch seine Wärme wich einer vertrauten Kälte und eine eisige Böe wirbelte ihre Haare auf. Als sie ihre Augen öffnete, war Avan nicht mehr da. Stattdessen umhüllte sie tiefe Dunkelheit. Vereinzelte Sterne tanzten in der Finsternis, flackerten nervös durch die peitschenden Windböen. Sie streckte ihre Finger nach jenen aus, die ihr am nächsten waren, doch sie verglühten, ehe sie die leuchtenden Punkte erreichen konnte. Sie hatten Angst. So wie sie.

Da schwebten plötzlich Avans blaue Augen in der Nacht wie Sternsaphire, mischten sich unter die silbrigen Punkte.

»Denkst du, Götter können sich irren?«, fragte sie ihn leise.

»Nein«, antwortete er. »Das denke ich nicht.«

»Und was ist mit meiner Mutter? Was ist mit der Zerstörung, die sie angerichtet hat? Ich kann mir nicht vorstellen, dass dies von den Göttern gewollt war.«

Avan schwieg so lange, dass sie schon fürchtete, er wäre gegangen. Sie zwang ihre Augen, sich an die Dunkelheit zu gewöhnen und sie war erleichtert, als seine schlanke Silhouette vor ihr auftauchte.

»Die einen behaupten, deine Mutter war böse«, sagte er schließlich. Seine sanfte Stimme mischte sich in das Pfeifen des Windes. »Die anderen sagen, der Schatten sei böse und habe sie erst auf diesen Pfad geführt. Doch was, wenn beide Seiten im Unrecht sind? Wenn sie alle falschliegen?«

Sie runzelte die Stirn. Hatte auch er Honigwein getrunken?

»Was meinst du damit?«, fragte sie.

»Vielleicht war weder deine Mutter böse noch ist es der Schatten«, sagte er. »Vielleicht hat man einfach nur Nyssa erzürnt.«

Nyssa erzürnt? Die Sterne über ihren Köpfen bauschten sich zu einer zitternden Wolke zusammen. Wer sollte Nyssa erzürnt haben? Und womit?

»Sayeh?«, durchdrang Avans Stimme ihre wirren Gedanken.

»Hm?«, murmelte sie, knabberte an ihrer Unterlippe. Tief in Gedanken versunken faltete sie eines von Avans Papieren zu einem Schiffchen.

»Dich liebe ich auch.«

Sie ließ das Papierschiffchen fallen und sah zu ihm auf. Doch die saphirblauen Sterne waren bereits verschwunden und die Tür klappte leise zu.

SCHATTEN DER VERGANGENHEIT

Sie wärmte sich an der Feuerkugel und dachte über Avans Worte nach.

War es Nyssa gewesen? Hatte sie ihre Mutter geleitet? Immerhin besaß sie als Göttin die Macht über den Schatten. Doch was hatte Nyssa derart erzürnt, dass sie die übrigen Elemente verschlingen wollte?

Sie wünschte, sie könnte mit Nyssa reden, wie sie mit den Sternen reden konnte. Obwohl auch die Sterne mundfaul waren und im besten Falle kryptisch antworteten. Sie entfaltete die Papiere, die Avan ihr gegeben hatte. Die meisten Gebete kannte sie. Einige waren ihr neu. Es war eine Wohltat, Worte des Schattens zu lesen und sie verinnerlichte in den nächsten Stunden jedes Gebet, sprach es leise vor sich hin. Doch immer wieder schweiften ihre Gedanken ab. Zu Avan. Und zu ihrer Mutter.

Wenn Nyssa wirklich für den Krieg verantwortlich war – wieso blieb sie jetzt stumm? Immerhin sollte ihr Kind in wenigen Tagen geopfert werden.

Weil sie nicht kämpfte, realisierte Sayeh mit einem Mal. Alizehs Worte schmerzten so sehr, weil sie wahr waren. Sie war gehorsam, gegenüber den herrschenden Halbgöttern und ihrer Generation, folgte ihren Ratschlägen und ihren Befehlen. Doch nichts davon tat sie aus tiefstem Herzen. Es war nicht ihr eigener Wille. Ihre Seele war nur zur Hälfte beteiligt. Also warum sollte Nyssa sich um sie bemühen?

Sie faltete die Papiere sorgfältig wieder zusammen, kroch aus ihrer Ecke und setzte sich an die Felskante, ließ die Beine in den Abgrund baumeln. Der Wind pfiff in höchsten Tönen um die Steilküste, die Wellen krachten unter ihr mit tosendem Donner gegen die Klippen. Der Himmel war mit weißen Wolken gespickt. Und keine Schatten weit und breit.

Schließlich gab sie sich einen Ruck, schloss die Augen – und sprach zu ihrer Göttin. Sie stellte ihr eine Frage nach der anderen. Doch Nyssa blieb stumm. Nach einer Weile gab sie erschöpft auf, ließ den eisigen Wind ihre Haut streicheln und Avans Wasserkugel über ihre Handfläche kullern.

Sie wollte sich gerade damit abfinden, dass Nyssa sie aufgegeben hatte, als ein seltsam vertrauter Geruch ihr in die Nase stieg – düster und geheimnisvoll. Zögerlich hob sie ihren Blick. Der bewölkte Himmel über ihr war tiefer Schwärze gewichen. Abertausende Sterne prangten am Himmel, einer schöner als der andere. Der Mond formte eine perfekte Sichel und schmiegte sich in ein dichtes Sternbild. Sie wurde von den winzigen, glühenden Lichtpunkten hofiert wie die Königin, die sie war. Die Welt war in ein beruhigend blasses Licht getaucht, das auf den stürmischen Wellen tanzte und ihre Haut silbrig leuchten ließ.

Die Sterne antworteten ihr. Und Sayeh verstand.

Ihre Göttin hatte sie nicht im Stich gelassen. Und sie verurteilte auch nicht die Taten ihrer Mutter. Denn sie war es, die für beides verantwortlich war. Für den Krieg und für ihre Gefangenschaft. Es stand ihr nicht zu, Nyssa zu hinterfragen. Immerhin war sie eine Göttin – Sayeh ein halber Mensch. Sie musste ihr vertrauen. Und wenn Nyssa ihr Opfer zuließ, dann sollte es so sein. Jeder Gott trug die Verantwortung für sein Kind. Von seiner Geburt bis zu seinem Tod. Anat würde Avan beschützen, wie Enki Gaia beschützte. Sie brauchte sich nicht um sie zu sorgen, denn für sie war bereits gesorgt.

Ein tiefes Gefühl des Friedens breitete sich in ihr aus. Es würde sich alles fügen. In dieser Welt hatten die Götter das Sagen. Und alles, was *sie* tun konnten, war, ihnen zuzuhören und zu vertrauen. So, wie die Götter ihnen vertrauten. Leise sang sie zu den Sternen und die Sterne stimmten in ihren Gesang mit ein. Sie schienen sich an ihrer heiseren Stimme nicht zu stören. Es war eine unbeschwerte Melodie, die über das Meer der Winde getragen wurde, heiter und hoffnungsvoll.

»Wunderschön«, hauchte eine weibliche Stimme hinter ihr.

Sayeh verstummte und mit ihr die Sterne am Himmel, die einer nach dem anderen erloschen. Die Finsternis der Nacht zog sich zurück und wich grauen, sturmzerfetzten Wolken. Erst als keine Spur ihres Elements mehr zu sehen war, drehte sie sich um. In der Tür stand ein Mädchen, das sie schon einmal gesehen hatte. Rotblonde Haare ergossen sich in üppigen Wellen über einen eleganten, anthrazitfarbenen Pelzmantel, der bis zum Boden reichte. An ihren Ohren blitzten schwere Diamantohrringe und an ihrem nackten Hals baumelte ein magiebeladener Amethyst, um den ein winziger weißer Tornado wirbelte. Ihre hellgrünen Augen schwammen in Tränen, musterten sie mit einer Mischung aus Angst und Bewunderung.

»Wer bist du?«, fragte Sayeh.

»Amythia«, antwortete das Mädchen mit zitternder Stimme und umfasste den Amethyst. »Ich bin Alizehs Verlobte.«

Sayeh erhob sich, klopfte weißgraue Federn von ihrem Mantel und trat einen Schritt auf Amythia zu, die daraufhin einen zurücktrat und über die Türschwelle strauchelte.

»Was tust du hier?«

»Er hat Alizeh«, stieß Amythia aus.

»*Wer* hat Alizeh?«, fragte Sayeh verwirrt.

»Zephir. Ihr Vater«, antwortete Amythia. Eine Träne schwappte über und kullerte an ihrer blassen Wange hinab in den weichen Pelz. »Er hat sie … eingesperrt. Im Palastkerker.«

Eingesperrt? *Er wusste von ihrem Plan.* »Warum?«, fragte sie alarmiert. »Was ist passiert?«

Amythia schluckte schwer und warf einen nervösen Blick den Korridor hinunter. Gab es keine Wachen? Andererseits – wieso sollte es Wachen geben? Der Wind hatte sie fest im Griff. Und Fluchtgefahr bestand bei ihr ohnehin nicht.

»Sie hat … etwas erfahren«, flüsterte das Menschenmädchen, senkte verschwörerisch seine Stimme.

»Was hat sie erfahren?«, fragte Sayeh und trat noch einen Schritt auf Amythia zu, hob beschwichtigend die Hände, als diese mit dem Rücken gegen die Felswand stieß, ihre Augen schreckgeweitet. »Keine Angst, ich tue dir nichts.«

»Ich weiß«, entgegnete Amythia gehetzt. »Das hat Alizeh mir auch gesagt.« Aus ihrer Manteltasche brachte sie eine Glaskugel zutage. Diesmal waren es weder Blubberbläschen noch Flammen, die darin wirbelten, sondern ein wütender Tornado. Mit zitternden Fingern hielt Amythia ihr die Windkugel entgegen. Sayeh nahm sie ihr ab, betrachtete sie besorgt. War dies ein Trick? Doch ihr Element verspürte keine Lüge. *Wenn du jemandem im Reich der Winde vertraust, dann Alizeh.*

»Was hat Alizeh erfahren?«, fragte sie wieder, eindringlicher diesmal.

Amythia zeigte auf die Kugel, während sie einen von Alizehs Dolchen aus Iridium hervorzog. »Es ist dort drin«, sagte diese und wies mit dem Kinn auf die Kugel. »In dem Tornado. Alizeh gab mir diese Windkugel, bevor man sie abführte. Sie hat ein Gespräch belauscht, das nicht für ihre Ohren bestimmt war. Und ich soll dir noch etwas anderes überbringen.«

»Und das wäre?«, fragte Sayeh argwöhnisch, hielt die windige Kugel auf Abstand.

»Eine Wahl«, sagte Amythia geheimnisvoll.

Ungeduld regte sich in Sayeh. »Welche Wahl? Was meinst du damit?«

»Niemand sucht sich aus, als was er geboren wird«, flüsterte Amythia und warf ihr den Dolch zu. Sayeh fing ihn am Griff auf. »Doch ein Halbgott kann selbst entscheiden, wie er sein Leben beendet – und wann.«

Verwirrt sah sie von der Kugel zu dem Dolch und dann zu Amythia. Das Menschenmädchen warf ihr einen letzten verzweifelten Blick zu, ehe sie herumwirbelte und flüchtete. Die Tür ließ sie offenstehen. Sayeh trat über die Schwelle, sah verwundert den Korridor hinab. Keine Wachen. Niemand.

Sie trat ein paar Schritte zurück in ihren Felsspalt, betrachtete die Windkugel in ihrer Hand. Sie gab sich zehn Sekunden Bedenkzeit. Dann holte sie aus und warf die Kugel an die Wand. Das Glas zerschellte an den acht Strichen. Der Tornado befreite sich, raste auf sie zu und umschloss sie in seiner Mitte. Verzerrte Wortfetzen drangen an ihr Ohr. Sie schloss die Augen und konzentrierte sich, bis die unverständlichen Bruchteile sich zu einem Gesamtbild zusammensetzten. Dann lauschte sie.

»... als abschreckendes Beispiel. So etwas darf nie wieder passieren. Die Pandoren sind zu stark. Sie sind zu mächtig. Es ist wider die Natur.«

»Ich stimme Cinnead zu. Die letzte Pandora hat immerhin nicht weniger als den hundertjährigen Krieg losgetreten. Und sie war nur halb Wasser, halb Erde – eine Halbgöttin zweier vernünftiger und friedlicher Elemente. Wir müssen an Sayeh ein öffentliches Exempel statuieren, Zephir. Sie vor den Augen aller opfern, in Anwesenheit unserer Kinder. Die Gefahr, dass sehr bald wieder eine Pandora das Licht dieser Welt erblickt, ist größer, wenn wir es einfach vertuschen und verschweigen.«

»Unsinn, Ila! Jede vernünftige Halbgöttin würde eine Pandora noch im Mutterleib töten. Itza war vom Wahnsinn getrieben. Nicht nur, dass sie eine göttliche Missgeburt in diese Welt brachte, sie wollte sie zur nächsten Herrscherin des Schattenreichs heranziehen. Das alles entgegen dem gemeinsamen Beschluss der elementaren Einheit, sie dem Schlund zu opfern und eine Generation auszusetzen. Sie hat ihre Tochter ihrer elementaren Einheit vorgezogen. Sie hat Krieg gegen uns geführt, uns um ein Haar verschlungen, nur um das Leben einer Pandora zu bewahren. Sie war von Sinnen.«

»Das bestreitet wohl niemand, Zephir. Es kommt nicht von ungefähr, dass neun von zehn Pandoren dem Schatten angehören. Diese Halbgötter haben noch nie nach den Regeln und Gesetzen unserer Welt gespielt. Und doch braucht es zwei Halbgötter, um eine Pandora in die Welt zu setzen. Habe ich nicht recht, Cinnead?«

»Nach siebzehn Jahren wirfst du mir das noch immer vor? Die Götter haben mich doch wohl ausreichend dafür bestraft, mich auf Itza eingelassen zu haben.«

»Bewahre Ruhe, Cinnead. Bald ist die elementare Einheit wieder die Unsere und wir können uns von dem Krieg und seinen Nachwehen erholen. Nach der Zeremonie und unserer Einverleibung des Schattens wird die Gefahr gebannt sein. Kein Halbgott des Schattens – keine Pandora. Und wenn doch zwei Halbgötter unserer Elemente noch einmal so töricht sein sollten, eine Pandora großzuziehen, wissen wir bald sicher, dass man sie besiegen kann. Der Trank wirkt. Er unterdrückt ihr Feuer. Ohne zweites Element keine Pandora – und damit keine unbezwingbare Macht.«

»Das wissen wir nicht mit Bestimmtheit, Zephir. Sie ist die Tochter Nyssas. Verschlagen und voller dunkler Geheimnisse. Hast du vergessen, wie Itza war?«

»Das Blut ihrer Mutter und das meine fließt durch ihre Adern. Wenn sie das Feuer rufen könnte – wenn sie wüsste, was sie ist – wäre keiner von uns mehr hier.

Sie hätte längst Rache genommen. Oder sie wäre geflohen, hätte sich in ihrem Reich verschanzt, wie Itza es getan hat.«

»Du hättest dir das Balg schnappen sollen, als es noch in der Wiege lag, Cinnead. Hätten wir es damals schon in den Schlund der Mitte geworfen, wären die letzten leidigen Jahrzehnte nie passiert. Und unsere Familien wären noch am Leben.«

»Ich war machtlos, Ila. Sie hat es bewacht, als wäre es eine wahre Halbgöttin. Sie war wahnsinnig.«

»Man kann es nur auf die Muttergefühle schieben. Ich sage nicht umsonst, dass Frauen als Halbgötter keinen Nutzen haben. So wie meine Tochter der größte Schandfleck unseres Herrscherhauses ist. Sie sind eine Schwachstelle in der elementaren Einheit.«

»Achte auf deine Worte, Zephir!«

»Du bist zweifellos die Ausnahme der Regel, Ila. Ah, Rayan, hast du den beschwerlichen Weg ins Reich der Winde gemeistert? Wann setzen wir die Zeremonie an?«

»Morgen.«

»Unsere Kinder ahnen nichts von der Vorverlegung?«

»Sie planen ihr lächerliches Theaterstück in zwölf Tagen. Bis dahin ist die Missgeburt tot und der Schatten gebannt. Wenn erst die nächste Generation geboren ist, wird man sich an den Halbgott des Schattens nicht mehr erinnern.«

»Also streben wir zukünftige Opferungen unmittelbar nach der Geburt an?«

»So werden wir es an die nächsten Generationen als Leitfaden übermitteln. Eine frühe, abgeänderte Zeremonie, in der der Schatten gebunden und sein Halbgott geopfert wird. Die zeremonielle Vereidigung findet wie üblich statt, wenn die junge Generation bereit ist, die alte zu ersetzen.«

»Und wenn die Pandora uns den Schatten nicht freiwillig überlässt?«

»Das wird sie. So oder so.«

»Du hast also einen Ausweichplan, Rayan?«

»Den habe ich, meine liebe Ila.«

»Sehr schön. Und die Gerüchte um Itza?«

»Bedeutungslos. Selbst, wenn es kein Selbstmord war, hat sie ihre Macht abgegeben, wie immer sie das bewerkstelligt hat. Es liegt in der Vergangenheit. Sie ist keine Gefahr mehr für uns. Für niemanden.«

»Nun denn – reisen wir getrennt oder zusammen?«

»Zusammen. Die Erfahrungsberichte über ehemalige Pandoren sind dürftig und ich will nichts riskieren. Sie ist immerhin die Tochter Nyssas und die Ishats. Eine ungünstige Kombination. Zephir?«

»Wir werden abgehört.«

Die Stimmen der Halbgötter vermischten sich zu einem unverständlichen Wirrwarr, verzerrten sich bis zur Unkenntlichkeit. Dann brach die Übertragung ab. Der Tornado spuckte Sayeh aus und raste davon, hinaus aufs weite Meer. Ihr Kopf drehte sich und in ihren Ohren blieb nichts als ein dumpfes Wummern. Sie taumelte gegen die Felswand, stützte sich schwer keuchend daran ab, zwang sich, ihr karges Mageninneres bei sich zu behalten.

Sie war das Kind zweier Halbgötter. Das war nicht möglich. Es sollte nicht möglich sein. Diese Kinder starben bei der Geburt. Sie waren nicht lebensfähig.

Nein, das waren sie nicht. Weil sie *getötet* wurden.

Sie stieß sich von der Wand ab, holte tief Luft und trat an den gähnenden Abgrund. Gedankenverloren sah sie hinab zu den schäumenden Wellen, die sich an den Klippen brachen.

Ihre Mutter hatte sie nur beschützen wollen. Nicht mehr – und nicht weniger.

Der Iridiumdolch lag schwer in ihrer Hand und mit ihm eine Wahl, die ihr mit einem Mal sehr leichtfiel. Der Schatten war nicht böse. Ebenso wenig wie ihre Mutter es war, bevor man sie in die Verzweiflung getrieben hatte. Und Sayeh war es auch nicht. Den Tod hatte sie nicht mehr oder weniger verdient als die Halbgötter, die sie opfern wollten. Ihr einziges Verbrechen war es gewesen, zu überleben. Oder überhaupt geboren zu werden.

Doch über ihr Schicksal entschieden nicht Rayan, Ila und Zephir. Auch nicht Cinnead. Wenn, dann gebührte diese Ehre ihrer elementaren Einheit. Und Sayeh war bereit, ihr Schicksal in die Hände der Halbgötter zu legen, mit denen es verwoben war. Denn sie war Teil von ihnen, wie sie Teil von ihr waren. Sie musste ihnen vertrauen, dann würden sie auch ihr vertrauen. Und wo Vertrauen war, blieb kein Platz für Angst.

Alizeh wusste, wer sie war. *Was* sie war. Und doch hatte sie ihr die freie Wahl gelassen. Sie könnte sich hier und jetzt in die Dolchklinge und von der

Klippe stürzen. Oder sie konnte kämpfen und ihrer Bestimmung folgen. Denn die Götter *hatten* sie erwählt. Nicht nur *eine* Göttin. Sondern zwei. Und wer war sie, dass sie Nyssas und Ishats Entscheidungen anzweifelte? Die herrschende Einheit hatte diesen Fehler vor vielen Jahren begangen – und sie war im Krieg untergegangen.

Welcher Fehler es auch gewesen ist, erinnerte sie sich an Avans Worte. *Wir werden nicht den gleichen machen.*

Sie sah auf die scharfe Klinge hinab, zögerte nur einen Wimpernschlag, ehe sie entschlossen vom Abgrund zurücktrat. Sie streifte den Mantel von ihren Schultern, stieg aus den monströsen Fellstiefeln und riss einen der Lederriemen davon ab, die das Biberfell zusammenhielten. Schuhe und Mantel warf sie über die Felskante in die Tiefe. Den Lederriemen band sie sich um ihren Oberschenkel, schob ihn so weit nach oben, dass er unter Gaias knapper Lederhose verschwand, und befestigte den Dolch daran. Sie hob Azars Feuerkugel auf und betrachtete die Flammen, die darin loderten.

Wie hatte sie siebzehn Jahre lang nicht spüren können, dass das Feuer ihres war? *Ishat wählt nur die Kämpferischsten unter den Menschen.*

Sie kippte ihre Handfläche, die heiße Kugel fiel in den Abgrund. Dann umschloss sie ein letztes Mal Avans Wasserkugel in ihrer Hosentasche und warf sie hinterher. Schließlich drehte Sayeh sich um, trat aus der Tür – und rannte.

FLUCHT

Eine Flucht durch das Reich der Winde war etwa so erfolgversprechend, wie sich dem Feuer mit bloßen Händen entgegenzustellen. Es war unmöglich, dem Wind zu entkommen. Doch genauso unmöglich war es, die Tochter zweier Halbgötter zu sein. Die Welt, die sie dachte zu kennen, war soeben auf den Kopf gestellt worden. Und sie wäre verdammt, wenn sie weiter nach ihren Regeln spielen würde.

Ihre nackten Füße trugen sie mühelos durch den weißen Tunnel, waren dankbar, endlich wieder in Bewegung zu sein. Als sie vor sich den Ausgang erblickte, schloss sie die Augen, murmelte ein paar Gebete, dann verschwand sie in den Schatten. Es war ein ungewohntes und zugleich altvertrautes Gefühl. Die dichten schwarzen Schattenschwaden legten sich schützend um ihren Körper und verbargen sie vor der Außenwelt. Ohne ihr Tempo zu drosseln, rannte sie weiter und geradewegs durch den Ausgang des Felsens. Ihr Blick schweifte nur kurz zu den Rittern, die den Eingang zu ihrem eisigen Gefängnis der letzten acht Tage bewachten. Sie rührten sich nicht, ihre Augen waren starr nach vorn gerichtet.

Man spürte es, wenn der Schatten einen streifte. Yasmina hatte es mit dem flüsternden Rascheln der hauchdünnen Schattenbaumblätter verglichen. Kaum wahrnehmbar und doch präsent. Erreichte es das Bewusstsein, war es längst zu spät. Und so ließ sie die Ritter gefahrlos hinter sich und sprang eilig eine Felstreppe hinab. Die Klippengefängnisse waren in eine schmale Bergkette geschlagen worden, die das Meer von der Wüste der Winde trennte. Die ins Landesinnere gerichtete Felswand fiel ebenso steil ab wie die äußere und sie kam schlitternd davor zum Stehen. Vorsichtig tastete sie sich ganz nah am Fels entlang, bis sie zu einer Hängebrücke gelangte. Mit ihren Augen folgte sie der Brücke hinauf in den von Wolken durchzogenen Himmel.

Das Reich der Winde hatte seine Städte und Siedlungen nicht am Boden errichtet. Sie befanden sich in der Luft. Hunderte Felsen in allen Größenordnungen schwebten dort oben, jeder kenntlich gemacht durch einen Leuchtturm, dessen starke Lichtstrahlen durch die zäheste Trübnis drangen. In der Ferne meinte sie, den Palast ausmachen zu können. Dort lag ihr Ziel. Es schien unerreichbar für jene, denen der Wind nicht gehorchte. Eine dichte Ansammlung beleuchteter Fenster, die immer wieder hinter den vorbeiziehenden Wolkenschwaden auftauchte. Mit Lichtgirlanden geschmückte Hängebrücken ersetzten Straßen, verbanden jeden Felsen mit seinen Nachbarn, erzeugten ein leuchtendes Spinnennetz an unendlich vielen Wegen.

Sie hätte gern innegehalten und die kühle, raue Schönheit des Reiches in sich aufgenommen, doch es war nur eine Frage von Minuten, bis Zephir ihre Flucht bemerken und sie aufspüren würde. *Zephir weiß alles, was in seinem Reich vor sich geht.*

Vorsichtig betrat sie die hängende Brücke, betastete die erste Holzplanke mit ihren Zehen. Nichts schaukelte oder knarzte, die Brücke war so stabil wie eine Straße aus festgetretener Erde oder Stein. Sie verdichtete ihre Schatten und rannte weiter, die Hände am Geländer. Doch die Brücke war sehr viel länger, als es den Anschein hatte, sodass ihr schon nach kurzer Zeit die Lunge von der eisigen Luft schmerzte. Windböen peitschten ihr ins Gesicht, erschwerten das Vorwärtskommen. Sehr bald kam sie an die Grenzen ihrer körperlichen Belastbarkeit.

Mit zitternden Beinen erreichte sie endlich den schwebenden Felsbrocken. Er besaß einen schmalen Umgehungsweg ohne Geländer. Sie presste sich mit dem Rücken gegen die Steinwand und schob sich seitlich vorwärts, umrundete so den Felsen. Nach einer Weile wagte sie einen vorsichtigen Blick hinab. Weit, weit unter sich konnte sie die Wüste der Winde ausmachen. Ein karger Flecken Land, gebeutelt von den ewigen Stürmen.

Sie wünschte in diesem Moment, sie wäre das Kind Lils. Mit einem Tornado wäre sie innerhalb eines Wimpernschlages am Palast. Ihre Schatten konnten sie schützen, aber leider nicht durch die Luft tragen.

Die nächste Brücke kam in ihr Sichtfeld. Sie biss die Zähne zusammen und machte sich mit gesenktem Kopf an den Aufstieg. Tapfer stemmte sie sich dem Wind entgegen und – lief geradewegs in die Arme von zwei Rittern. Erschrocken versuchte sie, ihnen auszuweichen, drückte sich gegen das Geländer.

»Los, Marsch! Der König will die Gefangene augenblicklich sehen. Ausruhen können wir, wenn die Nacht zurückkehrt«, brummte der eine und marschierte einfach durch sie hindurch. Sayeh keuchte und presste sich die Hand vor den Mund. Die beiden bemerkten weder sie noch den Schatten.

Zephir wollte sie holen. Was bedeutete, in wenigen Minuten würde er erfahren, dass sie geflohen war.

Ein Spiegel. Sie brauchte einen magischen Spiegel. Sie wünschte, diese Dinger gäbe es auch im Taschenformat.

Tapfer schleppte sie sich weiter. Der eisige Wind machte die Flucht zu einem Kraftakt, für den sie nicht ausreichend trainiert war. Aufs Äußerste entkräftet erklomm sie den benachbarten Felsen. Er war deutlich größer als der vorherige, Wachen patrouillierten an der Umgehungskante. In seiner Mitte ragte ein steinernes Gebäude empor, die spitzen Dächer waren über und über mit dem Kot von Möwen bedeckt. Der Wind pfiff um ihre Ohren, während sie dem schmalen Pfad folgte, eng gegen die raue Felswand gepresst. Zwei Wachen passierten sie, murmelten etwas von Tumult im Palast und unberechenbaren Windböen.

Als sie der nächsten Hängebrücke gegenüberstand, schluckte sie schwer. Sie war so steil, dass der Aufstieg kein Aufstieg werden würde, sondern eine halsbrecherische Kletterei. Aber Aufgeben war keine Option. Ihre Mutter hatte sie auch nicht aufgegeben, sondern vor den anderen Elementen beschützt – zwölf Jahre lang. Was sie getan hatte, war grausam. Der Krieg und der Tod so vieler unschuldiger Geschöpfe war grausam. Doch Sayeh verstand endlich, warum sie es getan hatte, was sie dazu getrieben hatte. Sie tat es aus Liebe. Aus Liebe zu ihr.

Ein Teil von ihr fühlte sich schuldig, auch wenn sie wusste, dass sie keine Schuld traf. Doch Gefühle waren stärker als der Verstand. Vor allem bei halbgöttlichen Wesen.

Sie rammte ihre Zehen in die erste Lücke zwischen den Holzlatten und hangelte sich vorwärts. Es ging leichter als erwartet und nach einundsechzig Sekunden hatte sie die Hälfte der Strecke hinter sich gebracht. Sie wollte kurz innehalten und sich selbst loben. Doch das Lob blieb ihr im Hals stecken, als sie aus dem Augenwinkel einen Tornado auf sich zurasen sah.

Die Windsäule zerfetzte ihre Schatten und riss sie von der Brücke fort. Geistesgegenwärtig streckte sie ihre Hand aus und bekam gerade noch die Lichtgirlande zu fassen. Wie eine Hose an der Wäscheleine flatterte sie daran, während eisige Böen wie Peitschenschläge auf sie niedergingen. Sie rang nach Luft, blinzelte in den Sturm. Am Ende der Brücke stand Alizeh, an ihrer Seite ein großgewachsener Mann. Er war in einen weißen Pelz gehüllt und über und über mit Diamanten behangen. In sein blondes Haar war ein silberweißes Diadem aus Platin gewoben, in dessen Mitte ein sternförmiger Diamant prangte. Im Gegensatz zu den wilden Strudeln, die Sayeh aus den Augen seiner Tochter kannte, waren seine hellgrauen Augen starr und leblos, aber nicht weniger eisig und unerbittlich. Zephir. König des Reichs der Winde.

»Nur der Schatten ist so arrogant zu glauben, er könnte dem Wind entfliehen«, schlug ihr seine Stimme gemeinsam mit den frostigen Böen ins Gesicht. Die Lichtgirlande der Hängebrücke schnitt schmerzhaft in ihre Handflächen. »Bring sie mir!«, befahl er seiner Tochter.

Zu ihrem Entsetzen schob sich Alizeh gehorsam vor ihren Vater und breitete ihre Arme aus, rief den Wind. War dies alles nur Teil eines grausamen Spiels? Hatte Alizeh es darauf angelegt, dass sie Hals über Kopf floh? War dies ihre Rache?

Rache ist für schwache Geschöpfe.

Aber was war mit Avans Herzen und ihrem Versprechen, ihrer elementaren Einheit zur Seite zu stehen? Alles eine Lüge? Hatte Avan sich in Alizeh getäuscht? Oder war Avan gar an diesem Plan beteiligt? Wusste er, *was* sie war? Wussten sie es alle? Hatte Sayeh den Dolch falsch gedeutet? Die falsche Wahl getroffen? Hatten Avan und Gaia ihr schlicht einen gnädigen Tod schenken wollen?

Ja, so musste es sein. Denn wieso sollten sie mit einer unberechenbaren Pandora wie ihr eine elementare Einheit bilden wollen? *Was hatte sie sich nur gedacht?*

Sayeh blieb keine Zeit, diese unheilvollen Gedanken weiterzuspinnen, denn ihre Hände waren im Begriff, sich von der rettenden Girlande zu lösen. Ein Tornado verließ Alizeh, raste auf sie zu und nahm Sayeh in seine Mitte. Sie wirbelte durch die Luft und rief in ihrer Verzweiflung nach Nyssa. Doch jeder schwarze Faden, der ihren Fingerspitzen entkam, verflüchtigte sich in den reißenden Winden. *Meide den Wind.* Selbst wenn sie in einer besseren körperlichen Verfassung gewesen wären, hätte sie sich Alizeh nicht entgegenstellen können. Denn sie hatte Angst. Sie war erschöpft und wütend und verwirrt – etliche Emotionen tummelten sich in ihrem Herzen, doch nicht die eine, die sie benötigte, um die ganze Macht der Schatten zu rufen.

Der Tornado warf sie unsanft auf die hölzerne Brücke vor Zephirs Füße, der sie betrachtete wie lästiges Ungeziefer. Doch das war sie nicht. Sie war der Schatten. Und sie war das Feuer.

Wut regte sich in ihr. *Das Feuer ist dein.*

Endlich begriff sie die letzten Worte ihrer Mutter. Sie fragte sich, warum ein Geschöpf getötet und aus den Erinnerungen aller gelöscht werden sollte, das so überlebensfähig war wie jeder andere Halbgott. Warum sie sie so sehr fürchteten. Doch Cinnead gab ihr bereits die Antwort.

Sie sind zu mächtig.

Waren sie das? Einen Versuch war es wert. Zu verlieren hatte sie nichts.

Sie presste ihre Handflächen auf das Holz. Vielleicht war sie nicht in der geeigneten Gefühlslage, um die verschlingende Macht der Schatten herbeizurufen, doch eine Emotion füllte sie aus wie kaum eine andere, floss heiß durch ihre Adern und erwärmte ihre Fingerspitzen. Kein Gefühl entfachte die Flammen wie der Zorn. Ihre Finger wandelten sich in glühende Zündhölzer. Das Holz knackste und knisterte, schwarze Ränder breiteten sich um ihre Hände aus. Zephir schrie einen Befehl, den ihr Gehirn nicht verarbeiten konnte. Jemand stieß einen spitzen Schrei aus. Dann fing das Holz Feuer.

Fasziniert betrachtete sie die Flammen. Hungrig fraßen sie sich durch die Holzplanke vor ihr, bis sie nur noch schwarze Asche war und vom Sturm hinfort getragen wurde. Gierig sprang das Feuer auf die benachbarten Bretter über und züngelte an den Stäben des Geländers empor. Sie war so von ihrem neuentdeckten Element vereinnahmt, dass sie nicht bemerkte, wie die Flammen auch ihr den Boden unter den Füßen wegbrannten.

Als sie den Kopf hob, umgab sie ein Flammenmeer, heiß und lodernd. Ein ohrenbetäubendes Krachen ertönte, als die Brücke zusammenbrach. Sie schrie auf, stürzte in den Abgrund, begleitet von verirrten Schattenfetzen und brennenden Holzsplittern. Etwas knallte mit voller Wucht gegen ihren Kopf und benommen taumelte sie in die Tiefe. Sie wünschte, sie könnte ein Netz aus Sternen erschaffen, das sie auffing. Doch Nyssa verachtete Furcht. Und in diesem Moment hatte sie Todesangst.

Sie wollte sich gerade mit dem Gedanken anfreunden, in der Wüste der Winde ihr Leben auszuhauchen, als sie von einer Böe in die Höhe katapultiert wurde. Der Wind spielte mit ihr wie mit einer Feder, bis sie nicht mehr wusste, wo Himmel und wo Wüste war. Ihr war so übel, dass sie befürchtete, sich übergeben zu müssen. Schließlich beendete eine harte Felswand jäh ihren Blindflug.

Stöhnend glitt sie daran hinab und landete auf ihrem Hosenboden. Unter sich fühlte sie Stein. Sie befand sich auf einem schwebenden Felsen. Schwer atmend wischte sie sich die Haare aus dem Gesicht und sah auf. Alizeh stand wenige Meter von ihr entfernt und fing gerade die Tornados ein, mit denen sie sie vor dem tödlichen Sturz bewahrt hatte. In ihren sturmgrauen Augen war der ihr bekannte Hass der Angst gewichen. Die Halbgöttin hatte sie bereits gefürchtet, als sie die Kontrolle über *ein* Element besessen hatte. Nun, wo ihr zwei Elemente zu eigen waren, musste sich ihre Panik ins Unermessliche steigern. Doch als Alizeh beiseitetrat, erkannte Sayeh den wahren Ursprung ihrer Angst. Ihre Verlobte befand sich im festen Griff von zwei Rittern, eine Schwertklinge lag an ihrem schlanken Hals.

»Es tut mir leid«, flüsterte Alizeh in einem schwachen Windstoß, der über Sayehs verschwitzte Haut streichelte, und reichte den Zauberstab mit dem funkelnden Diamanten ihrem Vater, der nun in Sayehs Sichtfeld trat. Wut zerfurchte sein graues Gesicht. Einer seiner Diamantohrringe hatte sich in dem feurigen, windigen Chaos verselbstständigt, Blut tropfte von seinem Ohrläppchen.

»Führt meine Tochter ab«, grollte er, zog ein Schwert aus Iridium aus dem Gürtel eines Ritters und hielt Sayeh die Spitze unters Kinn. »Fesselt den Schatten und bereitet sie für den Transport vor. Nur Iridium. Kein Bannungstrank. Der ist wirkungslos. Versucht es mit Sturmdornentrank. Dreifache Dosis. Sie soll nicht aufwachen, bevor wir am Schlund sind.«

Alizeh stieß wilde Verwünschungen aus, als zwei Ritter sie packten. Sie warf ihrem Vater Beleidigungen an den Kopf, für die allein sie wohl auf ewig in eine Felsspalte verbannt werden würde. Sie beendete ihre Schimpftirade, indem sie ihrem Vater vor die Füße spuckte. Zephir schien unbeeindruckt und gab ihr eine schallende Ohrfeige. Amythia schrie etwas, doch ihre menschlichen Worte wurden vom Wind davongetragen.

»Du bist die längste Zeit meine Tochter gewesen«, zischte Zephir und stieß Alizeh von sich. »Für deinen Verrat wirst du sterben.«

Bevor sich die Iridiumketten um Alizehs schmale Handgelenke schlossen, verließ ein winziger Tornado ihre Fingerspitzen. Sie warf Sayeh einen stürmischen Blick zu, den diese nicht deuten konnte. Die Ritter zerrten Alizeh und Amythia in entgegengesetzte Richtungen davon, während der Miniaturwirbelwind auf sie zuraste. Doch Sayehs Aufmerksamkeit wurde abgelenkt von einem Schwertknauf, der in diesem Moment auf sie niederging. Sie wollte sich noch zur Seite werfen, aber ihre Kräfte waren aufgebraucht. Das Metall traf sie an der Schläfe und ein dumpfer Schmerz explodierte hinter ihrer Stirn. Sie sackte gegen die Felswand und tauchte ein in eine wohltuende Finsternis, begleitet von Alizehs flüsternder Stimme, die mit dem Tornado um ihren Kopf wirbelte. *Überlasse ihnen nicht die Schatten.*

DIE ZEREMONIE

Das Böse hatte viele Gesichter.

Nachdem man sie in den Fels gebracht hatte, hatte es das Gesicht ihrer Mutter besessen. Nachdem sie eine Ratte, deren Lebensäußerungen sie nicht mehr ertrug, in ihren Schatten verschlungen hatte, hatte es sich in ihr eigenes gewandelt. Als sie nun ihre bleiernen Lider hob, hatte das Böse abermals seine Gestalt verändert. Augen so rot wie Blut, ungewohnt leblos und starr für einen Halbgott, betrachteten sie unter dichten, schwarzen Augenbrauen, die tief gesenkt waren. Missfallen sprach aus ihnen. Die Haut des Herrschers des Feuerreiches war von der sengenden Wüstensonne tief gebräunt, seine langen Haare zu einem engen Knoten auf dem Kopf zusammengenommen. Ein flammenförmiger Rubin lag auf seiner Stirn, die Magie fehlte ihm. Noch.

»Bringen wir es hinter uns«, grollte er mit heißem Atem, die aschige Note darin ließ sie würgen. Cinnead nahm seine schweren Hände von ihren Schultern und verschwand aus ihrem Sichtfeld, wurde von einer schwarzen Felswand ersetzt. Ihre Lunge schmerzte, als hätte sie minutenlang keinen Atemzug getan. Sie sog gierig die schwülheiße Luft ein. Es brauchte eine Weile, bis der Schwindel sich legte und die grellen Punkte vor ihren Augen verblassten. Doch mit dem Bewusstsein kam auch der Schmerz. Und die schreckliche Gewissheit, dass sie nun sterben würde.

Vorsichtig drehte sie ihren Kopf. Ihr Nacken protestierte mit einem stechenden Schmerz. Auf drei Seiten war sie umgeben von einer schwitzenden Felswand, angeleuchtet von einem rötlichen Licht, das aus der Tiefe zu kommen schien. Eine böse Vorahnung beschlich sie und sie neigte ihr Kinn, um grausame Gewissheit zu erlangen. Doch mit ihrem Kiefer stieß sie gegen etwas Hartes und ihre Zähne schlugen klirrend aufeinander. Ein Ring aus Iridium zog sich eng um ihren Hals.

Sie zwang sich, nicht in Panik auszubrechen. Das Blut rauschte in ihren Ohren, während sie versuchte, ihre Lage zu sondieren. Sie saß auf einem harten Untergrund, die Beine vor sich ausgestreckt. Fesseln wanden sich um ihre Arme, die hinter dem Rücken verschränkt waren, gruben sich von den Handgelenken bis zu den Schultern tief in ihr Fleisch. Vorsichtig hob sie ein Bein, doch es bewegte sich kaum einen Zentimeter. Ketten rasselten über Stein, schwere Iridiumringe umschlossen ihre Fußknöchel. Das Gefühl des magiehemmenden Metalls auf ihrer Haut war ihr mittlerweile so vertraut wie das von Samt und Seide in einem längst vergangenen Leben.

Sie horchte auf, als Stimmengemurmel an ihr Ohr drang. Doch ihre Aufmerksamkeit wurde von etwas anderem abgelenkt. Das angestrengte Keuchen ihrer Atemzüge wurde von einem brodelnden Geräusch untermalt. Blubb, blubb, blubb. Als würde eine zähflüssige Suppe aufkochen. Sie hatte genug über die Zeremonie und ihren Ort gelesen, um zu wissen, woher dieses Blubbern kam. Und dieses Wissen ließ sie trotz der brütenden Hitze über dem Schlund in der Mitte der Welt erzittern. Lava.

Iridium und Lava – die einzigen Dinge, die einen Halbgott mit Gewissheit töten konnten.

Sie ballte ihre blutverklebten Finger zu Fäusten und stieß einen heiseren Schrei aus. Dann reckte sie ihr Kinn in die Höhe und zog gewaltsam die Arme auseinander. Die Schmerzen trieben ihr die Tränen in die Augen, ihr Kopf stand kurz vor der Explosion. Und die Fesseln gaben keinen Millimeter nach. Es war zwecklos. Eher würden ihre Knochen brechen, als dass sie sich aus Iridium befreite. Weder Schatten noch Feuer konnte sie rufen. Sie war machtlos. Schwer keuchend gab sie auf. Von der Anstrengung war die Platzwunde an ihrer Schläfe aufgebrochen, dickflüssiges Blut rann ihr Gesicht hinab und unter den Iridiumring, der ihr schmerzhaft in den Hals schnitt.

»Dreht sie um.« Rayans Befehlston hallte durch die hohe Vulkanhöhle.

Der Boden bewegte sich. Die schwarze Felswand zog an ihren Augen vorbei, während der Stein sich unter ihr scharrend drehte. Irgendwann wich der eintönige Ausblick einem, der kaum beruhigender war. Die vier herrschenden Halbgötter, in respektvollem Abstand zu dem tiefen Schlund, in dem geräuschvoll die tödliche Lava brodelte.

Ila und Zephir rührten mit einer gigantischen Kelle in einem riesigen Steinkessel, an dessen dickem Bauch Flammen empor züngelten. In ihm blubberte es ebenso wie unter ihr. *Der Trank der Vereinigung. Ein kompliziertes Rezept. Essenzielle Zutaten waren die fünf Elemente – freiwillig gegeben.* Rayan stand mit verschränkten Armen dem tödlichen Abgrund am nächsten, ließ sie nicht aus seinen blassblauen Augen, während Cinnead sich an mehreren armdicken Iridiumketten zu schaffen machte, die an ringförmigen Halterungen an der Kante des Schlunds angebunden waren. Er zog sie mühelos fest, die Muskeln seiner Oberarme traten unmenschlich definiert hervor. Der Boden unter ihren Füßen beendete seine Umdrehung. Sayehs Blick folgte den Ketten, die hinauf zur Höhlendecke führten, wo sie durch einen weiteren Ring zu ihr hinunterführten. Sie hielten das steinerne Podest, auf dem sie saß.

Sie schwebte über flüssiger Lava und einzig diese Ketten hielten sie am Leben. Ketten, die in den Händen der Halbgötter lagen.

»Wir beginnen mit der Erde«, verkündete Rayan, als wäre dies hier der Auftakt zu einem Theaterstück und keine göttliche Opferung. Zephir trat von dem brodelnden Kessel zurück, sein Zauberstab blitzte aus seinem wallenden Pelzmantel hervor. Der Diamant, der über dem Platinstab schwebte, besaß keine Magie. Noch waren die Herrscher machtlos. Nicht mehr als gewöhnliche Menschen. Wenn sie die Zeremonie jetzt nicht störte, wäre es zu spät.

Ächzend begann sie, sich aus ihrer sitzenden Position zu erheben. Sie brauchte mehrere Minuten. Zweihunderteinundachtzig Sekunden, um genau zu sein. Durch ihre Wirbelsäule schoss ein stechender Schmerz, ihre Beine wankten bedenklich. Doch sie stand. Das war schon mal ein Anfang.

Denke nach, Sayeh. Welche Möglichkeiten blieben ihr? Alle Gebete würden wirkungslos bleiben. Iridium behinderte auch die Magie der Worte. Sie konzentrierte sich auf die steten Drehbewegungen der Kelle in Ilas Hand, während sie sich ins Gedächtnis rief, was sie über die Zeremonie wusste. Die Freisetzung der fünf Elemente sog an ihrer menschlichen Lebenskraft und die ungezähmten göttlichen Mächte beeinträchtigten ihre magischen Fähigkeiten. Sollte sie darauf hoffen, dass ein wildgewordener Wirbelsturm Rayan in den Schlund riss? Nur die elementare *Einheit* konnte die Elemente wieder einfangen. Wenn einer von ihnen sein Leben ließe ...

Ila legte nun die Kelle beiseite, fischte eine bräunliche Glaskugel aus der Tasche ihrer smaragdbesetzten Weste und warf sie in die köchelnde Brühe. Sand stob auf, bildete eine dichte Staubglocke über dem Kessel. Ila steckte ihre Hände hinein, schloss die Augen und rezitierte ihre Gebete.

Nein, das durfte nicht geschehen! Es war nicht richtig. Diese verquere Zeremonie konnte von keinem Gott gewollt sein. Sie musste etwas tun. *Irgendetwas.* Ihre Worte mochten keinen magischen Nutzen haben, ihre Stimme aber hatte sie trotz allem nicht verloren.

»Nyssa wird Euch alle verschlingen!«, rief sie. Ihre Stimme klang wie die einer kränklichen Möwe. Die Halbgötter warfen ihr missbilligende Blicke zu.

»Still!«, befahl Rayan und trat an die Kante des Schlunds vor. Nur einen kleinen Schritt weiter und er würde hineinstürzen. »Du wolltest nicht auf mich hören, als ich prophezeite, es gäbe schlimmere Dinge als den Tod. Wolltest mir nicht glauben, dass dein Tod schnell und schmerzlos ablaufen könne oder langsam und qualvoll. Dein Ungehorsam wird nun bestraft. Also schweig und nimm dein Schicksal an. Dein Opfer ist das Einzige, was du noch geben kannst.«

Vielleicht sollte man *ihn* mal in Lava tunken.

»Wie hätte das hier schnell und schmerzlos ablaufen sollen?«, keuchte sie und spuckte Blut, das ihr unaufhörlich in den Mundwinkel lief, in die heiße Lava.

»Ich hatte mich dafür eingesetzt, dir eine Überdosis Winddornensaft zu verabreichen, damit du betäubt bist, bis die Zeremonie vorbei gewesen und du geopfert worden wärst«, erklärte Rayan mit großzügiger Geste und klopfte schwarzen Staub von seiner Seidenrobe. »Doch das war, *bevor* du das Leben meines Sohnes zerstört und unsere Kinder für deine Spielchen missbraucht hast.«

Sie zerrte abermals an den Fesseln.

»*Ihr* habt es zerstört«, krächzte sie. »Ihr habt von Anfang an geplant, seiner Generation die Vereidigung zu verweigern.«

»Darauf hättest du auch von selbst kommen können, meine Liebe«, flötete jetzt Ila, spielte mit den fliegenden Sandkörnern und verteilte sie langsam in der gesamten Höhle. Ihre braunen Augen leuchteten verzückt, bekamen einen goldenen Glanz. »Wie soll eine elementare Einheit vereidigt werden, wenn ihr ein Halbgott fehlt, ob lebendig oder als Opfer? Das funktioniert nicht, Sayeh.«

Sie machte eine kraftvolle Handbewegung und das Element der Erde wallte auf, noch mehr Sandkörner mischten sich in die erhitzte Luft, erschwerten das Atmen und setzten sich in Sayehs Augenwinkeln ab. Ein Hustenanfall schüttelte sie durch, Tränen verschleierten ihren Blick.

»Das hier ist …«, presste sie mühsam hervor, rang nach Atem. »Die Götter werden es nicht zulassen!«

»So etwas wie dich hätten die Götter nie zulassen dürfen«, grollte Cinnead und trat neben Rayan, sog geräuschvoll seinen Rotz hoch und spuckte ihn in die Lava. »Wir begleichen ihren Irrtum. Korrigieren den Fehler, den deine Mutter beging, weil sie dem Wahnsinn verfallen war.«

»Meine Mutter war nicht wahnsinnig«, zischte sie wütend. »Und Götter irren nicht.«

Ein raues Lachen drang aus Cinneads Kehle. »War sie nicht?«, fragte er und folgte der Felskante, bis er ihr direkt gegenüberstand. Nur die kochende Lava trennte sie von seinen zornigen roten Augen, die sich wie brennende Kohlen in ihren Kopf bohrten. »Wie soll ich dann jemanden bezeichnen, der seine elementare Einheit auslöscht, nur um das Leben einer *Missgeburt* zu bewahren?«

»Ihrer *Tochter*«, korrigierte sie ihn scharf und spie eine übelschmeckende Haarsträhne aus, die an ihrer schwitzigen Haut pappen blieb. »Und das Wort, das du suchst, heißt *Liebe*.«

Cinnead brach in dröhnendes Gelächter aus, beugte sich vor und hielt sich den Bauch. Sein muskelbepackter Körper wurde durchgeschüttelt. Warum rutschte er nicht ab? Dann wäre diesem ganzen Elend ein Ende gesetzt.

»Still«, ermahnte Rayan sie abermals, sein Blick war eisig. »Oder wir überlassen Cinnead das Zepter. Ich bezweifle, dass dir das gefallen wird.«

Cinnead fasste sich wieder, wischte sich die Lachtränen aus den Augen. »Ich sagte doch, wir sollten sie in Lava tauchen«, knurrte er, zog seine Weste zurecht, auf der in dunkelroten Rubinen das flammenreiche Emblem des Feuerreiches eingestickt war. »Sie ist wie ihre Mutter. Ihre Stimmen mögen betörend sein wie frisch entflammtes Holzfeuer, aber die Worte, die über ihre verführerischen Lippen kommen, sind so lästig und nervtötend wie Sandmücken.«

»Schweig, Cinnead«, befahl nun Ila. »Wie soll das Mädchen die Schatten rufen, wenn sie in Lava verbrennt?«

Cinnead gefiel also nicht, was sie zu sagen hatte? Nun, vielleicht tat er ja einen unüberlegten Schritt, wenn sie ihn ein wenig reizte.

»*Ihr* habt die Einheit bedroht«, fuhr sie also fort. »Ihr habt den Krieg heraufbeschworen. Nicht meine Mutter. Ihr habt Nyssa erzürnt, denn Ihr wolltet ihr Kind töten. Meine Mutter war geleitet von Nyssas Zorn.«

»Du bist nicht Nyssas Tochter«, grollte Cinnead. »Du bist eine Missgeburt.«

Früher hatte sie sich in manch sentimentalem Moment gefragt, wer ihr Vater war. Es war nicht ungewöhnlich, dass Halbgötter ihre menschlichen Elternteile nie kennenlernten. Zumindest dann nicht, wenn *beide* Elternteile menschlich waren. Sie fürchteten sich in der Regel vor der göttlichen Macht und flüchteten vor der Verantwortung. Der Gedanke jedoch, dass dieser tobsüchtige Halbgott, der ihr das Leben auf brutalste Weise nehmen wollte, ihr eigener Vater war ...

Sie verdrängte diesen verstörenden Gedanken.

»Was ist mit den Pandoren vor mir geschehen?«, fragte sie stattdessen. »Diejenige, die angeblich den hundertjährigen Krieg entfacht hat? Sie sind also nicht immer getötet worden. Geht jede Einheit anders mit ihnen um? Wieso werden sie geheim gehalten?«

Rayans graumelierte Augenbrauen senkten sich tief. »Unsere Kinder werden lange unter Arrest stehen, wenn das hier erledigt ist«, sagte er unheilvoll. »Wie sie an die Information über die Pandoren gekommen sind, ist mir schleierhaft. Nur vereidigten Halbgöttern steht dieses Wissen zur Verfügung. Denn erst sie besitzen die Weitsicht, verantwortungsvoll mit ihren Mächten umzugehen. Und zu tun, was nötig ist, um den Frieden und das Gleichgewicht der Einheit zu wahren.«

Frieden zu wahren? Das hatte ja hervorragend funktioniert. Irgendetwas schien in diesem grandiosen System des Schweigens falsch zu laufen.

»Wieso lernen wir, dass die Kinder zweier Halbgötter nicht lebensfähig sind?«, bohrte sie weiter. »Warum fürchtet Ihr ihre Macht so sehr? Ihr wollt den Schatten in Eure Einheit aufnehmen. Vier Halbgötter und fünf Elemente. Wo ist der Unterschied?«

»Der Unterschied ist, dass die Macht ausgeglichen ist«, ergriff Zephir das Wort und trat an den Kessel, löste Ila ab. Das Erdelement hatte sich in der ganzen Höhle verteilt und knirschte zwischen ihren Zähnen. »Ein einzelner Halbgott ist nicht für die Macht zweier Elemente geschaffen.«

»Und wieso gibt es sie dann?«, sie ließ nicht locker. »Wenn es nicht möglich ist, wieso existieren sie dennoch? Das ergibt keinen Sinn. Euren Erklärungen fehlt die Logik. Ihr wollt doch nur Eure Macht erhalten. Ihr seid so versessen darauf, dass Ihr dafür sogar das Schicksal Eurer Kinder opfert.«

Cinnead knurrte und trabte unablässig an der Kante des Schlunds hin und her, wobei er sie nicht aus den Augen ließ. Wie ein Löwe, den ein unüberwindbares Hindernis von seiner bekömmlichen Beute trennte.

»Du würdest diese Welt in Schatten und Flammen untergehen lassen, wenn wir dich nicht töten würden«, sprach Rayan. »Du besitzt die Kontrolle über die zwei zerstörerischsten Elemente unter dem Himmel. Das Blut deiner Mutter fließt durch deine Adern. Es ist unverantwortlich, eine Pandora wie dich auch nur einen Tag am Leben zu lassen.«

Zephir warf seine Windkugel in den Kessel. Tornados stiegen von ihm auf, fingen den Sand ein und fegten ungestüm durch die Felshöhle. Sayeh wand sich in ihren Fesseln. Schweiß und Blut klebten als zähflüssige Masse auf ihrer Haut und die Hitze, die von der flüssigen Lava aufstieg, wurde allmählich unerträglich. Die Tornados rasten auf sie zu, wirbelten ihre Haare auf und bewarfen sie mit Sand, der auf ihrer schmierigen Haut haften blieb. Die schmirgelnde, salzige Masse brannte in den offenen Wunden, rieb ihr in Kombination mit den Iridiumketten das Fleisch von den Knochen.

»Nyssa wird mich beschützen!«, presste sie atemlos hervor. Das würde sie doch?

Aber was, wenn nicht? Was, wenn das ihr Ende war? Am lebendigen Leib verbrannt, in Iridiumketten gehüllt. Machtlos. Den Elementen ausgeliefert.

Cinnead unterbrach seinen ruhelosen Marsch am Abgrund. »Nyssa wird froh sein, wenn sie dich endlich los ist!«, keifte er mit hochrotem Gesicht. Er kniete nieder und fummelte an den Halterungen der Ketten. Das Steinpodest unter ihren Füßen bewegte sich, sackte in die Tiefe – und sie mit ihm. Ein erstickter Schrei drang aus ihrer Kehle. Erst jetzt wurde sie gewahr, dass nur die Ringe um ihre Knöchel und die daran befestigten Ketten sie auf dem Podest hielten. Sie schwankte wie ein Grashalm im Wind, der jeden Augenblick drohte abzuknicken.

»Cinnead, was tust du da?«, donnerte Ilas tiefe Stimme durch die Höhle.

»Sie zum Schweigen bringen«, zischte der und löste eine der Ketten. Ein Ruck ging durch das Steinpodest. Sayeh keuchte auf. Ihre Muskeln brannten in der verzweifelten Anstrengung, aufrecht stehen zu bleiben. Böen attackierten sie, spielten mit ihr wie mit einer losen Feder. »Lasst mich ihr eine Lektion erteilen«, knurrte Cinnead mit einem hässlichen Lachen. Die Iridiumkette in der Hand, beugte er sich über den Schlund. Lava spiegelte sich in seinen Augen, verwandelte sie in glühende Sterne. »Bitte. Nur eine kleine Lektion! Sie wird uns die Schatten nicht freiwillig übergeben, wenn wir sie nicht bis an den Wahnsinn foltern. Sie ist meine Tochter. Ich habe das Recht …«

»Das ist nicht nötig«, unterbrach ihn Rayan, der zu ihm geeilt war und Cinnead beruhigend die Hand auf die Schulter legte. »Sie wird uns die Schatten freiwillig geben.«

Freiwillig? Vielleicht in seinen Träumen.

»Niemals!«, stieß sie aus, kämpfte verzweifelt um ihr Gleichgewicht. »Ich werde Euch die Schatten niemals geben!«

»Ich denke, das wirst du dir noch einmal überlegen«, entgegnete Rayan, der im Gegensatz zu Cinnead eine beunruhigende Gelassenheit versprühte. »Wir haben dich nicht aus Nächstenliebe in unsere Reiche geladen. Man lernt die Schwachstellen eines Halbgottes am besten kennen, indem man mit ihm Zeit verbringt.«

Eine böse Vorahnung beschlich sie. Rayan wandte sich um, schritt zur hinteren Höhlenwand und verschwand in einer Felsspalte. Cinnead grummelte ein paar feurige Verwünschungen und befestigte die Kette wieder am Felsen. Er warf ihr glühende Blicke zu, erhob sich und trat an den Kessel, um Zephir nachzufolgen. Wütend schleuderte er seine Feuerkugel in das Gebräu. Flammen züngelten empor, erhitzten die Höhle um ein paar weitere Grade. Beißender, schwarzer Rauch tränkte die Atemluft, brannte in ihrer Lunge.

Nein, sie würde ihnen die Schatten nicht geben. Niemals. Auch nicht, wenn man sie in Lava tauchte und mit Iridiumketten strangulierte. Der Schatten war ihrer. Und sie entschied, was damit geschah.

Es dauerte eine Weile, bis der Rauch sich lichtete. Ila, Cinnead und Zephir hatten sich nun alle drei um den Kessel versammelt, blickten in den Trank wie besorgte Köche, die abwägten, ob eine weitere Prise Salz den Geschmack verderben würde. An der hinteren Felswand nahm Sayeh eine Bewegung wahr und erblickte Rayan. An seiner Hand lief Lotus. Sayeh traute ihren Augen nicht, blinzelte Sand und Tränen hinfort. Doch, es war Lotus. Das kleine Mädchen trug ein weißes Kleid mit rosafarbenem Blümchenmuster, tänzelte leichtfüßig hinter ihrem Vater in die Höhle, ihre menschlichen Augen groß vor Neugier.

Ihr Herz setzte für einen schrecklichen Moment aus.

»Ich habe meine Tochter in der Bibliothek aufgelesen«, erzählte Rayan und blieb einige Schritte vor dem Schlund stehen. Als Lotus Sayeh erblickte, wandelte sich ihre kindliche Neugier in Unsicherheit. Sie zog an der Hand ihres Vaters, zeigte auf sie und flüsterte etwas, das sie inmitten der herumirrenden Tornados, des Blubberns der Lava und ihres eigenen stolpernden Herzschlags nicht verstehen konnte.

»Dort hat sie etwas gefaselt von Avans Herz, der Schönheit der Sterne und dem Tod der Liebe. Menschen …«, sagte Rayan verächtlich. »Doch was sie dabei in den Händen hielt, erschreckte mich zutiefst. Es war ein magisches Rezeptbuch, markiert war der Eintrag des Lavasteinsuds. Ein Trank, der einen Halbgott vor Lava schützen soll. Du besitzt die Dreistigkeit, meine Tochter anzustiften, für dich zu recherchieren? Um dein widernatürliches Leben zu schützen? Solch eine Unverfrorenheit! Nun, sie wird ihre Strafe bekommen. Deinetwegen. Siehst du, was für ein Abschaum du bist? Riskierst menschliches Leben.«

Lotus' Augen füllten sich mit Tränen und sie versuchte, sich von Rayan zu befreien. Sayeh konnte sich nicht vorstellen, dass dieser Mann je ein Herz besessen hatte. Jedes Element hatte seine Tücken, jeder Halbgott seine Schwachstellen. Die des Wassers empfand sie als überaus grausam. Doch romantische Liebe war nicht Vaterliebe. Rayan wollte ihr nur drohen. Er würde seiner Tochter nichts antun wollen. Würde er doch nicht?

»Sie wird sterben!«, rief sie, ihre Stimme brach. »Die göttlichen Mächte werden sie töten!«

»*Du* wirst sie töten«, widersprach Rayan. »Du und dein Ungehorsam. Natürlich, wenn du von nun an brav und umgänglich bist und uns deine Schatten freiwillig übergibst, wird sie vielleicht überleben.«

»Sie darf nicht hier sein!«, schrie sie verzweifelt. »Schafft sie aus dieser Höhle fort!«

»Wirst du uns die Schatten freiwillig geben?«, fragte Rayan. Lotus wand sich unter seinem Griff. Rayan schlug ihr auf die Hand.

»Ja«, presste Sayeh hervor. Was für ein Irrsinn! »Ja, das werde ich!«

Rayan verengte die Augen. »Versprich es uns!«, verlangte er.

»Ja«, flüsterte sie mit heiserer Stimme. »Ja, ich verspreche es.«

Cinnead lachte und spielte mit einer der Flammen, die ihm nun zur freien Verfügung standen.

»Wie armselig«, grollte er vor sich hin. »Und durch solch ein schwaches Geschöpf fließt mein Blut. Was für eine Schande!«

Ila klatschte in die Hände: »Vorzüglich!«, rief sie aus. »Rayan, du bist ein

Genie. Macht euch bereit, Männer! Bringen wir diese Angelegenheit endlich hinter uns. Ich habe ein Reich wiederzubeleben.«

Rayan zerrte die bitterlich weinende Lotus hinter sich her, trat an den Kessel und hielt seine Wasserkugel darüber. Doch er verharrte in der Bewegung, als eine rauchige Stimme durch die Höhle hallte.

»Bei Ishat, ihr seid wirklich verzweifelt, oder?«

Feuer und Blut

Die Halbgötter fuhren herum. Eine Gestalt löste sich von der Felswand hinter ihnen. Es war ein Junge in Sayehs Alter, seine Haut war tief gebräunt und er besaß die gleichen blutroten Augen wie Cinnead. In ihnen jedoch loderten die Flammen des Feuers.

»Azar!«, brüllte Cinnead, stieß die anderen Halbgötter beiseite und stürmte wutentbrannt auf seinen Sohn zu. »Was hast du hier verloren?«

Azar beachtete ihn gar nicht, schlenderte gemächlich in Richtung Kessel. Eine weitgeöffnete, schwarze Langweste, die er wie einen Schleier hinter sich herzog und dabei Sand und Asche aufwirbelte, verhüllte kaum seinen muskelbepackten Oberkörper. Die freizügige Bekleidung offenbarte aufwendige Tätowierungen, die sich über seine Brust, seinen Bauch und die Arme wanden und seine bronzefarbene Haut bedeckten. Die Lederhose hing tief in seinem Schritt, ein Gürtel mit einem augapfelgroßen Rubin hielt sie davon ab, hinunterzurutschen und alles von ihm preiszugeben. Hüftlange, nachtschwarze Haare, deren Spitzen rotgefärbt waren, folgten ihm wehend wie besonders treue Flammen.

»Azar!«, donnerte Cinnead erneut und warf einen Feuerball nach seinem Sohn.

»Schrei mich nicht an«, fauchte dieser und wich dem Flammenball geschickt aus. In aller Seelenruhe umrundete er den Kessel und die darum versammelten Halbgötter. Rayan, der ihn mit einem strengen Blick bedachte, hielt die Wasserkugel in der einen und eine tränenüberströmte Lotus noch immer an der anderen Hand. Sayeh meinte, den Hauch von Besorgnis in seinen wässrigen Augen zu erkennen.

»Ich schreie dich an, wann es mir beliebt!«, schallte Cinnead, rauschte abermals auf seinen Sohn zu und versperrte ihm den Weg. »Ich bin dein Vater. Antworte mir! Was tust du hier?«

Azar stöhnte übertrieben laut, blieb stehen und warf einen interessierten Blick in den blubbernden Kessel. Beiläufig fing er ein paar der herumirrenden Feuerfetzen auf und wand sie wie glühende Schlangen um seinen Arm. Sie verknoteten sich und sahen aus wie dicke, geflochtene Seile, die Azar nun von seinem Arm löste, wie ein Lasso herumwirbelte und dann in das Gebräu fallen ließ. Der Trank kochte hoch und der heiße Inhalt spritzte umher. Rayan und Zephir sprangen zwei Schritte zurück, Ila schnaubte und wischte sich die Spritzer von ihrer Weste.

»Kontrolliere deinen Sohn, Cinnead!«, knurrte sie.

»Du willst wissen, was ich hier tue?«, fragte Azar. Er wirbelte unvermittelt zu Sayeh herum. Ein feuriger Blick bohrte sich in ihren. Sie war mit sich im Zwiespalt, ob Azars Auftauchen eine gute oder schlechte Wendung in diesem Theaterstück des Irrsinns war. Sie tendierte zu Letzterem.

»Ich wollte mit eigenen Augen sehen, wovor du dich dermaßen fürchtest, Vater. Das Böse, welches die Welt in Atem hält. Die Halbgöttin, deren Opfer es rechtfertigt, unsere Einheit zu zerstören. Ich muss sagen, ich bin enttäuscht.«

»Kehre ins Feuerreich zurück, Azar, oder ich vergesse mich«, zischte Cinnead und krallte sich am Rand des Kessels fest. Sein Kopf war so feuerrot, als würde er jeden Augenblick platzen. »Du wirst meinen ganzen Zorn zu spüren bekommen, das verspreche ich.«

Ein raues Lachen drang aus Azars Kehle. Er spielte mit dem leuchtenden Rubin an einer Kette um seinen Hals, während er sie weiterhin eingehend musterte. Sie meinte, die Flammen zu spüren, die bedächtig über ihre Haut züngelten.

»Ich kann gut mit Zorn umgehen, Vater«, erwiderte er.

»Schaffe deinen Sohn hier raus, Cinnead!«, drohte Ila erneut, rührte dabei hektisch in dem Kessel. Schweißperlen glitzerten auf ihrer Stirn. »Oder ich tue es.«

Azar riss seinen Blick von ihr los und sie atmete erleichtert auf. Mit wehender Weste stolzierte er weiter um den Kessel. Als er Lotus erblickte, drang ein verstimmtes Knurren aus seiner Kehle.

»Ich fasse noch einmal zusammen«, sagte er, ließ jedes Wort ausgiebig über die Zunge rollen. Sein Zeigefinger kreiste in der Luft, jonglierte ein Dutzend kleiner Feuerbälle. »Sayeh gibt ihre Schatten auf – für ein Geschöpf des Wassers. Einen gewöhnlichen Menschen, den sie ein paar Tage kennt? Es tut mir wahrlich leid, Vater, doch ich sehe nicht die Bösartigkeit.«

»Ich warne dich ein allerletztes Mal!«, brüllte Cinnead, stieß sich schwer atmend vom Kessel ab.

»Tue das«, sagte Azar unbeeindruckt.

Cinnead schnaufte, breitete seine Arme aus und beschwor das freie Feuer herbei. Doch die Flammen wollten ihm noch nicht recht gehorchen, krochen nur langsam und widerwillig an seine Seite.

Azar lachte schallend. »Ich sage euch mal, wie ich das sehe. Weder sehe ich hier den Tod auf zwei Beinen, von dem alle sprechen, noch einen Schatten, der alles verschlingt. Was ich sehe, sind vier alternde Halbgötter, die sich so verbissen an ihre Macht klammern, dass sie dafür bereitwillig unsere opfern.«

»Rayan«, flüsterte Zephir, dessen Stimme von den Tornados in der Höhle verteilt wurde. »Befreie das Wasser!«

Rayan zögerte nicht, ließ die Wasserkugel in den Kessel fallen. Wellen schwappten über den Rand, Wassertropfen schwebten an die Decke, zischten und verwandelten sich in Wasserdampf, sobald sie mit dem Feuer in Berührung kamen.

Cinnead zog angestrengt an den Flammen, um Herr über sie zu werden. Die sehnigen Muskeln an seinen Armen zitterten, auf seiner dunklen Haut lag ein Schweißfilm.

»Azar, ich schwöre, verschwinde oder ich vergesse mich!«

Azar grinste breit, warf lässig seine langen Haare zurück. Wasserperlen trafen zischend auf seine Haut und verdunsteten im gleichen Moment.

»Ich denke nicht«, antwortete er darauf, seine Zunge spielte mit dem Goldring an seiner Unterlippe. »Ich denke eher, dass ich diese Zeremonie auf gar keinen Fall verpassen sollte.«

Mit einer schwungvollen Bewegung warf er seine Feuerbälle in die Höhe und streckte die Arme von sich. Eine grelle Stichflamme schoss aus seinen Handflächen. Die Wucht des Feuers schleuderte Cinnead quer durch die Höhle. Rayan war geistesgegenwärtig genug, aus den umherfliegenden Wasserperlen einen Wasserfall zu erschaffen, der ihn, Lotus und Zephir vor dem Feuer schützte. Ila stellte sich breitbeinig vor den Kessel und stieß einen dichten Sandsturm in Azars Richtung. Der jedoch hatte sich bereits in eine Flammensäule gehüllt.

Azars wildes Lachen durchdrang das Prasseln der Flammen. Innerhalb der Feuersäule hatte er die Arme zu beiden Seiten weit von sich gestreckt und drehte sich im Kreis, vollführte eine Pirouette nach der anderen. Die Flammensäule breitete sich aus, wandelte sich in einen wachsenden Feuerring und drängte Ila, Rayan und Zephir, die verzweifelt versuchten, ihre Elemente zu kontrollieren, gegen die Höhlenwände.

»Ist euch eines der Elemente ausgegangen?«, schrie Azar über das tosende Feuer hinweg. »Beschissenes Gefühl, so ganz ohne elementare Einheit dazustehen, was?«

Er stemmte sich ein letztes Mal den Flammen entgegen, der Feuerring presste die Halbgötter gegen die Felswände. Dann wirbelte er herum und sprintete auf den Schlund zu. Kraftvoll stieß er sich an der Kante ab, umfasste eine der Iridiumketten, die über der Lava baumelten. Das Steinpodest schaukelte wie ein Boot im Sturm, während Azar sich an der Kette entlang hangelte wie ein Affe an den Ästen eines Mammutbaums. In kürzester Zeit erreichte er die Mitte und ließ sich fallen, brachte mit seinem Gewicht ihr Steinplateau gefährlich ins Wanken. Er kam aus der Hocke und grinste breit. Ihre Nasenspitzen berührten sich und die Flammen, die aus seinen Iriden brechen wollten, erhitzten ihre Wangen.

»Azar«, stellte er sich vor. Aschiger Atem hüllte sie ein.

»Sayeh«, keuchte sie.

»Du hängst hier ja ziemlich ungemütlich«, bemerkte Azar, schien sich darüber prächtig zu amüsieren.

»Ich hänge nicht freiwillig hier«, presste sie hervor.

Azar lachte, zog ein Messer aus glänzendem Obsidian aus seinem Gürtel und hieb es in den Iridiumring um ihren Hals. Sie sog erschrocken die Luft ein.

»Keine Sorge«, beruhigte sie Azar mit einem Augenzwinkern. »Das ist nicht das erste Mal, dass ich jemanden aus Iridium befreie.«

Bei Nyssa! Sie fragte lieber nicht nach. Stattdessen schloss sie die Augen und murmelte unnütze Gebete, während Azar das Schloss weiter bearbeitete. Als ein metallisches Klicken erklang, atmete sie erleichtert aus. Azar stieß einen Triumphschrei aus und warf den Ring über seine Schulter, wo er in der Lava versank. Er umrundete sie und machte sich an den Armfesseln zu schaffen.

Auf der anderen Seite der Lavagrube wütete noch immer der Feuerring, hatte jedoch an Höhe und Strahlkraft verloren. Eine solche Menge an Feuer unvereidigt und unter den kräfteraubenden Mächten hier am Schlund aufrecht zu erhalten, musste Azar viel abverlangen. Die herrschenden Halbgötter fuchtelten mit den Armen, rissen Löcher in die Flammenwand. Sayeh spürte, wie sich die Ketten um ihre Arme lockerten, dann krachten sie auf das Felsplateau.

Nyssa sei Dank! *Ishat* sei Dank.

Sie bückte sich und half Azar mit ihren Fußfesseln. Die Schmerzen waren höllisch, doch sie presste ihre Zähne aufeinander und verdrängte sie in die letzte Ebene ihres Bewusstseins. Diese Schmerzen waren nichts gegen das, was sie in der glühenden Suppe unter ihnen erwartete.

Azar brach eines der Schlösser mit dem Messer auf und Sayeh stieß den schweren Iridiumring ächzend von sich. Sie wollten sich gerade an den zweiten machen, als ein Ruck durch das Steinplateau ging und sie einen guten Meter in die Tiefe sackten. Sie schlitterte über den blutverschmierten Stein bedrohlich auf seinen Rand zu, umschlang im letzten Moment Azars Bein. Der packte ihren Arm und zog sie mühelos in die Höhe.

»Du wirst sie umbringen!«, schrie Rayan. Cinnead kniete am Rand des Schlunds, befreite eine Kette nach der anderen aus ihrer Halterung. Rayan sprang über die Reste des Feuerrings, gefolgt von Ila und Zephir. »Wir brauchen die Schatten!«, rief er. »Sonst sind wir alle verloren!«

»Lächerlich. Wir werden schon irgendwie durchkommen, bis die neue Generation geboren wird. Und wenn wir Land und Menschen dafür opfern müssen«, entgegnete Cinnead. Sein Gesicht war zu einer wütenden Fratze verzogen. Er attackierte die letzte Halterung mit Feuerblitzen.

»Sie wird uns den Schatten freiwillig geben!«, rief Ila. Abgehetzt erreichte sie ihn, wollte ihn von der Halterung fortziehen, doch Cinnead stieß sie von sich. »Mach keinen Unsinn, Cinnead!«

Ein tiefes Knurren entwich Cinnead, aus Wut verbiss er sich in das Iridium.

»Sie bringen mich zur Weißglut!«, schrie er außer sich. »Ein Tauchgang in flüssiger Lava ist genau das Richtige für sie. Glaubt mir doch!«

Azar stieß ein Grollen aus, das dem seines Vaters in nichts nachstand. Der Stein vibrierte unter ihren Füßen. Sein fester Griff um ihren Oberarm war das Einzige, was sie auf dem Podest hielt.

»Du würdest deinen eigenen Sohn töten?«, spie er aus und spuckte im Anschluss ausgiebig in die Lava. »Ach nein, ich vergaß, deinen Sohn und deine missratene Tochter?«

»Versperrt den Eingang!«, rief Zephir unvermittelt, wirbelte alarmiert herum. »Sofort! Wir haben Eindringlinge.«

Ila ließ einen Dorn aus ihrer Hand fahren, der anwuchs und anwuchs, bis seine Spitze die hintere Felswand erreichte. Er löste einen Mechanismus aus und ein Gitter aus Iridium ratterte hinab, versperrte die einzige Felsspalte, die aus dem Berg hinausführte. Stimmen drangen durch den Tunnel dahinter. Stimmen, die Sayeh inzwischen sehr vertraut waren. In dem Moment, in dem die spitzen Gitterstäbe sich in den Steinboden rammten, krachte eine Wasserwelle dagegen, deren Wucht den Vulkanberg erschütterte. Doch das Gitter hielt stand.

»Ruf die Schatten! Jetzt!«, befahl Rayan und schleuderte eine Wasserkugel in Sayehs Richtung. Azar zog sie hinter sich und die Kugel raste an ihrem Kopf vorbei, zerplatzte an der Felswand.

Das Wasser hinter dem Gitter zog sich wieder zurück, Schritte hallten durch den Tunnel, ein Schauer an Erdsplittern ging auf das Gitter nieder. Doch auch das Erdelement prallte daran ab und die Splitter fielen nutzlos zu Boden.

Alizeh war die Erste am Eingang zur Vulkanhöhle, legte ihre Finger um die dicken Stäbe. Ein wirbelnder Tornado umgab sie, der sich verflüchtigte, sobald sie das Iridium berührte. Ihre sturmgrauen Augen schweiften durch die Höhle, bis sie an ihrem Vater hängenblieben. Sie stieß einen wütenden Schrei aus, rüttelte an dem Gitter.

»Die Schatten, Sayeh, jetzt!«, drängte Rayan sie. »Oder ich schließe mich Cinnead an und du wirst den Geschmack von Lava kennenlernen.«

Avan und Gaia tauchten hinter Alizeh auf, warfen sich gegen die Gitterstäbe. Sayeh war so erleichtert, die drei zu sehen, dass sie vor Glück geweint hätte, wenn sie nicht gerade über Lava schweben und dem sicheren Tod ins Auge blicken würde. Doch selbst Gaias mächtige Schultern konnten dem Iridium nichts anhaben. Ihre goldenen Augen hefteten sich nun auf Azar, mit ihren Händen deutete sie ihm, sich festzuhalten. Sayeh hoffte inständig, dass er das auch ohne ihre Aufforderung tat. Avans Blick streifte kurz ihren, wanderte weiter zu Azar. Seine Lippen formten unverständliche Worte. Azar jedoch schienen sie nicht kryptisch, stattdessen ließ er sie los, um den Daumen grinsend in die Höhe zu strecken. Sie stieß einen Schrei aus, taumelte für einen schrecklichen Moment über dem Abgrund, ehe er sie mit einem heiseren Lachen wieder an sich zog.

Azar war lebensmüde. Als wenn sie es nicht geahnt hätte.

»Mutter!«, schrie Gaia. »Lass uns rein! Wie kannst du mir so etwas antun?«

»Liebling, ich rette dich«, widersprach Ila und näherte sich dem Gitter, umgeben von wirbelndem Sand. »Ich befreie dich von einer großen Bürde, von einer zerstörerischen Gefahr. Damit du dein Leben in Frieden leben kannst.«

»In Frieden?«, überschlug sich Gaias Stimme. Ihre goldenen Augen versprühten Funken, sie rüttelte an den Stäben. »Ihr habt doch alle den Verstand verloren!«

Sayehs Augen suchten panisch nach Lotus und fanden sie am Kessel.

Das Mädchen wirkte verwirrt, taumelte ziellos umher und stieß immer wieder gegen den heißen Bauch des Steinkessels. Die Flammen, der Rauch und die restlichen entfesselten göttlichen Mächte würden sie über kurz oder lang umbringen.

»Sayeh, ich fordere dich ein letztes Mal auf«, presste Rayan mit unterdrücktem Zorn hervor. »Die Schatten!«

»Ja, rufe den Schatten«, raunte Azar in ihr Ohr. Er atmete schwer, seine Muskeln bebten, erschöpft von der Erschaffung des Feuerrings. »Rufe ihn und zeige ihnen, was Nyssa mit den Mördern deiner Mutter anstellt.«

Sie verstand, was Azar vorhatte, doch Zorn war nicht die Emotion, die sie benötigte. »Wenn Lotus in Sicherheit ist!«, rief sie.

Als hätte Rayan seine Tochter bis jetzt vergessen, wirbelte er in diesem Moment zu ihr herum und schwemmte sie mit einem Schwall Wasser in seine Arme. Das Mädchen zitterte und schnappte nach Luft.

»Vater!«, rief Avan und krallte seine Finger um die Gitterstäbe. »Vater, bitte!«

Doch Rayan beachtete seinen Sohn nicht, hielt Lotus, klatschnass und bitterlich weinend, an ihren Zöpfen fest.

»Sie trägt noch Iridium an sich«, warf Zephir ein und deutete auf Sayehs Knöchel. Sie sah an sich hinab. Er war noch immer von dem Ring eingefasst. »Jemand muss dem Schatten das Iridium abnehmen!«

»Holt sie aus der Lava heraus!«, befahl Ila. »Cinnead, komm da weg!«

»Diese Göre wird uns den Schatten niemals freiwillig geben«, stieß Cinnead zornig hervor und riss an der letzten Kette, die das Steinplateau hielt. Sie wankten gefährlich, Azars Griff lockerte sich, seine Finger rutschten an ihrer schwitzigen Haut immer wieder ab.

»Mutter!«, schrie Gaia. »Nun tue doch etwas!«

»Cinnead!«, rief Rayan, ließ Lotus los, die auf den Boden fiel, und rannte auf ihn zu. »Cinnead, unterlasse das augenblicklich!«

»Vater, das wagst du nicht«, zischte Azar und krallte seine Fingerkuppen tief in ihre offenen Wunden. Vor ihren Augen tanzten grelle Sterne, keuchend klammerte sie sich an seinen Arm. Nicht in Ohnmacht fallen. *Nicht* in Ohnmacht fallen.

»Sayeh, rufe Nyssa!«, drang Avans Stimme durch den zähen Nebel des Schmerzes. *Nyssa rufen.* Sie atmete angestrengt ein, sah hinab zu dem Iridium um ihren Knöchel. Mit einer Hand tastete sie nach einem der zahlreichen Obsidianmesser in Azars Gürtel. Cinneads grollendes Lachen ließ sie innehalten. Ihr Vater schenkte ihr ein bösartiges Grinsen.

»Wollen wir doch mal sehen, aus welchen Flammen meine Kinder gemacht sind«, sagte er grimmig. Dann warf er die Kette im hohen Bogen in den Schlund.

MACHT DER GÖTTER

Ihr Schrei blieb Sayeh in der Kehle stecken, als ihnen der Boden unter den Füßen weggezogen wurde. Azars Fingernägel kratzten über ihre glitschige Haut, bekamen sie nicht mehr zu fassen. Sie entglitt ihm und stürzte in die Tiefe. Eine Hitze schlug ihr entgegen, die schier unerträglich war. Sie hörte sich nach Nyssa rufen, dann tauchten ihre Zehen in kochende Lava ein.

Sie schloss die Augen, bereit für ihre letzten schmerzhaften Augenblicke in einer Welt, in der sie nie hätte überleben dürfen. Jemand schrie ihren Namen. Dann legten sich brennendheiße Finger um ihr Handgelenk.

Sie hatte das Gefühl, der Arm würde ihr aus der Schulter gerissen, als Azar ihren Sturz auffing. Sie zog ihre Knie an, baumelte über der brodelnden Lava und klammerte sich an Azars Arm. Die Lava fraß sich durch ihre Zehen und löste das Fleisch von den Knochen. Sie schrie. Ein nie dagewesener Schmerz raste durch ihren Körper, nahm von ihr Besitz. Sie kämpfte einen aussichtslosen Kampf gegen die Ohnmacht.

Wie von weit entfernt vernahm sie Schreie, doch sie war wie hypnotisiert von den riesigen Blasen, die unter ihr zerplatzten und ihre heiße Lava versprühten. Dort, wo Spritzer sie trafen, zischte ihre Haut und löste sich danach in nichts auf. Sie zwang sich, den Blick zu heben und sah eine Iridiumkette auf sich zukommen. Die Kette, an der Azar mit ihr baumelte, hatte sich aus dem Ring an der Decke gelöst und gemeinsam stürzten sie weiter hinab. Sayeh zog ihre Beine an die Brust, ihr eigener Schrei hallte in ihren Ohren nach. Azar brüllte, verfluchte Ishat und Cinnead und die Welt der Elemente, streckte seinen Arm aus und bekam eine der anderen Ketten zu fassen, die noch von der Höhlendecke hingen. Ein Ruck ging durch ihren Körper, ihr Hintern schwebte nur Zentimeter über der tödlichen Suppe. Die losgerissene Iridiumkette flog haarscharf an ihrem Kopf vorbei, klatschte in die Lava und löste sich augenblicklich blubbernd darin auf.

Mit ihrem hämmernden Herzschlag in den Ohren murmelte sie Gebete an Nyssa, ehe sie sich entsann, dass sie noch immer Iridium an sich trug. Die Schatten würden sie nicht erhören. Bei der Todesangst, die sie ausstand, würden sie das ohnehin nicht. Also schloss sie wieder die Augen, durchforstete ihre Bewusstseinsebenen nach einer, in der Frieden herrschte und es keine Schmerzen gab. Sie fand Zuflucht in einer Erinnerung, die viele Jahre zurücklag, und murmelte die Worte, welche ihre Mutter ihr damals ins Ohr geflüstert hatte.

Hab keine Angst. Sei mutig und stark. Nyssa erwählt nur die Tapfersten unter den Menschen. Sei furchtlos und die Schatten sind auf ewig dein.

Langsam ordneten sich ihre Gedanken und die Panik ebbte ab. Es gab schlimmere Dinge als den Tod. Sie dachte an Lotus und ihre zarte Menschlichkeit, an Jade und ihr trauriges Schicksal, an Avan und Gaia, Alizeh und Azar, die ihrer Bestimmung beraubt wurden und nun als Bruchstücke einer zerstörten Einheit weiterleben mussten.

Ihr Herzschlag beruhigte sich. Sie verdrängte Schmerz und Angst, die gedämpften Schreie über ihrem Kopf und die Hitze, die ihre Haut versengte. Geflüsterte Worte verließen ihre Lippen, nur für eine Göttin hörbar. Sie dankte Nyssa für ihr Vertrauen und ihre Geduld. Und irgendwann waren da nur noch Azars fester Griff und das Flüstern ihrer Stimme. Alles andere war bedeutungslos. Der Kern ihrer Existenz waren ihr Element und ihre Einheit. Der Rest war nur Beiwerk.

Sie atmete tief ein, als eine göttliche Macht sie durchströmte, ursprünglich und ewiglich. Sie legte sich um sie wie eine schützende Decke. Finsternis breitete sich hinter ihren Lidern aus und eine sanfte Melodie schwebte zu ihr herab, fremdartig und doch vertraut. Die Schönheit der Klänge zwang sie, ihren Ursprung zu erfahren und ihre Augen zu öffnen.

Hoch über ihr wachte ein glitzernder Sternenhimmel. Er war so wunderschön, dass ihr der Atem stockte. Die Vulkanhöhle war in tiefer Schwärze versunken, die tanzenden Sterne jedoch strahlten so hell, wie sie es sonst nur im Schattenreich taten. Ihr melodischer Gesang drängte jedes andere Geräusch in weite Ferne, ihr silbriger Glanz hüllte alles in ein beruhigend kühles Licht.

Tränen rannen über ihre glühenden Wangen.

Nyssa hatte sie nicht aufgegeben. Nyssa liebte sie, so wie ihre Mutter sie geliebt hatte. Und sie wollte, dass sie lebte.

»Fangt sie ein!«, schrie jemand und riss sie brutal in die Wirklichkeit zurück. »Fangt die Schatten ein!«

Einfangen? Nyssa ließ sich nicht einfangen.

Sie bündelte ihre neugewonnene Kraft, sendete sie in ihre Muskeln und schwang sich in die Höhe. Ihre Finger schlossen sich um Azars Handgelenk und sie zog sich an ihm empor, Stück für Stück, bis er seinen Arm um ihre Taille schlingen konnte.

»Tut mir leid, Schwesterherz«, keuchte er. Sein Atem kam stoßweise. Seine Muskeln zitterten so stark, dass sie einen Arm um seine Schultern legen musste, um nicht aus seinem Griff zu rutschen. »Selbstüberschätzung. Ich bin nicht in Bestform. Und dann das verdammte Iridium ...«

Sie zog mit einer Hand das Messer aus seinem Gürtel und hob ihr Bein. Dann hieb sie auf das Schloss des Iridiumrings ein.

»Nun holt sie endlich aus dieser verdammten Lava heraus!«, schrie Ila. »Bei Enki! Cinnead, komm wieder zu Sinnen!«

»Holt die Kugel!«, donnerte Rayan. »Sammelt den Schatten ein!«

»Sie sollen brennen!«, brüllte Cinnead.

»Bei Lil! Nun reißt euch zusammen!«

Der Iridiumring sprang auf und sie schüttelte ihn ab, sodass er in die Lava fiel. Sie steckte das Messer zurück in Azars Gürtel und schätzte die Entfernung zur rettenden Kante. Zu weit, um zu springen. Sie könnten sich schwingen, doch die Gefahr, dass die verhakte Kette sich unter dem Gewicht und in der Bewegung endgültig von der Höhlendecke löste, war zu groß. Außerdem erblickte sie in diesem Augenblick Rayan, Lotus im Arm, einen Dolch an ihre Kehle gelegt. Hinter ihm stritten sich Ila und Cinnead, warfen sich ihre Elemente und wüste Verwünschungen an den Kopf, während Zephir sich erfolglos bemühte, sie auseinanderzubringen.

»Gib uns die Schatten, oder sie ist tot!«, sagte Rayan mit solch einer stoischen Ruhe, die unpassender nicht hätte sein können. Lotus kreischte und strampelte, versuchte, mit ihren kleinen Zähnen nach dem Arm ihres Vaters zu schnappen.

»Vater, lass sie frei!«, schrie Avan hinter dem Gitter.

»Azar!«, rief Gaia, ihr Gesicht tränenüberströmt. »Halte durch!« Dornen ploppten aus ihren Fingerspitzen und häuften sich auf dem Boden an.

»Die Toten sehen vom Himmel auf uns herab, Vater, tu das nicht!«, stieß Avan aus, pure Verzweiflung in seiner Stimme. »Erinnere dich an dein Herz!«

»Den Schatten oder ihr Tod«, keuchte jetzt auch Ila mit wild zerzaustem Haar. Cinnead hockte mit rasselndem Atem am Boden, Zephir redete eindringlich auf ihn ein. Ila streckte ihre Hand aus, darauf kullerte eine Glaskugel. Sie war leer, bereit, mit den Schatten gefüllt zu werden.

»Sayeh!«, rief Alizeh, zwei Dolche in der Hand, mit denen sie das Gitter bearbeitete. »Der Schatten ist dein. Du bestimmst über seine Gesinnung!«

Elemente waren weder gut noch böse. Sie existierten nur. Der Schatten brachte die ewige Finsternis und erhellte sie gleichzeitig mit seinen Sternen. Er nahm und er schenkte. Er verschlang und er schützte. Seine Macht kam von Nyssa. Doch die Kontrolle lag bei ihr.

Sayeh löste eine Hand von Azar und ließ die Schatten frei. Seidene, schwarze Fäden zogen sich aus ihren Fingerspitzen, schlängelten sich über den Abgrund und die Lava auf Ila zu. Es verlangte nur ein Zucken ihres kleinen Fingers, um die dunklen Schwaden umzulenken. Bevor sie auf die Glaskugel trafen, bogen sie scharf nach links, schossen auf Lotus zu und wanden sich um ihren Körper.

Es passierte zu schnell, als dass Rayan hätte reagieren können. Das Mädchen verschwand in den Schatten, unsichtbar und unantastbar für jeden außer Sayeh. Lotus plumpste zu Boden, Rayans Arm hielt sie nicht mehr. Für seine Augen war seine Tochter Luft.

»Zur Rückwand, Lotus!«, flüsterte Sayeh. Ihre Schatten trugen ihre Worte zu ihrer Empfängerin und das Mädchen rappelte sich mit wackeligen Beinen auf, folgte dem Befehl.

»Blockiert sie!«, schrie Ila und schleuderte Dornen so groß wie junge Baumstämme in ihre Richtung. Azar warf sich mit ihr herum, einer der Dornen streifte ihren Arm. Wäre sie keine Halbgöttin, sie wäre schon lange verblutet. Als sie sich wieder zurückdrehten, stand Rayan an der Kante, die Arme weit ausgebreitet, das Gesicht in wütender Anstrengung verzogen. Seine blauen Augen schimmerten erschreckend göttlich. Eine Wasserwand entwuchs dem Boden, rauschte zur Höhlendecke empor.

»Verdammt!«, murmelte Azar, holte zitternd Luft. »Ich schätze, du bist jetzt allein. Was du brauchst, ist Wut. Denk an deine Mutter, an den Fels, an deinen Vater, der dich wieder einmal töten will …«

»Ich hab's schon«, unterbrach sie ihn, klammerte sich an seine Schulter.

»Wut ist nicht gleich Wut, du musst es so richtig *spüren*«, fuhr Azar fort. Unter ihnen zerplatzte eine riesige Lavablase, verspritzte glühend heiße Tropfen. Er zog sie stöhnend höher. »Aber du solltest dich beeilen«, presste er hervor.

Sie nickte, wischte sich mit der freien Hand die Haare aus der Stirn. »Ich kann das«, murmelte sie.

»Natürlich kannst du das«, keuchte Azar.

Nach der Wut musste sie nicht lange graben. Zorn war leichter als Furchtlosigkeit. Ihre Hand schoss vor und Flammen verließen ihre Fingerspitzen, rasten auf die Wasserwand zu. Der Rückstoß des Feuers schleuderte sie nach hinten, wo sie mit ihren Rücken gegen die Kraterinnenwand krachten. Azar ließ einen wilden Schrei los und stieß sich mit den Füßen daran ab. Dann schwangen sie an der Kette wie an einer Liane. Nur dass unter ihnen kein friedlicher Waldsee lag, sondern tödliche Lava brodelte. Ihre Flammen hatten Rayans Wasserwand ersetzt und unter Azars johlendem Lachen durchbrachen sie die züngelnde und lodernde Wand. Azar ließ sie los und sie landete auf Händen und Füßen auf der anderen Seite, rollte sich ab und sprang auf die Beine.

»Schnapp sie dir!«, brüllte Cinnead und warf wahllos Feuerbälle in ihre Richtung. Die Aufforderung galt Zephir, der nun seine Hand hob und die Finger kreisen ließ. Zwei Tornados stürmten auf sie und Azar zu. *Meide den Wind.* Sie schloss die Augen, fasste sich ans Herz und murmelte ein schnelles Gebet. Dann umgab sie der vertraute Geruch der Nacht. Sie griff unter ihre kurze Lederhose, zog Alizehs Iridiumdolch aus dem Lederriemen und wirbelte herum, ließ ihn fliegen. Er zerteilte den Tornado und bohrte sich in Zephirs Brust.

Ein spitzer Schrei schallte durch die Höhle. Zephir taumelte, legte die Hände um den Dolchgriff und zog die Klinge heraus. Ila stürzte zu ihm, fing ihn in ihren Armen auf und presste ihre Hand auf die Wunde.

»Nein, nein, nein!«, brüllte Cinnead und preschte an den beiden vorbei, seine Augen suchten wild die Wände ab. Doch die Schatten schützten sie. Azar stand ein paar Meter entfernt und schirmte die ebenso unsichtbare Lotus zusätzlich mit seinem Körper ab.

»Rayan!«, schrie Cinnead und zerrte an dem Kragen seiner Weste, sein Kopf so rot wie seine Augen. »Rayan, tu doch etwas!«

Rayan stürzte zu dem Kessel, umklammerte den Rand. Er griff nach der Kelle und begann zu rühren.

»Ila!«, rief er. »Ila, komm zu mir!«

Ila, die ihre Arme um Zephir gelegt hatte und dicke Tränen weinte, warf ihm schluchzend die leere Glaskugel zu. Zephirs Atem ging rasselnd, ein roter Fleck breitete sich schnell auf seiner weißen, diamantbesetzten Weste aus.

»Die Einheit wird ihn wieder stärken«, sagte sie und wischte sich die Tränen ab. »Fangt jetzt diesen verdammten Schatten ein!«

Azar machte Sayeh Handzeichen und sie verstand. Sie wirbelte in ihren Schatten herum und rannte auf das Gitter zu. Der Öffnungsmechanismus! Er war hier irgendwo in der Felswand eingelassen. Nur wo? Alles sah gleich aus. Hektisch tastete sie den klebrigen Stein ab. Sie war so mit ihrer Suche beschäftigt, dass sie den Tumult in ihrem Rücken kaum wahrnahm. Und doch ließ sie irgendetwas innehalten. Der Schatten sah eine Gefahr. Aber sie war zu langsam. Sie warf sich herum, doch da bohrte sich schon ein spitzer Dorn tief in ihre Schulter.

Ein gepresster Laut kam aus ihrer Kehle. Sie legte ihre Hände um den Dorn und zog ihn mit einem kräftigen Ruck aus ihrem Fleisch. Stöhnend rutschte sie an der Felswand hinab, Blut sickerte aus der tiefen Wunde, Angst schwappte über sie.

Der Schatten löste sich auf.

»Da ist sie!«, schrie Cinnead.

Eine kalte Wasserwelle schlug jäh über ihr zusammen, nahm ihr die Luft zum Atmen. In ihrer Panik krallte sie sich in die Felswand hinter sich. Ihre Finger ertasteten dabei eine Erhebung im Stein, etwas gab nach. Die Höhle vibrierte, dann verlor sie den Halt. Ein starker Sog riss sie mit sich, fort von der Wand. Sie schlitterte über den rauen Stein, bis sie mit der Stirn gegen den Bauch des heißen Kessels prallte. Jemand packte sie an den Schultern und zerrte sie in die Höhe. Am Rand des Schlunds fochten Azar und Cinnead einen feurigen Kampf aus. Hinter sich vernahm sie laute Rufe und metallene Schläge, die den ganzen Felsen erzittern ließen.

Ein unmenschlich starker Arm legte sich um ihre Mitte, eine dünne Iridiumkette um ihren Hals. Sie schnappte erfolglos nach Luft, eine Glaskugel erschien in ihrem Blickfeld.

»Mach schon«, flüsterte Ila an ihrem Ohr. »Gib ihn uns!«

Sie schüttelte den Kopf und trat mit den Füßen nach Rayan, dessen kalter Blick auf ihr ruhte.

»In den Kessel«, sagte er mit einer Stimme so eisig, als entstamme sie dem Reich der Winde.

Was?

Sie wand sich unter Ilas hartem Griff, rammte die Zähne in ihren Arm, doch die Königin des Erdreichs war zu stark und das Iridiumband schnürte ihr weiter die Luft ab.

»Denkst du, das wird funktionieren?«, fragte Ila zögernd.

»Sie ist der Schatten«, zischte Rayan und packte ihre Füße. »Hinein mit ihr!«

Sayeh warf ihm krächzende Verwünschungen an den Kopf und strampelte mit den Beinen. Diese Irren wollten sie tatsächlich in das kochende Gebräu werfen.

Die fünf Elemente müssen im Kessel vereint werden.

Sie wehrte sich nach Leibeskräften, doch all ihre Gegenwehr nützte nichts. Ila hielt sie an den Schultern und Rayan an den Fußknöcheln, dann fühlte sie sich über den Kesselrand gehoben. Sie wollte schreien, aber die Kette um ihren Hals hinderte sie daran. Sie sah hinauf in die Sterne, verabschiedete sich im Geiste von der Nacht.

Doch die Sterne wollten sich noch nicht von ihr verabschieden. Irritiert betrachtete sie die silbrigen Himmelskörper hoch oben in der Vulkanhöhle, als sie auf ihren Abschiedsgruß mit einem hoffnungsvollen Lied antworteten. Stumm fragte sie, was sie zu dieser unpassenden Antwort veranlasste, da erfasste sie eine schäumende Welle und riss sie aus Ilas und Rayans Umklammerung. Ein Wasserstrudel wand sich um sie, transportierte sie quer durch die Höhle und warf sie erstaunlich sanft ab. Trotz ihrer schwindenden Wahrnehmung konnte ihr Verstand noch registrieren, dass dies nicht Rayans Wasser war. Es war ausgesprochen salzig, brannte in ihren Augen und fühlte sich seltsam vertraut an. Es kam von Avan. Für den Bruchteil eines Moments verspürte sie Erleichterung. Dann zog das Wasser sich zurück. Sie wollte nach Luft schnappen, aber die Kette schnürte ihr immer noch den Hals zu. Verzweifelt zerrte sie daran, da legten sich plötzlich zarte Finger um ihr Handgelenk. Sie sah auf und in Lotus' ängstliche Augen.

»Sayeh?«, flüsterte das Mädchen und hielt ihr eines von Azars Messern unter die Nase.

Sie nickte, nahm es ihr mit zitternden Fingern ab. Ohne sich darum zu kümmern, ob sie sich versehentlich die Haut aufschlitzte, schob sie die Klinge in ihrem Nacken unter das Iridiumband und durchtrennte es mit einem kräftigen Ruck. Erleichtert ließ sie ihren Kopf auf den Felsen sinken, sog gierig die feuchte, rauchgetränkte Luft ein.

Eine gewaltige Erschütterung ließ den Berg in diesem Augenblick erbeben. In Befürchtung eines Vulkanausbruches riss Sayeh die Augen auf. Sie sah sich zwei gigantischen Wellen gegenüber, die sich in der Mitte der Höhle trafen. Avan und Rayan stemmten sich gegen die mächtigen Wassermassen, versuchten beide, die Oberhand zu gewinnen. Die schäumenden Kronen tauchten in den Sternenhimmel ein, kühle Gischt regnete auf sie nieder. Ein wenig abseits, am Rand des Schlunds, wüteten die Flammen. Cinnead und Azar bewarfen sich gegenseitig mit Feuer und zornigen Verwünschungen.

Ila stand tropfnass am Kessel. Die Königin des Erdreichs erspähte sie und schleuderte einen erneuten Dornenregen in ihre Richtung. Alizeh stürmte in die Höhle, gefolgt von Gaia, erzeugte mehrere Tornados, die durch den Dornenschauer rasten und ihn auseinandertrieben, bevor er Sayeh und Lotus erreichen konnte. Die Spitzen verfehlten sie und bohrten sich in die Felswand hinter ihnen.

»Bleib hier!«, befahl sie und drückte Lotus das Messer in die Hand. Dann hüllte sie das Mädchen in Schatten und stürmte auf Ila und den Kessel zu. Die Vereidigungszeremonie konzentrierte sich auf den Trank der Vereinigung, gebraut in einem Steinkessel, mit dem schon die ersten Halbgötter ihre Vereidigung zelebriert hatten. Der Trank musste von jedem Halbgott getrunken werden.

Der Kessel musste weg.

Ila vollführte gerade einige wilde Verrenkungen und wirkte auf diese Weise eine massive Sandwand um sich und den Kessel. Gaia rannte fluchend dagegen, legte ihre Hände darauf und murmelte Gebete an Enki.

»Der Kessel!«, rief Sayeh atemlos und stürzte sich in Alizehs Arme. »Wir müssen den Kessel umkippen.«

»*Du* musst hier raus!«, schrie Alizeh ihr ins Gesicht. »Ohne dich sind sie machtlos.«

Gaia verharrte in ihren Gebeten.

»Bring du Sayeh hier sicher raus, Ali!«, befahl sie.

»Nein!«, rief Sayeh, japste nach Luft. »Wir brauchen die Einheit. Nur ... nur die Einheit kann die freien Elemente wieder einfangen. Die göttliche Macht würde endlos wachsen und die Welt zerstören.« Gaia stieß einen wilden Schrei aus und schlug gegen die massive Sandwand.

»Aber jemand muss Lotus hier rausbringen«, fuhr Sayeh atemlos fort und deutete in die Richtung, in der sie Lotus zurückgelassen hatte. »Oder sie wird sterben.«

»Das erledige ich«, sagte Alizeh, verwirbelte ihre Schatten und hüllte Lotus auch schon mit einer flüchtigen Handbewegung in einen Tornado. Das Mädchen flog durch die Höhle und aus dem Ausgang hinaus, der noch zur Hälfte von dem Iridiumgitter versperrt war. »Du bist verletzt«, stellte Alizeh dann fest und betastete die tiefe Wunde, die Ilas Dorn hinterlassen hatte. Sie blutete stark, doch umbringen würde es sie nicht. Ein Erddolch war kein Iridiumdolch.

»Halb so schlimm«, sagte Sayeh und wischte Alizehs Hand beiseite. »Wir müssen den Trank vernichten.«

»Ich bin dabei«, presste Gaia hervor. Ilas Sandwall begann allmählich unter ihren Fingern zu bröckeln. Mit einem Mal öffnete sich ein Loch darin, ein dicker Ast schlängelte hervor und wand sich um Sayehs Knöchel.

»Halt still!«, befahl Alizeh, zog ihr Schwert und ließ die Klinge auf die Ranke fallen, zerteilte sie in der Mitte.

»Wir müssen die Elemente einfangen!«, rief Sayeh wieder und befreite sich von dem toten Ast.

»Azar, nein!« Gaias durchdringender Schrei ließ Sayeh herumfahren.

Cinnead hatte seinen Sohn an den Rand des Schlunds gedrängt. Azar war die Ermüdung deutlich anzusehen. Er versuchte nur noch, die Flammen seines Vaters abzuwehren, ohne eigene zu produzieren. Gaia preschte an ihr vorbei und warf eine Ranke nach Azar aus, der gefährlich nah an der Kante tänzelte. Der biegsame Ast schlang sich um seine Mitte und rettete ihn vor einem Sturz in die brodelnde Lava. Gaia malträtierte Cinnead mit Dornen, die der König des Feuerreichs einzeln abfackelte.

Unterdessen schlängelten sich weitere von Ilas hölzernen Tentakeln aus dem Loch. Sayeh rief die Schatten herbei, versteckte sich und Alizeh darin. Die Ranken zogen sich zurück und Ila verbarrikadierte sich mit dem Kessel wieder hinter ihrer Sandmauer.

»Kannst du den Sandwall abtragen?«, fragte sie Alizeh, die beunruhigt die Schattenschwaden beäugte, die sie umgaben. Sie blieb aber gefasst, warf ihren blonden Zopf zurück und atmete tief ein.

»Ich werde beginnen«, sagte sie, streckte ihre Hände aus und bearbeitete die Erde mit peitschenden Windböen.

In ihrer Anstrengung, die Schatten zu halten, taumelte Sayeh gegen den Wall aus Sand, murmelte leise Gebete. Sie fühlte sich am Ende ihrer Kräfte. Müde ließ sie ihren Blick schweifen und fand Azar, der am Boden kauerte und manisch seine Lippen bewegte. Gaia hielt Cinnead weiter mit Dornen von ihm fern, die sich in Asche verwandelten, bevor sie ihr Ziel erreichten. Die freigesetzten göttlichen Mächte zehrten an ihrer aller Kraft. Sie mussten die Elemente einsammeln, ehe es zu spät wäre. Im schlimmsten Falle würden sie aus dem Vulkan ausbrechen. Kein Geschöpf dieser Welt würde dies überleben.

Sie wollte gerade einen Schatten zu Gaia aussenden, um diese Warnung zu ihr zu tragen, als der Sandwall vor Sayeh zerbröselte und sie ihren Halt verlor. Sie taumelte in Ila.

Die Königin des Erdreichs stieß einen Kampfschrei aus und umschlang Alizeh, um die sich Sayehs Schatten verflüchtigt hatten, mit dicken Lianen. Die versuchte verzweifelt, sich aus den würgenden Pflanzensträngen zu befreien. Sayeh wollte ihr zu Hilfe eilen, doch ihre Knie gaben unter ihr nach und sie wankte benommen gegen den Kessel. Geistesgegenwärtig stemmte sie sich mit ihrer Schulter dagegen. Er bewegte sich keinen Zentimeter. Sie sah sich hilfesuchend nach Gaia um, die gefährlich nah an der Kante des Schlunds strauchelte. Eine Liane löste sich noch aus ihrer Handfläche, dann stürzte sie über den Rand.

Ein Warnschrei kämpfte sich Sayehs Kehle empor. Azar riss den Kopf hoch und sprang vor, umfasste das andere Ende der Liane. Er stemmte sich mit den Füßen gegen den Felsboden und zerrte an der Pflanze, als Cinnead etwas brüllte und eine Stichflamme seine Hand verließ. Das Feuer durchtrennte die Liane und Azar fiel nach hinten, den Rest des Strangs in seinen Händen.

»Gaia!«, schrie er, nahm Anlauf, um ihr hinterherzuspringen.

Sayeh hauchte ein Gebet an Nyssa und sank auf die Knie. Ein unkontrolliertes Zittern durchlief ihren Körper, während sie ihre restlichen Kräfte aufbrauchte, um die Lava in den Schatten verschwinden zu lassen. Der heiße Kesselbauch brannte sich in ihre Handfläche, doch sie nahm es nur am Rande wahr. Das Gehirn drohte ihr aus dem Schädel zu springen. Sie wisperte jedes einzelne Gebet an Nyssa, das sie je erlernt hatte, und als die Erschöpfung sie endgültig übermannte, hob sie schwer atmend den Kopf. Azar drehte sich zu ihr um, ein unpassendes Grinsen auf dem Gesicht und lodernde Flammen in den Augen.

»Avan!«, schrie er dann. »Avan, wir brauchen Wasser. Jetzt!«

Avan hielt sich erstaunlich tapfer gegen Rayan, der mit aller Kraft und unbändiger Wut dagegenhielt. Die beiden turmhohen Wellen prallten noch immer ohne Unterlass aufeinander, ließen den Felsen vibrieren. Avans Hand schnellte zur Seite, ohne dass seine Welle an Kraft und Höhe verlor. Azar hob bestätigend seinen Daumen, als sich der Schlund mit Wasser füllte. Sayeh seufzte erleichtert und sackte erschöpft in sich zusammen, gönnte sich eine Verschnaufpause.

Doch die währte nur so lange, bis Ilas Arme sich unter ihre Achseln schoben. Sayeh rammte ihr den Hinterkopf gegen die Nase. Ila schrie erbost auf, riss sie in die Höhe.

»Ich warne dich, Avan!«, schallte Rayans Stimme durch die Höhle. Sayeh trat mit ihren Füßen gegen den Kessel und wand sich unter Ilas Griff. »Du bist mein Sohn und du wirst mir gefälligst gehorchen! Die elementare Einheit liegt bei *uns* und die göttliche Macht in unseren Händen.«

»Tut sie nicht!«, widersprach Avan und zog so unvermittelt sein Wasser zurück, dass Rayans Welle über ihnen zusammenbrach. Der Inhalt des Kessels schwappte über und Ila strauchelte, schlitterte mit Sayeh über den nassen Steinboden.

»*Ihr* habt eure Einheit zerstört!«, keuchte Avan. Er wankte, hielt sich aber weiter aufrecht. Rayan röchelte, stützte sich auf den Knien ab, würgte Wasser und Galle hervor. »Eure Fehler sind nicht die unseren.«

Avan breitete seine Arme aus und Wasser durchflutete die Höhle, stieg in rasanter Geschwindigkeit zur Höhlendecke. Sayeh holte einmal tief Luft, bevor die Wassermassen sie verschluckten und sie aus Ilas Griff schwemmten. Der Trank strömte aus dem Kessel, verdünnte sich im Wasser und verlor seine Wirkung. Alizehs blonder Schopf schwamm an ihr vorbei, Sayeh hielt sie fest und half ihr, sich von den letzten Lianenranken zu befreien. Als ihre Lunge zu brennen begann, wollte sie auftauchen, doch Alizeh hielt sie fest, deutete hinter sie.

Sayeh drehte sich um. Eine wirbelnde Wassersäule raste auf sie zu und nahm sie in ihre Mitte. Der Sog verdrängte das Wasser und es entstand eine Luftkapsel, in der sie frei atmen konnte. Sie sah sich nach Alizeh um, die ebenfalls in einem solchen Strudel schwebte, in aller Ruhe ihre Haare zu einem neuen Zopf band und ihre Dolche sortierte.

Jemand umfasste ihre Hand mit sanftem Druck. Avan zog sie zu sich, seine Augen so dunkel wie die Nacht und der Ausdruck auf seinem Gesicht hochkonzentriert.

»Wir müssen die Elemente einfangen!«, rief sie ihm zu, auch wenn sie nicht wusste, ob er sie durch das Wasser hindurch überhaupt verstand. Er nickte nur, während sich eine große Wasserblase um seinen Kopf legte.

»Wir müssen uns an den Händen fassen, einen Kreis bilden und die Gebete der elementaren Einheit sprechen«, fuhr sie atemlos fort, teilte ihm alles mit, was sie in ihrem erschöpften Gehirn vorfand. Dies hier war eine Ausnahmesituation der Vereidigungszeremonie. Denn der Trank war verloren, eine Vereidigung nicht mehr möglich. Die Elemente jedoch schwirrten fröhlich und vogelfrei um ihre Köpfe. »Aber wir benötigen magiespeichernde Edelsteine.« Ein blutgetränkter Stiefel schwebte an ihrem Kopf vorbei. Wo waren Gaia und Azar? »Und uns fehlt der stärkende Springnusssud und ...«

»Sayeh«, unterbrach Avan sie gedämpft und drückte ihre Hand.

Sie schluckte und holte tief Luft. »Ja?«

»Wir schaffen das schon«, sagte er, lächelte.

Sie nickte. Ja. Sie würden das schaffen. Natürlich! Ein irres Lachen steckte in ihrer Kehle fest, wollte hinaus. Sie hatten gar keine Wahl. Sie *mussten* es schaffen.

Sie drehte sich zu Alizeh um, die nur mit den Schultern zuckte und ihr Kleid richtete. Die Halbgöttin der Winde war die Ruhe selbst. Wenn die Königin der Dramatik nicht ausrastete, würde sie es auch nicht tun. Sie war eine Pandora. Da würde sie doch wohl in der Lage sein, eines ihrer Elemente herbeizurufen. Sie musste doch nur *eines* rufen?

Verzweifelt wandte sie sich wieder an Avan, der unterdessen beruhigend ihre Fingerknöchel streichelte. Er lächelte noch immer, erschöpft, aber offenbar tiefenentspannt. Als wäre das hier etwas, was er einmal die Woche erledigte. Und wahrscheinlich tat er das sogar. Immerhin riefen sie lediglich ihre Elemente herbei, eine einfache Sache. Grundsätze der Elementenlehre. Nur, dass sie sich unter Wasser und inmitten des Vulkans befanden, umgeben von Elementen, die frei wüteten, und Halbgöttern, die am Ende ihrer Kräfte waren.

»Kennst du die Gebete?«, hörte sie Alizeh fragen.

Sie nickte, versuchte Ruhe zu bewahren. Alles, was sie über die Zeremonie gelernt hatte und aus der fortgeschrittenen Elementenlehre wusste, war nun nutzlos. Die Gebete der Anrufung der elementaren Einheit wurden im ersten Unterrichtsjahr gelehrt. Gebraucht hatte Sayeh sie nie. Denn die elementare Einheit hatte für sie nicht existiert. Es hatte nur sie gegeben. Sie und die Schatten. Nun aber würde diese Einheit ihr Leben und die Welt vor den tödlichen göttlichen Mächten retten.

Durch das sprudelnde Wasser vor ihrer Luftsäule, das sich langsam rot von ihrem Blut färbte, sah sie in einiger Entfernung den Kessel treiben, der sich mit einer lose schwimmenden Iridiumkette verhakt hatte. Ganz in der Nähe stieß sich Ila mit kraftvollen Arm- und Beinbewegungen zur Höhlendecke empor, zog den leblosen Zephir und eine Blutspur hinter sich her. Cinnead folgte ihr, brannte sich eine Feuerschneise zur Wasseroberfläche. Rayan hingegen schoss in diesem Moment in wahnwitziger Geschwindigkeit auf sie zu, sein Mund verkniffen, die blassen Augen starr auf sie gerichtet.

Sayeh warf ihm einen Feuerball entgegen, der ihr in Anbetracht der Umstände erstaunlich leicht von der Hand ging. Rayan wich den Flammen aus, sie schickte ihm zwei weitere. Er kam aus dem Rhythmus, paddelte sichtlich erschöpft auf der Stelle, verhedderte sich in seiner langen Seidenrobe. Alizeh schwamm an ihre Seite, nahm ihre Hand und sendete mehrere Stoßwellen nach ihm aus. Rayan wurde von ihnen zurückgeworfen, überschlug sich und trieb danach reglos im Wasser. Hinter ihm tauchten endlich Azar und Gaia auf, kraulten an ihm vorbei und auf sie zu.

»Nehmt euch bei der Hand!«, drang Avans Stimme durch das Wasser. Er ergriff Azars Hand, Alizeh umfasste Gaias, sodass sie einen Kreis bildeten. »Ruft eure Elemente zurück! Das Gebet der elementaren Einheit.«

»Mehr nicht?«, fragte Gaia in ihrer Wassersäule und warf ihren klatschnassen Zopf über die Schulter, schloss dann die Augen. Ihre Lippen begannen sich zu bewegen.

Sayeh drängte Sorgen und Ängste in ihre hinterste Bewusstseinsebene, machte es den anderen nach und senkte ihre Lider. Sie rezitierte im Geist Gebete, die sie vor langer Zeit und in einer anderen Welt erlernt und von denen sie immer gehofft hatte, sie eines Tages zu gebrauchen. In einem *friedlichen* gemeinschaftlichen Augenblick, nicht in einem Kampf um Leben und Tod. Doch sein Leben konnte man sich weder aussuchen noch zum Tausch freigeben, ebenso wenig wie seine elementare Einheit. Und vielleicht wollte sie das auch gar nicht.

So rief sie die Nacht zu sich, lauschte dem leisen Gesang der Sterne. Sie folgten ihr ohne Protest, erloschen einer nach dem anderen, bis nur noch die Finsternis übrigblieb. Ihre Finger kribbelten und ihr Körper füllte sich mit neuer Kraft, während die elementare Einheit durch sie hindurchfloss. Dunkelheit umhüllte sie, verfing sich in ihren Haaren und drang durch ihre Haut, bis der letzte freie Schattenfetzen eingefangen war.

Sie öffnete die Augen und beobachtete fasziniert, wie sich auch die anderen Elemente zu ihren Halbgöttern zurückzogen. Erst der Wind, dann die Erde und schließlich das Feuer. Als letztes zog sich das Wasser zurück.

Ein Bund wie kein anderer

Sayeh wappnete sich für einen tiefen Sturz, doch Avan schenkte ihnen eine ausgesprochen sanfte Landung auf dem harten Stein. Ila, Rayan und Cinead wurden an die entgegengesetzte Felswand gespült. Sie würgten Wasser hoch, beugten sich über Zephirs schlaffen Körper. Die plötzliche Stille war unwirklich. In ihrem Kopf drehte es sich und in ihren Ohren war ein lästiges Dröhnen. Alles an ihr schmerzte. Sie fragte sich, warum sie noch am Leben war. Das war sie doch?

»Danke«, durchbrach Alizeh die beängstigende Ruhe. Verwundert wandte Sayeh sich zu ihr um. »Den Dolchstoß hat er verdient«, erklärte die Halbgöttin und deutete zu ihrem Vater.

Sayeh sah zu Zephir hinüber, der leblos am Boden lag. Die Halbgötter warfen ihnen Blicke zu, aus denen Hass, Wut und Sorge sprachen. Hastig machten sie sich zum Aufbruch bereit. »Er wird ihn vielleicht nicht überleben«, sagte Sayeh.

»Wie gesagt – er hat ihn sich verdient«, erwiderte Alizeh kühl. Dann tastete sie nach ihrem Schwert und stemmte sich damit in die Höhe. Sayeh wischte sich die klatschnassen Strähnen aus dem Gesicht und entschied, noch ein wenig sitzen zu bleiben, denn weder traute sie ihren wackeligen Beinen noch ihren Füßen auf dem glitschigen Stein.

Azar, dessen triefende Haare ihn wie ein Umhang umgaben, sprang beneidenswert elanvoll auf und war mit einem langen Schritt bei Avan. Er riss ihn in die Höhe und in seine Arme.

»Bei Ishat, Avan!«, rief er und haute ihm auf den Rücken. »Da sag noch mal einer, das Wasser wäre ein seichtes Element!«

Avan murmelte etwas und stieß Azar von sich.

»Wer sagt das?«, fragte er.

»Ich«, verkündete Azar mit einem breiten Grinsen und schlug sich mit der flachen Hand auf die nackte Brust.

Gaia erhob sich schwerfällig, wrang ihren Zopf aus und spuckte eine Ladung Sand auf den Boden. Dann atmete sie tief ein und stürmte auf Azar zu. Sie gab ihm einen solch heftigen Hieb auf den Oberarm, dass er gefährlich strauchelte. Bevor er eine unsanfte Begegnung mit dem Felsen machen konnte, packte Gaia ihn und presste ihre Lippen auf seine.

Alizeh stöhnte leise. »Geht das wieder los«, murmelte sie und wischte die Schwertklinge an ihrem Kleid ab.

Gaia ließ von Azar ab, der sichtlich nach Atem rang, aber immer noch grinste. Dann umfasste sie Avans Schultern und schüttelte ihn kräftig durch. Wassertropfen perlten von seinen silberweißen Haaren.

»Avan, das war *unglaublich!*«, sagte sie und küsste seine Stirn. »Wirklich *göttlich.* Solche Macht gebührt eigentlich einem vereidigten Halbgott.«

Avan lächelte schwach, wankte unter Gaias Griff und legte seine Finger um den leuchtenden Saphir an seiner Halskette.

»Lass ihn in Frieden, Gaia«, sagte Azar und warf sein Haar über die Schulter, begutachtete einen Brandfleck auf seiner Brust. »Der Mann kann kaum noch aufrecht stehen.«

Gaia legte die Arme um Avan, küsste seine triefenden Haare, dann schweifte ihr Blick zu Sayeh.

»Was hockst du noch da unten?«, fragte sie, trat von Avan weg und bückte sich zu ihr hinab. Sie nahm ihr Gesicht zwischen beide Hände und verteilte feuchte Küsse darauf. »Süße, ich bin stolz auf dich!«, sagte sie und fischte einige Dornen aus ihrem Ausschnitt. »Du hast Lava verschwinden lassen! Ich danke dir, dass du mein bescheidenes Leben gerettet hast. Und ich glaube, du machst damit Alizeh ihre Position als talentiertester Halbgott streitig.«

»Wie bitte?«, empörte sich Azar. »Das will ich überhört haben.«

»Ich kümmere mich um Lotus«, sagte Alizeh eisig wie eh und je, hüllte sich in einen Tornado und brauste unter dem Gitter hindurch. Gaia zuckte mit den Schultern und gab Sayeh einen Kuss auf den Mund, der sie kurzzeitig durcheinanderbrachte. Im nächsten Moment schlang sie ihre Arme auch schon wieder um Azar und flüsterte ihm etwas ins Ohr, lachte anschließend schallend. Azar stieß ein tiefes Grollen aus, fuhr sich mit der Zunge über die Lippen und spie eine Flamme aus.

Sayeh betastete ihre offenen Wunden an Armen und Beinen. Das Salzwasser brannte wie Lava. Die Verletzung an der Schulter sah übel aus. Ihrer Erfahrung nach hielten Halbgötter ordentlich was aus, dennoch fühlte sie sich zu schwach, um aufzustehen. Da sie aber nicht ewig hier sitzenbleiben wollte, sah sie sich nach etwas um, das sie stützen könnte. Sie hatte ein kurzes Déjà-vu, als sich ihr Avans milchweiße Finger entgegenstreckten. Ehe sie danach greifen konnte, ging er vor ihr auf die Knie und legte seine Hand auf ihre verwundete Schulter. Wasser floss über ihren Arm, kühl und wohltuend und mit einer herben Kräuternote. Sie seufzte erleichtert, murmelte einen Dank an Anat.

»Es tut mir leid«, sagte Avan, strich ihr die Haare aus dem Gesicht, seine Finger kühlten ihre glühenden Wangen. Seine Augen waren von dem dunkelsten Blau, das sie je gesehen hatte. »Salzwasser fällt mir leichter als Süßwasser. Ich werde dich gleich zu unserer Heilerin bringen.«

»Es sieht schlimmer aus, als es ist«, sagte sie schwach und gab sich willenlos in seine heilenden Hände. Sie fragte sich, woher er noch immer Magie nahm. Sie war bis zum letzten Schattenfetzen ausgelaugt. Nicht mal, wenn man sie mit dem Tod bedrohen würde, wäre sie in der Lage, auch nur einen einzigen Stern erstrahlen zu lassen.

»Ich denke, es ist eher schlimmer, als es aussieht«, widersprach er ihr. Seine Hände glitten behutsam an ihren Armen hinab und das Brennen wurde schwächer. *Danke, Anat.*

»Ich bin einiges gewohnt«, erinnerte sie ihn.

»Das macht es nicht besser«, sagte er und widmete sich ihren Beinen, spülte ihre Füße. Sie war überrascht, dass ihre Zehen noch alle dran waren. Nachdem er fertig war, nahm er ihre Hand und zog sie in eine innige Umarmung.

Sie schmiegte sich erschöpft in seine Arme, legte ihre heiße Wange an seine. Am liebsten wäre sie auf der Stelle eingeschlafen. Hier, inmitten des Vulkans, in Avans Armen.

»Danke, dass du Lotus beschützt hast«, flüsterte er.

Sein Duft erfrischte ihre Sinne und sie vergrub ihre Nase tief in seinem nassen Haar.

»Es hätte auch ... schiefgehen können«, murmelte sie.

»Unsinn«, sagte er, schob sie ein Stück von sich und legte seine flache Hand an ihre Stirn. Sie schloss die Augen, als eine heilende Welle durch ihren Körper schwappte. Bei Anat. Von wegen *seichtes Element.* »Du kannst nicht einmal einer Ratte etwas zuleide tun. Hör auf, an dir zu zweifeln, Sayeh. Der Schatten ist in seiner Natur friedvoll, vergiss das nicht. Nyssa ist verdammt stolz auf dich. Hast du das Sternenmeer gesehen?«

Ja. Ja, das hatte sie. Nicht sie hatte den Nachthimmel erschaffen, sondern Nyssa. Und die Sterne ihrer Göttin hatten zu ihr gesungen. Die Götter sprachen selten zu ihren Kindern. Es war eine große Ehre.

Nyssa war stolz auf sie. Das war sie wirklich.

»Sayeh?« Sie öffnete die Augen. Avans Saphire funkelten heller als jeder Stern am Himmel. »Ist das ein Lächeln?«, fragte er ungläubig.

Was?

»Möglicherweise«, gestand sie, bemüht, ihre Gesichtszüge zu glätten. Ohne Erfolg.

Avan lachte leise und erhob sich mit einer beneidenswert geschmeidigen Eleganz, zog sie mit sich. Das zu schnelle Aufstehen sorgte bei ihr für einen heftigen Schwindelanfall und sie taumelte in seine Arme, krallte sich in sein klatschnasses Hemd.

»Weißt du, dass in deinen Augen Sterne tanzen, wenn du glücklich bist?«, flüsterte Avan. Sein Atem kitzelte auf ihrer Haut. Er war ihr so nah, dass sie die Wassertröpfchen zählen könnte, die in seinen dichten Wimpern saßen. Sie schüttelte ihren Kopf, um ihn freizubekommen.

Glücklich? Das letzte Mal war sie vor fünf Jahren glücklich gewesen, bei ihrem letzten Kopfsprung in die Bucht der singenden Sterne. Und ja, sie kannte die winzigen, silbrigen Sterne in dem tiefen Obsidian ihrer Augen. Dann und wann kamen sie zum Vorschein. Meist, wenn sie ... glücklich war.

Avans nasse Lippen pressten sich auf ihre und beendeten schlagartig ihr Gedankenkarussell. Der Kuss traf sie unvorbereitet, rauschte wie brodelnde Lava durch ihre Adern und stieg ihr zu Kopf wie warmer Honigwein. Durch das Schattenmeer zu gleiten und von den Sternen getragen zu werden, war kaum berauschender.

Nicht nur ein Kuss. *Definitiv nicht nur ein Kuss.*

Gaias ohrenbetäubendes Johlen holte sie zurück in die Wirklichkeit.

»Hey, Avan«, rief Azar. »Du weißt schon, dass das meine Schwester ist?«

»Bei Enki!«, stöhnte Gaia. »Jetzt geht *das* los. Ich warne dich vor, Sayeh, Azar ist *sehr* besitzergreifend.«

»Tut mir leid«, flüsterte Avan an ihren Lippen, lockerte seinen Griff um ihre Taille.

»Braucht es nicht«, wisperte sie atemlos. Der Kuss schien sie einmal gut durchgeheilt zu haben. Sie fühlte sich wie neugeboren.

»Hey, Avan, ich rede mit dir!«, brummte Azar.

Avan seufzte und ließ sie zögerlich los. Sie wankte und hielt sich an seinem Hemd fest. Azars feurige Augen loderten kampfbereit, Gaia strahlte von einem Ohr zum anderen.

»Er ist nur eifersüchtig«, erklärte sie lachend und tätschelte seine nackte Brust, zwinkerte Sayeh zu.

»Eifersüchtig?«, fragte Azar, zog eine Braue in die Höhe. »Ich?«

»Komm schon«, meinte Gaia. »Wir wissen alle, dass deine Liebe zu Avan sogar die zu deinen dämlichen Flammen übersteigt.«

»Wahre Worte«, sagte Azar nun und grinste, stieß Gaia von sich, die erbost schnaubte. »Und deshalb erlaube ich ihm auch, mit meiner Schwester zu reden.«

Seine Hand schoss vor und schloss sich blitzschnell um Sayehs Handgelenk. Ihr entglitt Avans Hemd und im nächsten Augenblick fühlte sie sich an Azars Seite gedrückt. Er war so heiß wie der Bauch des Kessels. »*Reden*, Avan«, grollte er.

»Bei Enki«, murmelte Gaia, warf theatralisch die Hände über den Kopf und gesellte sich zu Avan, flüsterte leise mit ihm.

»Die Flammen waren der Wahnsinn, Schwesterherz«, sagte Azar und schlug mit der flachen Hand auf ihren Rücken. Sie verfiel in einen Hustenanfall und spuckte Wasser, das tief in ihrer Lunge festgesessen hatte. »*Endlich* gibt es jemanden, mit dem ich Feuer und Asche spielen kann, ohne dass er sich gleich in die Hosen macht«, schwärmte er, drückte sie so fest an sich, dass sie nach Atem rang. Bei Nyssa, war er heiß! »Bei Ishat, du bist ein Geschenk des Himmels, Schwester! Fühl dich in meinem Reich ganz wie zu Hause, Sayeh. Wir werden diese Welt in Flammen setzen.«

Sie wischte sich Schweißperlen von der Stirn.

»Die Schatten sind mir dann doch lieber«, keuchte sie.

Azar machte einen Schmollmund, der bei seinem verruchten Äußeren seltsam deplatziert wirkte.

»Bist du dir sicher?«, fragte er. »Wir könnten die anderen Elemente in den Schatten stellen. In den *Schatten*, verstehst du?« Er grinste und knuffte sie in die Seite.

»Freu dich doch, Azar«, sagte Avan und warf ihr ein Lächeln zu, das ihre Knie weich werden ließ. Sie klammerte sich an Azar. »Das Feuer bleibt dein. Kein nahender Krieg zu erwarten. Lass es darauf beruhen.«

»Überleg es dir«, raunte Azar in ihr Ohr, lachte kehlig. Ob Azar seine Worte ernst meinte? Sah er sie wirklich als Schwester? Als Familie? Der Gedanke verlieh ihr Leichtigkeit und Azars Hitze fühlte sich gleich weniger unerträglich an. Sie hätte nichts gegen einen Bruder einzuwenden – ob nun mit oder ohne übertriebenem Beschützerinstinkt. Ganz und gar nicht.

»Hübsche Tätowierungen, übrigens.« Azar bewunderte die verschnörkelten Linien der Mitternachtslilien auf ihren Armen, die vor vielen Jahren von der Palastheilerin Anwyn unter ihre Haut gespritzt worden waren. Sayeh hatte vier Monate gebraucht, um ihre Mutter weichzuklopfen, denn da für den Vorgang Lava vonnöten war, war es nicht ungefährlich. »Vor Schmerz schreckt ihr Schattenwesen nicht zurück«, meinte Azar anerkennend. »Gefällt mir.«

»Es hat nicht wehgetan.«

»Nicht?«, fragte er, seine Augenbrauen schossen in die Höhe. »Eine riesige, brennende Nadel? Wie alt warst du denn, als sie gefertigt wurden?«

»Acht Jahre«, antwortete sie. Die Erinnerung daran lenkte sie für einen kurzen Moment von dem Kampfgeschehen ab, in dessen Mitte sie standen. »Ich wurde an den betreffenden Stellen betäubt, sonst wäre der Schmerz kaum zu ertragen gewesen – selbst für eine Halbgöttin.«

Azar schnaubte. »Ich bin in der Lage, jeden Schmerz zu ertragen«, tönte er großspurig und deutete auf seine Brust, die fast vollständig mit schwarzen Linien, Schnörkeln und ihr unbekannten Symbolen bedeckt war. Sayeh fuhr mit ihren Fingern darüber. Keine Erhebungen. Es war nur Tinte.

»Unsere Tätowierungen werden nicht mit Nadeln und Tinte in die Haut eingebracht, sondern mit brennendheißem, flüssigem Obsidian«, klärte sie ihn auf. »Stell dir Lava vor, die …« Sie unterbrach ihren Satz, weil sie von Ila und Rayan abgelenkt wurde, die Zephir vom Boden aufgehoben hatten und sich in diesem Moment Richtung Höhlenausgang schlichen. Cinnead folgte ihnen nicht. Schwer atmend und mit blutrotem Kopf stand er da, seine Augen bohrten sich von der Ferne in ihre. Seine schwarze Weste war zerrissen, ein Großteil der Rubine hatte sich gelöst und war verloren. Er fletschte die Zähne wie ein Seeungeheuer, sein tiefes Grollen vernahm sie bis zum anderen Ende der Höhle.

Bei dem Anblick ihres *Vaters* regte sich Zorn in Sayeh, die Emotion verdrängte Müdigkeit und Erschöpfung. Eine unbändige Hitze flammte in ihrem Inneren auf, als hätte dort jemand ein Lagerfeuer entzündet, breitete sich rasend schnell in ihrem gesamten Körper aus. Ihr wurde so heiß, dass sie selbst Azar nicht mehr neben sich spürte. Keuchend legte sie sich die flache Hand auf die glühende Stirn. War das ihr Feuer?

Azar sah auf sie hinab. »Warum bist du denn auf einmal so warm?«, fragte er, kniff die Augen zusammen und betrachtete sie argwöhnisch.

»Ich denke, das ist das Feuer«, murmelte sie und fächelte sich Luft zu, während sich ihr Blick noch immer mit dem ihres Vaters kreuzte. »Wie kann das sein? Gerade habe ich mich noch gänzlich ausgelaugt gefühlt.«

»Ja, das ist das Feuer«, raunte Azar und folgte ihrem Blick. »Zorn geht *immer.*«

Sie hatte das Gefühl, etwas auszubrüten. Die Flammen wollten aus ihr hinausbrechen.

»Wartet hier«, sagte sie geistesabwesend und schälte sich aus der Umarmung ihres Bruders. »Ich habe noch etwas zu erledigen.«

Gaias und Avans besorgte Blicke folgten ihr. Azar hingegen lachte. »Ich überlasse ihn dir!«, rief er ihr hinterher. »Denn ich bin fertig mit ihm.«

»Sayeh?«, hörte sie Gaia hinter sich, doch Sayeh achtete nicht auf sie, schlitterte über den Felsboden auf Cinnead zu. Ila und Rayan drehten sich alarmiert zu ihr um. Ila verengte ihre Augen, presste die Lippen zusammen. Sie fasste sich an den Smaragd, der um ihren Hals hing, aber er war ohne Magie. Und selbst wenn er es nicht wäre, sie könnte die Macht der Erde nicht rufen. Die Elemente gehorchten ihnen nicht mehr. Das würden sie nie wieder tun, denn ihre Einheit war und blieb zerbrochen. Ein grausames Schicksal. Eines, das sie ihren Kinder gewünscht hatten. Und ihr.

»Ila«, mahnte Rayan die ehemalige Halbgöttin der Erde eindringlich, zerrte an dem schlaffen Zephir und an ihr. »Cinnead, wir gehen!«

Ila folgte nach einem weiteren grimmigen Blick in Sayehs Richtung seiner Aufforderung, eilte mit ihm zu dem halb heruntergelassenen Iridiumgitter. Cinnead jedoch rührte sich nicht von der Stelle, wartete, bis Sayeh ihn erreicht hatte. Ihre Finger waren so heiß, als beständen sie aus Lava. Sie ballte ihre Hände zu Fäusten und öffnete sie wieder.

»Cinnead!«, donnerte Ila auf der Schwelle zum Tunnel. »Nun komm!«

Sayehs Kopf drohte unter der inneren Hitze zu bersten. Sie musste etwas von dem ganzen Feuer loswerden, sonst würde es unkontrolliert aus ihr herausbrechen. Also streckte sie ihre Arme von sich. Flammen schossen aus ihren Fingerspitzen, hell und lodernd, rasten auf den Ausgang zu und versperrten ihn unmittelbar vor den Flüchtenden mit einer Feuerwand. Undurchdringbar für Rayan und Ila, die nun davor zurückschreckten und Zephir fallenließen. Denn sie waren nicht mehr als Menschen. Eigentlich waren sie nicht einmal das.

Jemand rief ihr etwas zu, das sie über das Prasseln des Feuers und das Pochen in ihren Schläfen nicht erreichte. Stattdessen kostete sie den sorgenvollen Ausdruck auf Rayans erbleichtem Gesicht aus. Wie viel lieber war ihr dieser als seine Maske falscher Freundlichkeit. Sie ließ einen Feuerball auf ihrer Handfläche entstehen und ihn auf und ab hüpfen. Das Feuer fühlte sich anders an als der Schatten. Nicht schlechter. Nicht besser. Weder böse noch gut. Einfach anders. Und wie ein unauslöschlicher Teil von ihr. Einer, der lange genug unterdrückt worden war – und nun ausbrechen wollte. Das spürte sie mit jeder Faser ihres überhitzten Körpers und in ihren brennenden Eingeweiden.

Cinnead lachte lauthals neben ihr. »Was hast du vor?«, keuchte er mit rasselndem Atem. »Möchtest du uns vernichten? Itza rächen? Deine Mutter war schwach, Sayeh. Sie war eine Halbgöttin der Schatten und hätte uns alle verschlingen können. Einfach so.« Er schnippte mit dem Finger. »Stattdessen hat sie klein beigegeben, sich *fünf Jahre lang* den anderen Elementen unterworfen, nur, weil sie *dein* Leben bewahren wollte. Sie hätte in ewiger Dunkelheit über diese Welt herrschen können. Ich weiß, ich hätte es getan.« Cinnead lächelte listig. »Wirst du es tun, Tochter? ›Alleinige Weltherrschaft‹ hat einen angenehmen Klang, wie ich finde.«

»Nenn mich nicht *Tochter*«, zischte sie wütend.

»Ich wünschte, das müsste ich nicht«, entgegnete Cinnead.

Sie schleuderte ihm ihren Feuerball entgegen. Er flog haarscharf an seinem Kopf vorbei und erlosch an der feuchten Felswand. Cinnead konnte sich kaum noch aufrechthalten vor Lachen, löschte seine Haare, die Feuer gefangen hatten, mit den flachen Händen.

»Cinnead!«, schnitt Ilas Stimme durch die aufgeheizte Luft.

»Er will dich nur reizen«, vernahm Sayeh Avans verstörend ruhige Stimme wie aus weiter Ferne. »Lass dich nicht von ihm herausfordern.«

Sie ließ einen weiteren Feuerball aufflammen, hielt Cinneads glutrotem Blick stand.

Plötzlich baute sich Azars hochgewachsener Körper neben ihr auf. »Bei Ishat, Schwesterherz!«, rief er aus, eine breite Hand legte sich schwer auf ihre Schulter. »Deine Augen sind rot!«

Gaias Gesicht tauchte vor ihr auf, der Blick aus ihren goldenen Augen tastete sie aufmerksam ab.

»Was meinst du, Avan, sollten wir Angst vor ihr haben?«, fragte sie besorgt.

Sayeh wollte die Halbgöttin der Erde beiseiteschieben, aber sie hätte ebenso versuchen können, einen Berg zu bewegen. Als jedoch Sayehs glühende Hände Gaias Haut berührten, zuckte diese ganz von allein zurück. »Autsch, du musst mich ja nicht gleich verbrennen«, meinte Gaia beleidigt und gab ihr wieder die Sicht auf Cinnead frei.

»Sayeh«, sagte Avan sanft, seine kühlen Finger legten sich auf ihren Oberarm und es zischte leise. »Wir haben gewonnen. Sie haben keine Macht mehr. Lass sie gehen. Sie sind schutzlos.«

»Lasst sie doch ihren Zorn ausleben«, sagte Cinnead mit einem gehässigen Grinsen. Er streckte die Arme seitlich von sich, präsentierte diverse Brandflecke auf seiner halbnackten Brust. »Soll sie uns alle in Flammen aufgehen lassen und in der ewigen Finsternis verschlingen. Dann kann ich wenigstens mit Stolz verkünden, dass sie von meinem Blut ist. Ich schwöre euch, ich werde es vom geheimen Ort der Götter schreien!« Er legte sich die Hand aufs Herz, in seinen Augen spiegelte sich ihre Feuerkugel. »Ich flehe dich an, Sayeh, lasse mich nur *einmal* auf eines meiner Kinder stolz sein. Nur ein einziges Mal!«

Azar knurrte bedrohlich neben ihr.

»Ich muss dich enttäuschen, Cinnead«, erwiderte Sayeh, ließ die Feuerkugel jedoch nicht verpuffen. »Würde ich euch töten wollen, hätte ich es bereits getan. Lass uns stattdessen ein kurzes Gespräch führen – von ehemaligem Halbgott zu Pandora. Darüber, wer hier böse ist – und wer nicht.«

Cinnead lachte wie im Wahn, bis ihm Tränen über die Wangen liefen. »Sie will reden!«, grölte er und schlug sich mit den flachen Händen auf die Oberschenkel. *»Reden!«*

»Ihr wolltet mich töten«, fuhr sie unbeirrt fort und stellte die eine Frage, die am stärksten in ihrem Herzen brannte. »Nach meiner Geburt wolltet ihr mich töten. Warum?«

Cinneads Lachen erstarb. Seine Augen wurden schmal. »Das wollte ich lange, *bevor* du die Dunkelheit dieser Welt erblickt hast«, zischte er. »Dass es mir nicht gelungen ist, werde ich mir nie verzeihen. Ich hoffe, die Götter tun es. Denn sie wissen, ich habe *alles* versucht, um meinen Fehltritt rückgängig zu machen.«

»Meine Mutter weigerte sich, mich herzugeben«, fuhr Sayeh fort. »Sie willigte in euren Beschluss, mich zu töten, nicht ein. Sie war dagegen – ihr dafür. Warum?«

»In ihrem Wahnsinn hat sie sich mit dir und all ihren düsteren Geschöpfen in ihrem Reich verschanzt, hat die Landesgrenze mit ihren Schatten versperrt«, meldete sich nun Rayan zu Wort. Sayeh drehte sich zu ihm um. Langsam kam er auf sie zu, die Hände in einer beschwichtigenden Geste erhoben. »Kein Schiff, das ich ins Schattenreich aussandte, kehrte zurück. Deine Mutter hat so viele Leben auf dem Gewissen. Folge ihr nicht in ihre Fußstapfen, Sayeh. Noch kannst du tun, was richtig ist.«

Wer hatte *ihn* zu diesem Gespräch eingeladen? Sie hüllte Rayan kurzerhand in Schatten. Er verstummte, Entsetzen in seinen blassen Augen. Während er sich der sinnlosen Beschäftigung hingab, den dunklen Schwaden zu entkommen, sprach sie weiter.

»Wieso wolltet ihr mich töten?«, fragte sie nun Ila, die mit wachsender Verzweiflung den Raum nach Rayan absuchte.

»Was hast du getan?«, schrie Ila und fuchtelte mit ihren Händen. »Hätten wir nur nie auf Rayan gehört! Wir hätten dich bis zu deinem Tod im Fels belassen sollen.«

»Sag mir, warum wolltet ihr mich töten?«, ließ Sayeh nicht locker.

»Weil du unser Untergang bist«, flüsterte Ila mit angstgeweiteten Augen. »Niemand könnte dich aufhalten. Du bist unser aller Tod!«

»Habt ihr je eine Pandora persönlich gekannt?«, fragte sie.

»Wie das?«, kreischte Ila außer sich, tastete noch immer die Umgebung nach Rayan ab. »Glaubst du, so etwas Widernatürliches wie dich gibt es in jeder zweiten Generation?«

»Wie könnt ihr dann behaupten, dass ich den Untergang dieser Welt anstrebe?«, fragte Sayeh. »Dass ich mich nach unendlicher Macht verzehre?

Dass ich meine Einheit in Schatten und Feuer verschlingen würde? Wenn ihr doch weder mich noch meine Art je kennengelernt habt.«

»Gib Rayan frei!«, zischte Ila, anstatt ihr eine Antwort zu geben. Cinnead schien währenddessen an seinem eigenen Lachen zu ersticken.

»Weil *ihr* es tun würdet?«, beantwortete Sayeh ihre eigene Frage. »Schließt ihr von euren tiefsten Sehnsüchten auf meine? Ist es das? Denn ich habe gelernt, dass nicht das Element es ist, welches uns zu bösen Taten verleitet. Nicht eines und auch nicht zwei. Die Schwachstelle ist unser menschlicher Teil. Das, was uns von den Göttern unterscheidet. Das, was auch uns voneinander unterscheidet.«

Ila schnaufte. »Ich bin keine Mörderin, wenn es das ist, was du glaubst«, blaffte sie. »Deine Mutter war eine. Wir sind es nicht. Solange du das nicht verstehst, sind wir alle verloren.«

»*Du* bist keine Mörderin?«, fragte Sayeh nach. »Du wolltest mich nicht töten? Hast du gegen den Beschluss gestimmt?«

»Natürlich wollte ich dich töten! Ich will es jetzt noch«, antwortete Ila eisig und schritt energisch auf sie zu. »Für das Wohl aller. Ein Tod für tausend Leben. Du möchtest herrschen. Und das wirst du. Dann nimm dies als deine erste Lektion. Und denke an mich, wenn du jemals vor solch einer Entscheidung stehst wie ich, meine Liebe.«

Ein Tod für tausend Leben? Bei ihrer Mutter waren es tausend Tode für *ein* Leben gewesen. War eines von beiden wirklich gerechtfertigt? Mord blieb Mord. Mit dem Zucken ihres Fingers könnte sie diese Halbgötter töten. Oder was immer sie nun waren. Doch das würde nicht wiedergutmachen, was geschehen war. Weder würde es ihre Mutter zurückbringen noch ihre vergangenen fünf Jahre. Würde es ihr Frieden bringen? Sie wünschte, eine Seele ließe sich so einfach heilen. Mit einer Flamme. Mit einer düsteren Schattenschwade.

Doch wenn sie sich dazu verleiten ließe, wäre sie nicht besser als jene, die ihr Leben beenden wollten. Sie hätte nichts aus den Fehlern ihrer Mutter gelernt. Und sie würde das Vertrauen ihrer Göttinnen verspielen.

»Elemente sind von Natur aus gut«, fuhr sie fort, ignorierte Cinneads Grunzen und Rayans Gefuchtel. »Wie es auch die Götter sind. Sonst hätten sie uns nicht diese Welt und ihre Macht geschenkt. Doch sie wachen über uns. Verspielen wir ihr Vertrauen, entziehen sie uns ihres und nehmen ihre Wahl zurück.«

Sie spürte, wie die Hitze langsam ihren Körper verließ, ihr Herzschlag sich beruhigte und sich Gelassenheit in ihr ausbreitete. Der Zorn war ein berauschendes Gefühl. Doch es würde nicht anhalten. Sie dankte ihrer kurzen, aber schmerzvollen Vergangenheit, sie gelehrt zu haben, dass das Leben nicht so einfach war. Dass die eigenen Wunden nicht schneller heilten, wenn man sie auch jemand anderem zufügte. Und man keinem flüchtigen Hochmoment vertrauen sollte. Der anschließende Fall würde umso tiefer werden. Gab sie sich jetzt ihrem Zorn hin, würde sie verlieren, was sie gerade erst gewonnen hatte.

Macht *war* verführerisch. Ebenso wie Rache. Doch Rache war etwas für schwache Geschöpfe. Und ihre Mutter hatte sie vor langer Zeit gelehrt, niemandem Schaden zuzufügen, der ihr nicht ebenbürtig war.

»Meine Mutter wurde von Nyssa geurteilt, so wie ihr von euren Göttern geurteilt werdet«, schloss sie. »Diese Aufgabe obliegt nicht mir. Und ich möchte sie auch gar nicht übernehmen. Denn ich habe ein schillerndes Meer an Sternen an den Himmel zu singen. Und Nyssa vertraut auf mich.«

Das Feuer auf ihrer Handfläche erlosch. Sie entfernte die Schatten um Rayan, der verwirrt strauchelte und sich an Ilas Arm festkrallte. Dann verschlang Sayeh ihre Feuerwand in den Schatten, machte den Ausgang wieder frei.

»Schwach«, flüsterte Cinnead, ein heiseres Lachen in seiner Kehle. »Du wirst deine Einheit ins Verderben führen.«

»So, wie ihr es mit eurer getan habt?«, warf Gaia ein und legte einen Arm um Sayehs Schultern, zog sie an sich. Mit zitternden Beinen lehnte sie sich gegen die Halbgöttin der Erde.

»Wenn hier jemand ins Verderben geführt wird, dann du, Vater«, grollte Azar und schob sich vor Sayeh.

Gaia überschüttete Cinnead mit einem Regen aus spitzen Dornen. »Husch, husch!«, rief sie und lachte laut. »Ich würde verschwinden, Cinnead. Sonst holt Sayeh ihre Schatten für dich heraus.«

Cinnead murmelte feurige Verwünschungen und duckte sich unter dem

Dornenschauer hinweg. Gaia schenkte ihm noch ein paar mehr und er flüchtete in Richtung Ausgang, sprintete hinter Ila und Rayan her, von denen nur noch die Rücken zu sehen waren, ehe der Tunnel sie verschluckte.

»Ja, lauf du nur!«, rief Azar ihm hinterher und spie Feuer.

»Ich hätte meine Mutter am liebsten ordentlich zusammengestaucht, aber nach deinem Auftritt schenke ich mir das«, sagte Gaia und strich Sayeh die feuchten Haare aus der Stirn. »Ab heute bist du mein Vorbild, Sayeh. Lebe danach.«

»Ich gebe mein Bestes«, sagte sie müde und lächelte schwach. Avan nahm ihre Hand und drückte sie sacht. Er war so wunderbar kalt und allein seine Präsenz half ihr, sich herunterzukühlen.

Als unvermittelt Alizeh in ihr Sichtfeld trat, wurde es noch ein paar Grad eisiger. »Wieso hast du sie nicht getötet?«, fragte die Halbgöttin der Winde und bedachte sie mit einem prüfenden Blick aus ihren sturmgrauen Augen. Er verweilte für einen Moment auf ihren Fingern, die mit Avans verschränkt waren. »Ich hätte es getan«, fügte sie nüchtern hinzu.

Sayeh wischte sich mit dem Saum ihrer mehr als mitgenommenen Bluse die Schweißperlen vom Gesicht. Bei Ishat! Das Feuer war um einiges anstrengender als der Schatten. Sie nahm einen tiefen Atemzug.

»Rache ist etwas für schwache Geschöpfe, die keinen Lebenswillen besitzen«, wiederholte sie dann Alizehs Worte. Sayeh glaubte an eine Illusion, als ein Lächeln über Alizehs Gesicht huschte. Es war so schnell verschwunden, wie es gekommen war.

»Nun denn«, erwiderte die Halbgöttin dann wieder unterkühlt und schob ihr Schwert in die Scheide, straffte ihre Schultern. »Ich mache mich auf den Weg. Lotus ist sicher in Aquarus und ich muss zurück zu Amythia. Wer weiß, was Vater sich ausdenkt. Er mag halbtot und ohne Magie sein, doch ihm ist alles zuzutrauen. Und noch wissen die Menschen nicht, dass er kein Halbgott mehr ist. Es ist einiges an Aufklärungsarbeit zu leisten.«

»Verfrachte ihn doch in eine Felsspalte«, schlug Azar vor. »Ich jedenfalls werde unseren *Vater* nicht mehr aus dem Feuerring herauslassen, den ich gleich um ihn erschaffen werde.« Er zwinkerte Sayeh zu.

Alizeh seufzte, zog eine Grimasse und verschwand wortlos in einem Tornado.

»Was meint ihr, wohin sich unsere herzensguten Eltern nun verkrümeln?«, fragte Gaia.

»Unter ihre Bettdecke«, meinte Azar und reckte sich stöhnend. »Zephir heilen. Ihre Wunden lecken. Um ihre Macht trauern. Was kümmert es uns? Wir sind endlich *frei!* Unsere Einheit ist vollständig, nach *siebzehn* verdammten Jahren hat es auch der Schatten zu uns geschafft. Ich sage euch, was wir nun tun werden: Unser erstes elementares Wettrennen planen.«

»Du setzt wie immer die besten Prioritäten«, meinte Gaia und gab ihm einen Klaps auf den Hinterkopf.

Avans Lächeln lenkte Sayeh von den beiden ab. Er zog sie an sich und nahm sie in den Arm. Für ein paar wertvolle Augenblicke erlaubte sie sich, in seiner beruhigenden und erfrischenden Aura zu verweilen.

»Sind meine Augen wieder schwarz?«, fragte sie nach einer Weile vorsichtig.

Er lachte leise. »Schwarz wie die tiefe Nacht«, beruhigte er sie.

Nyssa sei Dank.

»Für einen Teil Feuer bist du äußerst beherrscht«, flüsterte er in ihr Ohr, streichelte ihr sanft über den Rücken. »Du kannst Azar noch was beibringen«, fügte er lauter hinzu.

»Wie war das?«, rief Azar empört.

»Ihr fürchtet euch also nicht vor mir?«, fragte Sayeh unsicher und löste sich widerstrebend aus Avans Umarmung.

»Vor dir?«, fragte Gaia und musterte sie. »Wieso sollten wir? So eine handzahme Halbgöttin wie du eine bist? Lässt die am Leben, die dich in der Lava opfern wollten. Niemand von uns wäre so gnädig gewesen. Nicht mal Avan.«

»Ich bin eine Pandora«, erinnerte sie. »Das ändert vieles.«

»Eine Pandora?«, fragte Gaia. »Bei Enki, Süße, du bist doch keine seltsame Krankheit. Du bist Sayeh. Unser schützenswerter Schatten.«

»Schwester, du hast unseren Vater gesehen«, sagte Azar und zog sie von Avan weg. »Da fürchte ich mich sicher nicht vor jemandem, der ein jahrelanges Trauma mit sich trägt, nur weil er eine Ratte getötet hat.«

Sayeh warf Avan einen vorwurfsvollen Blick zu. Der lächelte entschuldigend. »Wir erzählen uns alles«, sagte er schulterzuckend. »Daran musst du dich gewöhnen.«

»Sayeh, hätte ich früher erfahren, dass du meine Schwester bist, hätte ich dich noch am ersten Tag aus Rayans kalten Fingern befreit«, verkündete Azar großspurig. »Wieso habt ihr nicht bemerkt, dass sie das Feuer in sich trägt? Seid ihr blind?«, fragte er Gaia und Avan und tippte sich an die Stirn.

»Entschuldige mal, aber sie konnte nicht einmal die Schatten rufen«, ereiferte sich Gaia. »Außerdem hat sie so gar nichts vom Feuer. Wer wäre je auf *so* etwas gekommen? Und wenn es *irgendjemand* hätte herausfinden können, dann ja wohl Avan. Näher ist Sayeh immerhin niemandem gekommen.«

»Was habe ich da vernommen?«, fragte Azar und spannte seine Muskeln an, baute sich drohend vor Avan auf.

»Und wie habt ihr erfahren, dass die Zeremonie vorverlegt wurde?«, unterbrach Sayeh die drei schnell. Sie wollte nicht, dass ihr erstes elementares Beisammensein in Streit endete.

»Azar hat es in einem Wortgefecht mit seinem Vater erfahren«, erklärte Avan und schob Azar beiseite, was ihm erstaunlicherweise mühelos gelang, obwohl er sicherlich nur die Hälfte an Muskelmasse besaß. Azar schnaubte und spielte mit ein paar Flammen, während er Avan genau im Auge behielt. »Er hat uns sofort benachrichtigt. Gaia und ich haben im Anschluss Alizeh befreit, während Azar im Alleingang zum Vulkanberg gereist ist.«

»Ich wollte eben erst mal mit eigenen Augen sehen, um wen hier so ein Drama veranstaltet wird«, verteidigte sich Azar. »Außerdem habe ich euch einen Spiegel direkt vorm Vulkanberg platziert. Bedankt euch lieber.«

»Danke«, sagte Gaia und drückte Azar einen schmatzenden Kuss auf die Wange, der die Flammen in seinen Iriden auflodern ließ.

»*In* der Vulkanhöhle wäre es selbstverständlich noch sinnvoller gewesen«, warf Avan ein.

»Wie soll ich denn von dem verdammten Iridiumgitter wissen?«, zischte Azar. »Nicht jeder versteckt sich den ganzen Tag hinter Büchern, Avan.«

»Können wir jetzt endlich abhauen?«, fragte Gaia. »Ist echt gruselig hier.«

Sayeh warf einen letzten Blick auf das Chaos, welches sie hinterlassen hatten. Die Götter wären sicher nicht erfreut, wenn sie diesen Ort wie einen Rattenkäfig hinterließen. Sie sollten sich sehr bald darum kümmern, hier aufzuräumen. Azar zog an ihrer Hand und sie folgte den anderen durch den Tunnel hinaus aus dem Vulkanberg.

»Aber wir warten noch ein wenig mit der Vereidigung, ja?«, fragte Gaia. Ihre Stimme hallte übertrieben laut von den hohen Wänden wider. Nach dem ganzen Krach war die Stille erdrückend. »So viel Stress in den letzten Wochen, ich brauche erst mal ein paar Tage Erholung.«

»Wie wäre es mit ein paar *Wochen*?«, pflichtete Azar ihr bei.

»Wir benötigen ohnehin eine lange Vorbereitungszeit«, warf Avan ein, der mit gebührendem Abstand an ihrer Seite lief. Sayeh fragte sich, ob er Azars Zorn fürchtete, falls er ihr zu nahekam. Seltsamerweise gefiel ihr dieser Gedanke. Es war eine halbe Ewigkeit her, dass sich jemand um sie gesorgt hatte. Und sie könnte sich an dieses Gefühl gewöhnen.

»Und wer herrscht so lange, bis wir vereidigt sind, über die Reiche?«, fragte sie. Sie musste noch immer den Schatten in die Welt zurückbringen. War sie ohne eine Vereidigung dazu überhaupt in der Lage? Andererseits bereitete ihr der Gedanke, schon sehr bald ein weiteres Mal diese Zeremonie durchführen zu müssen, Übelkeit.

»Nun, über dein Reich wirst du herrschen, denn glücklicherweise hast du keine Eltern mehr«, sagte Azar, dessen Arm schwer auf ihren Schultern lag. »Über unsere Reiche? Hm, lassen wir unsere Eltern doch ruhig noch ein wenig diese Arbeit übernehmen. Trockene Regierungsangelegenheiten sind sowieso nichts für mich. Und es ist das Mindeste, was sie für uns tun können. Immerhin ist es ihre Schuld, dass wir bald die jüngsten vereidigten Halbgötter seit fünfhundert Jahren sind.«

»Vierhundert Jahren«, korrigierte Sayeh ihn. Azar stöhnte und warf seinen Kopf in den Nacken.

»Eine Besserwisserin! Und ich kann ihr nicht mal mit den Flammen drohen«, rief er aus. »Nicht, dass ich das je tun würde«, fügte er hinzu und grinste, wackelte mit den Augenbrauen.

»Und es beginnt«, lachte Gaia. »Ein Geschwisterpaar gab es sicherlich seit Jahrhunderten nicht in einer elementaren Einheit. Wir müssen wirklich die Bibliotheken nach diesen ominösen Pandoren durchwühlen. Aber ich rate dir schon jetzt: Nimm dich in Acht, Azar! Sayeh ist die Tochter Nyssas und Ishats. Da kannst selbst du nicht mithalten.«

»Muss ich nicht«, entgegnete Azar. »Wir sind eine Familie. Ihre Macht ist meine Macht, ist unsere Macht. Schon vergessen?«

»Ihr seid Teil von mir, wie ich Teil von euch bin«, flötete Gaia und nahm Avans Hände, tänzelte vor ihm her. »Ein Bund, kostbarer als Blut, loyaler als Freundschaft und ewig wie die *Liebe.*«

RUHE NACH DEM STURM

»Was sagst du, Jade? Dir ist ein voller Mond lieber?« Sayeh betrachtete den Sternenhimmel und den sichelförmigen Mond, dessen silbriges Licht auf den Wellen des Meeres der aufgehenden Sonne tanzte. »Der Mond liegt nicht in meiner Macht, Jade. Ich kann nur die Sterne an den Himmel singen. Ich bin eine Halbgöttin. Keine Göttin.«

Jade schien enttäuscht und sprang in den nächsten Tümpel. Nun, was immer Jade von ihren magischen Künsten hielt – sie war stolz auf sich. Abertausende Sterne bespickten das tiefe Schwarz, das sich über dem Wasserreich wölbte. Der Mond würde bis zum Morgen die Sonne ersetzen – so Nyssa wollte. Als unvereidigte Halbgöttin war das eine Leistung, für die sie sich nicht zu schämen brauchte. Und das ohne Zauberstab oder magiespeichernden Edelstein und mit einem kritischen Delfin an der Seite, der ununterbrochen fiepte.

»Ein Meisterwerk, Sayeh!«, erklang Gaias Stimme hinter ihr, füllte die Stille der Nacht aus. Sayeh schloss kurz die Augen, hoffte, die Sterne würden nicht erlöschen und der Himmel über ihnen nicht zusammensacken. Und das taten sie auch nicht. Erleichtert wandte sie sich um. Gaia tänzelte in hohen Haken durch die Wasserlandschaft, Azar im Schlepptau. Seine roten Augen leuchteten wie winzige Lagerfeuer im Dunkel der Nacht. Er trug nur eine Hose und Sayeh fragte sich, ob ihr Bruder überhaupt Hemden besaß oder seine Tätowierungen diese Funktion übernahmen. Avan trottete mit Lotus an der Hand ein wenig abseits. Er beugte sich zu seiner kleinen

Schwester hinab, deutete dann in den Sternenhimmel und flüsterte ihr etwas zu. Lotus formte daraufhin mit ihren Lippen ein großes O und starrte nach oben.

»Kein Wunder, dass Avan dir verfallen ist«, sagte Gaia und zwinkerte ihr zu.

Avan sprach mit Lotus, tat, als habe er nichts gehört. Azar blieb stehen, riss an Gaias Hand.

»Solche Dinge will ich nicht hören!«, ließ er verlauten, schlang einen Arm um Gaia und schaffte es trotz ihres Gewichtes, sie in die Höhe zu heben. Laut kreischend warf er sie in den nächsten Tümpel. Sie tauchte prustend wieder auf, attackierte Azar mit Wasser und stumpfen Dornen. Jade war begeistert und hüpfte von Tümpel zu Tümpel.

Ein auffrischender Wind streichelte Sayehs feuchte Haut, ließ sie frösteln. In diesem Moment tauchte Alizeh aus einem Tornado auf, ein wahrgewordener Diamantentraum um ihren Hals und ein strahlendes Diadem im blonden Haar. Neben ihr erschien Amythia, von nahezu gleicher Schönheit. Die Wangen des rothaarigen Menschenmädchens glühten, ihre hellgrünen Augen leuchteten unter dem Sternenhimmel wie die einer Halbgöttin. Sie verfiel in einen Knicks und lächelte scheu.

»Guten Abend, Amythia«, sagte Sayeh.

»Ein traumhafter Nachthimmel«, flüsterte Amythia und sah zum Mond auf.

Alizeh fing ihren Tornado ein und nickte ihr zu. »Ganz nett«, sagte sie.

Ein Kompliment von Alizeh?

»Danke«, entgegnete Sayeh. »Für alles«, fügte sie hinzu, denn sie hatte die Halbgöttin der Winde seit der Zeremonie nicht gesehen. Alizeh zuckte nur mit den Schultern, auch wenn Sayeh meinte, den Hauch eines Lächelns auf ihren Lippen zu erkennen. Dann nahm Alizeh die Hand ihrer Verlobten und flüsterte ihr etwas zu. Amythia kicherte. Die beiden setzten sich an den Rand eines benachbarten Tümpels und unterhielten sich leise.

Sayeh bespritzte gerade Jade mit Wasser, da drang ein vertrauter Duft in ihre Nase. Avans Lippen streiften ihr Ohr.

»Wunderschön, Sayeh«, flüsterte er und hauchte ihr einen Kuss auf die Wange. »Es tut mir leid, ich konnte sie nicht länger hinhalten.« Lotus schlang die Ärmchen um ihren Hals und tat es Avan gleich, drückte einen feuchten Schmatzer auf ihre Wange.

»Das hast du ganz toll gemacht, Sayeh«, sagte sie und ließ sich neben ihr nieder. »Ich werde es gleich Kiri und Shirin erzählen, die werden so neidisch sein. Endlich kann ich wieder schlafen. Ich mochte diesen Schlaftrank *gar* nicht. Widerlich.« Das Mädchen schüttelte sich.

»Du hast dich doch ohnehin geweigert, ihn anzurühren«, bemerkte Avan und streichelte Jade über die Schnauze. Lotus ignorierte ihren Bruder, wie üblich.

»Bleibt es jetzt für immer so dunkel?«, fragte sie und sah Sayeh mit hoffnungsvollen Augen an.

»Für immer?«, fragte Sayeh und zog an einem ihrer Zöpfe. »Du würdest die Sonne vermissen.«

»Ich denke nicht«, widersprach Lotus. »Die Sterne sind viel schöner.«

»Da muss ich dir zustimmen, Lotus«, sagte Gaia, die sich inzwischen von Azar befreit hatte. Sie ließ sich triefend neben ihnen nieder, schüttelte ihre unbequemen Schuhe von den Füßen und tauchte in das Wasser ein.

»Die Nacht war mir immer lieber als der Tag. Und, Sayeh …« Ihre goldenen Augen wurden groß. »Deine Stimme? Ein Traum! Ich fasse es nicht, dass mir das so lange verwehrt geblieben ist.«

Wie bitte?

»Wie lange steht ihr denn schon hinter mir?«, fragte sie besorgt. Sie hatte die anderen gebeten, sie nicht zu stören, während sie die Sterne an den Himmel sang. Der Schatten war noch immer scheu und sie musste sich erst wieder an die Gegenwart von anderen Geschöpfen gewöhnen. Gaia jedoch ignorierte ihre Frage.

»Du *musst* auf meiner nächsten Feier singen. Du musst!«, verlangte sie und packte ihre Hand, sah sie flehentlich an. »Die ›Mammutblätter‹ werden dich als Sängerin engagieren wollen. Obwohl solch eine zauberhafte Stimme natürlich am schönsten in einem Solo klingt. Und … nun ja, dann bist du auch noch die Königin des Schattenreichs und kannst nicht jeden Abend im Erdreich auftreten …«

»Gaia«, unterbrach Azar sie und spie Feuer in die erkaltete Nachtluft. »Lass meine Schwester in Ruhe! Wenn sie irgendwo ihre Abende verbringt, dann im Feuerreich. Wir werden Wettrennen mit unseren Flammen veranstalten. Wer frisst sich am schnellsten durch die Feuerwüste? Du wirst das Spiel lieben, Sayeh!«

»Also, wenn sie *irgendwo* ihre *Nächte* verbringt, dann sicherlich bei Avan«, sagte Gaia und zwinkerte verschwörerisch, beugte sich über sie und hielt Lotus die Ohren zu. »Obwohl ich dir ja davon abraten würde«, fügte sie flüsternd hinzu und zwinkerte verschwörerisch. »Du solltest dich erst mal durchprobieren, bevor du Avans Herz brichst. Du warst fünf Jahre im Fels. Dir fehlen ... nun, fünf Jahre Erfahrung.«

»Gaia«, grollte Azar, der gerade ein Lagerfeuer auf dem Wasser entzündete. Seine Iriden loderten gefährlich. »Willst du wieder im Becken landen?«

Avan murmelte etwas Unverständliches, schnappte sich Lotus, nahm sie auf den Arm und entfernte sich ein paar Schritte mit ihr. Am liebsten wäre sie ihm gefolgt, hätte ihm gesagt, dass sie keinerlei Lust verspürte, sich *durchzuprobieren.* Doch seit der Zeremonie waren sie auf den Kuss – oder die beiden Küsse – nicht mehr zu sprechen gekommen. Drei Tage waren vergangen und sie hatte die meiste Zeit in ihrem Bett im Turmzimmer gelegen, die Heilerin in Beschlag genommen und sich vollgefuttert. Avan war schwer beschäftigt gewesen und sie waren sich kaum über den Weg gelaufen.

Abgesehen davon hätte sie noch vor wenigen Tagen nicht im Traum daran gedacht, jemals über solche Dinge nachdenken zu müssen. Knutschereien? Einen festen Freund? Liebe? *Ewige* Liebe? Sie musste gestehen, diese Gedanken erschöpften sie. Im Grunde wollte sie nur eines – nach Hause kommen. Und ihren Frieden.

»Wie geht es deinem Vater?«, fragte sie Alizeh, um das Gespräch wieder in sicheres Fahrwasser zu leiten.

»Er wird's überstehen«, antwortete sie mit wenig Begeisterung. Amythia tätschelte mitfühlend ihre Hand. »Mein Vater kehrte gestern aus seinem Spiegel wieder, in bester Gesundheit. Die göttlichen Selbstheilungskräfte scheinen unsere Eltern noch nicht verlassen zu haben. Ich habe ihn aufgespürt und gleich in eine Felsspalte verfrachtet. Soll er dort erst mal zur Besinnung kommen. Die Regierungsgeschäfte musste also ich übernehmen, leicht ist diese Aufgabe nicht. Es wird seine Zeit brauchen, bis die Menschen meines Reiches mir den Respekt und das Vertrauen entgegenbringen, wie sie es meinem Vater gegenüber getan haben.«

»Und wie nimmt dein Vater das Ganze auf?«, fragte Gaia und streckte Avan eine Hand entgegen, lächelte ein zuckersüßes Lächeln. »Komm schon her, Süßer. Ich hab's nicht so gemeint. Du weißt, was ich bezwecke. Ich will Sayeh nur austesten. Das kommt dir zugute.«

Austesten?

Avan lächelte und setzte Lotus ab, legte ihr ein flauschiges Fell über die Schultern. Es war merklich abgekühlt.

»Ich versuche, ihn zu ignorieren«, sagte er und ließ sich neben Azar nieder, wärmte seine Hände an dem Feuer auf. »Und er ignoriert mich. Ich weiß nicht, wie lange er die Regierungsgeschäfte noch aufrechterhält. Er schließt sich Tag und Nacht in sein Arbeitszimmer ein. Aber die Bewässerung des Reiches ist im Moment ohnehin wichtiger als Regierungsangelegenheiten. Palastangestellte und menschliche Vertreter haben meine Befehle schon erhört, nachdem die alte Einheit zerbrochen war. Viele haben von Anfang an geahnt, dass ich es war, der das Wasser brachte und nicht mein Vater. Im Grunde ist es also eine entspannte Situation. Die Pflege des Elements und der Heiligtümer laugen mich magisch aus, doch ansonsten lebe ich unter keinen Beeinträchtigungen.«

»Mein Vater lässt sich – Ishat sei Dank – auch nicht mehr blicken«, sagte Azar und lehnte seinen Kopf an Avans Schulter, spielte mit einem Flammenball. »Vielleicht fürchtet er meinen Zorn. Vielleicht sind unsere Eltern auch damit beschäftigt, einen neuen Plan auf die Beine zu stellen, wie sie doch noch an ihre Macht kommen. Aber den können sie vergessen, oder, Sayeh?«, fragte er sie augenzwinkernd und wandte sich dann an Avan. »Wir haben uns da nämlich schon etwas überlegt«, erklärte er ihm.

Anstelle einer Antwort rief Sayeh die Schatten und verhüllte sich. Denn das war der »Plan«, den sie mit ihrem Bruder gestern um drei Uhr morgens bei einigen Gläsern Honigwein »ausgefeilt« hatte, falls irgendjemand es wagen sollte, sie abermals zu entführen.

Azar prustete los, Gaia blinzelte verwirrt. Sie seufzte erleichtert, als Sayeh wieder auftauchte, und schloss sie in eine warme Umarmung. »Ich dachte schon, die Schatten hätten dich verschlungen, meine Süße«, sagte sie und gab ihr einen Kuss. »Aber zurück zu unseren Eltern. Meine Mutter weigert sich, auch nur einen Finger zu rühren. Ich kenne mich mit Regierungsangelegenheiten gar nicht aus, doch da muss ich wohl durch. So viele Texte wie in den letzten Tagen habe ich noch nie studiert. Dabei musste ich erst mal die Heiligtümer pflegen und das Land mit Erdmagie anreichern. Ich wünschte, die Menschen im Erdreich wären so vernünftig wie hier. Heute Morgen trat ich aus meiner Baumhütte und fünfzig Bittsteller hockten davor. Sie waren wütend. Als ob *ich* die elementare Einheit zerbrochen hätte!«

»Unsere Macht wird ausreichen, um die Elemente im Gleichgewicht zu halten, bis wir vereidigt sind«, sagte Avan. »In den Rest werden wir hineinwachsen.«

Sayeh beobachtete fasziniert, wie knisternde Funken sprühten, als Avan und Azar ihre Handflächen aufeinanderlegten. Azar lachte, wobei Flammen seinem Rachen entwichen, die auf Avans Haut zischend erloschen. Ob sie auch Feuer speien könnte?

»Ich denke, für Sayeh wird es schwieriger als für uns«, warf Alizeh überraschend ein. »Das Schattenreich ist eine einzige Ruine, wie ich hörte.«

Eine Welle der Angst schwappte über Sayeh und sie drängte die Empfindung eilig von sich. Sie wünschte sich nichts sehnlicher, als endlich nach Hause zu kommen. Andererseits gab es kaum etwas, wovor sie sich mehr fürchtete.

»Wann brechen wir denn ins Schattenreich auf?«, fragte Gaia und schnüffelte an ihr.

Sayeh sah sie irritiert an. »Was tust du da?«

»Du riechst so gut«, schwärmte Gaia und ließ eine von Sayehs Haarsträhnen zwischen ihren Finger gleiten, sog tief ihren Duft ein. »Ich bin nur Feuer, Wasser und Wind gewöhnt. Endlich gibt's mal Abwechslung in der Gruppe. *Berauschend.*«

»Hör auf, an meiner Schwester zu riechen!«, warnte sie Azar und warf einen Feuerball nach ihr. Gaia wich geschickt aus. »Und darf sie erst mal die Nacht ins Feuerreich bringen? Oder steht nur dem Wasser dieses Privileg zu?«

»Ich werde die Nacht in allen vier Reichen rufen«, sagte Sayeh. Vorausgesetzt, ihre Macht reichte dafür aus. »Anschließend würde ich gern nach Hause und … dort nach dem Rechten sehen. Wenn … wenn es mir erlaubt ist.«

»Wenn es dir erlaubt ist?«, fragte Gaia und sah sie an, als wäre sie nun endgültig in den Irrsinn abgedriftet. »Schatz, du bist frei! Schon vergessen? Wann du wohin gehst, ist ganz allein *deine* Entscheidung. Neuland für dich, ich weiß. Gewöhn dich dran. Natürlich würden wir es sehr zu schätzen wissen, wenn du uns vorher mit deinem Element beglückst. Wenigstens für eine Nacht.«

Frei? Ein eigentümliches Gefühl breitete sich in ihrer Brust aus. Freiheit. Der Gedanke überforderte sie. Wohin sollte sie ihren nächsten Schritt setzen, wenn niemand den Weg bestimmte? *Was würde sie als erstes tun?*

GESANG DER STERNE

Eine undurchdringliche Schwärze empfing sie, als sie aus dem Spiegel trat. Keine Seide und kein Samt legten sich so sanft über die Haut wie die Nacht des Schattenreichs.

Sie wollte die vertraute, süßlich-schwere Nachtluft einatmen, den betörenden Duft nach Mondblume und Mitternachtsrose, nach Sternglöckchen und der tiefen Nacht. Doch stattdessen drang ein verbrannter, muffiger Geruch in ihre Nase. Kein Stern erhellte den tiefschwarzen Himmel, kein behagliches Feuer beleuchtete die Fenster des Palastes von innen, dessen hohe Spitztürme von der Finsternis verschluckt wurden. Es brauchte eine Weile, bis sich ihre Augen an die Düsternis gewöhnt hatten. Der Schattenwald, der den Palast auf drei Seiten umgab, war kahl und ohne Nebel. Verkohlte Äste ragten wie knochige Finger in den Himmel, als hätte ein Waldbrand dort gewütet. Und das hatte er. Sie war dabei gewesen. Doch das war fünf Jahre her.

»Bei Enki, sieht das trist aus!«, bemerkte Gaia und schob sie weiter. Sayeh stolperte über eine Wurzel, blieb mit dem Fuß darin hängen. »Da gibt es ja im Feuerreich mehr Leben.«

»Nun macht mal Platz da vorn im Spiegel!«, rief Azar.

»Hör auf zu schieben«, beschwerte sich Alizeh. »Und atme mir nicht immer Feuer in den Nacken.«

Mit Gaias Hilfe befreite sie sich aus der Wurzel und ließ ihren Blick schweifen. Sie erkannte ihr eigenes Reich nicht wieder. Im Schattenreich herrschte ewige Nacht, doch bis auf einen Tag im Monat ersetzte normalerweise der

Mond die Sonne und tauchte alles in ein silbriges Licht. Ein atemberaubender Sternenhimmel, den ihre Mutter jeden Abend an den Himmel gesungen hatte, wachte stetig über das Land und seine Geschöpfe. Doch nun war da nur Dunkelheit. Doch nicht von solch tiefgreifender Finsternis, wie sie es in Erinnerung hatte. Es war ein dumpfes, dämmriges Schwarz, als würde auch hier sehr bald die Nacht dem Tag weichen. Es gab kein Leben. Alles war tot. Wo es früher geglitzert und geschimmert hatte, fluoreszierende Gewässer und leuchtende Blüten für mystische Farbtupfer gesorgt und Nachtseidenschwanz und Schattenschwalbe ausgelassen ihre Lieder geträllert hatten, war nur eine beklemmende Stille und erdrückende Finsternis.

»Riecht ganz schön abgestanden«, grummelte Gaia und rümpfte die Nase. Ihre goldenen Augen waren der einzige Lichtblick in dieser Trostlosigkeit.

Sayeh setzte einen Fuß vor den anderen, fragte sich, ob sie in einem ihrer Albträume gefangen war. Wie lange war ihre Mutter tot? Zwei Monate? Hier sah es aus, als habe sich fünf Jahre niemand mehr um die Pflege des Palastes und seiner Gärten gekümmert. Das Gras war verbrannt, die Blumenbeete verblüht und kahle Sträucher ragten wie die knochigen Hände von Toten aus der faulen Erde.

»Es … es sieht normalerweise nicht so aus«, versuchte sie ihre Heimat zu verteidigen. »Es ist eigentlich … wunderschön bei uns.«

»Ja, ja, das glaube ich dir, Süße«, sagte Gaia beruhigend, nahm sie in den Arm und küsste ihren Scheitel. »Ist nicht dramatisch. Nichts, was wir nicht hinbekommen könnten!« Mit diesen Worten überholte Gaia sie und schritt mit ihren langen Beinen auf dem Weg zum Palasteingang, der früher mit weißen Kieselsteinen ausgelegt war. Doch die waren mit dickem Moos überzogen, glitschig und ekelhaft. Sie schlitterte über die rutschigen Steine und wusste nicht, ob sie weinen oder schreien sollte.

»Diesen Aschewald hat wohl unser herzensguter Vater verschuldet«, raunte Azar und fasste nach ihrer Hand. Sie war froh um seine Hitze, denn es war bitterkalt. »Ich sage ja immer: Was man abfackelt, muss man auch wieder herrichten.«

Die letzte Nacht hatte sie im Feuerreich verbracht. Um sie von Cinnead fernzuhalten, hatte Azar sie auf dem höchsten Gipfel des Feuergebirges in Empfang genommen. Die üppige Vegetation hatte sie überrascht. Die Flammenwüste war durchzogen von fruchtbaren Oasen und gespickt mit Kakteen, Wasserbäumen und anderen Wüstenpflanzen. Azar hatte ihr erklärt, dass er Flammen nur dort wüten ließ, wo es die Natur verkraften konnte. Erst, wenn sich alles regeneriert hatte, tobte er sich wieder aus. Er hatte ihr eine besonders saftige Oase präsentiert, an der sie sich ausprobieren sollte, wann immer der Zorn sich in ihr regte. Sie hatte dankend abgelehnt. Nun jedoch überlegte sie, ob es nicht doch ein gutes Ventil wäre, um ihrer Trauer Luft zu machen.

»Wenn es dir hier zu öde wird, komm einfach zu mir ins Feuerreich«, sagte Azar. Sein Atem war so heiß, dass sie sich um ihre Haare sorgte. »Ich bin nur einen Spiegelsprung weit entfernt.«

Sie wollte ihm danken, als Gaia unvermittelt ein fröhliches Lied anstimmte. Verwirrt sah sie auf. Die Halbgöttin der Erde tänzelte über den modrigen Kiesweg, die Arme weit von sich gestreckt. Erdmagie wirbelte in sandigen Strudeln aus ihren Fingerspitzen, erweckte die tote Erde ringsum zum Leben. Dort, wo schwarze Fäulnis und kränkliche Dürre sich abwechselten, sprossen mit einem Mal dunkelgrüne, saftige Grashalme, Blumenstängel schossen aus dem Boden, reckten ihre samtigen Blätter dem schwarzen Himmel entgegen, Knospen öffneten sich und entfalteten ihre farbenfrohe Schönheit. Angrenzende Schattenbäume strafften ihre dunkle Rinde, streckten ihre Äste und rollten leise raschelnd ihr silbriges Blattkleid aus.

Sayeh musste innehalten, um dieses Wunder mit all ihren Sinnen aufzunehmen. Avan umrundete sie und schloss zu Gaia auf. In seinem Mondmantel und mit dem silberweißen Haar sah er aus wie der letzte überlebende Stern. Seine Finger versprühten feine Wassertröpfchen. Zwei Bächlein entsprangen unsichtbaren Quellen zu beiden Seiten des Weges, schlängelten sich durch das sprießende Gras, gruben sich einen Weg durch die Dürre und die Fäulnis. Sie bewässerten die neuerwachten Blumenbeete und erweckten den kleinen Teich mit den Schattenfischen aus seinem Tiefschlaf. Vogeltränken und Brunnen füllten sich, eine hauchdünne Schicht Wasser umspülte ihre Füße, wusch die Kiesel wieder weiß, entfernte Dreck und Staub und Asche.

»Bist du festgewachsen?«, fragte Azar, schlang einen Arm um sie und zog sie weiter. Sie konnte sich nicht sattsehen an der Schönheit, die sich innerhalb weniger Wimpernschläge über ihr Reich legte. Von den Eindrücken heillos überfordert, stolperte sie die Stufen zum Eingangstor hinauf. Azar erweckte die beiden Feuerschalen rechts und links davon zum Leben und Avan wusch mit einer Handbewegung die hohen Flügeltüren rein. Gaia entfernte Brandflecken und erneuerte das schwarze Schattenbaumholz, reparierte mühelos die aufwendigen Schnitzereien mit wenigen Handbewegungen. Dann raste ein Tornado an ihr vorbei, riss die Türen auf und befreite in einem Rundumschlag den prachtvollen Eingangskorridor von Staub. Kronleuchter klirrten, Ratten wurden aufgescheucht, irgendwo miaute eine Katze. Azar zog sie weiter, auch wenn sie lieber stehenbleiben wollte und sich alles ansehen, in Erinnerungen schwelgen, trauern. Doch ihre elementare Einheit ließ ihr keine Gelegenheit für sentimentale Gefühlsausbrüche.

Sayeh konnte ihnen nur stumm folgen, während sie die unterste Ebene des verwaisten Palastes durchschritten. Die dicke Staubschicht auf Boden und Mobiliar löste sich in Luft auf, Wasserspiele plätscherten mit frischem Wasser, Kübel und Glasvasen wurden mit hübschen Blumen bestückt, Kamine und Fackeln in den düsteren Korridoren flammten auf. Erst als sie den Thronsaal erreichten, schaffte sie es, sich von Azar zu befreien.

Wie erstarrt stand sie vor dem Thron, auf dem vor fünf Jahren ihr Schicksal entschieden und sie den Armen ihrer Mutter entrissen worden war. Alizehs eisige Böen jagten ihr einen Schauer nach dem anderen über den Rücken. Sie schloss die Augen, krallte die Fingernägel in ihre Handflächen. *Diesmal ist alles anders.* Die schrecklichen Erinnerungen jedoch legten sich wie eine Wasserblase über die verschwommene Wirklichkeit und der Schrei ihrer Mutter hallte in ihren Ohren.

»Nimm es dir nicht so zu Herzen, Süße«, flüsterte Gaia. »Das lässt sich alles wieder herrichten. Bis zu unserer Vereidigung bleibt uns genug Zeit, dir dabei zu helfen. Mach dir keine Gedanken. Fünf Elemente schaffen mehr als eines. Wir sind für dich da.«

Sie nickte, konnte die Tränen nicht mehr zurückhalten. Sie riss sich von

Gaia los und rannte aus dem Thronsaal, hinein in die frischerleuchteten Korridore. Den Weg zu ihren Gemächern hätte sie im Schlaf gefunden, egal, wie lange sie im Fels gewesen war. Sie stürmte die Treppe zum Westturm hinauf, sprang über Trümmer und kleine, tote Tiere. Sie hielt erst an, als sie den obersten Absatz erreichte.

Sie bekam einen Hustenanfall und riss an einem Fenster, das mit dem Rahmen verwachsen war. Die Luft war so stickig und abgestanden wie in einer Gruft. Und das *war* dieser Palast. Eine riesige Gruft. Sie stützte sich auf dem Fensterbrett ab und zwang sich, tief durchzuatmen. Dann wandte sie sich ihrer Tür zu. Doch die war mit einem nagelneuen Iridiumschloss versperrt. War das ihre Mutter gewesen? Oder die anderen Elemente?

Sie betastete das massive Schloss. Wenn das ihre Mutter gewesen war, wüsste sie, wo sie den Schlüssel finden würde. Sie hockte sich auf den Boden, verdrängte die Erinnerungen aus ihrer Kindheit, die ihr die Tränen in die Augen trieben, und hob eine lose Bodenplatte an, die ihr früher als Schatztruhe gedient hatte. Und ihrer Mutter vor ihr. Das göttliche Blut floss seit vielen Generationen durch ihre Familie.

Sie fand, wonach sie suchte, und schob den Schlüssel in das Schloss. Knarrend öffnete sich die schwere Holztür. Und sie stand mitten in ihrer Vergangenheit.

Nichts hatte sich geändert. Das Bett war gemacht, seidige, schwarze Laken luden zum Verweilen ein, das Bücherregal war aufgeräumt, ebenso wie Nachttisch und Sekretär. Eine dicke Staubschicht lag über allem, Fußspuren führten von der Tür weg. Ihr Herz pochte schneller. Die Spuren waren frisch. Und wer auch immer vor kurzer Zeit hier hereingekommen war – er war nicht wieder hinausgegangen.

Eine der gläsernen Flügeltüren, die zu ihrem Balkon führten, stand weit offen, die schweren Samtgardinen wehten leicht in dem auffrischenden Wind. Die Fußspuren endeten davor.

Mit weichen Knien trat sie ein. Auf dem Bett lag ihr Zauberstab. Er pulsierte mit Schattenmagie. Daneben lag ein Diadem. Doch es war nicht ihres. Es war größer und die Ranken aus Lavagestein waren aufwendiger verschnörkelt.

Auch der Obsidian in seiner Mitte war ein Deut größer als der ihre und ebenfalls mit Schattenmagie angereichert. Es war das Diadem ihrer Mutter. Das Diadem der herrschenden Halbgöttin. Und nun war es ihres.

Es schien, als habe Yasmina die Sachen herausgelegt, damit sie nicht vergaß, dass heute ihr Krönungstag war. Ein Stich mitten ins Herz durchfuhr sie – Yasmina lebte nicht mehr. Und einen Krönungstag würde es nicht geben. Sie war bereits Königin. Der Tod ihrer Mutter hatte sie zur herrschenden Halbgöttin gemacht. Und es gab niemanden mehr, der einer Krönungsfeierlichkeit beiwohnen könnte. Das Reich war tot. Ob Menschen und andere Geschöpfe des Schattens den Krieg und die letzten fünf Jahre überlebt hatten, würde sich in den nächsten Wochen zeigen.

Sie fuhr mit den Fingerkuppen über die winzigen Mondsteine an ihrem Zauberstab und den faustgroßen Obsidian, dessen Schattenschwaden sich augenblicklich um sie wanden. Sie ließ ihn liegen und trat an ihren Sekretär. Er war leer, bis auf ihren Briefbeschwerer aus schimmerndem Hämatit. Und ... darunter lag ein zusammengefaltetes Pergament. Sie schob den schweren Stein beiseite und entfaltete es. Auf dem Pergament stand ein Satz, niedergeschrieben in der elegant geschwungenen Schrift ihrer Mutter.

Vergiss niemals, die Sterne singen nur für dich, Liebling.

Ein Geräusch ließ sie herumfahren.

Avan stand im Türrahmen. Mit einer Handbewegung füllte er das verstaubte Aquarium in ihrem Regal mit sprudelndem Wasser. Als hätten sie nur geschlafen, richteten die Wasserpflanzen sich auf. Es würde sie nicht wundern, wenn ihr Regenbogenfisch sich ebenfalls materialisieren würde.

»Alles in Ordnung?«, fragte er. Seine saphirblauen Augen leuchteten in der Finsternis, erschienen ihr seltsam fremd an diesem Ort, wo sie von den übrigen Elementen immer nur geträumt hatte. Sie wischte sich die Tränen ab, faltete das Pergament wieder zusammen und legte es unter den Briefbeschwerer.

»Hat Alizeh dir erzählt, wie ich erfuhr, wer ... *was* ich bin?«, fragte sie und starrte auf den letzten Fußabdruck vor der offenen Balkontür, als könne er ihr alle Geheimnisse offenbaren. Doch manche Geheimnisse blieben besser Geheimnisse.

»Sie hat ein Gespräch unserer Eltern in einem Tornado eingefangen und dir überbracht«, sagte Avan. Er trat in den Raum, sein Mondmantel schleifte über den Boden und radierte die Fußspuren aus.

»Zephir sagte etwas …«, begann sie, zögerte. Wenn sie es nicht aussprach, würde es vergessen werden. Sie könnte vergessen. Und wahrscheinlich wäre es besser so. »Er sagte etwas über meine Mutter.«

»Und was war das?«, fragte Avan, blieb einen Schritt vor ihr stehen und ließ seinen Blick über das Bett, den Zauberstab und das Diadem schweifen.

»Dass es ein Gerücht gäbe«, sprach sie es aus. »Das Gerücht, dass meine Mutter keinen Selbstmord begangen hätte. Dass sie ihn nur vorgetäuscht hätte.«

Avan runzelte die Stirn, sah sie an.

»Du meinst, dass sie nur ihre Magie abgegeben und sich dann versteckt hat?«, fragte er.

Sie nickte.

»Warum hätte sie das tun sollen?«

»Ich weiß es nicht«, antwortete sie leise. »Vielleicht war alles geplant?«

»Geplant?«

»Ihr vorgetäuschter Selbstmord und meine Befreiung«, erklärte sie. »Vielleicht hoffte sie, dass ich die Zeremonie unterbinden und die Einheit eurer Eltern nicht wieder zusammenwachsen würde. Vielleicht wollte sie verhindern, dass der Schatten in die Einheit der vier Elemente gebunden wird. Die herrschenden Halbgötter haben diese Zeremonie fünf Jahre lang geplant. Möglicherweise hat meine Mutter davon erfahren. Ihr waren aber die Hände gebunden. Wenn sie sich hätte rächen wollen oder die Einbindung des Schattens verhindert – dann wäre ich ihre einzige Möglichkeit gewesen.«

Avan schwieg, betrachtete den Briefbeschwerer und das Pergament, bat jedoch nicht darum, es zu lesen.

»Möglich«, sagte er dann nachdenklich. »Ich weiß nicht, was ich davon halten soll, dass sie noch leben könnte.«

Sie hätte es nicht aussprechen sollen. In seinen Augen war ihre Mutter eine eiskalte Mörderin. Und das sollte sie auch in ihren sein. Kein Grund der Welt entschuldigte, was sie getan hatte. Ihre Mutter hatte ihr Leben beschützen wollen – doch zu welchem Preis?

»Es ist wahrscheinlich nur ein Gerücht«, sagte sie, schob den Briefbeschwerer und das Pergament in die hinterste Ecke des Sekretärs, wo beides von den Schatten verschlungen wurde. »Und wo sollte sie sich auch verstecken? Im toten Schattenwald? Auf einem Schiff irgendwo im Schattenmeer?«

Avan beobachtete sie mit wachem Blick.

»Sie hat Böses getan«, sagte er. »Doch das haben all unsere Eltern. Sie hat die Liebe dazu angetrieben – unsere Eltern die Macht. Ich möchte nicht über deine Mutter urteilen. Das kannst nur du. Wenn du nach ihr suchen möchtest, werde ich dir helfen.«

Verwundert sah sie zu ihm auf. Nach ihr suchen? Wollte sie das wirklich?

Vergiss niemals, die Sterne singen nur für dich.

»Ich denke nicht«, sagte sie, trat um den Sekretär herum und hinaus auf den Balkon.

In der Ferne ging das Schattenmeer ohne sichtbaren Horizont in den Himmel über. Ein frischer Wind ließ sie in dem dünnen Hemd frösteln, das sie trug. Auf der Brüstung klebten noch immer die Stummeln der Kerzen, deren Flammen der Wind vor fünf Jahren gelöscht hatte. Niemand hatte sie entfernt. Es sah aus wie damals. Und doch war alles anders.

»Spätestens heute Abend wird der Palast wieder in seinem alten Glanz erstrahlen«, sagte Avan, berührte ihre Schulter. »Sonst macht Azar uns Feuer unter dem Hintern.«

Sie wischte den zentimeterdicken Staub von der steinernen Balustrade.

»Es sind sehr viele Erinnerungen, die in mir hochkommen.«

»Erinnerungen sind gut«, sagte Avan mit sanfter Stimme, streichelte ihren Arm. Er nahm ihre Hand und massierte mit dem Daumen ihren Handballen. Eine angenehme Wärme durchströmte sie und die schwere Decke der Vergangenheit lichtete sich. »Sie rufen uns ins Gedächtnis, was wir beim nächsten Mal besser machen können, selbst wenn wir für einen Fehler gar nicht die

Verantwortung tragen. Wenn du jedoch einige Erinnerungen vergessen möchtest, kann ich dir auch dabei helfen, Sayeh. Das Wasser besitzt die Fähigkeit, Dinge vergessen zu machen. Die Macht besitzt zwar nur ein vereidigter Halbgott, doch …«

»Nein«, unterbrach sie ihn. »Nein, ich möchte nichts vergessen.«

»Bist du dir ganz sicher?«

»Ja, das bin ich«, sagte sie.

Ihre Erinnerungen mochten grausam und schmerzhaft sein, doch von keiner einzigen wollte sie sich trennen. Sie waren Teil von ihr und machten sie zu der Halbgöttin, die sie heute war. So wie sie Teil ihrer elementaren Einheit war. Es brauchte alle Bruchstücke, um einen zerschlagenen Spiegel wieder zu vervollständigen, so scharfkantig manche Scherben auch sein mochten. An ihren Erinnerungen war sie gewachsen und sie hatten ihr gezeigt, wer sie war und wer sie nicht war. Was sie wollte – und was nicht. Das Leben war keine Reise durch einen magischen Spiegel. Es war beschwerlich und mühsam. Und sie wollte sich an jeden Stein erinnern, der in ihrem Weg lag.

Stille legte sich über sie. Avan bewunderte höflich den düsteren Ausblick, während sie ihren Gedanken nachhing. Es war eine angenehme und friedliche Stille. Langsam befreite ihr Blick sich von dem Tränenschleier und den verworrenen Bildern der Vergangenheit. Und je länger sie auf den unsichtbaren Horizont starrte, desto ruhiger wurden ihre Gedanken. Irgendwann verstummten sie und machten der Wirklichkeit Platz. Sie war zu Hause. Sie war sicher. Der Schatten war zu ihr zurückgekehrt. Nyssa liebte sie. Ihre Mutter liebte sie. Ihre elementare Einheit war ein wirrer Haufen liebevoller Irrer.

Und zum ersten Mal seit einer halben Ewigkeit fühlte sie sich frei.

»Hast du Angst?«, hörte sie Avan fragen.

Sie riss ihren Blick von dem Schattenmeer los. »Angst?«, fragte sie verwirrt. »Wovor?«

Wovor sollte sie jetzt noch Angst haben? Sie war in Freiheit und Nyssa wachte über sie.

Seine gottgegebenen Augen tasteten über ihr Gesicht, zwei strahlendblaue Farbtupfer in tiefem Schwarz.

»Vor mir«, sagte er.

»Vor dir?«, fragte sie verwundert. Hatte sie etwas verpasst? »Wieso sollte ich vor dir Angst haben? Willst du mich im Schattenmeer ertränken?«

Er zögerte. *Wollte* er sie im Schattenmeer ertränken?

»Es ist nur ...«, begann er, knetete ihre Finger wie einen formbaren Klumpen Wachs. »Halbgott des Wassers und ... eigensinniges Herz ...«

Eigensinniges Herz?

»*Wählerisches* Herz, meinst du?«, fragte sie. »Also doch nicht nur ein Kuss? Hat Gaia recht behalten und du bist dem bösen Schatten verfallen?«

Sie wollte ihn necken, denn seine Unsicherheit machte sie nervös. Und dieses Gespräch auch. Sie knibbelte an den verformten Resten einer Kerze und suchte in Avans Augen nach einem Hinweis auf das, was ihm auf dem Herzen lag. Doch sie fand nur heilloses Chaos darin. Er hörte auf, ihre Finger zu kneten, und verschränkte sie mit seinen. Ein wohliges Kribbeln breitete sich in ihr aus.

»Nein«, sagte er und betrachtete ihre Finger, als fände er dort die Antworten auf all seine Fragen. »Nein, sicherlich war es nicht nur ein Kuss. Nicht für mich.«

»Und was war es dann?«, fragte sie zaghaft, ihren eigenen lästigen Herzschlag in den Ohren.

»Ich wünschte, ich wüsste es«, gestand er. »Ich sollte es wissen und eigentlich *weiß* ich es auch, aber ... ich fürchte mich davor, Sayeh. Du nicht?«

Fürchten? Vor ... der Liebe? Wohl kaum.

»Avan«, sagte sie und nun war es an ihr, beruhigend über seinen Handrücken zu streichen. »Ich habe fünf Jahre Fels überstanden, wurde in Lava getaucht und beinahe in einem Kessel geopfert. Ich habe vor vielen Dingen Angst. Doch ich fürchte mich nicht davor, bis an mein Lebensende geliebt zu werden. Sollte es ... so sein.«

Ein warmes Lächeln verdrängte den Ernst in seinem Gesicht.

»Ich will ehrlich zu dir sein, Sayeh«, sagte er. »Nachdem meine Mutter starb, habe ich mir vorgenommen, mein Herz niemals zu verschenken. Nie zu werden wie mein Vater. Doch das ist natürlich Unsinn. Es ist das Herz, das die Liebe findet, nicht der Verstand. Nicht bei einem Geschöpf des Wassers. Ich könnte mich dagegen nicht erwehren, selbst, wenn ich es wollte. Aber das möchte ich auch gar nicht. Nicht mehr. Sayeh, ich liebe dich, denn du bist Teil meiner elementaren Einheit. Und die Wahrheit ist, ich empfinde anders für dich als für Gaia, Alizeh oder Azar. Es fällt mir nur schwer ...« Er seufzte tief. »Ich denke, mein Herz ist weiter als mein Verstand. Und es auszusprechen ... Es würde eine Bedeutung haben. Eine weitreichende Bedeutung. Würde ich aussprechen, was mein Herz mir sagt, würde es für die Ewigkeit sein. Und so weit bin ich noch nicht. Und ich bezweifle, dass du es bist.«

Vielleicht war sie weiter, als er dachte, doch das sagte sie ihm nicht. Wie sollte sie es ihm auch erklären? Sie hatte noch vor wenigen Tagen mit ihrem Leben abgeschlossen und unerwartet ein Neues geschenkt bekommen. Und sie wollte keinen Augenblick in diesem neuen Leben verstreichen und kein Glück, so flüchtig es war, durch ihre Finger gleiten lassen. Denn wer wusste schon, wie lange es diesmal andauern würde?

»Willst du dich auch erst durchprobieren?«, fragte sie stattdessen, zwinkerte ihm zu.

Die Empörung stand ihm ins Gesicht geschrieben. »Nein, Sayeh«, sagte er entschieden. »Ich bin ein Halbgott des Wassers. Ich probiere mich nicht durch. Bei der Liebe ist es bei uns wie bei einem Regenfall. Ganz oder gar nicht.«

Sie lachte. Weniger wegen seiner Worte als dem zutiefst entsetzten Ausdruck in seinem Gesicht. Und sie lachte auch aus Erleichterung und weil die Freiheit sie überwältigte. Sie lachte, weil sie die Sterne vermisste und sie es mochten, wenn man lachte. Und sie lachte, weil sie sich plötzlich entsetzlich aufgekratzt fühlte. Es war zu viel an Gefühl, das hinausmusste.

»Du lachst«, flüsterte Avan. Sein Blick wanderte von ihren Augen zu ihrem Mund und wieder zurück, war so intensiv, dass ihr ganz schummrig wurde. Sie fühlte sich wie in einem ihrer Träume. Diejenigen, die sie vor der Zeit im Fels gehabt hatte.

»Willst du mich küssen?«, fragte sie.

»Möchtest du, dass ich dich küsse?«, antwortete er mit einer Gegenfrage.

Bei Nyssa, ja das wollte sie! Sie krallte ihre Finger in seinen Mantel, zog ihn an sich und küsste seine samtweichen Lippen. Und während sie wie Eis unter Azars Feuer dahinschmolz, schoss ihr der Gedanke durch den Kopf, dass unter allen Geschöpfen dieser Welt Avan wohl das Beste war, das ihr hätte passieren können. Und ein Teil von ihr wünschte sich, sein Verstand würde zu seinem Herz aufholen.

Seine magischen Finger wanderten ihre Wirbelsäule hinab und tasteten sich unter ihr Hemd. Sie schmiegte sich an ihn, fragte sich, warum er so gut küssen konnte, wenn er doch auf diesem Gebiet angeblich keine Erfahrung hatte. Vielleicht war es eine Eigenschaft des Wassers. Immerhin hatten sie die Liebe für sich gepachtet. Gern hätte sie sich in dem Kuss verloren, in dem sanften Pochen seines Herzens und dem salzigen Geschmack seiner Lippen, doch sie erinnerte sich, wer in diesem Moment ebenfalls durch den Palast wuselte. Azar würde nicht davor zurückschrecken, Avan für ein paar Tage in einem Feuerring zu brutzeln.

Schweren Herzens löste sie sich von ihm, Avan murmelte einen schwachen Protest gegen ihre Lippen. Tapfer wand sie sich aus seiner Umarmung und glättete den Kragen seines Mantels, um seine Perfektion wiederherzurichten. Als sie aufsah, meinte sie, in die tiefsten Tiefen des Meeres der aufgehenden Sonne einzutauchen. Sie fand eine Sehnsucht in seinen Augen, die ihr kurzzeitig den Atem raubte. »Ich möchte mich nicht durchprobieren«, stolperte es über ihre Lippen. Ihr Herz war eindeutig schneller als ihr Verstand.

Avans Lächeln war ehrlich und offen und erwärmte ihr Herz. »Es ist dein Leben, Sayeh«, sagte er und strich zärtlich über ihre Haare, die dank Gaias Ölpackung in einem seidigen Glanz erstrahlten. »Aber ich bin mir sicher, Azar und mein Herz erfreuen diese Worte gleichermaßen.«

Sie erwiderte sein Lächeln und verspürte eine nie gekannte Leichtigkeit. Und die Antwort auf die Frage, was sie als Erstes mit ihrer neugewonnenen Freiheit anfangen würde, erschien ihr mit einem Mal so klar, wie das Wasser des Teichs der singenden Fische.

»Bist du bereit?«, fragte sie.

»Bereit?« Avan hob eine silberweiße Augenbraue. »Wofür?«

»Für die Bucht der singenden Sterne!«

Er folgte ihrem Blick über die staubige Brüstung. Seine Gesichtsfarbe wurde noch ein wenig blasser, als sie ohnehin schon war. »Du meinst ... von hier oben?«

»Sag mir nicht, du hast Angst vor dem Wasser«, lachte sie.

Er warf ihr einen strengen Blick zu. »Nicht vor dem Wasser, aber sehr wohl vor einem halsbrecherischen Sprung aus schwindelerregender Höhe.«

»Ach, nun hör schon auf!«, sagte sie und ließ den Kerzenstummel vor ihrer Nase in den Schatten verschwinden. »Ich habe diesen Sprung schon mit sechs Jahren das erste Mal gewagt.«

Seine Augen versprühten keine Begeisterung. Er beugte sich über das Geländer, seine Finger verhakten sich in dem Gürtel ihrer Hose.

»Du willst da jetzt wirklich runter? Bist du denn schon in der körperlichen Verfassung dazu?«

»*Du* sollst da runter«, korrigierte sie ihn. »Mit mir.«

Sein Blick sprach Bände. »Hüllst du mich in die Schatten, falls ich auf einen der spitzen Felsen zurasen sollte?«

»Klar!«, sagte sie unbekümmert und legte ihre Hände auf die Brüstung.

Dann schloss sie die Augen und begann zu singen. Es war ein lockerleichtes Lied mit einer eingängigen Melodie. Eines, das die Sterne selbst dann an den Himmel lockte, wenn sie im Tiefschlaf weilten oder Nyssa sie für sich beanspruchte. Es war eines der ersten Sternenlieder, das sie erlernt hatte. Ihre Mutter hatte es ihr als Wiegenlied vorgesungen, ihre Palastköchin, wenn sie Kaffee aufgebrüht und mit Schattenhonig verfeinert hatte, und die Spotttölpel hatten es in den silbrigen Blättern der Schattenbäume geträllert, lange, nachdem die Sterne am Himmel erstrahlt waren.

Ihre Stimme klang ein wenig tiefer und rauchiger als früher, ähnelte der ihrer Mutter und erfüllte mühelos die geisterhafte Stille. Sayeh beendete das Lied kraftvoll und aus vollem Herzen. Heute wollte sie nichts dem Zufall überlassen. Sie brauchte die Sterne und die Himmelskörper hatten ihr zu gehorchen. Sie war ihre neue Königin. Und sie sollten gefälligst aus ihrem Winterschlaf erwachen.

Als sie ihre Augen wieder öffnete, wölbte sich ein glitzerndes Sternenmeer über ihnen. Die silbrigen Lichtpunkte tänzelten ausgelassen durch das tiefe Schwarz, wirkten so aufgekratzt, wie sie sich fühlte.

»Das sieht schon sehr viel besser aus«, sagte sie zufrieden und wandte sich Avan zu. Der blickte sie an, als wäre ihr ein Stern auf den Kopf gefallen. Ihr schien, er wollte etwas sagen, doch er schwieg, nahm nur ihre Hand und hauchte einen Kuss auf ihre Fingerknöchel.

»Wunderschön«, flüsterte er.

Sie hörte ihm nur mit halbem Ohr zu, denn sie lauschte den Sternen, die zu ihr sangen und sie anflehten, sich mit ihnen zu vereinen.

»Stört es dich, wenn ich allein springe?«, fragte sie abwesend.

»Nein, natürlich nicht«, erwiderte er und klang dabei ein wenig erleichtert. Doch sie hatte bereits seine Hand losgelassen und kletterte auf die Brüstung. Hinter ihr murmelte Avan ein leises Gebet an Anat, dann ließ sie sich fallen.

Ein kalter Wind pfiff um ihre Ohren und der salzig-herbe Duft des Schattenmeeres legte sich über sie. Sie raste kopfüber auf das schillernde Sternenmeer zu und sog tief die Luft ein, ehe sie mit den Fingerspitzen in das kühle Nass eintauchte. Sie glitt durch die samtige Schwärze und ließ sich von ihr umarmen wie von einem alten Freund. Ihre Arme streckten sich dem felsigen Meeresboden entgegen. Kurz bevor sie ihn erreichte, drehte sie sich im Wasser herum und stieß sich kraftvoll mit den Füßen am Grund ab. Und während sie langsam wieder an die Oberfläche stieg, machte sie sich eine gedankliche Notiz.

Avan hatte unrecht. Die Seele konnte nur frei sein, wenn auch der Körper frei war. So wie das Herz nur lieben konnte, wenn es noch nicht zerbrochen oder die elementare Einheit ihre Macht entfalten, wenn sie vollständig war. Ihre Mutter hatte alles verloren – und so hatte sie sich selbst verloren.

Auch Sayeh hatte an einem Punkt in ihrem Leben geglaubt, alles verloren zu haben. Sie hatte vergessen, dass sie Teil von etwas war, das stärker war als jede Fessel und mächtiger als diese Welt des Irrsinns. Es war schwer, sich zu verlieren, wenn man Teil eines Ganzen war. Vor allem, wenn das so hartnäckig, beharrlich und unsäglich stur war wie ihre elementare Einheit.

Das Einzige, was sie verloren hatte, war ihre Unschuld. Doch sie nahm an, dass es besser war, man verlor sie zu früh als zu spät.

Ihre Seele war frei und ihr Herz lag – so Anat wollte – in den besten Händen. Vielleicht war es der Sauerstoffmangel, der sich bemerkbar machte, oder der überschwängliche Gesang der Sterne, der durch das Wasser vibrierte. Glück ließ sich schwer erklären. Liebe noch schwerer. Sie wusste nur eines: Ihr Schicksal lag in den Händen der Götter. Und die Sterne sangen nur für sie.

ENDE

DIE MACHT DER GEFÜHLE
TAUCH EIN IN ROMANTISCH-FANTASTISCHE GESCHICHTEN.
I M P RE S S
#IMPRESSBOOKS
ALLES VON IMPRESS HIER:
IMPRESSBOOKS.DE

MAGISCHE WELTEN
VOLLER LIEBE, KAMPF UND INTRIGEN

Asuka Lionera
STONEHEART 1:
GERAUBTE FLAMME
ISBN 978-3-551-30269-4
Softcover
Auch als E-Book erhältlich

Ezlain lebt in einer Welt, in der Männer das Sagen haben. Doch das hält sie nicht davon ab, gegen alle Regeln aufzubegehren. Als Männer getarnt fliehen sie und ihre Sklavin vor den Zwängen ihrer alten Heimat. Doch das Meer trennt die beiden und trägt Ezlain zu einem Fremden, der so rätselhaft ist, wie sie sich ihr ganzes Leben lang gefühlt hat …

Christina M. Fischer
DIE WÜSTEN-SERIE 1:
WÜSTENRUF
ISBN 978-3-551-30198-7
Softcover
Auch als E-Book erhältlich

Die junge Adelstochter Dayana ist entsetzt, als sie einen Mann heiraten soll, der für seine Grausamkeit bekannt ist. In tiefster Nacht flieht sie von der heimatlichen Burg und lässt all das hinter sich, was sie kennt und liebt. Doch Dayana bleibt nicht lange unentdeckt. Sie begegnet einem Fremden, der dem Ruf der Wüste folgt, ausgelöst von einem Fluch, der vor langer Zeit über ihn gelegt wurde.

Jenna Liermann
AILEARA 1:
ELFENDUNKEL
ISBN 978-3-551-30191-8
Softcover
Auch als E-Book erhältlich

Die Halbelfe Aileara verachtet die Menschen, da sie der Magie nicht mächtig sind, doch auch bei den Elfen hat sie als Halbblut keine Heimat. Angetrieben von einem mysteriösen Schicksalsspruch über sie selbst, lässt sie sich auf den undurchschaubaren Nieven ein. Er scheint nicht nur Antworten auf Aileras Fragen zu haben, sondern übt auch eine unerklärliche Anziehungkraft auf sie aus.

IMPRESS

WWW.IMPRESSBOOKS.DE

Impress

Die Macht der Gefühle

Unser Versprechen für mehr Nachhaltigkeit
- Klimaneutrales Produkt
- Papiere aus nachhaltiger Waldwirtschaft
- Hergestellt in Europa

FSC
www.fsc.org
MIX
Papier aus verantwortungsvollen Quellen
FSC® C083411

Impress
Ein Imprint der Carlsen Verlag GmbH
Juli 2021

Lektorat: Nina Schnackenbeck
Umschlagbild: shutterstock.com / © Ironika / freepik.com / © freepik / © Artfotodima / © knssr2 / © remuhin / © sdartvector / © wirestock / rawpixel.com
Umschlaggestaltung: formlabor, Makita Hirt
Satz und Umsetzung: readbox publishing, Dortmund
ISBN 978-3-551-30395-0
www.impressbooks.de